U0917836

国家级特色专业（汉语言文学）建设点学术文丛

国家级特色专业（汉语言文学）
建设点学术文丛

鲁红平 著

理想的追寻，尘世的超越

汉魏六朝文学研究

暨南大學出版社
JINAN UNIVERSITY PRESS

中国·广州

图书在版编目（CIP）数据

理想的追寻，尘世的超越：汉魏六朝文学研究/ 鲁红平著．—广州：暨南大学出版社，2012.8

（国家级特色专业（汉语言文学）建设点学术文丛）

ISBN 978-7-5668-0141-8

Ⅰ.①理…　Ⅱ.①鲁…　Ⅲ.①中国文学—古典文学研究—汉代～魏晋南北朝时代　Ⅳ.①I206.2

中国版本图书馆 CIP 数据核字（2011）第 046581 号

………………………………………………………………………………………

理想的追寻，尘世的超越

著　　者：鲁红平

出 版 人：徐义雄
策 划 人：熊家良　杜小陆
责任编辑：杜小陆　杜晓杰
责任校对：杨海燕

地　　址：中国广州暨南大学
电　　话：总编室（8620）85221601
营销部（8620）85225284　85228291　85228292（邮购）
传　　真：（8620）85221583（办公室）　85223774（营销部）
邮　　编：510630
网　　址：http://www.jnupress.com　http://press.jnu.edu.cn
排　　版：广州市广海照排设计中心
印　　刷：佛山市浩文彩色印刷有限公司
开　　本：787mm×960mm　1/16
印　　张：15
字　　数：268 千
版　　次：2012 年 8 月第 1 版
印　　次：2012 年 8 月第 1 次
定　　价：36.00 元

（暨大版图书如有印装质量问题，请与出版社总编室联系调换）

总　序

湛江师范学院汉语言文学国家级特色专业建设点的“学术文丛”正式出版了，这是一件可喜可贺的事情。

作为湛江师范学院最早设立的专业之一，汉语言文学专业经过30多年的不懈努力，坚持以课程建设为基础，以学科建设为龙头，团队水平不断提高，实力不断增强，教学科研齐头并进，专业建设各个方面得到健康协调的发展。在汉语言文学专业基础上组建的中国语言文学学科是湛江师院学术知名度最高、学科门类最齐全的一级学科，也是最能体现湛江师院办学特色的学科之一。自20世纪90年代以来，中国语言文学学科已形成了一支高职称、高学历、高水平和充满活力的教学科研队伍。学术前辈劳承万教授继《审美中介论》（增订本，2001年）之后，近年又出版《中国古代美学（乐学）形态论》（2010年）和《中国诗学道器论》（2010年）两部专著，发表了一批高质量文章，形成了他的“美学三论”的宏伟构想，在学术界产生了较大反响。此外，刘周堂教授的中国传统文化研究及赵金钟教授的家族文化研究，朱城教授的语文辞书释义研究，方平权教授的古汉语词义理论研究，葛佳才教授的全方位、多层次比较下的东汉特殊语法研究，陈云龙教授的粤西濒危方言调查研究，马显彬教授的普通话教学研究，刘海涛教授的小说学研究，张应斌教授的文学发生学研究，王阳教授的模态叙事学研究，李珺平教授的抒情学研究，李新灿教授的《红楼梦》女性形象研究，张德明教授的新世纪诗歌研究，王钦峰教授的后现代主义文艺思潮和法国文学研究，以及杨泉良教授的语文职业技术教育研究和周立群教授的语文课程与教学论研究等等，都具有一定的学术影响。学科的部分成果在国内学术界具有开拓性，有的成果地方特色鲜明，对地方文化建设发挥了指导引领作用。

近年来，该学科团队共主持科研教研项目50余项，其中国家社科基金项目6项，部级项目13项，省级项目20项，厅级项目13项，科研教研经费总额近400

万元；获省级优秀教学成果奖3项，省级哲学社会科学优秀成果奖5项，市厅级优秀科研成果15项；在《中国语文》、《方言》、《文艺研究》、《文艺理论研究》、《文艺理论与批评》、《外国文学研究》、《国外文学》、《民族文学研究》、《中国现代文学研究丛刊》、《语言研究》、《古汉语研究》、《语文研究》、《课程·教材·教法》、《发展教育研究》等权威刊物发表论文70余篇，核心刊物发表论文300余篇；在人民出版社、人民教育出版社、中国社会科学出版社、北京大学出版社等出版学术专著和教材60多部；成立了“康德－牟宗三研究所”、“粤西方言与文化研究所”、“南方诗歌研究中心”、“粤西语文教育研究所”等研究机构，设立了“暨南大学汉语方言研究中心湛江师院分中心”、“上海高校比较语言学E－研究院湛江分院”、“中山大学中国非物质文化遗产研究中心湛江工作站”等；举办了“第十届国际闽方言研讨会”、“21世纪中国现代诗第六届研讨会”、“第九届全国古代汉语学术研讨会”、“广东省第九届外国文学年会”、“广东省中国语言学会2010－2011学术年会”、“中法文学和文化关系暨纪念卢梭诞辰三百周年国际学术研讨会”等国际、全国及全省学术会议，产生了良好的反响。在“网大”大学排行榜中，湛江师范学院文学排名曾连续三年进入全国百强。

经过多年的建设与发展，中国语言文学学科现已建成6个比较成熟的二级学科，每个二级学科均有3～5名教授和2～4名博士，各自形成了2个以上稳定而鲜明的研究方向。学术研究的总体方法特点是借鉴文化学和比较研究视野，探讨中国语言文学的特征与规律。其中汉语言文字学学科的研究工作在理论、实践价值以及社会效应、地方意义上已形成一定特色：词义训释与辞书编纂有机结合、文献与方言相互参证以及从个人韵文入手研究方音史、从系统层面分析虚词、从禅宗切入讨论修辞等，视野开阔而角度新颖，方法科学而影响深远；语言学及应用语言学学科在普通话教学研究、现代汉字研究和对外汉语教学研究等方面成绩不菲，尤其普通话教学研究在全省乃至全国都有一定的影响；文艺学学科立足于学术前沿，研究文学理论的基本命题与范畴、中外文论和中外美学的关系、中国文论对西方现代和后现代主义文艺美学思想的选择与转换、我国文艺学学科发展的最新动态、以及文艺学学科发展中其他具有学术价值和现实意义的课题；比较文学与世界文学学科以文化学的视野和方法，研究中西文学关系、外国文学与文化关系、比较文学理论和翻译理论等，在福楼拜研究和叙事学领域引起学术界较多的关注；中国古典文学学科在诸子百家研究、释家文化研究、六朝小说研究、明清小说研究、近代戏剧研究等领域形成了一定特色，突出哲学、宗教文化与文学、人生的交互影响与渗透，注重理论阐述与文本分析的有机统一，传统与现代的兼容，宏观、中观与微观研究的交互运用；中国现当代文学学科注重加强学术研究与现实生活和当下人文思潮的密切对话，保持研究的时代感和鲜活性，对地域文学、京派海派作家、七月诗派、朦胧诗、第三代、中间代、“70后”诗人群等都有较系统的研究。

近年来，中国语言文学一级学科认真凝练了自身的教育特色和科研方向，认为本学科的基础理论研究已经取得比较扎实的成果，同时服务地方教育、文化建设的研究也渐崭露头角；因此，决心立足学科可持续发展和地方文化教育需求，依托教育部/财政部“第三批高等学校特色专业建设点”和校级重点学科，对属下的二级学科进行新的规划，对研究方向作出新的设计，对服务功能作出新的定位，对团队成员进行归并调整、优化组合，构建以学科形态建设为中心的基础理论研究—以粤西非物质文化遗产为中心的地方文化研究—以语文教师职业素养为中心的语文教育研究“三维一体”的科研创新团队。其中基础理论研究方向主要研究以学科形态建设为中心的美学、文学理论、中国文学、外国文学、语言文字学等各基础学科的本质规律和特点；地方文化研究方向主要研究粤西地区和雷州半岛的非物质文化遗产、方言、艺术、文化史、法国殖民史，以及粤西文化与岭南文化、中原文化乃至东南亚文化的关系等；语文教育研究方向主要研究大、中学语文教育的基本规律和特点，包括文学教育、语言教育、语文课程教学论研究，重点研究中学语文教师的职业素养、专业技能，以及粤西地区语文教育的现状、特点等。学科建设将以重大科研项目为纽带，以获取重要科研成果为标志，以锻炼培育科研创新人才为核心，以成为国家级优秀创新团队为目标，从而彰显基础理论研究优势，形成应用研究特色品牌，增强服务地方社会文化和教育事业发展的功能，全面提升团队科研实力、竞争优势和服务社会的贡献力，探索基础研究与应用研究和谐发展、教学科研与社会服务互补共赢的新路子，为地方高校的学科团队建设与发展提供经验和参考借鉴，促进高等学校文科科研模式的转型和师范院校教学模式及内容的变革，从而使学科专业建设水平迈上新的台阶。

正是基于这样的设想，我们在出版了“国家级特色专业（汉语言文学）建设点系列教材”（一套10本，含《古代汉语专题教程》、《近代汉语专题教程》、《现代汉语专题教程》、《中国古代文学专题教程》、《中国现代文学专题教程》、《中国当代文学专题教程》、《当代外国文学专题教程》、《高中语文教学专题教程》以及《大学语文实用教程》和《新写作》，被列为21世纪中国语言文学通用教材和高校公共课精品教材由中国人民大学出版社以及高等教育出版社出版）之后，计划再推出“国家级特色专业（汉语言文学）建设点学术文丛”。此次交由暨南大学出版社出版的5部著作即是“基础理论研究—地方文化研究—语文教育研究”之“三维一体”科研创新团队的部分成果：

陈云龙教授立足湛江，在粤西地区濒危方言的整理分析上有重大拓展，他所主持的国家社科基金项目《粤西濒危方言调查研究》以及教育部项目子课题、中国社会科学院A类重大科研项目子课题等，有力推动了地方方言的调查研究。此次出版的《马兰话研究》即是对汉语濒危方言“马兰话“的抢救性研究，具有特殊的重要意义。

侯昌硕博士的《衍生与借用：新时期旧词新义现象研究》对新时期以来普通话词义的动态变化作了较为系统的研究，其中又重点对专用词语语义泛化和词义的渗入作了比较详细的分析与探讨。汉语词义最直接、最深刻地体现着汉民族的思维方式、汉文化的历史背景和内涵，因此研究汉语词义系统受到外来语的影响、渗透而发生变化，无疑具有很高的语言学价值。

张应斌教授学养深厚，视野开阔，并且一向对民间文化和地方文化情有独钟，其《啸文学简史》以时间为线索，由古而今，由源及流，考察啸的发生及其作为音乐意境在中国文学中的发展演变历程，追寻啸在中国古代文学中形成的一个相对独立的特殊文学简史，从音乐与文学结合的角度，从特殊的文学题材史角度，补充和丰富了中国文学史。

鲁红平副教授《理想的追寻，尘世的超越——汉魏六朝文学研究》有感于人类因生存时间的局限而产生的对死亡和恐惧所带来的生命毁灭感和因生存空间的局限而产生的尘世束缚所带来的生命不自由感，认为中国人正是在儒家、道家、神仙家这三种文化交融碰撞之下，在理想与现实的矛盾纠葛中，形成了他们特有的解脱生命悲剧的方式，以求超越尘世，获得生命的永恒与自由。鉴古以观今，别具一番意味。

杨泉良教授《语文教学的当下视野》正视转型期语文教育教学存在的制度与政策的矛盾、理论与实践的矛盾、观念与行为的矛盾，以语文新课程理念为依据，以语文新课程内容范畴为边界，以语文新课程及实施中存在的问题为线索，以解决具体问题为目的，构建起自己独具一格的语文教育教学研究体系，突出了实用价值和可读性。

2011 年岁暮，湛江师范学院首次设立了“学术著作出版基金”，以上 5 本著作均成为其首批资助对象，有力地推动了特色专业的建设步伐，善莫大焉！这套文丛以及前套系列教材的出版发行，倘能得到各高校和学术界的专家、学者们的关注、帮助和指教，那将是湛江师院汉语言文学专业和中国语言文学学科的荣幸和福音！

熊家良

2012 年 3 月

目　录

绪 论

当人类摆脱蒙昧和动物崇拜的羁绊面对自身的时候，显示出清醒的自我意识，但同时又不堪生命悲剧意识的重压。而这种悲剧意识主要来自两个方面：一是因人类生存时间的局限而产生的对死亡和恐惧所带来的生命毁灭感，一是因人类生存空间的局限而产生的尘世束缚所带来的生命的不自由感。因此，在漫长的人类历史长河中，人们坚持不懈地去努力探索，企图超越这两种局限，获得生命的永恒与自由。

弗罗姆说过："对死亡和对生命的悲剧一面的发觉，是人类的基本特质之一。每一种文化都有应付死亡的问题。希腊人强调生命，认为死亡不过是生命的一种朦胧而阴沉的延续。埃及人把他们的希望寄托在一个信念上，相信人体不会腐朽。犹太人现实地承认死亡这一事实，他们相信，人在世间可以达到幸福与正义的境界，有这种信念，他们才能安于生命终将毁灭这一事实。基督教认为死亡是不真实的，因此拿死后还有生命的语言，来安慰忧心忡忡的人们。"[①] 而中国文化则不同，历代贤哲对这一问题进行了多层次、多角度的探讨。

一

儒家首先采取"未知生，焉知死"[②] 的遮蔽态度。死亡就如同一堵白色的墙壁挡在了人生之路上，无法回避，也无法逾越。孔子发出了"逝者如斯夫！不舍

① ［德］弗罗姆著，陈学明译：《逃避自由》，北京：工人出版社，1987年，第123～124页。

② （清）刘宝楠撰，高流水点校：《论语正义·先进》，北京：中华书局，1990年，第449页。

昼夜”[1] 这样富有诗意的生命喟叹。面对颜渊之死，他更是悲痛之极：“天丧予！天丧予！”[2] 这既是人们对生命无奈的一种哀痛，同时又是对生命渴望的一种呼喊。死亡是真切的，不容回避，其实儒家在阐述道与义时也作出了一种较为隐蔽式的回答：“朝闻道，夕死可矣”[3]，“志士仁人，无求生以害仁，有杀身以成仁”[4]，“生亦我所欲也，义亦我所欲也；二者不可得兼，舍生而取义者也；生亦我所欲，所欲有甚于生者，故不为苟得也；死亦我所恶，所恶有甚于死者，故患有所不避也”[5]。他们重视生命，但把它与“仁”、“义”、“道”相比较，更强调人的生命的社会价值。《左传》曰：“太上有立德，其次有立功，其次有立言，虽久不废，此之谓不朽。”[6] 生命虽然短暂，但只要以民族生存为己任，尽自己最大可能，要么以德彪炳千秋，要么凭功业而不朽，要么著书立说留传后世，这样就超脱了生命的悲剧，获得了永恒的价值。

道家则相反，清醒地直面死亡：“生之徒，十有三；死之徒，十有三；人之生，动之死地，亦十有三。夫何故？以其求生之厚。”[7] “死生亦大矣，而不得与之变，虽天地覆坠，亦将不与之遗，审乎无假而不与物迁，命物之化而守其宗也。”[8] 正是这种清醒的呼喊惊醒了世人生存之梦。当人认识到生命有限而不再得的残酷时，会倍觉生命的珍贵而拒绝死亡，但生命是无法超越的，因此人们陷入了一种矛盾而痛苦的深渊中。针对这一问题，老庄的解答方式不同于儒家，采取的是一种超脱达观的态度。老子曰：“出生入死。”他认为出世就是生，入地就是死亡，要人们把这一切看成是再自然不过的事情。庄子曰：“古之真人，不知悦生，不知恶死”，“死生，命也，其有夜旦之常，天也。人之有所不得与，皆物之情也”。他认为有生则有死，犹如昼夜更替是人力无法改变的，奉劝人们不必悦生恶死，而应“善死善生”，即“夫大块载我以形，劳我以生，佚我以老，息我以死。故善吾生者，乃所以善吾死也”[9]。但是，旷达自然的态度无法

---

① （清）刘宝楠撰，高流水点校：《论语正义·子罕》，北京：中华书局，1990 年，第 349 页。
② （清）刘宝楠撰，高流水点校：《论语正义·先进》，北京：中华书局，1990 年，第 447 页。
③ （清）刘宝楠撰，高流水点校：《论语正义·里仁》，北京：中华书局，1990 年，第 146 页。
④ （清）刘宝楠撰，高流水点校：《论语正义·卫灵公》，北京：中华书局，1990 年，第 620 页。
⑤ 杨伯峻译注：《孟子译注·告子章句上》，北京：中华书局，1960 年，第 265 页。
⑥ 王伯祥选注：《春秋左传读本·襄公二十四年》，北京：中华书局，1957 年，第 412 页。
⑦ 王卡点校：《老子道德经河上公章句》，北京：中华书局，1993 年，第 192 页。
⑧ 陈鼓应注译：《庄子今注今译·德充符》，北京：中华书局，1983 年，第 144 页。
⑨ 陈鼓应注译：《庄子今注今译·大宗师》，北京：中华书局，1983 年，第 169～178 页。

扭转人们（包括老庄）觉醒后对生命的迷狂。这样，老庄既为自己也为他人透出一线生机。“道”是生命的原初形式，是永恒的。如果人顺应自然之大化，体道无为，致善致静，放弃自身的生存忧虑，就能与“道”合一，从而超越生死的烦恼与局限。“后其身而身先，外其身而身存”，“知足不辱，知止不殆，可以长久”①，正是这种生命的辩证法给予人们长生久视的希冀。庄子的养生以及“齐生死”的人生境界和“真人”、“至人”、“神人”的理想人格更是给人以鼓舞。人们死死抓住这救命之绳汲汲于长生之想。这样，老庄哲学在长生不死的巫术迷狂中升华为生命哲学。

我们的祖先对来世、彼岸以及灵魂等宗教式的解脱不感兴趣，他们注重今生今世的世俗式的超越，在很早以前就表现出对长生的渴求。殷商铭文中屡屡出现长命的象征——龟图腾，周代铭文的核心内容是“祈眉寿”，《诗经》祭祀诗中多次出现“万寿无疆”、“万寿无期”的祝福，这些都是古人对长生的希望。强烈的求生情感，推动着人们对不死的追求。在《山海经》中，就有不少关于不死药、不死民、不死国的记载：

开明东有巫彭、巫抵、巫阳、巫履、巫凡、巫相，夹契窳之尸，皆操不死之药以拒之。契窳者，蛇身人面，贰负臣所杀也。郭璞注：为距却死气，求更生（《海内西经》）。②

开明北有……不死树。郭璞注：言长生也（《海内西经》）。

不死民在其东，其为人黑色，寿，不死（《海外南经》）。

大荒之中，有山名曰大荒之山，日月所入，有人焉三面，是颛顼之子，三面一臂，三面之人不死，是谓大荒之野（《大荒西经》）。

有不死之国，阿姓，甘木是食。郭璞注：甘木即不死树，食之不老（《大荒西经》）。

这些神话令人遐想，刺激人们追求长生不死的欲望。神仙思想就是这些世俗式追求与老庄哲学交融下的产物，它以最直接、最具体的方式来解脱人类的生命

---

① 王卡点校：《老子道德经河上公章句》，北京：中华书局，1993 年，第 176 页。

② 袁珂校注：《山海经校注》，上海：上海古籍出版社，1980 年（凡引《山海经》未注者都出自该书）。

悲剧，在人们面前创造出一个似真似幻、令人企羡的神仙乐园。人们渴望成仙，以超越生命的极限，获得永恒；人们企图在乐园中畅游，以求摆脱人世的束缚与烦恼，获得逍遥自由。

中国人正是在儒家、道家、神仙家这三种文化交融碰撞之下，在理想与现实的矛盾纠葛中，形成了自己特有的解脱生命悲剧的方式，以求超越尘世，获得生命的永恒与自由。

二

汉武帝采纳董仲舒的建议，“罢黜百家，独尊儒术”，使儒学成为社会的主流思想，儒家超脱生命悲剧的方式也因此深深植根于士人心底。司马相如虽生活于景、武时代，但对战国的游士之风充满希望与期待，仰慕凭奇策、奇行而一举成名的蔺相如，不惜将十万巨资得来的郎官弃置不顾。他虽然能游于当时之大国梁孝王门下，但由于时势的变易和自身的缺陷而陷入困境，其才能在诸侯国腾挪不开。梁孝王死，回归成都，家徒四壁，只得托身于临邛令王吉。这段宦游经历不仅宣告司马相如“赤车驷马”的理想落空，也同时宣告了游士时代的终结。士人不管情愿与否，都得重新审视这眼前的社会。大汉王朝虽分封诸侯，但此时的诸侯已无法与战国时相可比，只能是中央政权的陪衬和附庸。为此，东方朔感叹道：“彼一时也，此一时也。”司马相如在痛苦中反思，意识到蔺相如的时代已一去不复返，因此他并没有将眼光再投向诸侯、权贵的门下，而是接受文翁之遣来到京城。他捕捉到时代的变化与向儒气息，于是与杨得意精心谋划，凭《子虚赋》得武帝召见，而且抓住机会，再作《天子游猎赋》。该赋中张天子以抑诸侯的主旨甚合武帝之心，甚合时代的脚步，最终得以郎官侍从于武帝的身边。这看似幸事，而实质上又必须以牺牲士人的独立人格为代价，因为以权力为中心的社会，从来都是尊势统而卑道统。作为文学侍从，始终无法摆脱“卑身贱体”地位。司马相如只能将自己的情性收起，将热情投入到建立盛世理想中，在赋中不断勾勒出一个幅员辽阔、物质丰富、国势强大、国泰民安、崇德尚义、天下大治的帝国形象。虽然他心中也不无失落之感，也曾借美女的高洁、失宠来表达自己的孤独、幽怨以及对君王的忠心，但因他深通儒家经典，更能理解《诗经》的美刺精神，因此作为宫廷文人，并没有对自己的俳优弄臣地位有过多的牢骚，也没有像扬雄对汉赋讽谏彻底失望，反而始终坚持儒家的讽颂传统，作赋以谏，临死还遗绝笔于武帝，寄希望举行封禅大典。封禅不仅仅是一种仪式，而且承载着司马相如的盛世梦想。正因如此，他生前并没有严重的精神失落，死后也赢得了自己的一席地位，不仅留名青史，而且使史学家司马迁、班固赞之曰："相如虽多虚辞滥说，然要其归引之于节俭，此亦《诗》之风谏何异?"①

士人之所以以如此热情投入到建立盛世的梦想中，之所以成为大一统专制政治的附庸，是因为王朝的兴衰既与自己的仕宦前途分不开，又关乎自己的功业名声，承载着自己生命的价值。但是大汉帝国并不依士人的意志而运转流行，而是不断衰落。汉末宦官外戚交相专政和选举任职的虚滥，使政治一片狼污，但是士人的治世热情与功名期待并没有因此而减退，反而在批判社会的政治危机与弊病的同时，苦苦寻求救世良方。

王符虽然不能像司马相如那样侍从君主、作赋以讽，但著书立言，借《潜夫论》"指讦时短，讨谪物情"。② 他认为：当时政治、经济、风气本末倒置，名不符实，是衰世之务，而扭转的关键在于处理好君、臣、民这三者关系，提出了"民为国基"、"国以贤兴"的命题。当然，这一切须君主公私分明才行，但要居于权力巅峰的君主去其私欲谈何容易。实际上，不管君主的本质如何，都会在私欲的膨胀下走向昏庸。可以说，士人所期望的明君从来就没有出现过，何况王符所生活的时代都是衰世之主，将救世希望寄托在这样的君主身上，自然会落空。再说所谓的贤臣，不仅带有极大的主观性、模糊性，而且其话语权又往往掌握在君主手里。但当君主的人格膨胀到成为英明的代名词时，在封建政体中哪里还有"贤臣"可言！虽说王符明君贤臣的政治理想难以实现，但是他将自己拯时救世之想公诸世，传之于后，产生了广泛影响，使其生命具有了不朽的价值与意义。正如清代镇远县进士李方泰重刻《潜夫论》时所作序曰："夫先生一布衣耳，而又丁汉室之衰，非有丰功伟烈，足以耀当时而垂后世也。而度辽一迎，荣流当代；昌黎一赞，名炳儒林。夫岂无所修为，而令人爱慕一至此欤?"③ 崔寔是王符好友崔瑗之子，与王符一样，撰有《政论》一书。该书虽然只剩一卷，但其思想的敏锐深刻却使后人难以匹敌。他认为拯救乱世、谋救中兴不必"拘文牵古"，而应该"遭时定制"、"执权达变"。其思想比王符更加激进，已抛弃了经术之士的复古思想，以革新者的面貌出现。他主张"重赏深罚"，试图以此来维

---

① （汉）班固撰：《汉书·司马相如传》，北京：中华书局，1962年，第2609页。
② （宋）范晔撰：《后汉书·王符传》，北京：中华书局，1965年，第1630页。
③ （汉）王符著，（清）汪继培笺：《潜夫论校正·附录二》，北京：中华书局，1985年，第483页。

护君主的权威，遏制“民欲”。他还主张任贤安民，颇为深刻地分析出因贤人遭妒、君主昏庸、贤人正直不阿造成了君主身边难有真贤的事实。他多年担任地方长官，对老百姓颇为同情，也提出了一些切实可行的“养民”、“爱民”措施。虽然他的中兴之救并没有被当时的统治者所采纳，但这无损于他思想见解的独到，他同样彪炳史册，受人赞扬。其本传曰：“指切时要，言辩而确，当世称之。仲长统曰：‘凡为人主，宜写一通，置之座侧。’”[①] 仲长统虽有出世之想，但并没有将社会责任完全抛却。他承继了王符、崔寔的批判思潮，“每论说古今及时俗行事，恒发愤叹息”[②]，著《昌言》十余万言。该书虽已散佚，但是他对社会的犀利批判与理乱的宏旨还是看得出来。他认为每个王朝必然经历由乱到治、由治到乱、由乱到亡三个阶段，“存亡以之迭代，政乱从此周复，天道常然之大数也”（《理乱》）。天道常然，当然，治乱兴衰完全在“人事”，而不在“天数”、“气运”。汉末之所以陷入外戚、宦官专权的魔咒中不能自拔，其根本原因就是光武帝为防强臣而废丞相、改设三公的政治体制。因此，他主张改革应该是有损、有益，有变有复，因时制宜。面对乱世，他虽然有点绝望，但还是游学青、徐、并、冀之间，担任过尚书郎，并参与过曹操军事。

蔡邕面对社会的黑暗，心中也曾涌动过“闲居玩古，不交当世”的想法，面对征召，称疾而回，但出身于世代官宦家庭，无论怎样都无法割舍对社会的责任感，在官场外徘徊了十多年后，还是迈入了仕途。为了帝国的康宁，他将自己的生命抛诸脑后，“讥刺公卿，内及宠臣”，虽遭打击流放，但并没有因此而妥协。后面对猛将豪强，虽心存顾虑，但面对敬重、赏识、荣宠以及垂问，匡政济世的思想又浮出水面。当然蔡邕的命运是士人最不愿看到的，董卓被诛，他以自己的名节、性命成为其陪葬。在为他深深扼腕叹息之时，我们不得不感叹，儒家超脱生命悲剧的途径何其苛刻、艰难，这条路上不仅洒满了士人的辛酸、痛苦，甚至生命，但到头来还是枉然。

当然在叹息中士人难免会涌动起避世存身之想，但是儒家平治天下的生命观则以异乎寻常的顽强力量深深植根于心底，难以轻易地铲除。曹操、曹植的建功立业的慷慨情怀再一次昭示了士人的执著。曹操虽为宦官之后，少年任侠不免泼皮、无赖，但也显示出他的刚强、胆识。初仕洛阳北步尉，在许多名士眼中不值

---

① （宋）范晔撰：《后汉书·崔寔传》，北京：中华书局，1965 年，第 1725 页。

② （宋）范晔撰：《后汉书·仲长统传》，北京：中华书局，1965 年，第 1645 页。

一提，但他却利用手中权力，打击宦官、豪强，使“京师敛迹”。后迁顿丘令，则使“奸宄逃窜”。就是为议郎，他也不遗余力大胆纠举三公们的污浊行为。当董卓之乱和黄巾大起义置于眼前，他也没有丝毫犹疑，而是以“欲为国家讨贼立功”为追求。当时虽然只有五千人马，但敢与董卓的部将战于荥阳汴水。执著于平定天下，不仅使他在兖州站稳脚跟，而且使许多士人聚集于他的旗下，力量不断壮大，足以与当时的豪强猛将抗衡。建安元年，迎献帝都许，在政治上取得优势，挟天子以令诸侯，灭张绣、征吕布、讨袁术、平袁绍，统一北方，实现了拜将封侯的理想。但每一次征战的胜利和功业的增厚，又给本来弱小的皇帝带来威胁。汉献帝虽然弱小，但代表着无上的皇权，所谓“从之则权轻，违之则拒命”，从迎天子都许开始，他就等于将一把双刃剑驾在自己的脖子上，稍有不慎，就会使自己和家人死无葬身之地。杨彪不悦的脸色、汉献帝的密诏、赤壁之战的谤议都时时提醒着他，“不得慕虚名而处实祸”，必须将其权力牢牢掌握在手中才行。对权力的经营，自然引发了人们的争论：他到底是定天下的英雄还是大逆不道的奸雄？关于曹操“英雄”、“奸雄”的争论，其实都是从统治者的角度出发而已，并不符合历史的真实。当时是一个道德解构时代，并不过分地着意于忠奸，更在乎的是定天下、安天下的才能。何况曹操追逐的是功业名声，而不是帝位。最后，他不无自得意满地说：“身为宰相，人臣之贵已极，意望已过矣。今孤言此，若为自大，欲人言尽，故无讳耳。设使国家无有孤，不知当几人称帝，几人称王。或者人见孤强盛，又性不信天命之事，恐私心相评，言有不逊之志，妄相忖度，每用耿耿。”① 其子曹植虽然过着优游自在的贵公子生活，但是儒家立德、立功、立言的人生追求时时激荡着他，使他意识到大丈夫不能贪图声色肉体的享受，而应“戮力上国，流惠下民，建永世之业，流金石之功”②。他没有像其父那样转战沙场，经历血与火的洗礼，却尽所可能投入到当时的政治、军事活动中，从中所表现出的思想才能深得其父的赏识，差一点被立为太子。其父一死，虽然处境极为痛苦艰难，备受猜忌迫害，但他害怕“微才勿试”而离开人世，因此不惜委曲求全、自我贬抑，希望取得其兄的信任，有“奋戈吴越”的机会。即使没有丝毫改变，名为王侯，实为囚徒，他也不坠青云之志。在魏明帝

① 安徽亳县《曹操集》译注小组译注：《曹操集译注·让县自明本志令》，北京：中华书局，1979年，第132页。

② （魏）曹植著，赵幼文校注：《曹植集校注·与杨德祖书》，北京：人民文学出版社，1984年，第153页。

时，他反复上书，陈举政事，关心国家的命运，表达自己的忠诚，希望能有自己“效锥刀之用”的机会，这样哪怕“身分蜀境，首悬吴阙”，“犹生之年也”。

魏晋易代之际，曹魏与司马氏两大政治集团之间的矛盾斗争十分残酷，空中到处弥漫着血腥味。这时，儒家的积极进取、建功立业逐渐让位于道家的消极避世、全身远祸，名士们虽然想寄居山林、遗情山水，但内心深处却难以割舍对现实社会的关注与责任。他们处于现实的忧患与生命超脱的矛盾中，外表看起来极为潇洒，但内心却异常痛苦。像嵇康最后走向公开与司马氏对抗，“临刑东市，神气不变”，以肉体生命成就了自己的名节。阮籍本有济世之志，认为人类的生命虽然如木槿朝开夕陨那样短促，但也要活出那份灿烂与辉煌。他以壮士自喻，要临难不惧、效命疆场，使忠义令名留垂后世。他也曾为建立一个“尊卑有分、长幼有序”的安定社会而努力，但现实的残酷将这一切摧毁。

两晋玄风大炽，士人建功立业的豪情被消磨殆尽。山涛虽有功名之求，但却以“宝身全行”为前提，因此虽从魏晋改朝换代中走来，其内心却全然没有阮籍的矛盾痛苦，也没有值得大歌大颂的节义行为。他为官几十年，曾试图对当时的政治、风俗有所匡建，像保裴秀、访贤才、领选举、谏武帝等，这一切只是恪尽职守，不阿权贵，不结党营私，但从不与当权者抗衡、较量。他仕晋几十年，毫发未伤，官越做越大，实现了位列三公的夙愿。王戎作为世家大族子弟，具有深厚的儒家文化素养，也有一定的政治才能，带兵伐吴、治理新附之民、甲午改制、亲接锋忍，其身上不失建功立业的人生追求。但身处西晋恶劣的政风与残酷的政治斗争中，他只是“与时舒卷”，没有骄人的政绩，也没有儒家所要求的忠义节烈行为。只有郭璞用自己的鲜血在两晋卑污的士风中谱写了一曲儒家的生命乐章。他生活于两晋最混乱时期，社会的动乱、生命的脆弱、政治的腐败，这一切都触目惊心地摆在他面前，他没有逃避，而是用平治天下的慷慨豪情，为东晋的建立奔走，为政治清明而一再进谏，但由于人微言轻，他的呐喊与奔走却无人赏识，时人只不过以一术士视他、待他而已。在矛盾痛苦中，他借游仙表达自己对生命的感喟，倾泻自己的忧患与失意，不乏建安时代的慷慨悲凉。他虽然官职卑微，只是王敦一记室参军，但最后凭自己的微弱力量去阻止王敦的叛乱，虽惨遭杀害，却表现出儒家“舍生取义”生命哲学的魅力。

三

汉末政治黑暗，不仅带来了王符、崔寔、仲长统的批判思潮，而且也动摇了占统治地位的儒学。士子们不再固守一经，而是以博学、博览为贵，以获得“通儒”称号为莫大的荣耀，在千里游学、转益多师、创发新义中引发了学术的变化。经学的衰落已成必然之势，一度沉寂的诸子之学开始活跃起来，宣言世间。如王符论世时已挣脱了儒家思想的束缚，将道家、法家等诸子思想融为一体；崔寔也通融诸子，在正统与异端相纠葛、儒家与诸子相兼融的过程中比王符滑出更远，受法家影响更深；仲长统则高喊“叛散《五经》，灭弃《风》《雅》”，表现出离经叛道的异端色彩。桓、灵之际的党锢之祸，不仅使士人舆论抗世、德行救世的理想破灭，而且也引发了士风的变化，他们从群体自觉走向个体自觉，每个人都在矛盾痛苦中试图探寻人生的出路。如陈寔对党人的婞直有所保留，进退有节，据仁德以理政、修身；郭林宗则走向论道讲学与人伦识鉴；黄宪则在志操、学问中追求独立人格，在“道性周全”的追求中表现对儒家的反叛与疏离。儒家生命哲学开始消退，士人为了明哲保身，为了摆脱人世间的束缚与烦恼，自然向道家靠拢，希望以旷达超脱生存之悲哀，力求在庄子的“齐物”与“逍遥”中获得一种无拘无束、无牵无碍的内心体验，在山水田园中感到莫大的自由与愉快。

蔡邕、仲长统的进退出处则昭示了道家人生哲学已开始在士人心中萌芽。士人本以弘道为己任，将社会关怀与社会责任作为自己的生存价值，甚至是唯一价值，但是现在不仅要“卑俯乎外戚之门，乞助乎近贵之誉”，使名节受损，而且稍不慎重，就“荣显未副，从而颠踣，下获熏胥之辜，高受灭家之诛”，因此为了保全个体生命，必须从外部世界抽身回来，宁愿“在贱不耻”，努力想在“扬衡含笑，援琴而歌”[①] 中获得心灵的宁静。虽然蔡邕并没有真正超脱，社会的每一个变化都牵动着他的神经，最后以悲剧结局，但是他前后矛盾的行为以及明哲保身的想法，标志着对士人几个世纪以来狂热求仕的反拨，标志着士人逐渐转向对自己身心的卫护。仲长统不仅对仕途充满畏惧，而且更是以道家哲学来加以否定。他认为：“凡游帝王者欲以为立身扬名耳，而名不常存。”[②] 因此，他的内心就没有进退两难的激烈冲突，而更多的是表现出对新生活、新价值的追求。他的《乐志论》、《见志诗》，显然与蔡邕的《释诲》不同，在富贵逸乐生活的追求中，

---

① （汉）蔡邕：《释诲》，见（汉）范晔撰：《后汉书·蔡邕传》，北京：中华书局，1965 年，第 1980 ~ 1989 页。

② （宋）范晔撰：《后汉书·仲长统传》，北京：中华书局，1965 年，第 1645 页。

是对儒家立德、立功、立言的彻底否定，与“至人”、“达者”的逍遥一样，同为道家的理想人生境界。他的诗中带着几分狂野与孤傲，哀叹世人总是为声名、利禄羁绊，而他要将这一切统统抛却，“寄愁天上，埋忧地下”是何等气魄。在鄙夷与反叛中，又带着精神的惬意与满足去讴歌那种无拘无束、自由自在的逍遥生活，“六合之内，恣心所欲”。

建安时代虽然以建功立业为主旋律，但由于现实处境的恶化，曹植也在不知不觉中向庄子靠拢，以求安慰与解脱。他认为忧愁痛苦的根源是名利，所谓“所鬻者名，所拘者利”，因此人只有摆脱名利的桎梏，用“无为”“淡泊”“玄虚”“淳朴”来疗救自己，才能做到全贞保素、乐天知命。

正始则不同，士人特别喜爱老庄，老庄哲学影响了他们的人生理想、生活情趣以至生活方式。士人不再执著于建功立业的追求，希望摆脱现实功名的束缚而获自由。嵇康面对现实的忧患，极为矛盾痛苦，在彷徨无依中抓住老庄，把它当做自己安身立命的依据，用来消解内心积聚的生命情绪，镇定现实中带来的危机感。因此，他崇尚道家，不是现实功名受挫后的精神逃避与补偿，而是伴随着对现实功名的否定与痛恨，将老庄哲学融入自己的思想中，对老庄近乎一种认同和回归，内化为自己的一种自觉的人生价值取向。他希望把自己的生命完全等同于自然物质，安时处顺，生死不惧，达到“无为自得，体妙心玄，忘欢而后乐足，遗生而后生存”[①] 的境界。他不仅从孙登游于汲郡山中，而且在诗歌中反复吟咏归隐之趣，以求在隐逸人格的追求中获得“齐万物兮超自得，委性命兮任去留”[②] 的逍遥，以致临死前还执著于“采薇山阿，散发岩岫”的生活。阮籍是一个自我意识非常强烈的人，面对生命的悲剧，他以一颗痛苦不屈之心始终在探索，而儒道两种生命观始终在其内心冲突矛盾，使他找不到出路。他既想屈从于现实社会、有所作为，建立一个天下大治的理想社会，但现实的血污和统治者的虚伪又让他无法面对，只能逃向老庄哲学中。他以“庄周为模则”，在现实生活中狂放不羁、嗜酒如命，如鸾凤长啸不已，登山临水，经日忘归，闭门读书，累月不出，率性而为，试图将庄子的理想人生化为实践。他也希望自己能摆脱世俗的纷纷扰扰，追寻许由、巢父的足迹，进入逍遥自适的超越境界，但是在追求这种个体人格的自由时，不可避免地要与现实社会发生冲突，加剧了内心的矛盾仅

① 戴明扬校注：《嵇康集校注・养生论》，北京：人民文学出版社，1962 年，第 157 页。
② 戴明扬校注：《嵇康集校注・琴赋》，北京：人民文学出版社，1962 年，第 96 页。

就隐逸而言，虽带有避世色彩，但无力对抗血腥的社会，更无法解决人与自然的冲突，“朝为媚少年，夕暮成丑老”，这是谁也没有办法的事。因此他只能在诗文中着力描写一个事实上并不存在的逍遥世界，塑造一个在天上人间都无法找寻的理想人格——“大人先生”。

两晋士人在清谈玄虚中游戏人生，道家人生哲学已深深植根心底，他们不仅用其作为精神的安慰与补偿，而且用它来解决现实的人生冲突，在名教即自然中泯灭是非、善恶。这样，他们身上当然没有了阮籍、嵇康那份求真、求善的热情与执著，也就没有内心的矛盾痛苦与人格分裂，只以追求身心的安逸为目的。像山涛虽不失正直、良心，但居职任事是当为则为、不可为则不为，决不勉强自己，也决不与当权者抗衡。当与群小和执政者有矛盾时，他不是据理力争，反而请退辞官；面对是非议论时，他不发一言、不辩一语。这就是他特有的处世方式，“心存事外，与时俯仰”。王戎更是如此。他将道家哲学用来与世周旋，表现得更为圆滑世故，不是像山涛那样有时模糊了是非界线，而是完全抛弃了原则，因此在愍怀太子事上不发一言，面对两路大军逼京而无动于衷。为保性命，他“谲诈多端”，可以将十万葬银拒之门外，又可以为五端细布“厚报其书”，还可钻核卖李、向侄子索要单衣；可以与名士于洛水高谈季札、子房，而自己居丧却过礼、废礼等，这就是他“慕蘧伯玉之为人，与时舒卷”。当然，山涛、王戎都是“乡愿”式的人物，难免遭人诟病，但因诸多原因，人们对山涛责之过苛、过切，而对王戎却较为宽容维护。

郭璞、陶渊明则不同，他们没有高官厚禄，而只能在屈辱卑微中讨生活。当无情的现实将他们的猛志豪情摧毁后，他们也曾向道家靠拢，试图于自然的玩味中找到失落的精神家园，但是无论如何都无法泯灭内心的痛苦。郭璞从痛苦中走向隐逸，在诗文中极力描写山林隐逸生活的清高脱俗，欲以庄周、严平、梅真、老莱子为榜样，“不物物我我，不是是非非”，但是不管是现实中还是诗文中，他都无法真正超脱。陶渊明在痛苦中走向怀古，想借着是古非今的外衣来对社会现实进行批判，在寂寞孤独中向古人寻求力量、寻找知音，在痛苦中试图重建自己的精神家园。他最痛心于真淳之风的丧失，而虚伪之风大起，在他看来，园林无世情，是自然精神的象征，因此把田园当成自己的理想与归宿。在四十二岁辞去彭泽县令后，他亲执农具，躬耕其中。他要以此“自然”涵养自己的“任真性格”，想在田园里复活那已逝去的“黄唐”、“羲农”、“东户”时代，为此他在诗文里极力讴歌田园生活的快乐。但实际上他的田园生活并不美好，一连串的灾难使其生活极为贫困，“夏日长抱饥，寒夜无被眠”就是其生活的真实写照。虽然他一直坚守田园，也没有像写田园乐那样去写田园苦，但是当他将生活的贫困真实坦露于我们面前时，他的失落、痛苦自不待言。他没有像郭璞那样走向游仙，但其实他为自己所构筑的桃花源就是他的超越尘世之想。因为渔人再也无法进入这一世界，游方之士也无法测度了解。这一世界以儒道理想社会为文化特征，是他怀古情结、田园情结与躬耕田园的生活实践的结晶。

四

神仙思想一经产生就已幽幽地透进个体生存意识中，不时闪现出这种思想的光影。统治阶级为了保持自己的长期统治、永享富贵，企图凭借自己的权力、财力、人力实现成仙之梦，在中国历史上掀起了大规模的求仙活动。从战国时的齐威王、齐宣王、燕昭王到秦皇、汉武，愈演愈烈。秦始皇宠信方士徐市、卢生、韩佟、侯公、石生之属，遣发童男童女数千人，去蓬莱、方丈、瀛洲寻找不死之药，他还亲自“东游海上，行礼祠名山大川及八神”①。具有雄才大略的汉武帝，在求生面前和始皇一样，情感极度膨胀，迷信求仙，敬祀鬼神，使得方士们一个个扼腕欲试，纷纷聚居咸阳。他们前后派出求仙问药的方士竟达几千人，但最后都一无所获，秦始皇气得只能进行残暴的杀戮，活埋了四百六十多个儒生方士，而汉武帝也只得向群臣检讨曰：“向时愚惑，为方士所欺。天下岂有仙人，尽妖妄耳，节食服药，差可少病已。”②

秦皇汉武的荒谬并没有扭转人们对生命的狂热追求，从此以后，神仙思想不但没有消失，反而愈演愈烈。魏晋时服食养生、求仙炼丹之风充塞整个社会，上自帝王贵胄，下至村夫市民，即便在饱受儒家教诲的士大夫身上，也散发着此种气息。许多士人虽然清醒地认识到神仙虚无，但还是把游仙作为精神苦闷的慰藉和重建的精神家园，借助大胆的幻想、神奇的传说等超现实手法周游仙界，或与仙交游以抒发情志。

建安时代浓重的忧生不仅使士人执著于建功立业的追求，而且宗教式的长生享乐思想也让人无法割舍，哪怕是短暂的精神愉悦，也涌动起心中浪花，于是士人的游仙诗就在这时成熟发展起来，曹操、曹植是他们中的代表。当然，他们的

① （汉）司马迁撰：《史记·秦始皇本纪》，北京：中华书局，1959年，第223页。
② （北宋）司马光编撰：《资治通鉴》，上海：上海古籍出版社，1997年，第191页。

游仙与秦皇、汉武的求仙不同，涤除了宗教式的过分迷狂与荒谬，带上了“生命谁不死”的理性之思。虽然游仙中不乏服食、养气以及永年之求的方术色彩，而且在游仙中主体“我”无限膨胀，乘云驾雾、上天入地，无所不能，赤松、王乔、王母、东君、仙人、玉女，都与自己同游同乐，玉浆、美酒、仙歌、仙乐，无限满足，不乏幻想，但这只是一种艺术想象，不再具有客观真实的意义。换句话说，就是继承了屈原的抒情述志传统，把游仙当做个人现实苦闷与失落的补偿，寻求一种超现实的解脱，表达自己超脱生命悲剧的美好企求而已。当然，因现实处境不同，曹操更着意于享乐与长生之求，将仙界描写成集长生、享乐、自由、权势于一体的世界，以求获得精神的慰藉与快感，同时又不时流露出人生失落的忧伤与悲叹，在思蓬莱、想昆仑中，看到的是周孔徂落、会稽坟丘的残酷。而曹植主要借游仙抒写内心的痛苦和生活的不自由，因此意不在名山名水、美酒佳肴，而是远离尘世，翱翔九天之上，着意于空间的阔大和对自由的神往。还因现实痛苦之故，他在游仙中流露出对隐逸的向往，有时将仙人、隐士、真人混而为一，在长生久视中渗进了淡泊达观式的超脱。

正始时期，忧生切骨，使人更执著于游仙之想。嵇康、阮籍将游仙与体玄结合起来，形成了这一时期特有的游仙样式。嵇康虽然相信神仙实有，但又认为神仙特受异气，非积学所致；只不过人类本来有数百年的生命，而现在生命短促都是因不善养生的结果。因此，他再三强调养生，相信服事之事，亲自上山采药，服食寒食散，汲汲于长生之想。但实际上，他并不能真正从现实忧患中抽身，沉醉于养生中，对于生命的情感同样只能借助于游仙诗来表达。只不过他的游仙与曹氏父子不同，不在于长生之求，也没有建功立业的执著之想，而是出世独立的隐逸之趣。他游仙的目的不在于成仙不死，而在于割断尘网、摆脱秽累，以此来获得超拔挺立的人格。因此他不像曹植极力拓展一个阔大空间让自己心灵自由，而主要追求空间的雅洁来表现脱俗的情调。他的仙界没有仙人、玉女，而有“肆志”“纵心”的隐士，没有神药、灵芝、美酒，而有山林美景、香草素琴。嵇康游仙也不在于享乐自由的追求，而是玄理的玩味，试图把生命寄托于道玄中来超脱生命的悲剧，所谓“齐物养生，与道逍遥”，其实只是一种泯灭是非善恶与造化同体、与自然合一的恬静状态。阮籍的游仙则不同，只借助于仙人、仙境表达自己的羡仙之情、游仙之举，没有与仙同游的快乐场景，也没有引人注目的服食色彩。诗人在游仙中无法达到迷狂的状态，全身心置于仙境中，始终游离于仙境之外，“仙”“我”对立，这样不但产生不了超越尘世的满足感，反而加剧了内心的痛苦。阮籍把庄子笔下的真人、至人、神人作为自己的理想人格，而这种人格虽渗入魏晋士人的心目中，但不具备现实人格的基础。阮籍以这样的理想人格逍遥出世，只能被抛入半空，而这样的人格与长生不死的仙人本来就有一道天然的鸿沟，两者无论如何不能合二为一。他的游仙同样具有脱俗的情调，但是他的脱俗并不以现实的山林隐逸生活为基础。在阮籍眼中，隐逸还不够超脱，还有是非善恶，他只能将自己理想人格披上神话的外衣，肆意漫游，在扑朔迷离中表达自己的超世之想，在阔大领域中舒展自己，因此嵇康的脱俗在意的是境界的高洁，而阮籍则着意于空间的自由与远离尘世，在恢弘中显得朴素空灵。

两晋士人的忧患意识也极为浓厚，虽然他们沉于清谈玄理之中，但也不乏游仙之想。如张华、成公绥、何邵、庾阐等都写有游仙之作，但成就最高的当推郭璞。关于他的游仙诗，历来评价颇高，但又往往对“坎壈咏怀”、“列仙之趣”、“乖远玄宗”各执一端。其实他的游仙确实与曹植的游仙一样，与他的志业之求相联系，将其失意之叹、迁逝之悲、忧生之痛沉淀其中，不失建安的慷慨悲凉。但又不同于曹操、曹植的游仙，他的诗所表达的不在于与仙同游的快乐，仙国也没有成为现实的补偿，而是着力抒写隐逸，用隐逸的自由脱俗来贬低世俗，张大自己的内心，获得遗世独立、超尘拔俗之感。这一点看起来与嵇康相似，但其实又有不同。郭璞不仅只是歌颂隐逸，将隐逸当做解脱现实生命悲剧的道路，还将隐逸当做体道、悟道的途径，也是一条求仙之路。他的体道当然不乏玄言色彩，但又不同于玄言诗。他不仅着意理的阐述，同时也有意去刻画描写清新明快的画面，注重理趣、情怀的抒发。郭璞精通方术，世人本就以术士视他，其诗中也不乏方术色彩与列仙之趣。

总之，不管是太平盛世，还是末世、乱世，现实往往不尽如人意，士人的内心总是受到不同程度的挤压与煎熬，他们不仅希望自己有限的生命活出价值，而且更希望挣脱强加在身上的枷锁，尽情享受快乐与自由。也不管士人采取何种途径、何种方式，哪怕是游世、混世、游仙，这毕竟是士人对人生的追求。当然，他们在追求中所构筑的理想——生命的不朽以及田园、山水、仙界的美好——确实引人遐想，但要真正超越尘世、飞升理想世界，又何其艰难。因为理想只存于非现实中，只是人类的一个梦而已，是梦就会有醒来的时候。醒来现实依然，醒来痛苦还在，或许更让人难以忍受，但这不要紧，毕竟追寻过、梦想过，给人类社会留下的一份沉甸甸的情感，载负着千百年来人类坚强不屈的精神。

第一编　治世情怀　盛世理想

大汉建立，刘邦诏告天下曰："盖闻王者莫高于周文，伯者莫高于齐桓，皆待贤人而成名。今天下贤者智能岂特古之人乎？患在人主不交故也，士奚由进！今吾以天之灵，贤士大夫定有天下，以为一家，欲其长久，世世奉宗庙亡绝也。贤人已与我共平之矣，而不与吾共安利之，可乎？贤士大夫有肯从我游者，吾能尊显之。"① 正是这样的明言昭告，再加上诸侯权贵的重士、养士，使曾经一度被中断了的游士局面重新展开，许多士人心中沉寂多年的欲望被激活，都希望将自己托命于王侯、公卿、权贵，好一展身手。如主父偃先游齐国，后北走燕、赵、中山诸国，枚乘、邹阳、庄忌夫子先游吴王刘濞，后改投梁孝王门下。但实际上这只是士人一相情愿而已，西汉政治毕竟不同于战国时代，尤其是随着中央集权制的加强和对诸侯势力的全面抑夺，诸侯制度已无可挽回地演变为大一统政治的陪衬与附庸，士人所向往的游士时代已成明日黄花。每一位士人，不管情愿与否，都得重新审视这一社会结构，或快或慢地迈入封建官吏体制之中，为大汉天子所用，彼此之间就已构成君臣关系。当君臣关系取代昔日的主客关系时，就宣告了游士时代的终结和君臣时代的开始，士人的欲求就已消融在治世情怀之中。司马相如就是这一转折时代的代表，他从京城到藩国，又从藩国回到京城，这不是一种简单的回归，而是士人以自己的经历细细品味着时代的变化，在矛盾冲突中剥蚀着自己身上所独有的思想、人格，最后臣服于君权之下。

---

① （汉）班固撰：《汉书·高帝纪》，北京：中华书局，1962 年，第 71 页。

第一章 司马相如游梁与《子虚赋》

司马相如虽然生活在汉初游士之风盛行的时代，但并没有像枚乘、邹阳、庄忌夫子等那样，一开始就将目标瞄准某个诸侯国，或某个侯爷，而是来到中央朝廷，侍从于景帝身边。虽然高祖以明言诏告天下，贤士大夫有肯从我游者，吾能尊显之，但实际上从高祖到景帝，却没有兑现这一切。“汉兴二十余年，天下初定，公卿皆军吏”[①]，这无疑向世人说明这还是一个向武的时代，高官厚禄只属于从龙之徒。因此当时许多士人虽有强烈的功名欲求，但没有将自己定格在君主门下，反而认为诸侯的门下才是他们理想所在，像司马相如就不惜辞官游于梁孝王门下。

第一节 辞官游梁

一

司马相如出仕的第一步是“以赀为郎”，担任景帝身边的武骑常侍。武骑常侍主要侍从皇帝出巡、格杀猛兽等。一般大家在探讨司马相如免官游梁的原因时往往过多地强调了“景帝不好辞赋”[②]，好像司马相如天生就是一位辞赋大家。其实不尽然，在这之前并没有任何史实说明司马相如爱辞赋、创作辞赋，他的创作道路是从游梁时开始，到武帝时才达到创作高潮。司马相如免官游梁的真正原因应该是他带有战国策士似的出仕心理、期望与汉景帝为首的中央集权制相冲突。我们知道，司马相如在当时既没有蔺相如那样的出仕机会，也不可能像蔺相如那样从赵宦者令缪贤的舍人一跃而为诸卿之长。还有，侍从于皇帝身边的郎官与诸侯门下的客人生活完全不一样，既然是封建官吏体制中的一分子，就必须受

---

① （汉）班固撰：《汉书·张周赵任申屠传》，北京：中华书局，1962 年，第 2098 页。

② （汉）司马迁撰：《史记·司马相如列传》，北京：中华书局，1959 年，第 2999 页。

体制约束，不得自由，皇帝根本不可能像战国时的诸侯那样礼贤下士。可以肯定，司马相如在侍从景帝的几年里，内心经历过激烈的矛盾冲突与沉重的失落。但是如果没有新的希望，他不会轻易地辞去这一官职。而恰好有战国四公子派头的梁孝王来朝，重新燃起他的希望，于是他才下决心抛弃了用巨资买来的武骑常侍，辞官游梁。这看起来非常潇洒，但实际上是在现实与理想的冲突中所作出的一种痛苦选择。

士人充当宾客，往往没有具体的职事，与主人之间的关系非常灵活、松散、私人化，之所以受到礼遇，是因为宾客大多不是等闲之辈，往往能为主人出谋划策、排忧解难、广名美誉。因此，宾客也因才智的高低而有贵贱等级之分。如战国时的孟尝君就将他的门客分为好几等，正如吴师道注引《列士传》所说的那样："孟尝君厨有三列。上客食肉，中客食鱼，下客食菜。"[①] 而从当时梁孝王门下宾客的情况来看，应该也有此区别。梁孝王有异心，想谋为汉嗣不成，刺杀大臣袁盎等十余人，这前后都是公孙诡、羊胜之属为之谋。事发，这两人被迫自杀之后，为梁王说项奔走的是邹阳、韩安国、茅兰等人。枚乘、严夫子虽没有作为，但史书明载他们二人不敢直谏。而此前此后史书上根本没有提到司马相如有任何作为和动作，而是悄无声息。这就说明司马相如根本没有成为梁孝王的心腹，也未能参政议政、出谋划策。

梁孝王身居膏腴之大国，府库金钱百巨万，珠玉宝器多于京师，并且不是一个吝啬之人，对门客的赏赐非常丰厚。如公孙诡初见时赏赐千金，为求邹阳方略解罪于景帝也是赍以千金。在梁孝王死后，枚乘东归时，枚皋母不肯随而能分皋数千钱，说明枚乘也非常富有。而司马相如回归成都时家徒四壁，只有单人车骑托身于临邛[②]，这就说明他当时非常穷困潦倒，没有得到梁孝王的赏识，只不过是个寄食于诸侯门下的普通宾客而已。

二

司马相如初发长安时在升仙桥的送客观上题道："不乘赤车驷马，不过汝下。"[③] 成名欲望如此强烈而又自视甚高的司马相如游梁为什么会失败呢？从史

---

① 朱东润：《中国历代文学作品选》（上编第一册），上海：上海古籍出版社，1979 年，第 120 页。

② 参见（汉）班固撰：《汉书》之《贾邹枚路传》、《司马相如传》、《文三王传》，北京：中华书局，1962 年，第 2327 页、2529 页、2207 页。

③ （晋）常璩撰，刘琳校注：《华阳国志校注 · 蜀志》卷三，成都：巴蜀书社，1984 年，第 227 页。

书记载来看，景帝遵文帝之业，虽外有匈奴之祸、内有七国之乱，但君臣上下励精图治，移风易俗，削诸侯，安天下，与文帝一道，创造了历史上有名的“文景之治”。而梁孝王因太后故，贵幸无比，不遵礼制，大治宫室，招四方豪杰，出入游戏，僭于天子。真正有远见卓识的士人是不会热心参与谋反的。如邹阳、枚乘曾游于吴，而吴王因太子事怨望，称疾不朝，阴有邪谋时，他们都上书试图加以劝阻，劝之不听则去吴游梁。就是梁孝王之事，邹阳也极力谏争。士人的态度其实就昭示了汉初社会与战国的不同。汉在秦朝基础上建立起来的集权制政体，虽有分封诸侯，但远不是没落的东周可比；诸侯国虽有一定的实力，也根本无法与战国时的诸侯相比。尤其随着吴楚七国叛乱的被平定，从汉景帝开始了对诸侯势力的全面削弱，使诸侯几乎沦为汉朝的一郡，而其中实权又大部分操纵在天子所委派的“相”的手里。这样，诸侯的势力不但不能与中央相抗衡，而且逐渐成为中央政权的陪衬和附庸。汉初士人不管愿意与否都清楚地意识到了这一点，因此极具战国策士之风的邹阳也不免发出这样的感叹：“鸷鸟累百，不如一鹗。”枚乘在劝吴王时说得更明白透彻：“夫举吴兵以訾于汉，譬犹蝇蚋之附群羊，腐肉之齿利剑，锋接必无事矣。”[①] 司马相如不同于邹阳、枚乘、公孙诡、羊胜之人一直游于诸侯，他是从京城到藩国，对景帝与梁孝王有着更为具体的了解与比较，对中央与藩国的实力有着更清醒的认识，因此他在梁孝王的门下不可避免地又面临着这样的矛盾冲突：虽慕战国策士之风，想有一番作为，但面对如此现实，他的才智又在诸侯国腾挪不开，原先准备的一切似乎都施展不出。正如东方朔在《答客难》中所揭示的那样：“彼一时也，此一时也，岂可同哉？夫苏秦、张仪之时，周室大坏，诸侯不朝，力政争权，相禽以兵，并为十二国，未有雌雄。得士者强，失士者亡，故谈说行焉。……今则不然，圣帝流德，天下震慑，诸侯宾服……使苏秦、张仪与仆并生于今之世，曾不得掌故，安敢望常侍郎乎？”[②] 这样，司马相如对于梁孝王的所作所为保持沉默似乎也在情理之中。

司马相如虽以蔺相如为榜样，但并不具备蔺相如那样的天赋。他口吃，不善言辞，即使心中充满智谋，也无法用说辞自见，弄不好反而自取其辱、自招其祸。像邹阳那样善于文辩的士人还曾被谗下狱，何况司马相如呢？因此，司马相

---

① （汉）班固撰：《汉书·贾邹枚路传》中引邹阳《上吴王书》、枚乘《上吴王书》，北京：中华书局，1962 年，第 2340 页、2362 页。

② （汉）班固撰：《汉书·东方朔传》中引《答客难》，北京：中华书局，1962 年，第 2864 页。

如虽成为了梁孝王的门客，却由于时势变易和自身的缺陷而陷入困境，无所作为。

三

陷入困境的士人要么坐以待毙，要么寻找另样的出路。汉初的藩国不仅是阴谋权士奔凑的地方，同时也是文士辞人归附的地方。当时，在梁孝王的门下集结了大量的文人，形成了梁园文学群体。《西京杂记》卷四就记载了他们当时的创作情形："梁孝王游忘忧之馆，集诸游士，各使为赋。枚乘为《柳赋》……路乔如为《鹤赋》……公孙诡为《文鹿赋》……邹阳为《酒赋》……公孙乘为《月赋》，羊胜为《屏风赋》……韩安国作《几赋》不成，邹阳代作……邹阳、韩安国罚酒三升，枚乘、路乔如绢每人五匹。"[①] 司马相如加入这样的群体中，虽然不能成为梁孝王的上宾，但是他的精神还不至于消沉郁闷而绝望，他内心的冲突矛盾可在自由的文学氛围中得到释放。司马相如自言爱好辞赋，但真正写赋却是从游梁开始的。史书明载他游梁数岁，著《子虚之赋》。而关于《史记·司马相如传》，刘知几、张溥都认为大部分为司马相如自己所作的《自传》。如果此说可信的话，从司马相如游梁仅有一篇当时没有名气的《子虚赋》就可断定，他在之前虽爱辞赋，并不善于作辞赋，而游梁才是他真正向枚乘这样的名家学习、尝试创作的开始，是他作为大赋作家创作的准备期。

关于司马相如《子虚赋》，许多学者作过专门的探讨，其中有人着眼于从司马相如的《子虚》、《上林》与枚乘《七发》的关系来论述司马相如如何受枚乘的影响。笔者虽然认为司马相如的《子虚赋》不是现在看到的《天子游猎赋》的前一部分，因为这一部分从创作主题到艺术水平都超过《七发》，它只能是后来经过司马相如的大力加工改造之后融入《天子游猎赋》中的（后文将专门论述），但是无论怎样我们都不能否定司马相如在主题、结构、手法以及在语言方面对枚乘的继承。还有司马相如后来在武帝召见时说："有是。然此乃诸侯之事，未足观也。请为天子游猎之赋。"[②] 这就肯定了他的《子虚赋》主要是赋诸侯之事。显然，游梁这段经历不仅为司马相如提供了学习写作辞赋的机会，而且还为他的创作提供了素材。另外，从《天子游猎赋》的主题来看，张天子、抑诸侯，虽

---

① （晋）葛洪撰，周天游校注：《西京杂记》，西安：三秦出版社，2005 年，第 178 ~ 191 页。

② （汉）司马迁撰：《史记·司马相如列传》，北京：中华书局，1959 年，第 3002 页。

和儒家大一统思想一致，与汉初经学思想不无关系，但是与司马相如这段游梁经历也是分不开的。他亲眼目睹梁孝王的骄奢淫逸，“筑东苑，方三百余里。广睢阳城七十里。大治宫室，为复道，自宫连属于平台三十余里”；也目睹了梁孝王是如何僭越天子之礼的，“得赐天子旌旗，出从千乘万骑，东西驰猎，拟于天子。出言跸，入言警”[①]，当然也会意识到汉初隐藏的政治危机。

第二节 《子虚赋》与《天子游猎赋》

关于《子虚赋》的写作时间，《史记·司马相如列传》中记载得非常清楚：“梁孝王令与诸生同舍，相如得与诸生游士居数岁，乃著子虚之赋。”同时写到汉武帝在征召司马相如之前，读到此赋而大加赞叹：“朕独不得与此人同时哉!”[②]《子虚赋》毫无疑问作于游梁时期。而萧统在编《文选》时，将司马迁《史记》中所载的《天子游猎赋》一分为二，分为《子虚赋》与《上林赋》，恰好当时司马迁写传记时没有载下《子虚赋》的原文，《子虚赋》到底是什么样子后人也看不到，这样问题就出现了：人们往往将《文选》所分出的《子虚赋》当做司马相如游梁时所作的《子虚赋》。如高步瀛先生在《文选李注义疏》中就认为，《文选》中的《子虚赋》、《上林赋》的写作时间就相隔十年之久，换句话说，就是《天子游猎赋》分为两部分，命名为《子虚赋》的前一部分作于游梁时期，命名为《上林赋》的后一部分作于汉武帝时期。

当然，关于《天子游猎赋》的分合及其相关问题，历代学者颇为关注，也曾作过许多有益的探讨：有的学者认为二赋首尾贯通一意，不主张分开，而在赋的名称上也有分歧，《子虚赋》、《上林赋》、《天子游猎赋》各有其理由；有的认为二赋原是一时之作，合则一，分则二，只是上奏时间不同；有的则认为在《天子游猎赋》之外，还有另外两篇《子虚赋》，《上林赋》，因久不传而已。[③] 为此弄清楚《子虚赋》(《文选》所分）与《天子游猎赋》的关系就很有必要。

一

士人之所以喜欢依于诸侯、贵戚门下，就是希望输出自己的文武才能，换取

---

① （汉）司马迁撰：《史记·梁孝王世家》，北京：中华书局，1959 年，第 2083 页。

② （汉）司马迁撰：《史记·司马相如列传》，北京：中华书局，1959 年，第 2999 页。

③ 参见陈庆元：《赋：时代的投影与体制演变》，桂林：广西师范大学出版社，1999 年，第 157 页。

财货资用、官职禄位，因此极少以广大的视野来思考问题，往往只从主人的利益出发，为其所思，为其所谋。如贯高、赵午为赵王张耳之门客，因高祖对赵王无礼，于是他们欲为赵王谋杀高祖；公孙诡、羊胜为梁孝王刺杀汉朝大臣十余人。司马相如游于梁孝王门下也应如此，就是希望博得梁王的赏识与重用，无论如何是不会忤逆自己的主子，即使要指责批评也会讲究方法策略，绝不会直截了当说梁孝王淫乐侈靡、越诸侯之礼。

梁孝王确实是一位恃宠而骄之主，谋为汉嗣不成，就刺杀大臣袁盎等十余人，引起景帝的怀疑和怨望；又企图与朝廷对抗，这一切确实是《子虚赋》产生的现实基础，但这也不能说明《子虚赋》就一定写于此时。从当时的记载来看，对梁孝王直谏者只有邹阳一人，而说枚乘、严夫子皆不敢谏，根本没有明确提到司马相如的态度。有人会说这是由于司马相如用赋谏与邹阳的谏争不同造成的，其实要是以赋来谏也会有反响。如枚乘，他与司马相如一样，曾同侍梁孝王，一样爱写辞赋，他的《七发》一般认为是谏梁王造反或谏吴王造反的。枚乘在赋中以楚太子治病为由，以养生保寿为内容，用“要言妙道”暗寓政治上的安身立命，非常委婉曲折，但是这篇赋的目的并没有被淹没，枚乘反而以此赋出名。而司马相如《子虚赋》的写作意图比《七发》更明显，在盛夸云梦之事后，借乌有先生之口直接批评：“奢言淫乐而显侈靡”，“章君之恶伤私义”，“然在诸侯之位，不敢言游戏之乐，苑囿之大”①，这样的措辞和见解放在一个为诸侯宾客的文人身上，真有石破天惊之感，梁孝王及其同僚绝不可能没有任何反应。枚乘就曾谏吴王而出名，得景帝赏识召拜弘农都尉，司马相如也应该以胆识和勇气闻名。相反，不但没有任何关于他谏梁王的记载，而且在武帝征召之前他没有任何名气，这就只能说明司马相如在梁写的《子虚赋》中绝没有大胆斥责梁孝王、贬抑诸侯这样的思想主题，在当时他也不可能有这样的胆识。

再看司马相如侍从武帝时写的作品，就看不到《子虚赋》那样的措辞，即使是与《子虚赋》同为一个整体的《上林赋》在谏武帝时也是让天子自己茫然而思：“此太奢侈……非所以为继嗣创业垂统”，自己下令解酒罢猎，崇节俭，废上林，赈济贫民，革新政治。可见，《子虚赋》中敢直刺梁王的内容不是写给梁王看的，而是写给武帝看的。这样看来，《子虚赋》只能作于武帝时。

---

① （汉）司马相如著，金国永校注：《司马相如集校注》，上海：上海古籍出版社，1993年，第27页。

二

从游梁作赋的名声来看，司马相如远远比不上枚乘。《汉书》载："梁客皆善属辞赋，乘尤高。""武帝为太子闻乘名，及即位，乘年老，乃以安车蒲轮征乘，道死。"[①] 枚乘因作赋而享受征召的殊荣，而司马相如却连武帝后来读到他的赋时还不知为谁所作，可见游梁时司马相如作赋的水平赶不上枚乘。但是我们将《七发》与《子虚赋》作一比较，问题又来了。

先看文章结构。《七发》全文虽由吴客与楚太子问答构成，其实却以吴客问病、吴客批评太子、吴客尽情铺叙七事为主要内容，而太子就像一具摆设的木偶，不是说"仆愿闻之"，就是说"仆病未能也"，没有变化，缺乏生气。当然，有人说这是采取诱导法的需要，吴客是诱导者，他肯定是积极主动的，而楚太子是被诱导启发的对象，只能是被动的听众。但是让吴客一个劲地说，毫无变化的语气真有点叫人厌烦，这种程式化的结构也显得非常呆板。另外第七件事"要言妙道"，其实吴客什么也没说，太子却突然涊然汗出、霍然病解，显得非常突兀，叫人不解。有人认为这是作者故意留下的一个缺憾，采取文内与文外结合的办法。[②] 但不管怎样，缺憾总是缺憾，而且从文章的结构来看，它是不完整的。

《子虚赋》的结构与《七发》虽相似却有了许多不同。此赋同样设二人式问答构成全文，但子虚、乌有的名字不但带有更多的虚构与寄寓的作用，而且两位先生的辩论辞气风发、机智圆转，非常精彩。首先以畋乐、打猎多少为话机，用子虚先生沾沾自喜开篇，并以此来贬抑齐国。虽然乌有先生对贬齐不服，但并不急于去驳斥子虚先生，而是故意让子虚先生尽情地去夸楚，其实夸楚就是尽显其失，以此来显示乌有先生的机智与狡猾。而子虚先生的聪明就在不先直接夸楚，而是先夸说齐王打猎，通过他的口把齐王那骄傲神气的样子活灵活现地表现出来，以此来贬齐，又以此来烘托楚王之猎。子虚先生高明的地方不仅在此，还在再三贬抑自己是楚国鄙人，见识狭小，非常无知，只能言其小小者云梦，以此来夸耀楚国的苑囿，将其表现力扩大无数倍，这就是人们所说的以虚映实的方法。这种方法不仅能扩大其表现力，而且还能给读者以想象。对于这一点，清代刘熙载给予了很高的评价："相如一切文，皆善于架虚行危。其赋既会造奇怪，又会

---

① （汉）班固撰：《汉书·贾邹枚路传》，北京：中华书局，1962年，第2860页。

② 参见赵逵夫：《〈七发〉与枚乘新探》，《西北师范大学学报》（社会科学版），1999年第1期。

撇入窅冥，所谓‘不似人间来’者，此也。”[①] 子虚先生夸耀楚王在云梦打猎的盛况，完全压到了齐王，但文章并不就此结束，而是又起波澜。乌有先生这时开口了，但并没有按照通常的逻辑夸耀齐国的渤澥来压倒楚国，而是先责楚使的无礼，再驳盛夸云梦的错误，不仅显侈靡、彰君恶，而且有伤两国信义。这已经把楚国贬之再三、斥之再三了，乌有先生还嫌不够，又出人意料地夸起齐来。但乌有先生夸齐与子虚先生夸楚不同，不是用繁笔铺陈，而是用简笔争胜，只说齐国疆域的辽阔，“吞若云梦八九于胸中，曾不蒂芥”，对其中的物产只说“不可胜记，禹不能名，契不能计”，这样写不仅达到了以虚映实的目的，而且又显手法的灵活。楚是正面实写，而齐是侧面虚写，而这种虚写又是以前面齐王畋于海滨和楚之云梦泽的夸耀为基础的，显示出全文内在结构的紧密。尤其末尾一笔“然在诸侯位，不敢言游戏之乐、苑囿之大；先生又见客”尤为高妙，以退为进，完全解了齐王之围，当然还为下面的天子游猎留下了余地。全文一波三折、跌宕起伏，辩者智趣毕现、热闹非凡，手法灵活多变、摇曳多姿。

从铺陈来看，《七发》确实“极声貌以穷文”，将音乐、饮食、车马、宫苑、田猎、观涛六事写得非常精细，但是这六事之间没有紧密的联系，层次感不分明，吴客叙述好像带有随意性，如音乐、饮食二事颠倒次序没有什么不可以；而车马、宫苑的位置互换似乎更有道理些，因从天下之至骏到驯马驾车田猎显示出内在一定联系；田猎与观涛也可以互换，虽然观涛的作用是“发蒙解惑”，但没有写出太子听后的变化，还是说“仆病未能”，而田猎之事就不同，太子“阳气见于眉宇之间，侵淫而上，几满大泽”，表示“仆甚愿从”，这样从观涛的“仆病未能”到田猎的“仆甚愿从”，再到要言妙道的涊然汗出、霍然病解，诱导的步骤更合理，更叫人容易理解一些。还有所铺陈的六事没有一个整体感，有时事与事之间似有重复之嫌。如写完音乐、饮食之后，写宫苑时又铺写音乐、饮食，而打猎完毕之后，也少不了写“旨酒嘉肴，高歌陈唱”。虽然前面的铺写与后面的简写好像有前后照应的关系，但究其实与宫苑、田猎之情景不符，而宫苑、田猎中的简笔又总感有点铺陈得不够。又如对山川草木的铺陈是放在宫苑一事中，没有与后面田猎之事统一起来，导致打猎的场景就非常模糊。

另外就是具体对每一事铺陈时方位感不强、时间模糊。如宫苑中的山川草木

---

① （清）刘熙载撰：《艺概·赋概》，转引自徐志啸编：《历代赋论辑要》，上海：复旦大学出版社，1991年，第106页。

等采用的是排比归类法，就不知这些东西是长在荆山之山，还是在汝水、江湖之边，或是在虞怀之宫。关于田猎一事分三次叙写，打猎地点不明，时间也模糊。文中虽写有“冥火薄天”，是否是说打猎的时间是从白天到夜晚，也不是太清楚；有“陶阳气，荡春心”这样的描写，如果说田猎是在春天，那么又不得不叫人怀疑，因为按古制，郊猎一般在秋冬两季。还有大家历来称道的观涛一节，他分两部分来描写，第一部分按时间顺序写观涛之前、之时、之后，非常清楚，但问题出在后一部分，看起来似乎想写江涛“似神而非神者”的三个特点，而后面的具体铺陈却没有围绕这三个特点来进行，如果把第二部分揉入第一部分的观涛之时里面，从水力到江涛一一铺写，再到观涛后对人的作用，这样时间感更强一些。

《子虚赋》以田猎为中心，几乎把《七发》中的六事全部包括进去，铺写得极有层次。先写云梦的环境物产，然后写打猎，打猎又分与壮士之猎与美女之猎，最后写在云阳台进食，而且每一层次都用“于是”二字作纵向推进。而横向罗列也细目诸全，言云梦，先总写“云梦者，方九百里，其中有山焉”，然后分写其山势、土色、石质，接着又分写其东、其南、其西、其北四方之物产，在其南又细分其高燥与埤湿，在其北又分其上和其下，极具条理和章法。正如司马相如自己所说的那样：“合纂组以成文，列锦绣而为质。一经一纬，一宫一商，此赋之迹也。”① 不仅铺写云梦是这样，就是写打猎过程也是如此。如写楚王与壮士田猎，先写打猎的装备，马车、旗帜、利剑、雕弓、劲箭、骖乘、御手，一一写来；接着写追逐猛兽，射杀猛兽，田猎结果；再写楚王停下来观猎，整个过程清清楚楚，没有丝毫混乱。而写与美女打猎也是一样，先极力铺陈郑女曼姬的服饰，然后写楚王与她们猎于惠圃，从上金堤到怠而游清池，最后车骑整队而归，有始有终。

在对事物的模形绘状方面，两人都表现出高超的技巧与非凡的能力。为了写出天下之至悲之乐，《七发》围绕一个“悲”字大做文章，先极力夸张制琴的桐先天集悲于一身，然后写琴饰来自孤儿寡母的身物，再让著名的琴师奏出动人心弦的歌曲，以致各种飞禽走兽昆虫爬类被这悲切的音乐所感动，这样多方面的夸张就使整个画面充满着悲伤哀怨的气氛。为了写出江涛的气势，枚乘用了一连串的比喻，“白鹭之下翔”、“素车白马帷盖之张”、“三军之腾装”、“轻车之兵”

---

① （晋）葛洪撰，周天游校注：《西京杂记》，西安：三秦出版社，2005年，第93页。

等，显得非常形象具体。枚乘这种笔触为司马相如等赋作家所继承。司马相如无论是写齐王打猎还是写楚王打猎，都尽写其规模、场景、气氛，并且人物的神情往往也跃然纸上。像“摐金鼓，吹鸣籁。榜人歌，声流喝。水虫骇，波鸿拂，涌泉起，奔扬会。礧石相击，硠硠礚礚，若雷霆之声，闻乎数百里之外”这样的场面描写，并不比枚乘逊色。

通过上述比较可以看出，司马相如《子虚赋》的写作水平绝不亚于枚乘的《七发》。按理，司马相如不说有超过枚乘的名气，至少不该像史书记载的那样没有影响。从当时的社会背景来看，司马相如游梁数岁，没有声响，似乎就只有一个解释：游梁所作的《子虚赋》不是《文选》所分出的《子虚赋》，它并没有这么高的艺术水准。换句话说，就是现在看到的《子虚赋》并不是作于游梁时期。

三

《文选》所分出的《子虚赋》不可能作于游梁时期，而是作于汉武帝时期。游梁所写的《子虚赋》受到了武帝高度赞扬，司马迁当时肯定能够看到这篇赋，但他在《史记》中完整记载了《天子游猎赋》、《谏猎疏》、《哀秦二世赋》、《谕巴蜀檄》、《难蜀父老》、《封禅文》，而为何不记《子虚赋》？我们知道，班彪、班固是本着“斟酌前史而讥正得失”态度来写史书的，《汉书》最大的特点就是“文赡而事详”。[①] 如关于汉初贾谊的传记，司马迁在《屈原贾生列传》中只记录了《吊屈原赋》与《鹏鸟赋》的创作经过及其原文，而《汉书》就不同，除从开始到做梁怀王太傅几乎一字不差承袭《史记》外，又对《史记》中的遗漏进行了补正，加入了《陈政事疏》、《请封建子弟书》、《谏立淮南诸子疏》原文及其始末，来表现贾谊的政治才华及对汉朝政体的匡建。从这一点看来，就算司马迁没有记载司马相如游梁所作的《子虚赋》是最大的疏漏，那班固在写《汉书》时也应该加以纠正。而关于司马相如的传记，《史记》和《汉书》几乎是一样的，只不过改动无关紧要的几个字而已。显然，这不是遗漏，只能从《子虚赋》与《天子游猎赋》之间关系去寻找答案。有人认为《子虚赋》就是《天子游猎赋》前一部分的初稿，换句话说，就是《子虚赋》经过了司马相如的剪裁加工

① （宋）范晔撰：《后汉书·班彪列传》，北京：中华书局，1965年，第1324页、1386页。

已经融入《天子游猎赋》中[1]，这话有一定的道理。至少从现在保存的资料来看，两个作品之间确实有一定的联系。

人名的沿袭。子虚先生是两作品之间的主要人物，《子虚赋》就不用说，以人名标题。再看《天子游猎赋》，如果没有子虚的夸楚，那么亡是公就没法来抑诸侯张天子。而乌有先生在《子虚赋》中是否已经出现，就不太清楚，但有一点非常明白，即使出现也决不能让他来责楚、斥楚，他与子虚先生之间也不可能有那样机智热闹的辩论，有可能像《七发》中的楚太子一样，作为陪衬，缺乏个性。这从现在《天子游猎赋》中能看出，乌有先生的诘难只是全文的一个过渡：还有就是赋的名称，有以“子虚”或“子虚上林”标的，而没有以“乌有”或“子虚乌有”标的。而亡是公肯定是在《子虚赋》中没有的，因为他在当时没有出现的必要。

题材内容的沿袭。《子虚赋》有可能也是写与梁孝王有关的诸侯之事，也写及云梦之事与田猎之事。当司马相如被召问时说：“此乃诸侯之事，不足观。”而司马相如只有游梁的经历，诸侯之事当与梁孝王有关。章学诚在《文史通义·诗教下》中说：“赋家者流，纵横之派别，而兼诸子之遗风。”而《战国策·楚策》中就有楚王打猎云梦的描述，枚乘《七发》所写宫苑是楚国的宫苑，所写的田猎乃是楚之田猎，这一切都有可能为司马相如所继承。而梁国古属楚，梁孝王也非常喜欢田猎，史书载“出从千乘万骑，东西驰猎，拟于天子”，客游于梁的司马相如极有可能以梁孝王打猎为创作基础。还有武帝只有十六岁就登位，生活甚为放荡，喜欢四处微行出猎，踏坏百姓禾稼，使民号呼詈骂，甚至被人疑为奸盗。他那样欣赏《子虚赋》，极有可能赋中描写的就是楚王的田猎。

虽然说《天子游猎赋》与《子虚赋》从人名到题材内容都有关系，但是绝不会原封不动地搬进去，只有经过司马相如的修改、甚至于再创造才能完全融入重新设置的情节结构中，子虚言楚才能成为向天子之事过渡的一个铺垫，才能为新的思想主题服务，《天子游猎赋》也才会结合得那么紧，成为一个不可分割的整体：言《子虚赋》必及《上林赋》，说《上林赋》须从《子虚赋》起。可以说，司马相如游梁所作的《子虚赋》从武帝时就已失去了原来独立存在的价值，因此《史记》、《汉书》只记《天子游猎赋》而不记游梁的《子虚赋》，就是基于这一客观现实考虑。虽然《文选》将《天子游猎赋》分开，而我们现在几乎

---

① 参见富世平：《〈子虚〉〈上林〉的分合及其相关问题新探》，《天水师范学院学报》，2001年第4期。

所有的文学史、历代文学作品选教材都承《文选》的说法，以《子虚赋》、《上林赋》分而标之，但在阐述的时候又不得不当做一个整体。甚至有的古文鉴赏辞典将《子虚赋》、《上林赋》当做两篇分别注释，而在分析鉴赏时又不得不放在一起。显然，《子虚赋》、《上林赋》只能合为一篇，不能分开。我们何不恢复《史记》、《汉书》中的称呼，以《天子游猎赋》一篇名之？这样可以避免产生不必要的矛盾和不便，纠正错误的认识，不再把作于汉武帝征召时《天子游猎赋》的前一部分等同于游梁时作的《子虚赋》。

第二章　司马相如“东受七经”与思想转变

司马相如从景帝中元六年游梁回蜀到武帝建元六年征召，其间将近十年，一般人认为他除了以琴心挑卓文君与之私奔、逼卓王孙分奴仆钱财过上富人生活以外，似乎没有做过任何事情，这不符合司马相如的实际。其实，司马相如游梁回来，身心虽然疲惫，但他是个欲望极强的人，决不安心作富人，只有可能顺应时势，寻找仕进的出路，接受文翁之遣“东受七经”，这样思想才会发生转变，从一个挟战国遗风的游士变为武帝时的宫廷文学侍从。

第一节　“东受七经”

关于司马相如“东受七经”的记载主要见于《三国志·蜀书》卷三十八秦宓与王商书中，其信曰：“蜀本无学士，文翁遣相如东受七经，还教吏民，于是蜀学比于齐、鲁。故《地理志》曰：‘文翁倡其教，相如为之师。’汉家得士，盛于其世；仲舒之徒，不达封禅，相如制其礼。……仆亦善长卿之化，宜立祠堂，速定其铭。”[①] 但《汉书》、《华阳国志》虽有关于文翁任蜀守与遣人诣京师受业博士的记载，却没明确说其中所遣有司马相如，为此关于司马相如“东受七经”之说就受到了质疑。

① （晋）陈寿撰：《三国志》，北京：中华书局，1959年，第973页。

一

司马相如是否接受文翁之遣的首要条件就是文翁为蜀守时，司马相如必须在蜀郡，否则一切都不可能。

关于文翁任蜀守的情况主要见于《汉书》中《地理志》和《循吏传》两处记载，而以《循吏传》为详：

> 文翁，庐江舒人也。少好学，通《春秋》。以郡县吏察举。景帝末，为蜀郡守，仁爱好教化。见蜀地辟陋有蛮夷风，文翁欲诱进之，乃选郡县小吏开敏有材者张叔等十余人亲自饬厉，遣诣京师，受业博士，或学律令。减省少府用度，买刀布蜀物，赍计吏以遗博士。数岁，蜀生皆成就还归，文翁以为右职，用次察举，官有至郡守刺史者。
>
> 又修起学官于成都市中，招下县子弟以为学官弟子，为除更繇，高者以补郡县吏，次为孝弟力田。常选学官僮子，使在便坐受事。每出行县，益从学官诸生明经饬行者与俱，使传教令，出于闺阁。县邑吏民见而荣之，数年，争欲为学官弟子，富人至出钱以求之。繇是大化，蜀地学于京师者比齐鲁焉。至武帝时，乃令天下郡国皆立学官，自文翁为之始云。①

文翁"景帝末"为蜀守，"景帝末"当指景帝后元凡三年中的某一年，但常璩《华阳国志》记载文翁为蜀守的时间与《汉书》不同：

> 孝文帝末年，以庐江文翁为蜀守……翁乃立学，选吏子弟就学；遣隽士张叔等十八人东诣博士受七经，还以教授。学徒鳞萃，蜀学比于齐鲁。巴、汉亦立文学。孝景帝嘉之，令天下郡国皆立文学，因翁倡其教，蜀为之始也。②

"文帝末年"当指汉文帝后元凡七年（前163至前156年）中靠后的某一

① （汉）班固撰：《汉书》，北京：中华书局，1962年，第3625页。
② （晋）常璩撰，刘琳校注：《华阳国志校注》，成都：巴蜀书社，1984年，第214页。

年。但很多学者认定文翁守蜀的时间时依据《华阳国志》，而认为《汉书》有误，这很难叫人信服。一从成书时间、写作规范、资料的详赡等方面看，《华阳国志》难与《汉书》相比。二从文翁守蜀之事看，常璩记载为“文帝末”而不是“景帝末”，文翁在郡国立学受景帝嘉奖、景帝下令天下郡国立学，而不是武帝，这样大的不同，常璩却没有任何说明，如果不是流传错误，就是写作态度有问题。三从汉代儒学兴起的情况看，下令郡国立学之事根本不可能发生在景帝时，只可能在武帝朝。荀悦《汉纪》已将此事系于汉武帝建元五年：

> 五年春正月己巳朔，……是时，庐江人文翁为蜀郡太守。其为人爱学，好教化。见蜀地僻陋，有蛮夷之风，文翁乃选郡县小吏有才器者，辄给资用，令诣博士受业，还皆以为右职，用察举之。又修起学官于城中，学者复除徭役。尝选学官童子所在便坐受书每事。常出入行县，益从诸生明经修行传教，出入县邑，见而荣之。由是蜀邑大化，学者比齐、鲁焉。郡国学官自文翁始也。[①]

文翁为蜀守的时间据《华阳国志》“文帝末”显然不可能，当依《汉书》“景帝末”为是。

司马相如在蜀的时间段主要有两个：一是侍从景帝前，二是游梁回来到出仕武帝前。一般认为，司马相如生于文帝元年（前179），卒于武帝元狩六年（前117）。[②] 依据汉制男子二十三而傅推算，他应在景帝元年（前156）侍从景帝。而此前文翁显然还没有到蜀，因此司马相如出仕前当然不可能接受文翁之遣“东受七经”。但也有人认为司马相如应生于文帝九年（前171），卒于元狩五年（前118）[③]。如果以此推算，那他要到景帝中元二年才能出仕。而文翁守蜀时间又依《华阳国志》“文帝末”立论，从文帝末到中元二年确实有八年时间，在这期间

---

① （汉）荀悦撰，张烈点校：《两汉纪·汉纪·孝武皇帝纪》，北京：中华书局，2002年，第163页。

② 参见金国永校注：《司马相如集校注》，北京：人民文学出版社，1996年；刘开扬：《再谈司马相如游梁年代与生年》，《文学遗产》，1985年第2期；刘开扬：《三谈司马相如生年与所谓“东受七经”问题》，《成都大学学报》（社会科学版），1987年第4期。

③ 参见龚克昌著：《汉赋研究·司马相如传》，济南：山东文艺出版社，1990年；束景南：《关于司马相如游梁年代与生年》，《文学遗产》，1984年第4期；束景南：《司马相如游梁年代与生平再考辨》，《文学遗产》，1987年第1期。

司马相如被文翁相中要派去京师从时间上有可能[1]，但据“文帝末”立论，本身有问题且不说，而且与司马相如的行事作风难以相符。

司马相如出仕景帝与游梁的确切时间有分歧，但他游梁回归蜀郡的时间史书却有明载：梁孝王死，司马相如回蜀。梁孝王死于景帝中元六年，那他回蜀也在这一年。中元六年接下来就是景帝后元的最后三年，因此司马相如是否有可能受文翁之遣的关键就取决于他在蜀停留的时间，为此就必须清楚他得武帝召见、赋《天子游猎赋》的时间。而关于该赋的写作时间历来意见不一，在此无需一一列举。我比较赞同刘跃进先生元光元年的看法。[2] 因建元六年窦太后崩，武帝才能放开手脚大兴儒学，元光元年征贤良文学，这才是武帝召见司马相如的最大可能性，也应是司马相如看准的最好时机。从中元六年到元光元年足足有十年，司马相如完全有时间接受文翁之遣，并不像刘开扬、蒙文通等所认为的那样：文翁任蜀守时，司马相如早已游宦在外，他不可能受文翁之遣“东受七经”。[3] 应该说文翁任蜀守时，司马相如刚好宦游回来，有可能接受文翁之遣。

二

蒙文通认为：“汉置五经博士是在武帝建元五年”，“张叔等诣博士受经必在建元五年以后”，“汉武帝为博士置弟子员是元朔五年，张叔东受业也可能在此时，那就更在建元五年以后十三年了”，[4] 并以此来否定司马相如“东受七经”。其实并非如此。文、景二帝虽不向儒学，但京师并不乏通经的博士。汉承秦制，在高祖、文帝、景帝都立有博士，而人数大约数十人，只不过这时的博士与武帝时的博士有所不同，需注意四个方面：一是专经博士的设立始于汉文帝，见于记载的有《书》、《诗》、《春秋》博士。二是文、景时所立的博士，并不限于专经

---

① 束景南：《关于司马相如游梁年代与生平》，《文学遗产》，1984 年第 4 期；束景南：《司马相如游梁年代与生平再考辨》，《文学遗产》，1987 年第 1 期。

② 见刘跃进：《秦汉文学论丛 · 〈子虚赋〉〈上林赋〉的分篇、创作时间及意义》，南京：凤凰出版社，2008 年。

③ 见刘开扬：《再谈司马相如游梁年代与生年》，《文学遗产》，1985 年第 2 期；刘开扬：《三谈司马相如生年与所谓“东受七经”问题》，《成都大学学报》（社会科学版），1987 年第 4 期。蒙文通著：《巴蜀古史论述》，成都：四川人民出版社，1981 年；杨正苞：《司马相如与巴蜀文化》，《文史杂志》，1999 年第 4 期。

④ 蒙文通著：《巴蜀古史论述》，成都：四川人民出版社，1981 年；杨正苞：《司马相如与巴蜀文化》，《文史杂志》，1999 年第 4 期。

的儒生，其他诸子传记有的也立为博士。如贾谊以“颇通诸子百家之书”，汉文帝召为博士；赵歧的《孟子题辞》中也载：孝文帝欲广游学之路，《论语》、《孝经》、《孟子》、《尔雅》皆置博士。三是专经博士并不只治“一经”，有的还兼综儒家以外的学说。如韩婴虽是《诗》博士，但“亦以《易》授人，推《易》意而为之传”；晁错在从伏生受《尚书》之前，曾“学申、商刑名于轵张恢生所”。四是在汉武帝元朔五年准公孙弘议为博士置弟子五十人之前，博士早就有弟子。如叔孙通拜博士，为汉定朝仪，与其弟子百余人为绵蕞野外习之。[①] 只不过博士身边的这些弟子往往来自不同的渠道，有受人派遣的，有自己自愿求学的。如晁错就曾受太常派到伏生处学《尚书》；高后时，楚元王曾派自己的儿子郢客、申公到长安学《诗》于浮丘伯；兒宽先“治《尚书》事欧阳生”，后“以郡国选诣博士，受业孔安国”[②]，这些弟子与朝制完全没有关系。而武帝时开始置博士弟子则不同，是朝廷奖励儒术一项重要措施。博士弟子享受一定的待遇，复其身，一岁皆辄课，能通一艺以上，补文学掌故缺，高可以为郎中。而文翁遣人诣博士受业时，不仅要求学经书，还要学律令，这些人学成后也要回到蜀郡。并且当时遣送这些人时，文翁是“减省少府用度，买刀布蜀物，赍计吏以遗博士”。这完全是蜀郡政府的个别行为，与朝制没关系。当时的博士也不是武帝时的五经博士，遣送博士的弟子也与汉武帝后来要求地方为朝廷选送的弟子不同。显然，文翁所遣与汉武帝置五经博士、置博士弟子没有关系，而且时间也要比武帝置五经博士、博士弟子早一些。

三

司马相如是否接受文翁之遣与第一次宦游的名气、地位相关。他最初侍从景帝，被拜为武骑常侍。武骑常侍，还是“郎”官系列中的一种，虽然有时直接任皇帝差遣，但地位并不高，主要侍从皇帝格杀猛兽，凡官俸在二千石以上官员的子弟援例都可以得到，本身没有什么名气和地位可言。何况他在侍从其间，并没有骄人的表现。后游梁孝王门下，虽然得与诸生游士游，生活相对比较宽松自由，但他并不得梁王赏识，只是寄身于诸侯门下的一个普通食客而已。可以说这

① 参见于春松、孟彦弘编：《王国维学术经典集》，南昌：江西人民出版社，1997 年；周予同著，朱维铮编：《周予同经学史论著选集》，上海：上海人民出版社，1983 年。

② 晁错、楚元王、兒宽之事分别见（汉）班固撰：《汉书》之《爰盎晁错传》、《楚元王传》、《兒宽传》，北京：中华书局，1962 年，第 2276 页、1921 页、2628 页。

段宦游生涯以失败告终，根本没有在京师、诸侯显名，困顿到托身于临邛令王吉的门下，为什么不能接受文翁遣诣京师？虽然司马相如回蜀后，身心肯定极为疲惫，但他是个欲望极强的人，内心深处的仕进之心不会轻易泯灭，这从他的追求及后来仕宦于武帝就可知。相反，他倒有可能不时地去反省自己宦游失败的原因。随着大汉王朝的建立、诸侯的逐步削弱和集权制的加强，士人不管自觉与否都会感受到时代的变化。同样，司马相如从京城到藩国也应深深体味到汉初社会已完全不同于战国时代，蔺相如的时代已经一去不复返，自己别无选择只能寻求另样的出路。

出路在哪儿？当然在大汉中央王朝而不在诸侯，而要进用于君主身边往往只能通过有地位的人物的荐举，一般在地方的士人又往往只能依靠地方长官，像文翁本人就是通过郡县吏的察举而任蜀守的。对于司马相如来说，临邛令地位太低不行，卓王孙之流只有财富也不行，在蜀郡来说就只有太守文翁。司马相如又与蜀郡一般人不同，不仅他从小读书，拥有一定的文化，而且他毕竟宦游过京师与梁孝王门下，还有他与卓文君的故事，闹得沸沸扬扬，蜀郡知道他的人肯定不少。作为蜀守的文翁不可能不知道司马相如，即使不知，司马相如肯定也要想办法结识文翁，甚至拜于他的门下。但从司马相如的年龄、经历、见识、个性考虑，文翁不可能任命他为郡县小吏，他也不会接受这样的职位。在当时他们的往来极有可能是一种松散而灵活的“主”“客”关系。《汉书·循吏传》载文翁“选郡县小吏开敏有材者张叔等十余人，亲自饬厉，遣诣京师，受业博士，或学律令”。其实这些记载都是从官吏体系出发的，这些人遣诣京师的目的并不是纯粹为了学习儒家经典，回蜀郡来大倡儒学，而是还要学习律令，学成回来加强蜀郡的吏治，担任文翁手下的官职。而文翁有可能让文化素养极高的司马相如诣京师受经，想他学成回来在成都学官中执教。而史书之所以不载，这有可能是司马相如并没有在蜀郡任职，后以文章在京师显名，另有传记，《循吏传》中没有非写不可的必要。另外还有一种可能是当文翁谈到派人去京师学习时，引起了司马相如的兴趣，他想趁此机会再去京师，寻求仕进的出路，主动要求前往。司马相如对京城本来就很熟悉，文翁有可能让他带着这些郡县小吏一路进京，并一同受业博士。但他不是受文翁正式所遣的小吏，在《循吏传》中也没有记载的必要。换句话说，如果游梁回蜀的司马相如不安心作富人，想寻找仕进的出路，那么接受文翁之遣就不失为一次很好的机会。

司马相如在元光元年得武帝召见，并不是蜀郡文翁的举荐，而是狗监杨得意在侍奉武帝时让他读到了《子虚赋》，而引起武帝注意，这件事绝不是偶然的巧合。司马相如与杨得意虽都是蜀郡人，但是如果司马相如一直在成都，那他们难有见面的机会，并不著名的《子虚赋》过了那么多年武帝怎会读到呢？而作为狗监的杨得意又怎会知道是司马相如所写呢？如果司马相如一直在成都，那他怎会知道京城武帝的喜好以及京城这几年所发生的一切呢？一篇大赋，不管是谁都不能一挥而就，何况司马相如的文思本身并不敏捷，而他在召见时，却胸有成竹地说："然此乃诸侯之事，未足观，请为天子游猎之赋"，① 这到底是怎么回事呢？这诸多问题有一个原因可以解释：这就是他接受了文翁之遣，来到京城，除了跟随博士受业外，还结识了同郡的杨得意，这次召见就是他与杨得意一起谋划的结果。

四

司马相如何年被遣？笔者认为被遣的时间极有可能在建元元年。理由有二：一是武帝登位后就想兴儒学，在这一年的冬十月岁首即下召丞相、御史、列侯、中二千石、二千石、诸侯相举贤良方正直言极谏之士。同时丞相卫绾上奏曰："所举贤良，或治申、商、韩非、苏秦、张仪之言，乱国政，请皆罢。"② 当时武帝准奏。后又任魏其侯、窦婴为丞相，武安侯田蚡为太尉，而"婴、蚡俱好儒术，推毂赵绾为御史大夫，王臧为郎中令。迎鲁申公，欲设明堂，令列侯就国，除关，以礼为服制，以兴太平"③。蜀守文翁作为通《春秋》的儒学之士，无疑对儒学心存偏爱，为了响应朝廷的新的政治动向，又急欲改变有蛮夷之风的蜀地，因此在这个时候极有可能积极筹划，减少政府的用度，筹资购物，遣人诣京师受业，以培养人才。二是从司马相如来看，他从中元六年回蜀到建元元年，已经过去了四年。他通过与卓文君婚，分得卓王孙财物，早已在成都"买田宅，为富人"。生活虽优越，但"乘赤车驷马"的理想却未能实现，他终究不爽。如果现在有遣诣京师受业博士的机会，想必他不会拒绝。

司马相如诣博士受经，是否就是秦宓所说的"七经"呢？对于"经"字的含义以及"经学领域"，周予同先生在《群经概论·导论》中说得非常清楚，

① （汉）班固撰：《汉书·司马相如传》，北京：中华书局，1962 年，第 2533 页。
② （汉）班固撰：《汉书·武帝纪》，北京：中华书局，1962 年，第 156 页。
③ （汉）班固撰：《汉书·窦田灌韩传》，北京：中华书局，1962 年，第 2379 页。

“经”字并不一定指一切书籍的通称，这只是古文派的说法，今文派则认为是孔子著作的专称，骈文学派则以为“经”是经纬组织的意思。经的领域是因历代儒教徒意识形态的不同而逐渐扩张的，在以前每每有六经、七经、九经、十经、十二经、十三经、十四经、二十一经等称号，而这些称号并没有一致的说法，“七经”也不例外。[①] 考“七经”之名，最早见于《后汉书·张纯传》：“（张纯）乃案七经谶。”《后汉书·赵典传》注引谢承书：“（赵典）学孔子七经。”王先谦的《后汉书集解》曰：“七经谓《诗》、《书》、《礼》、《乐》、《易》、《春秋》、《论语》。”[②] 在熹平四年由蔡邕用隶书写成的《一字石经》中，“七经”却指《易》、《诗》、《书》、《仪礼》、《春秋》、《公羊》、《论语》。宋刘敞《七经小传》指《书》、《诗》、《仪礼》、《周礼》、《礼记》、《公羊》、《论语》。再从司马相如作品中所涉经学看，他确实对儒家经典非常熟悉，而且也想在原有的六经之外倡“七经”之学。如武帝时的《天子游猎赋》曰：“游于六艺之囿。”“六艺”就是《封禅书》中的“五三六经载籍之传”中的“六经”，即《诗》、《书》、《礼》、《乐》、《易》、《春秋》。但不仅如此，在《封禅书》中，他还提出“将袭旧六为七，摅之亡穷”。服虔在此注曰：“旧为六经，汉欲七经。”[③] 这里的“七经”按清代全祖望《经史问答》中的说法，就是在“六经之外，加《论语》”。即使在汉武帝立五经博士之前，虽没有“七经”之名，却有“七经”之学是事实，司马相如完全有可能跟随博士学“七经”。当然“七经”之名也许在秦宓时是惯称，在写信时他不假思索地写上了，像常璩也是写“东受七经”，我们可以把“东受七经”当做后人语，但“受经”是事实却不能据此而否定。[④]

文翁所遣之人是“数岁”回归成都，这“数岁”到底多久？从多方面情况看都不会太久。一是这些人在京城的用度开销都是通过减少政府开支挤出来的，说明这并容易；二是文翁派这些人是因蜀郡缺人才，希望这些人早点学成回来充实吏治，改变蜀地民风。三是建元五年武帝置五经博士，下令郡国立学。而郡国立学是文翁的创举，设为制度是对他的创举的肯定。文翁在成都立学官肯定早于建元五年。文翁建学官在成都产生强烈反响，使蜀民震动向学与重用这批人不无

① 周予同著，朱维铮编：《周予同经学史论著选集》，上海：上海人民出版社，1983年。

② （宋）范晔撰，（清）王先谦集解：《后汉书集解》中的《赵典传》、《张纯传》，北京：中华书局，1984年，第421页、340页。

③ （梁）萧统编，（唐）李善注：《文选》，上海：上海古籍出版社，1986年，第2143页。

④ 刘南平：《司马相如东受七经考》，《张家口师范专科学校学报》，1995年第1期。

关系，因此他们回蜀也应不晚于建元五年。四是《汉书·艺文志》曰："古之学者耕且养，三年而通一艺，存其大体，玩经文而已，是故用日少而畜德多，三十而五经立也。"如果按三年算，那么他们回来应在建元四年。如果将回蜀时间定于建元四年或五年，那么他们在京城学习了三到四年，与史书所载"数年"也相符。

《汉书》曰"蜀生皆成就还归"，司马相如应该也不例外。他回到蜀郡按秦宓与王商书所说是"还教吏民"，也就是说在成都学官执教。但有人却否定秦宓信的真实性，认为这是秦宓将《汉书》《循吏传》和《地理志》中两事混为一事，司马相如不可能"东受七经"后"还教吏民"。《地理志》中的"相如为之师"应是指"以文辞为后世师"①。秦宓是个非常有才学的人，应不至于将《汉书》中的《循吏传》、《地理志》弄混。即使他真弄混，当时王商应纠正；即使王商不纠，陈寿著《三国志》时也应有所考辨，加以纠正；即使陈寿想反映历史的真实，没有加以纠正，那裴松之为《三国志》作注时如果有此错误也是决不会放过的。如秦宓写给李权书中有一处无关紧要的错误他都毫不客气地批道："书传鲁定公无善可称。宓谓之贤者，浅学所未达也。"总之，不能用"相如为之师"应指为"文辞为后世师"这样的解释来否定司马相如"还教吏民"的说法。另外从司马相如在武帝召见时看，他回来后还应再进一步消化所学的儒家经典，反复体味当今圣上的治国思想，揣摩这二者之间的实质所在，并精心打造准备进献给武帝的《天子游猎赋》。

第二节　从游士到文学侍从

一

西汉建立，士人内心的激情被激活，以为战国时代那样尊士、重士的局面又到了，但是当他们奔走于诸侯门下时，却发现时易势非，自己的才智在诸侯国根本腾挪不开。士人不管情愿与否都已经意识到这一点，为此诸侯国的士人不再像战国时极尽手段帮助诸侯富国强兵，与中央相对抗，更不会参与谋反。汉武帝还专门针对游士制定了"左官律"和"附益法"，这是中央政权为加强对游士人身

① 见刘开扬：《三谈司马相如生年与所谓"东受七经"问题》，《成都大学学报》（社会科学版），1987 年第 4 期。

控制而制定的法律，中央希望通过强制性的手段和价值观念的引导使游士与诸侯分离，削弱诸侯力量，同时通过中央朝廷的招揽使游士涌向朝廷，为朝廷服务。这样，使许多士人由地方而中央，由诸侯而天子，从诸侯之师友、宾客变为有明确固定职责的朝廷官吏。

基于这种认识，士人不得不做出相应的变化，来屈从于社会。如何变化呢？每一位士人的理解不同，所走的道路不同，但究其实都是以统治者的好尚为导向。从高祖到武帝，统治集团的主要思想是从黄老转到儒学，因此武帝时代的士人也纷纷转向儒学。如严助，他本擅长苏秦纵横之说，武帝却要求以《春秋》对；吾丘寿王，“年少，以善格五召待诏”，后来武帝下诏让他从中大夫董仲舒受《春秋》，因“高才通明”而迁侍中中郎；主父偃，先“学长短从横之术，晚乃学《易》、《春秋》、百家之言”；[①] 还有张汤，他精通律令，但因武帝向儒学，他“决大狱，欲傅古义，乃请博士弟子治《尚书》、《春秋》”[②]。

由纵横转向儒学，这是时代的趋势，但是就个人而言，要实现这两者之间的转化，并非易事，也不是每一位士人都能转变得过来。如：邹阳、庄忌夫子与司马相如同游于梁孝王门下，而梁孝王死后二人销声匿迹，根本没有见用于武帝；主父偃虽从诸侯而京师，凭说辞得见，因上疏言事合天子意而一年四迁，但后骄横而不知收敛而灭族，观其行事，自始至终是位挟长短纵横之术的策士。枚皋因其父而侍于武帝身边，却被以俳优畜之。

二

司马相如作为他们中的一员，转变思想是历史的必然，何况他与其他士人不同，曾跟随博士系统地接受儒家思想的学习，儒家思想的浸染比一般人来得彻底，因此前后的变化更为明显。他的前期有四点值得关注：一是司马相如“好读书”，到底是哪一类书？唐人司马贞在《史记·司马相如传》的“相如既学”后曰：“案秦宓云：文翁遣相如东受七经。”[③] 这是不妥的。从蜀郡的文化看，在文翁守蜀之前蜀人虽有自己的文化传统，但并不笃信儒家学说。拿《汉书》与《后汉书》中的《儒林列传》作对比就清楚。前汉入儒林传中的儒者没有一个是

---

① （汉）班固撰：《汉书·严朱吾丘主父徐严终王贾传》，北京：中华书局，1962 年，第 2789 页、2794 页、2798 页。

② （汉）班固撰：《汉书·张汤传》，北京：中华书局，1962 年，第 2639 页。

③ （汉）司马迁撰：《史记·司马相如列传》，北京：中华书局，1959 年，第 2999 页。

巴蜀人，而后汉就不同，四十二人中就有六人为巴蜀人。毫无疑问，巴蜀儒学确实是后来发展的结果。司马相如在文、景时钻研的肯定不是儒家经学，而应是博杂的诸子之说，尤其有可能是战国策士的纵横之学。二是改名。司马相因慕蔺相如而改名“相如”，显然是希望自己能像蔺相如那样不循常道，凭奇策、奇行而一举成名。三是事孝景帝。以赀为郎，必十万以上，而富于王侯的商贾子弟却不得为官，这说明司马相如的武骑常侍得来不易，靠的是他家的地位与财产。而后来他却毫不犹豫地辞官游梁，这种率性、不愿受拘束的个性，与战国策士毫无二致。四是赴卓王孙的宴会。先是左请、右请不到，让所有的人等到日中，直到临邛令亲自迎接才肯前来，后又等到酒酣之际却以琴心挑卓文君，使文君与自己私奔。更出格的是让文君和自己酤酒于市，逼得卓王孙分奴仆钱财给他们，成为富人。这样的所作所为只能说明司马相如行动随意、不拘礼节、工于心计、喜耍手腕，是一个挟战国遗风的游士。

后期司马相如主要侍从武帝，写作辞赋，成为宫廷文学的代表。将前期与后期对比有三点值得思考：

一是司马相如在侍从武帝前只有在游梁作的《子虚赋》一篇，当时并不以作赋闻名，为何侍从武帝后创作了《天子游猎赋》等许多作品，成为汉赋的代表作家呢？虽说“纵横被黜”后，有可能成为赋家，但不是每一个纵横策士都能如此。假设枚乘活到了侍从武帝身边、为天子作赋的这一天，恐怕也不行。他虽是赋家高手，写出了《七发》这样的大赋，但毕竟还是藩国之赋。他的儿子枚皋虽然像他一样会作赋，从藩国来京城，为武帝所亲幸，凡所到之处，往往受诏作赋，所作甚多。但因他“不通经术，诙笑类俳倡，为赋颂，好嫚戏”[①]，武帝以倡优蓄之，根本不以赋家看他。其实司马相如之所以成为汉赋作家，是因为他接受了儒家思想的洗礼，抛弃了战国策士的纵横之学，成为了大一统政治的得力宣传者。

二是司马相如赋作中的儒家思想（后文将专门论述）。虽说汉赋与经学之间一直彼此渗透、双向互动，有着不解之缘[②]，但辞赋与经学的真正结合却以司马相如的《天子游猎赋》为标志。《天子游猎赋》贬抑诸侯、大张天子威风，既强化君权，又劝谏天子实行仁政，将儒家思想文学化、艺术化。只有受过系统的儒家教育，并能深刻领会武帝崇儒实质的人才能写出这样的作品：真正足观的大汉天

---

① （汉）班固撰：《汉书·贾邹枚路传》，北京：中华书局，1962 年，2366 页。

② 张涛：《经学与汉赋的发展》，《殷都学刊》，2000 年第 1 期。

子之赋。儒家六艺经战国而秦朝，遭到极大破坏，只有齐鲁之地独不废。汉初虽有所恢复，但到武帝向儒时，还得“使使束帛加璧安车驷马迎申公于鲁”。京师都如此，边远的蜀郡更不可能盛行儒学。汉代言《春秋》的主要是齐国的胡母生、赵国的董仲舒、鲁国的申培公等，他们都曾在京师授学。到元光元年，董仲舒《举贤良对策》后，公羊学的思想才广泛流传开来。而司马相如《天子游猎赋》中的儒家思想与《春秋》公羊学有很多相通之处，这说明司马相如对《春秋》公羊学颇有研究。

三是司马相如行事作风的变化。这一时期司马相如虽与武帝亲近，“为郎数岁”，不得重用，但他忠心于武帝，侍奉左右。他出使西南夷时，可以说是衣锦还乡，但并没有像朱买臣、主父偃之流，故意造势，而是认真办事，一边责唐蒙，以皇上意谕告巴蜀百姓，一边又作文借蜀父老为辞以讽天子。总之，他仕于武帝朝，“未尝肯与公卿之事，常称疾闲居，不慕官爵”，也因此终老家里。显然，他变了，变得儒雅稳重起来，原有的游士习气不见了。班固在给汉武帝时代的人才分类时曰：“儒雅则公孙弘、董仲舒、兒宽，笃行则石建、石庆，质直则汲黯、卜式，推贤则韩安国、郑当时，定令则赵禹、张汤，文章则司马迁、司马相如，滑稽则东方朔、枚皋，应对则严助、朱买臣……”[①] 班固显然看到了司马相如确实不同于东方朔、枚皋、严助、朱买臣之流，他将司马相如归于司马迁一类，并单独为之立传，其传紧接《董仲舒传》之后。这是司马相如接受儒家经典的学习，并且将其内化为自己的行为品格，落实于言行的结果。

总之，司马相如前后变化的原因可以解释为：他侍从武帝前接受过儒家经典的学习，并且内化为自己的思想，实现了辞赋与经学的真正结合，并始终以儒学的讽谏为旨归，担负起时代的使命，成为汉赋的奠基者。

第三章　司马相如的儒家思想与盛世情怀

司马相如因接受文翁之遣，诣博士受业，思想已经发生了根本变化，赋作浸

---

① （汉）班固撰：《汉书·公孙弘卜式兒宽传》，北京：中华书局，1962 年，第 2634 页。

染了儒家思想，始终坚持《诗经》的美刺精神，作赋以讽，欲拔文学弄臣之位。他将热情、精力投入到盛世的理想中，在张大汉的文治武功时，希望最高统治者“兴必虑衰，安必思危”，其赋也承载了浓厚的政治理想与情怀。但有人却认为他的“文艺思想与儒家的文艺思想也大相径庭。如以孔子为代表的儒家特别强调文艺的经世致用，为政治服务；在形式上注重崇真尚实，反对华饰。但司马相如不理这一套，他的赋大都沉醉在文艺作品的娱乐作用上，并且肆无忌惮地运用虚构夸张的笔法，写出文辞华丽的作品”①。

第一节　辞赋与经学

关于汉赋的兴盛与儒学的关系有许多学者作过系统研究，如冯良方就著有《汉赋与经学》，该书从十个方面详细阐述了两者之间的关系；刘周堂在《前期儒家文化研究》一书中也认为大赋的兴盛与儒学密切相关，其体制“劝百讽一”的内在矛盾也为儒学所决定。的确，当时文人作赋并不以娱乐为目的，而是以“揄扬”为旨归，继承的是《诗经》“美刺”精神。因此，当时也往往以“美刺”为标尺来评价汉赋。如班固在《两都赋序》中就说：赋“或以抒下情而通讽喻，或以宣上德而尽忠孝，雍容揄扬，著于后嗣，抑亦雅颂之亚也”；② 汉宣帝效汉武帝倡辞赋，认为“辞赋大者与古诗同义，小者辩丽可喜，辟如女工有绮縠，音乐有郑卫，今世俗犹皆以此虞说耳目，辞赋比之，尚有仁义风谕，鸟兽草木多闻之观，贤于倡优博弈远矣”③。还有当时通经与献赋是士人踏入仕途的两条捷径，士人往往一身二任，既是经学大师，又是辞赋大家。这就表明两者在价值取向与运用思路上是一致的。司马相如作为汉赋的代表作家，其赋作不可能像龚克昌说的那样，只醉心于娱乐而与儒家思想没有关系。

一

《天子游猎赋》是大赋的奠基之作。赋中虽然沿袭了枚乘赋体的形式，但作了极大的改造，改造之后就像为武帝量身定做的一件新衣。因此，马积高先生认

---

① 龚克昌著：《汉赋研究・司马相如传》，济南：山东文艺出版社，1990 年，第 110 页。
② （梁）萧统编，（唐）李善注：《文选・两都赋序》，上海：上海古籍出版社，1986 年，第 3 页。
③ 见（汉）班固撰：《汉书・严朱吾丘主父徐严终王贾传》，北京：中华书局，1962 年，第 2829 页。

为枚乘的《七发》是典型的藩国文学，而司马相如的《天子游猎赋》却是一种典型的天子宫廷文学。[①] 武帝登位时非常年轻，对田猎着迷，经常微行出猎，喜欢射杀熊彘，驰逐野兽，还命吾丘寿王起上林苑。因此，写田猎，武帝肯定感兴趣。司马相如在赋中极力铺陈齐王、楚王的田猎，又以天子的田猎压到齐楚，投武帝所好，这似乎带有纵横策士色彩。但司马相如写田猎不是单纯地献媚取宠，而是通过田猎来表达“张天子以抑诸侯”的思想主题，以形象手段为武帝的大一统政治服务。他先借子虚先生之口，尽情夸耀楚国云梦之大、物产之美，楚王田猎歌舞之盛，后让乌有先生批评子虚“不称楚王之厚德，而盛推云梦以为高，奢言淫乐而显侈靡”、“然在诸侯之位，不敢言游戏之乐，苑囿之大”，这其实是在贬抑诸侯，说明身为诸侯，应守礼制，述职天子，无权享乐。司马相如还嫌不够，又让亡是公开口，“楚则失矣，而齐已未为得也。夫使诸侯纳贡者，非为财币，所以述职也；封疆画界者，非为守御，所以禁淫也。今齐列为东藩，而外私肃慎，捐国逾限，越海而田，其于义固未为可也。且二君之论，不务明君臣之义，正诸侯之礼，徒事争于游戏之乐，苑囿之大，欲以奢侈相胜，荒淫相越，此不可以扬名发誉，而适足以㝵君自损也”，狠狠地批评齐楚。接着又极力夸耀天子上林苑之大，天子田猎之壮观，这都是齐楚无法相比的。司马相如显然不像枚乘的《七发》直接讽喻那些贵族生活腐化糜烂，而是通过“张天子以抑诸侯”这个主题来切中时代的要害。武帝之所以选中儒学，不是对于“道”的体悟，而是儒学的进取有为与他的政治欲望相合，儒学还将影响到君权的名实、皇权的巩固。因此，汉代儒学有各家各派，但最为流行的却是《春秋》公羊学。公羊学派最大的特点是崇尚大一统，董仲舒甚至把它说成是“天地之常经，古今之通义”。另外董仲舒提出的《天人三策》之所以一举成名，也是因为他不仅在思想意识形态领域里将孔子及其思想奉为至高无上的权威，而且还将其落在政治的利害上，认为思想大一统的原则乃是政治大一统立场的具体映现。司马相如赋中“张天子以抑诸侯”的主旨正是儒家大一统思想的体现。

《天子游猎赋》还确立了“劝百讽一”的大赋体制。司马相如在文中大肆铺陈君王的宫殿、苑囿、车马、服饰、田猎，非常华丽，末尾却让天子自己“芒然而思”，自己感叹“此太奢侈，……非所以为继嗣创业垂统”，以此讽谏武帝。同时希望罢废上林，赈济贫民，革新政治，以达长治久安。这一结构形式往往因

① 马积高著：《赋史》，上海：上海古籍出版社，1987 年，第 75 页。

前面夸饰过分，表现出尚美的倾向，而使后面的讽喻意图淡化或者被掩盖，达不到讽喻的目的。龚克昌也因此认为司马相如的赋与儒家的经世致用大相径庭。司马相如为什么要采用这一结构形式呢？刘周堂先生认为大赋作家在写赋时采用前劝后讽的体制，是受儒家政治观所决定的。儒学一方面主张“从制度上规定帝王在居处、服饰、车马、饮食等方面应该盖世无双，从而达到强化君权、确立帝王至高无上的声威的目的”，另一方面又“明确指出这种形式上的规定只是为了统治天下的政治的需要，……所以君王既不能以此为乐，沉湎于声色狗马和歌台舞榭的享乐生活中，更不能超过规定的限制，肆无忌惮地追求口腹耳目之欲。……这就要求大赋在歌颂帝王的声威之后，又必须对他们进行明确的讽谏，以防范于未然”。①

《天子游猎赋》中还有许多称引经义之处。就说文章结尾两段，几乎全都从经书中出，如“地可垦辟，悉为农郊，以赡萌隶，隤墙填堑，使山泽之人得至焉。实陂池而勿禁，虚宫观而勿仞。从仓廪以救贫穷，补不足，恤鳏寡，出德号，省刑罚”，这完全是儒家的仁政主张；而“于斯之时，天下大说，乡风而听，随流而化；然兴道而迁义，刑错而不用；德隆于三王，而功羡于五帝”，则是儒家主张的礼乐教化；至于“改制度，易服色，革正朔，与天下为更始”，则是汉代今文经学的内容。今文经学将阴阳五行学说吸纳进来，认为帝王受命于天，天人应当相应、相合，“改正朔，易服色”在他们的眼里不是一件小事，而是顺乎天意的大事，甚至关乎统治阶级长治久安的问题。司马相如不仅对儒家学说大力提倡，对儒家政治理想进行热情描绘，而且最有创意的是末尾借田猎为喻，“游于《六艺》之囿，驰骛乎仁义之途，览观《春秋》之林。射《狸首》；兼《驺虞》；弋玄鹤，舞干戚；载云罕，揜群《雅》；悲《伐檀》，乐‘乐胥’；修容乎《礼》园，翱翔乎《书》圃；述《易》道，放怪兽；登明堂，坐清庙；次群臣，奏得失；四海之内，靡不受获”。这短短几句就直接引用经书达十处之多，几乎每一句都源于儒家经典。这样的句子，不是对儒家经典有过深入研究的人是无法写出来的，而司马相如写起来就如同驾着驷马驰骋于云梦、上林一样，无牵无碍，得心应手。

① 刘周堂著：《前期儒家文化研究》，桂林：广西师范大学出版社，1998 年，第 221 ~ 224 页。

二

《毛诗序》说："正得失，动天地，感鬼神，莫近于诗。先王以是经夫妇，成孝敬，厚人伦，美教化，移风俗"，要求文章担负起讽谏教化作用。司马相如的《谏猎书》、《哀秦二世赋》、《大人赋》，虽没有直接称引经义，却遵循儒学要求，以讽谏为创作旨归。他侍从武帝长杨打猎时，见武帝好亲自击杀熊彘，驰逐野兽，便以《谏猎书》来劝阻武帝的冒险行为。《哀秦二世赋》是经过宜春宫见秦二世墓时作，文章目的不在哀叹秦二世，而在劝告汉武帝不要轻举妄动，否则就会杀身亡国。冯良方说："汉初在'过秦'思潮中出现了'归本于儒'的倾向"，"'过秦'是作为圣王理想的反面教材"。[①] 这一理想也反映到汉赋的创作中，司马相如的《哀秦二世赋》就是汉赋中最早的"过秦"作品。当然这篇作品还非常薄弱，没有聚焦到秦的严刑酷法上，更没有像贾谊的散文提出"仁义不施而攻守之势异也"的主题。《大人赋》是见武帝好神仙而作，司马相如的本意是说长生不死的仙人西王母"皬然白首，戴胜而穴处"，"只有三足乌为之使"，这样成仙还有什么意识呢？希望热衷于求仙的武帝清醒过来。但武帝读了反而"飘飘有凌云之气，似游天地之间意"，这是司马相如没有料到的。但决不能因此而否定司马相如的创作苦心。

司马相如在出使西南夷时还写有《谕巴蜀檄》、《难蜀父老》，这不是一般出使外方的说辞。在这两篇作品里，他用了赋体惯用的铺陈夸饰的手法，以一种生动活泼的形式既宣讲国家政策和皇上本意，又非常巧妙地赞颂大一统政治，成功地将文学与政治结合起来。他认为武帝开西南夷道虽然劳民，却是史无前例的壮举，称得上是"非常之人"的"非常之功"。在文中一再称武帝为"至尊"、"天子"、"王者"，还提到"受命之符"、"封禅之事"，已经开始将武帝圣王化。

真正完成汉代皇帝圣王化过程的是《封禅书》。对于封禅，它的产生适应秦汉之际，出于天下一统、各民族融合的需要，当时人们都寄望于封禅之盛举。如司马迁写《封禅书》，而其父因病未能随驾封禅感到非常遗憾，拿着司马迁的手哭泣说："今天子接千岁之统，封泰山，而余不得从行，是命也夫！命也夫！"[②] 为了加强皇权、神化皇权，人们虽然对于封禅的实质、典仪是茫然的，但自古以

---

① 冯良方著：《汉赋与经学》，北京：中国社会科学出版社，2004 年，第 223 页。

② （汉）司马迁撰：《史记·太史公自序》，北京：中华书局，1973 年，第 3295 页。

来讲帝王“受命于天”，认为封禅是帝王祭祀天地的大典，是功德隆洽的盛世象征。司马相如的《封禅书》是有心之作，是他临死前留给武帝的，这篇文章有两方面的目的：一是遵从儒学之要求，在文学作品中将汉代帝王圣化，从《天子游猎赋》中改过自新的帝王，到《喻巴蜀檄》、《难蜀父老》中的“至尊”、“非常之人”，再到《封禅书》中的“陛下”、“圣王”。二是按照儒学讽颂相结合的传统，寓以讽谏。班固的《典引》曰：“司马相如夸行无节，但有浮华之辞，不周于用。至于疾病而遗忠……言封禅事，忠臣效也。”高度赞扬司马相如这是效忠臣之作。该作确实体现了司马相如的良苦用心，他不仅勉励武帝举行封禅之盛典，而且更重要的是强调“圣王之德，兢兢翼翼”、“兴必虑衰，安必思危”，天命是不能违背的，帝王必须敬天顺德。

《汉书·礼乐志》载武帝定郊祀之礼时，“以李延年为协律都尉。多举司马相如等数十人造为诗赋，略论律吕，以合八章之调，作十九章之歌”。而这十九章《郊祀歌》不容易读懂，《史记·乐书》说：“通一经之士，不能独知其辞；皆集会五经家，相与共讲习读之，乃能通知其意。多尔雅之文。”这些乐府歌辞必须依靠五经博士来解释，就说明作辞者肯定通五经，融会了五经入辞。

总之，我们不能只看到司马相如赋作中大肆铺陈、歌功颂德的地方，而看不到与儒家思想一致的地方。汉赋与经学之间一直彼此渗透、双向互动，有着不解之缘。而辞赋与经学的真正结合是从司马相如开始的，正如许结所说：“就汉文化的整体结构而言，相如等作家创制大赋作品表现的思想正与强盛的帝国行政模式，经学家宇宙同人事、阴阳五行同王道政治结合的大一统思想匹配，以其独特的赋家之心建构起宏伟壮丽的艺术殿堂。”①

第二节 讽谏与治世情怀

司马相如凭《天子游猎赋》得武帝赏识，并被擢为郎，为文学侍从。这看似是一大幸事，而实质上司马相如又陷入另一矛盾痛苦中。他万万没有想到，在宣传大一统、大张天子威风时，虽然对当时的政治能起到一定的作用，但是随着君权的巩固和被神化，士人的人格势必遭到削弱，因为自古以来社会都是以权力为中心，尊势统而卑道统。当时司马相如虽然没有这方面的直接感叹，但是与他

---

① 许结著：《汉代文学思想史》，南京：南京大学出版社，1990 年，第 128 页。

同时有着相同命运、地位的东方朔的感慨就有着代表性，“谈何容易！”是当时多少士人的切身体会，因为对于当时他们这些文学侍从来说，“卑身贱体”地位，不知如何处于帝王身边，如果“说色微辞，愉愉呴呴”，又“无益于主上之治，则志士仁人不忍为也”，如果“俨然作矜严之色，深言直谏，上以拂主之邪，下以损百姓之害，则忤于邪主之心，历于衰世之法。故养寿命之士莫肯进也”。[①] 他们虽然意识到自己两难的处境，也想改变自己卑微的地位，但是到底如何去改变呢？各人的理解不同，各人的做法也不同。东方朔、枚皋二人，一个察言观色，时时切谏，但因言语诙笑幽默，最终还是摆脱不了俳优的角色；一个是受诏辄赋，完全听命于武帝，创作颇多，但所作之赋都是美颂之类，而且语言不庄重，好嫚戏，更是被人以娼优视之。

一

司马相如与东方朔、枚皋不同，他深通儒家经典，更理解《诗经》之所以被奉为经典，就是因为它独特的美刺功能。因此他知道，要改变自己的地位，使自己拔于弄臣之位，唯有让自己赋作不仅仅成为帝王歌功颂德的谀词，而应该担负起讽谏的作用。于是司马相如作赋时不仅殚精竭虑，而且都是针对具体的事件而作，始终贯穿自己的政治意图。

司马相如出使西南写的《谕巴蜀檄》、《难蜀父老》，其实也是两篇赋体作品。《汉书》本传载：“相如为郎数岁，会唐蒙使略通夜郎、僰中，发巴、蜀吏卒千人，郡又多为发转漕万余人，用军兴法诛其渠率。巴蜀民大惊恐。上闻之，乃遣相如责唐蒙等，因谕告巴蜀民以非上意。”又载：“相如使时，蜀长老多言通西南夷之不为用，大臣亦以为然。相如欲谏，业已建之，不敢，乃著书，借蜀父老为辞，而已诘难之，以风天子，且因宣其使指，令百姓皆知天子意。”这些记载说明司马相如作《谕巴蜀檄》和《难蜀父老》具有极强的现实针对性，起着政府文告的作用。因此，他虽然目睹了唐蒙通西南夷道、发卒万人，“士卒多物故，费以巨万计”，给人民带来了巨大的灾难和痛苦，但在《谕巴蜀檄》中没有半点同情，而只是再三晓谕百姓，说唐蒙所为“皆非陛下之意也”，还再三责让巴蜀民不应有亡逃、贼杀这种不忠之行为，而应乐尽人臣之道，“计虑深远，急国家之难”。而在《难蜀父老》中更是以“使者”与“耆老大夫缙绅先生”为

① （汉）班固撰：《汉书·东方朔传》中引《非有先生论》，北京：中华书局，1962年，第2867页。

辩难的双方，极力赞美大一统政治，对武帝寄予莫大的希望，“盖世必有非常之人，然后有非常之事；有非常之事，然后有非常之功”。而武帝就是这样的“非常之人”，为此他“必将崇论闳议，创业垂统，为万世规。故驰骛乎兼容并包，而勤思乎参天贰地”，虽然西南夷是“夷狄殊俗之国，辽绝异党之域”，但是作为汉朝天子也必须让他们成为子民，浸润在恩泽之下。这是天子的当务之急，百姓虽劳，也不能停止。在这里，司马相如不仅使用了赋体惯用的铺陈夸饰的手法，以一种生动活泼的形式既宣讲了国家政策的用心和皇上的本意，非常巧妙地赞颂了武帝的大一统政治，同时寄予了自己的讽谏之意，成功地将文学与政治结合起来。

虽然史书载司马相如“未尝肯与公卿国家之事，常称疾闲居，不慕官爵”，但这只是问题的表面。前面就说过他是一个欲望很强的人，不可能像刘斯翰先生所说的那样，“爱辞赋甚于一切的人”①。他之所以选择辞赋，是因为他口吃，思维迟滞，不能像严助、吾丘寿王那样善对而被重用。史书载武帝的侍从有朱买臣、吾丘寿王、司马相如、主父偃、徐乐、严安、东方朔、枚皋、胶仓、终军、严葱奇等，而尤其亲幸者是东方朔、枚皋、严助、吾丘寿王、司马相如。但因为严助、吾丘寿王最善辩论而见任用，东方朔、枚皋不能持论，而以俳优畜之。②可见武帝对善辩的重视更甚过对辞赋的喜爱。在此情形下，司马相如似乎唯有称疾避事，没有别的选择。也正是因为这样，司马相如就不可能把辞赋当做纯粹的娱乐，也不能作赋时只投武帝之好，当做进身之阶，而是更多地带上自己的主观色彩，既体现自己的才情学问，又要承载自己的政治主张。于是司马相如的赋就出现了上面所列举的情况，几乎每一篇作品都有着强烈的政治目的，为汉武帝的大一统政治服务。尤其《难蜀父老》，司马相如在文中写道：“余之行急，其详不可得闻已。请为大夫粗陈其略。”文中的辩难虽然不是面对面的辩论，但究其实这里的“缙绅先生”就是具体有所指的。《汉书·公孙弘传》载：“时方通西南夷，巴、蜀苦之，诏使弘视焉。还奏事，盛毁西南夷无所用。”还有后来公孙弘多次上谏武帝，“以为罢弊中国以奉无用之地，愿罢之”。显然，司马相如是用辞赋在与公孙弘辩论通西南夷之事。

---

① 刘斯翰著：《汉赋：唯美文学之潮》，广州：广州文化出版社，1989年，第33页

② （汉）班固撰：《汉书·严朱吾丘主父徐严终王贾传》，北京：中华书局，第2775页。

二

司马相如除《哀秦二世赋》以外，还有两篇骚体赋《美人赋》、《长门赋》，关于这两篇作品，人们往往受《文选》序言与《西京杂记》所载的影响，一般把《美人赋》看做自刺之作，把《长门赋》当做宫怨之作。其实，从当时的创作实际来看，人们写作骚体赋主要是受屈原的影响。淮南王刘安第一个为《离骚》作传，认为其作具有《诗经·国风》的艳丽，又不淫佚，具有《诗经·小雅》的怨愤，而又不过火。而屈原其人，“推其志，与日月争光可也”。司马迁也说：“余读《离骚》、《天问》、《招魂》、《哀郢》，悲其志。”[①] 而近代学者刘师培在论及写怀之作时说得更明白：“屈原《离骚经》固为写怀之作，《九章》诸篇亦然。唐勒、宋玉皆屈原之徒，《九辩》、《大招》，皆取法《骚经》。贾谊思慕屈平，所作《吊屈平赋》及《鹏鸟赋》，皆《离骚》之遗意也。相如《大人赋》，亦宋玉《高唐赋》之遗；而淮南所作《招隐士》，又纯乎《山鬼》之意者也。枚皋、刘向之作，亦取意讽谏。”[②] 这里道出了文人是如何继承屈原之人格精神与楚骚的言志抒情之传统的。每当面临强权威势与失志不遇时，他们就情不自禁地以屈原“信而见疑，忠而被谤，能无怨乎？”[③] 的忧怨，引发自己的感受，以屈原的命运隐喻自身的命运。当然，人们也看到了司马相如与楚骚的联系，但主要侧重于形式，而忽略了内在精神。

人们对《美人赋》往往只看到其与宋玉《登徒子好色赋》、《风赋》在内容和结构方面的类似，而没有看到司马相如之所以不避设辞的雷同，就是在于追求屈赋的主旨精神。我们知道，司马相如人生最辉煌的是以中郎将建节通西南夷，而跌落下来也是因这次出使，被指控受金而失官。关于这件事的曲折没有更多的资料，但是还是有两点值得说明：一是司马相如不是一个贪婪之人，而且“与卓氏婚，饶于财”，按常理不可能轻易收受贿赂；二是出使时有蜀守以下郊迎，卓王孙厚分其财，有可能因此而蒙上嫌疑。如果就此而把《美人赋》看做是为自己辩诬之作，未尝不可。文章假托梁孝王以问好色乎，而辩其“心正于怀”、“秉志不回”，远甚孔墨之徒，这其中大有深意。赋中的人物只有司马相如本人

---

① （汉）司马迁撰：《史记·屈原贾生列传》，北京：中华书局，1996 年，第 2482 页。

② 刘师培：《论文杂记》，见刘师培著，陈引驰编校：《刘师培中古文学论集》，北京：中国社会科学出版社，1997 年，第 232 页。

③ （汉）司马迁撰：《史记·屈原贾生列传》，北京：中华书局，1996 年，第 2482 页。

和梁王，邹阳虽在开头作为引子出现一次，但后面不像宋玉那样在中间还要拿登徒子来比衬。这样，邹阳在文中似乎可有可无，如同史书中记载有人指控司马相如受经一样无足轻重，也没有出现章华大夫那样的第四个人物，看起来文章平淡了许多。作为赋家大师为什么要作此处理呢？其实这就是文章主旨的变化。司马相如作赋的目的不是作为宫廷文学弄臣来相互讥诮取乐，也不在于自我炫耀、卖弄文辞，而是在于向武帝表白自己的品格。正是因为这样，文章以自己为主体，写自己拒东邻之女，进上宫之闲馆，见美人而长辞。再看文中女子、环境及其交接的变化，不是春夏之交、鸟语嘤嘤、群女出桑，而是幽雅之闺房和美女独处，在风姿绰约中带几分孤独忧伤，而歌曲中似乎更有几分怀才不遇之叹，再加上作者的《幽兰》、《白雪》，更增无限高洁。显然，这里带着浓厚的宣泄意味，直承楚骚"好色而不淫"、"怨诽而不乱"的精神。

《长门赋》其实与《美人赋》一样，直接受楚辞影响。前辈许多学者都已看到这一点，朱熹先生说："此文（《长门赋》）古妙，最近楚辞。"① 刘熙载《艺概·赋概》中也说："《长门赋》出于《山鬼》。"从赋的内容来看，主要先交代君王违约，因得新而忘故，然后反复铺陈佳人被弃的凄凉、寂寞、空虚、孤独。尤其是登兰台与入夜两段，如梦如幻的错觉，如泣如诉的自责，好不动人。因"色衰而爱弛，爱弛则恩绝"是封建社会妇女内心的忧虑与痛苦，但是司马相如在赋中不像以前的文学作品那样直截了当地控诉，而是委婉以讽。正如元朝祝尧所评说的那样："以赋体而杂出于风比兴之义：其情思缠绵，敢言而不敢怨者，风之义。篇中如'天飘飘而疾风'，及'孤雌跱于枯杨'之类者，比之义。上下兰台，遥望周步，援琴变调，视月精光等语，兴之义。盖六艺中惟风兴二义每发于情，最为动人，而发人才思。长卿之赋甚多，而此篇最杰出者，有风兴之义也。"② 联系当时的社会以及司马相如的遭遇来看，就更能明白作者之用心。文士的不遇和女色的失宠看似不同，但其实质却是一样的，都是被主上所戏弄的对象，他们在"怨"这种情感上是相通的。屈原在他的代表作《离骚》中就以男女恋情比君臣关系："初既与余成言兮，后悔遁而言他。余既不难夫离别兮，

---

①（宋）朱熹著：《楚辞后语》卷二，见徐志啸：《历代赋论辑要》，上海：复旦大学出版社，1991年，第32页。

②（元）祝尧著：《古赋辨体》卷三，见徐志啸：《历代赋论辑要》，上海：复旦大学出版社，1991年，第34～35页。

伤灵修之数化。”[①] 而司马相如当初因《子虚赋》使武帝恨不与之同时，但一旦来到身边，成为文学侍从，却并不被武帝所重用，不仅以俳优畜之，而且因受人指控受金而失官，再也不能侍从君主身边，如同被打入冷宫一般。正因有如此体验，该赋才写得如此细腻动人。《艺文类聚》的编者欧阳询就很有见地将董仲舒的《士不遇赋》、司马迁的《悲士不遇赋》与司马相如的《长门赋》编在一起，实质上就看到了《长门赋》与前两篇赋在情感上的相通。可以说，《长门赋》与陈皇后之事没有多大关系，主要是司马相如借以表达不遇之忧怨以及对君王的忠心，也希望能再一次进用于君王之身边。后来司马相如被复召为郎，拜为孝文园令，也许就是武帝读了这两篇赋之缘故。

三

终其一生，司马相如都是不幸的，始终没有跳出文学弄臣的圈子。但在主观上，司马相如与东方朔、枚皋、董仲舒、司马迁不一样，在他的文赋中始终没有对自己俳优弄臣地位的感叹与牢骚，也没有扬雄对汉赋讽谏的彻底失望，而是始终以讽谏为武器，借助赋文来表达自己的政治愿望，希望以此来提高自己的政治地位，临死之前还作《封禅书》。从当时史书记载来看，这是司马相如有心之绝笔，班固、刘勰都给予了高度的评价：“司马相如夸行而无节，但有浮华之辞，不周于用。至于疾病而遗忠……言封禅事，忠臣效也”[②]，“观相如封禅，蔚为唱首。……绝笔兹文，固维新之作也”[③]。但是人们一般也受此局限，只看到文中称说符瑞神异、歌颂功德的一面，而没有看到司马相如的良苦用心。其实司马相如写作此文的目的是“不特以为生逢盛世，欲彰大汉之德，尤其是武帝之文治武功，勉其举此盛典；亦且意在讽其‘兴必虑衰，安必思危’，敬顺天心，顾省厥遗也”[④]。

司马相如作赋始终坚持儒家讽颂之传统，篇篇赋作都存讽谏之义，虽然与现实有很大的一段距离，讽谏者与接受者也会产生一定的偏差，但讽谏对他个人来说，使他生前既没有像东方朔、司马迁、扬雄等那样严重的精神价值失落，死后

① 马茂元等撰：《楚辞注释·离骚》，武汉：湖北人民出版社，1986年，第16页。

② （汉）班固著：《典引》，转引金国永著：《司马相如集校注·前言》，上海：上海古籍出版社，1993年，第9页。

③ 见周振甫著：《文心雕龙译注·封禅》，北京：中华书局，1988年，第197页。

④ 金国永著：《司马相如集校注·封禅文》题解，上海：上海古籍出版社，1993年，第177页。

也因此为自己赢得了一席地位，后人并没有将他与俳优弄臣同列。司马迁、班固在为他立传时都看到了这一点，司马迁云："《子虚》之事，《大人》赋说，靡丽我夸，然其指风谏，归于无为。作《司马相如列传》第五十七。"班固评其赋曰："相如虽多虚辞滥说，然要其归引之于节俭，此亦《诗》之风谏何异？"

第二编　救世情怀　末世无奈

在董仲舒、公孙弘等人的建议下，武帝在统一的意识形态里将儒学确立为士人学术、晋身的主流思想，并在国家教士、养士、用士的思路下，向每一位士人敞开了仕进之门，虽然其门径狭窄，但是面对出路的制度化、标准的明确化，士人不仅在经明修行中有了奔头，而且有了稳定踏实之感。当然，这一切必须以臣服于皇权为前提、以牺牲士人的独立人格为代价，但是士人还是愿意为这样的时代摇旗呐喊，希望看到这样的盛世。士人之所以有如此情怀，是因为王朝的兴衰与自己的仕宦前途密切相关，而仕宦前途又关乎自己的功业、名声。士人在经明修行中追求的不仅仅是财富的满足，而更为看重的是留名青史的不朽人生价值。正是这种功名期待，使士人成为大一统的专制政治的依附。虽然士人对仕宦艰难有着充分的思考，但是很难从根本上打消其热情，他们总是对和谐的君臣关系充满期待，把圣主贤臣的结合作为自己的理想，即使面临昏暗卑污的现实政治和残酷的迫害，依然坚持道义的原则。如李固临死前还依然曰："固受国厚恩，是以竭其股肱，不顾死亡，志欲扶持王室，比隆文、宣……固身已矣，于义得矣，夫复何言"![1] 这一点在汉末士人的拯时救世情怀中表达得最为显豁充分。

① （宋）范晔撰：《后汉书·李固传》，北京：中华书局，1965 年，第 2087 页。

第四章　王符、崔寔的批判现实与拯时救世

东汉王朝表面上恢复了西汉的旧观，但其政治、经济、文化都无法与西汉盛世相比，并且在太平的背后早已危机四伏。尤其后来，皇帝年幼继位，权力主要掌握在外戚、宦官手中。他们因权力而争斗，互相残杀，政治极为黑暗，加速了王朝的衰落。而士人因儒家思想的教诲和平治天下的理想，以及参政、议政的热情，使他们不能放任朝政的恶化，总想凭自己的能力去匡时救世。他们或上书皇帝，直斥权贵，或著书立说，陈述拯时之方，其中的代表有王符、崔寔二人。

第一节　潜夫论世与明君贤臣的理想

王符（82—167）①，字节信，安定临泾（今甘肃镇原县西）人。他出身微贱，备受歧视，但性格耿直，不附流俗，不阿权贵，终身为“处士”。他继承了司马迁发愤著书的精神，隐居家乡著《潜夫论》。该书虽以“潜夫”为名，但不是抒写隐士游山玩水、超尘拔俗之情趣，反而是对当时社会政治危机与弊病的揭露批判，是他为衰世开出的良方，是其救世情怀的强烈表现。

一

王符历经章帝到桓帝，亲眼目睹了东汉政权由盛而衰的过程，感受最深，也最为痛心疾首，因此他的批评与一般的大臣上书不同。在他看来，当今社会无论政治、经济、风气，都是本末倒置，名实不符。在《务本》篇中他历数了这种种情况：

> 今民去农桑，赴游业，披采众利，聚之一门，虽于私家有富，然公计愈贫矣……今工好造雕琢之器，巧伪饰之，以欺民取贿，虽于奸工有

---

① 关于王符的生卒年，见刘文英著：《王符评传》，南京：南京大学出版社，1998 年，第 3 ~ 6 页。

> 利，而国界愈病矣……今商競鬻无用之货，淫侈之弊，以惑民取产，虽于淫商有得，然国计愈失矣……今学问之士，好语虚无之事，争著雕丽之文，以求见异于世，品人鲜识，从而高之，此伤道德之实，而惑矇夫之大者也……今赋颂之徒，苟为饶辩屈蹇之辞，競陈诬罔无然之事，以索见怪于世，愚夫戆士，从而奇之，此悖孩童之思，而长不诚之言者也……今多务交游以结党助，偷世窃名以取济渡，夸末之徒，从而尚之，此逼贞士之节，而眩世俗之心者也……今多违志俭养，约生以待终，终没之后，乃崇饰丧纪以言孝，盛飨宾旅以求名，诬善之徒，从而称之，此乱孝悌之真行，而误后生之痛者也……今多奸谀以取媚，挠法以便佞，苟得之徒，从而贤之，此灭贞良之行，而开乱危之原者也……①

这八者都是“衰世之务”，而造成如此情形当然是君主的受蒙蔽。而君主之所以受蒙蔽则是偏听、偏信所致，即“听塞于贵重之臣，明蔽于骄妒之人”②。因此，他将批判的矛头指向“贵重之臣”、“骄妒之人”：

> 自春秋之后，战国之制，将相权臣，必以亲家。皇后兄弟，主壻外孙，年虽童妙，未脱桎梏，由藉此官职，功不加民，泽不被下而取侯，多受茅土，又不得治民效能以报百姓，虚重食禄，素餐尸位，而但事淫侈，坐作骄奢，破败而不及传世者也。③

这些人不仅无功受禄，而且骄奢淫逸，尤其在王符所生活的时代，外戚、宦官把持朝政。如顺帝时以梁贵人为皇后，其父兄先后为大将军且不说，梁氏一门“前后七封侯，三皇后，六贵人，二大将军，夫人、女食邑称君者七人，尚公主者三人，其余卿、将、尹、校五十七人”④，其势力的强大简直无法形容。虽然桓帝依靠宦官单超等人消灭了梁氏势力，但权力却没有回到皇帝手中，只不过从外戚又转到了宦官手中。而外戚与宦官之间的争权夺利，不仅加深了王朝的政治危机，而且使社会风气极度恶化。如当时的奢侈之风，就是京师贵戚们争相竞作

---

① （汉）王符著，彭铎校正：《潜夫论笺校正·务本》，北京：中华书局，1985年，第17~20页。
② （汉）王符著，彭铎校正：《潜夫论笺校正·明暗》，北京：中华书局，1985年，第55页
③ （汉）王符著，彭铎校正：《潜夫论笺校正·思贤》，北京：中华书局，1985年，第83页
④ （宋）范晔撰：《后汉书·梁统列传》，北京：中华书局，1965年，第1185页。

所致：

> 今京师贵戚，衣服、饮食、车舆、文饰、庐舍，皆过王制，僭上甚矣。从奴仆妾，皆服葛子升越，筩中女布，细緻绮縠，冰纨锦绣。犀象珠玉，虎魄瑇瑁，石山隐饰，金银错镂，麞麂履舄，文组采緤，骄奢僭主，转相夸诧……①

社会对浮侈之风的追逐，显然会动摇封建经济的根本。王符与汉初的晁错、贾谊一样，深刻认识到社会的稳定是建立在老百姓安居乐业的基础上，只有不饥不寒，社会才能安定。相对于当时的生产能力来说，是“一夫不耕，天下必受其饥者，一妇不织，天下必受其寒者”，而“今举世舍农桑，趋商贾，牛马车舆，填塞道路，游手为巧，充盈都邑，治本者少，浮食者众”，这样当然会使大量的百姓受饥寒之苦。饥寒并至的百姓哪有不铤而走险、做出一些奸宄之事的呢！为了治理“奸宄”之民，官吏则采用严酷的刑罚，而严酷的刑罚自然引起民怨、民仇，国家岂有不危之理。层层的分析推理将浮奢之风的危害尽显无遗，并且在声讨批判中希望引起统治者的高度关注。

贵戚宠臣当道带来的不仅是社会风尚的变化，更严重的是堵塞了本来就极为狭窄的仕进之路，使正直之士或被诛杀，或被排斥在政体之外。这一点对士人来说尤为切身，因此他们对当时狼污的政治更为痛恨，将批判的矛头指向乡举里选的黑暗：

> 今则不然，令长守相不思立功，贪残专恣，不奉法令，侵冤小民。州司不治，令远诣阙上书讼诉。尚书不以责三公，三公不以让州郡，州郡不以讨县邑，是以凶恶狡猾易相冤也。侍中、博士谏议之官，或处位历年，终无进贤嫉恶拾遗补缺之语，而贬黜之忧。群僚举士者，或以顽鲁应茂才，以桀逆应至孝，以贪饕应廉吏，以狡猾应方正，以谀谄应直言，以轻薄应敦厚，以空虚应有道，以嚚闇应明经，以残酷应宽博，以怯弱应武猛，以愚顽应治剧，名实不相副，求贡不相称。富者乘其材力，贵者阻其势要，以钱多为贤，以刚强为上。凡在位所以多非其人，

① （汉）王符著，彭铎校正：《潜夫论笺校正·浮侈》，北京：中华书局，1985年，第130页。

而官听所以数乱荒也。①

选官任职的虚滥不仅名不副实，而且已荒唐到触目惊心的地步，简直令人无法忍受。为此，王符不仅列举出这种种黑暗的现实加以声讨，更重要的是希望找到造成如此现实的根源所在。在他看来，这既是当时虚夸之风使然，也是贵戚宠臣、不法官吏营私舞弊的结果：

> 举世多党而用私，竞比质而行趋华。贡士者，非复依其质干，准其材行也，直虚造空美，扫地洞说。②
>
> 今当途之人，既不能昭练贤鄙，然又劫于贵人之风指，胁于权势之属托，请谒填门，礼贽辐辏，迫于目前之急，则且先之。此正士之所独蔽，而群邪之所党进也。③

在当时，不仅王符如是说，而且诸多士人都在不同场合表达了对这一现实的不满。如郎觊上书对皇帝问也毫不留情地曰："今选举皆归三司，非有周召之才，而当则哲之重，每有选用，辄参之掾属，公府门巷，宾客填集，送去迎来，财货无已。当其迁者，竞相荐谒，各遣子弟，充塞道路。"④ 这说明当时士大夫之间的相互荐举十分频繁，就是连不失正直之名的李固也因此而遭政敌攻击："至于表举荐达，例皆门徒；及所辟召，靡非先旧。或富室财赂，或子婿婚属，其列在官牒者凡四十九人。又广选贾竖，以补令史。"⑤ 这结党营私的罪状于李固或许不实，但李固在为官之任上的举荐之行无不带上了这样的色彩。在这种"世务游宦，当途者更相荐引"的情况下，阿附权贵不失为一条"捷径"，当时有为数不少的士人不惜身执贱役而列名豪族门下，或甘愿被公卿令长辟为掾属而结成主奴关系。而王符虽然出身低贱，无法与名门望族子弟相抗衡，但是他不愿放下自己的操守、气节而屈从流俗，宁可"采薇、冻馁、伏死岩穴之中"。

---

① （汉）王符著，彭铎校正：《潜夫论笺校正·考绩》，北京：中华书局，1985 年，第 68 页。

② （汉）王符著，彭铎校正：《潜夫论笺校正·实贡》，北京：中华书局，1985 年，第 152 页。

③ （汉）王符著，彭铎校正：《潜夫论笺校正·本政》，北京：中华书局，1985 年，第 93 页。

④ （宋）范晔撰：《后汉书·郎觊传》，北京：中华书局，1965 年，第 1067 页。

⑤ （宋）范晔撰：《后汉书·李杜列传》，北京：中华书局，1965 年，第 2084 页。

二

王符不仅对衰世进行批判，更为重要的是找出混乱的根源，好实行医治。在他看来，治乱兴衰的关键在于处理好君、臣、民这三者关系。在解决君、民关系方面，他提出了“民为国基”的政治命题。这一命题初看起来并无新意，只不过是先秦“民本思想”的另一说法而已，但实际上王符对于“民”的认识要深刻具体得多。他首先指出国家及君主的存在必须以民为先决条件：

国之所以为国者，以有民也。①

没有民众，哪有国家？道理虽然浅显，但是历代统治者又有几人能有此认识呢？他们往往将自己凌驾于民之上，役使民众，根本不把老百姓当人看待。王符不像先秦思想家那样一味地高喊保民、爱民，而是强调统治者“利民”，即所谓“天之立君，非私此人也，以役民，盖以诛暴除害利黎元也”②。当然，他在这里也不无理想色彩，将君主视为“圣人”，认为天立君并不是对君主的私爱，也不是让君主去奴役人民，而是要求君主为民众“诛暴除害”。在封建社会，君权至上，要让君主如此谈何容易，为此王符不得不借助“天”来解决这一难题：

天以民为心，民安乐则天心顺，民愁苦则天心逆。③

本来儒家为了加强皇权，以“天人感应”来神化君王，认为“天者，百神之君也”、“唯天子受命于天，天下受命于天子”、“受命之君，天意之所予”④，而王符却越出这一思想框架，在阐释天、君、民三者关系中，将天与民联系在一起，认为“民心”就是“天心”。因此君王在为政时不应以上天所降的灾祥为政治的晴雨表，而应以“民心”的向背为指南。这样，他的“养民”、“利民”不仅是统治者推恩所致，而且关系国家的安危：

---

① （汉）王符著，彭铎校正：《潜夫论笺校正·爱日》，北京：中华书局，1985 年，第 210 页。
② （汉）王符著，彭铎校正：《潜夫论笺校正·班禄》，北京：中华书局，1985 年，第 162 页。
③ （汉）王符著，彭铎校正：《潜夫论笺校正·本政》，北京：中华书局，1985 年，第 88 页。
④ （汉）董仲舒著：《春秋繁露》，上海：上海古籍出版社，1989 年，第 82 页、65 页、59 页。

除其仁恩，且以计利言之。国以民为基，贵以贱为本。愿察开辟以来，民危而国安者谁也？下贫而上富者谁也？故曰："夫君国将民之以，民实瘠，而君安得肥？"①

民安则国安，民富则国富，真正将人民视为国家的基础。正是在这样的基础上，他要求统治者"利民"、"养民"，其所作所为都应"有功于民"：

是以国以民为基，贵以贱为本。是以圣王养民，爱之如子，忧之如家，危者安之，亡者存之，救其灾患，除其祸乱。②

君主如此，作为君主的辅弼之臣当然也应如此：

帝王所尊敬，天之所甚爱者，民也。今人臣受君之重位，牧天之所甚爱，焉可以不安而利之，养而济之哉？是以君子任职则思利民。③

在王符看来，作为臣子如果想"竭精思职，推诚辅君"，只有"效功百姓，下自附于民氓，上承顺于天心"。

对于任何一位君王来说，他都不可能一人治国、治民，都必须依靠自己所任命的官吏去实施，因此要真正做到爱民、利民、国家太平，君主就要先择其人。为此，他又提出了"国以贤兴"的命题：

国以贤兴，以谄衰，君以忠安，以佞危。此古今之常论，而世所共知也。然衰国危君继承不绝者，岂世无忠信正直之士哉？诚苦忠信正直之道不得行尔。④

在这里，他不仅提出了治国任贤的问题，而且还进一步引发人们思考：任贤、尚贤确实是"古今之常论"，不是什么新思想、新提法，如西汉的京房就

① （汉）王符著，彭铎校正：《潜夫论笺校正·边议》，北京：中华书局，1985 年，第 274 页。
② （汉）王符著，彭铎校正：《潜夫论笺校正·救边》，北京：中华书局，1985 年，第 266 页。
③ （汉）王符著，彭铎校正：《潜夫论笺校正·忠贵》，北京：中华书局，1985 年，第 108 页
④ （汉）王符著，彭铎校正：《潜夫论笺校正·实贡》，北京：中华书局，1985 年，第 151 页

说：“任贤必治，任不肖必乱，必然之道也。”[①] 两汉皇帝也有此认识，否则就不会多次下召要求各级官吏荐贤，但为何西汉之亡、东汉之衰却触目惊心地呈现出是“贤不得用”而“所用不贤”的社会现实呢？

其实君主“所用不贤”不是君主的本意，而是“忠信正直之道不得行”，在位者好“进党”而“隐贤”、“蔽贤”、“嫉贤”，使贤与君王壅隔，致使君主错把谄谀之臣当忠臣贤人。为此，王符由衷地感叹道：

> 凡有国之君，未尝不欲治也，而治不世见者，所任不贤故也。世未尝无贤也，而贤不得用者，群臣妒也。主有索贤之心，而无得贤之术，臣有进贤之名，而无进贤之实，此以人君孤危于上，而道独抑于下也。[②]

王符不但强调尚贤、任贤的重要，更为重要的是还针对当时的现实对有关贤才的衡量标准、举荐选拔以及考核升黜进行了多方面阐述。王符认为君主选用官吏一“必得其材”、二应“德称其位”，只有德才兼备才能教化百姓、审明法度：

> 夫修身慎行，敦方正直，清廉洁白，恬淡无为，化之本也；忧君哀民，独睹乱源，好善嫉恶，赏罚分明，治之材也。明君兼善而两纳之，恶行之器也，为金玉宝政之材刚铁用。[③]

虽然“人君选士，咸求贤能”，但是“群司贡举，竞进下材”，甚至颠倒黑白、真伪不分，以“窃禄位者为贤”、“放纵天贼为贤”、“贼残酷虐为贤”、“以钱多为贤”，为此，他提出加强法制来打击当时选举不实的种种弊端：

> 以选为本，选举实则忠贤进，选虚伪则邪党贡。选以法令为本，法令正则选举实，法令诈则选虚伪。[④]

当然他也认识到，要真正地实现尚贤、任贤还与君王的态度、方法有直接

① （汉）班固撰：《汉书·京房传》，北京：中华书局，1962 年，第 3161 页。
② （汉）王符著，彭铎校正：《潜夫论笺校正·潜叹》，北京：中华书局，1985 年，第 96 页。
③ （汉）王符著，彭铎校正：《潜夫论笺校正·实贡》，北京：中华书局，1985 年，第 157 页。
④ （汉）王符著，彭铎校正：《潜夫论笺校正·本政》，北京：中华书局，1985 年，第 88 页。

关系：

> 故人君兼听纳下，则贤臣不得诬，而远人不得欺也；慢贱信贵，则朝廷谠言无以至，而洁士奉身伏罪于野矣……是故明君莅众，务下言以昭外，敬纳卑贱以诱贤也。①

君主只有谦恭下士，才能得真贤；如果“骄士凌贤”，贤士宁愿饿死岩穴中，也不会匍匐于君王的脚下。君王想得真贤，就需采用“兼听”的方法，所谓“众好之，必察焉；众恶之，必察焉”。但对于取舍则“不必任众，亦不必专己”，而“必察彼己之为，而度之以义，或舍人取己，故举无遗失而政”。他正是在“义”的基础上对昏庸之主单凭一己之私爱论贤提出了批评：

> 或君则不然，己有所爱，则因以断正，不稽于众，不谋于心，苟眩于爱，惟言是从，此政之所以败乱也，而士之所以放佚也。②

选贤是为了任贤，而任贤则要对其德、才进行考核，才能做到德称其位，才能称其职：

> 凡南面之大务，莫急于知贤；知贤之近途，莫急于考功。功诚考则治乱暴而明，善恶信则直贤不得见障蔽，而佞巧不得窜其奸矣。……官长不考功，则吏怠傲而奸宄兴，帝王不考功，则直贤抑而诈伪胜。故《书》曰：“三载考绩，黜陟幽明。”③

考核使真贤不会被埋没，并督促各级官吏尽职尽责，也是“升黜”最客观、最公平的依据。

王符的“民为国基”、“国以贤兴”，都是针对在位的君主而言。在他看来，“民固随君之好，从利以生者也”，治乱的希望只能寄托于明君。为此他专门阐

① （汉）王符著，彭铎校正：《潜夫论笺校正·明暗》，北京：中华书局，1985年，第55页。
② （汉）王符著，彭铎校正：《潜夫论笺校正·潜叹》，北京：中华书局，1985年，第99页。
③ （汉）王符著，彭铎校正：《潜夫论笺校正·考绩》，北京：中华书局，1985年，第62页。

述了君主如何做到公私分明、保持明智的问题：

> 夫国君之所以致治者公也，公法行则轨乱绝。佞臣之所以便身者私也，私术用则公法夺。①

君主是整个国家的代表，应以国家利益为上，以“公法”来处理一切问题。既然“民为国基”，那么就应自觉地“爱民”、“利民”，而应将所有“扰民”、“虐民”的行为绳之以法，决不能因“私术”而侵夺“公法”。还因“国以贤兴”，所以君主当然也应自觉地“尚贤”、“任贤”，打击一切“蔽贤”、“妒贤”行为。而君主又是一个活生生的个体所在，有自己的喜怒哀乐，也有自己的私欲、私爱，但不能因私废公，以私挠法，否则整个国家就不堪设想。为此他再三告诫君王，应“审法度而布教令，不行私以欺法，不黩教以辱命”②，“平赏罚而无阿私，故能使民辟奸邪而趋公正，理弱乱以致治强”③。君主是否大公无私，最大的考验就在是任人唯亲还是唯贤：

> 王者法天而建官，自公卿以下，至于小司，辄非天官也？是故明君不敢以私爱，忠臣不敢以诬能。夫窃人之财，犹谓之盗，况偷天官以私己乎？④

王符将“天”搬出来，目的就是为了制约君王，要求君王从国家利益出发“尚贤”、“任贤”，而改变当时从“私爱”出发，重用贵戚、宠臣的政治局面。

三

王符的救世良方显然没有跳出儒家的明君、贤臣的政治理想，在这样的框架下说得再多、再好，效用也不大。就君主而言，虽说其子民口口声声以明君圣主相称，也在心里希望自己的君王能去私欲、私爱、兼听、纳下，把天下治理好，成为真正的明君。但实际上君王并不吃这一套，往往唯我独尊，从己出发，哪里

---

① （汉）王符著，彭铎校正：《潜夫论笺校正·潜叹》，北京：中华书局，1985年，第97页。
② （汉）王符著，彭铎校正：《潜夫论笺校正·明忠》，北京：中华书局，1985年，第363页。
③ （汉）王符著，彭铎校正：《潜夫论笺校正·德化》，北京：中华书局，1985年，第380页。
④ （汉）王符著，彭铎校正：《潜夫论笺校正·忠贵》，北京：中华书局，1985年，第108页。

听得进不同意见。人性从来就有善、恶两面，如果趋善只是一种道德的自我约束，那么就会显得疲软，根本无法遏制人性中追求名利、贪图享受的一面。而儒家的等级观念不仅使人安于本分、习惯于顺从，而且使权力层层膨胀。对君主来说，他们居于权力的顶峰，没有任何约束，要他们去"私"谈何容易，不是有着超强的道德自律的人根本不可能。可以说，不管君王的本质如何，当他登上权力巅峰时，终会在私欲的膨胀下走向昏庸。纵观历史，所谓的明君、庸主只是相对而言，汉景帝因谗言而枉杀晁错，汉武帝因宠幸李夫人而命其兄为贰师将军，能说英明？何况王符所生活的时代都是衰世之主，不是重用外戚就是身边的宦官，哪有明君？将希望寄托于君主身上，其救世梦想注定要落空。

就臣而言，所谓"贤"主要立足于道德而言，这既需要个人的道德自律去抗拒人性中恶的一面，在评价上又带有极大的主观性、模糊性，贤与不贤主要掌握在当时有话语权的人手中，而最有话语权的当然是君主。早在西汉时东方朔就说过："贤不肖何以异哉？遵天之道，顺地之理，物无不得其所；故绥之则安，动之则苦；尊之则为将，卑之则为虏；抗之则在青云之上，抑之则在深泉之下；用之则为虎，不用则为鼠。"[①] 当君主的人格膨胀到作为英明、正确的代名词时，臣子的人格独立和尊严都会被剥夺，只能小心翼翼地试图满足高高在上的君主的自尊、荣誉、欲望，从来都是势统凌驾于道统之上，"贤臣"何有？难怪王符深沉地哀叹道：

> 呜呼哀哉！凡今之人，言方行圆，口正心邪……虚谈则知德义为贤，贡荐则必阀阅为前。处子虽躬颜、闵之行，性劳谦之质，秉伊、吕之才，怀救民之道，其不见资于斯世也，亦已明矣！[②]

贤士难见于封建的政体之中，只能超越于君权之外、存于岩穴之中，像王符，终身为布衣处士，不能在政治的舞台上驰骋，只能以"潜夫"议政，表达自己的救世情怀，借"立言"来实现自我的价值。

王符议政虽与当时封建政体中的有识之士一样，主要以"指讦时短，讨谪物情"为特点，但在对当权者的揭露和批评方面又表现出与官方正统思想不一致的

---

① （汉）班固撰：《汉书·东方朔传》，北京：中华书局，1962年，第2865页。

② （汉）王符著，彭铎校正：《潜夫论笺校正·交际》，北京：中华书局，1985年，第355页。

特征，既不以解经、说经为形式，也不以阴阳灾异来上书，而是从分析现实问题出发，进行独立的思考和分析，正是这种独立的思辨色彩标志着东汉批评思潮的开端。

第二节　讽时刺世与中兴之救

崔寔（约120—170）[1]，字子真，一名台，字元始，涿郡安平（今河北涿县）人。他是王符好友崔瑗之子，家境清贫，多年出任地方官吏，清廉正直，死后，“家徒四壁立，无以殡敛”。[2] 他主要生活于东汉顺帝、桓帝时代，其时王朝完全进入末世，面对“皇路险倾”的现实，他与王符一样，心中充满了浓烈的救世情怀，撰写《政论》一书。该书已佚，今存严可均《全后汉文》所辑一卷，其思想主要是对社会危机的批判与政治革新主张。

一

崔寔对当时社会现实有着深刻的认识，毫不含糊地指出：

> 自汉兴以来，三百五十余岁矣。政令垢玩，上下怠懈，风俗凋弊，人庶巧伪，百姓嚣然，咸复思中兴之救矣。[3]

“政令垢玩，上下怠懈”，这是当时污浊黑暗政治的概况。从章帝时代所开始的外戚专权，到了顺帝时代不但没有收敛，反而演变为更黑暗的外戚、宦官交相把持朝政，皇权早已成为他们手中所利用的工具，朝廷诏令软弱无力，如同一纸空文，没有任何效用：

> 今典州郡者，自违诏书，纵意出入。每诏书所欲禁绝，虽重恳恻，骂詈极笔，由复废舍，终无悛意。故里语曰：“州郡记，如霹雳；得诏书，但挂壁。”

---

① 关于崔寔的生卒年，见刘文英著：《王符评传》，南京：南京大学出版社，1998年，第232页。

② （宋）范晔撰：《后汉书·崔骃列传》，北京：中华书局，1965年，第1731页。

③ （清）严可均辑：《全后汉文》，北京：商务印书馆，1999年，第462页（凡引崔寔之文未注者都出自该书）。

政治腐败，自然会动摇整个社会的根本，带来社会风气的变化，所谓“风俗凋弊，人庶巧伪”就是对其的概括。崔寔指出，当时天下普遍存在着“三患之弊”：一患“奢僭”，二患“弃农”，三患“厚葬”。“奢僭”不仅是“列肆卖侈功，商贾鬻僭服，百工作淫器”，更是“婢妾皆戴瑱揥之饰，而被织文之衣”的这种“下僭其上”，使“尊卑无别”，礼教纲常遭到破坏。正因“世奢服僭，则无用之器贵，本务之业贱矣，农桑勤而利薄，工商逸而入厚”，所以“农夫辍耒而雕镂，工女投杼而刺绣”，使得整个社会是“躬耕者少，末作者众”，以致“财郁蓄而不尽出，百姓穷匮而为奸寇，是以仓廪空而囹圄实”，这种“弃农”之弊是“最国家之毒忧，可为热心者也”。为了给父母送终，根本不依法度，而是“竭家尽业”，“用辅梓黄肠，多藏宝货，飨牛作倡，高坟大寝”，因此“天戚戚，人汲汲，外溺奢风，内忧穷竭”，以致“在位者则犯法以聚敛，愚民则冒罪戮以为健”，反而“俗人多之”，这种“厚葬”所带来的后果真是“是可忍也，孰不可忍也!”

“夫风俗者，国之脉诊也”，而现在的风俗是如此不堪，社会矛盾空前激化，尤其是作为国家根基的百姓怨声载道。“百姓嚣然”，首先表现在士子们与正直的官僚对朝政极为不满，他们以清流自居，试图凭借舆论的力量裁量执政，利用手中的权力打击宦官，诛杀奸人，欲倡“婞直”之风。其次表现在生活于水深火热之中的平民纷纷被逼造反。崔寔虽没有说到“民反”的具体暴动，但因他多年为吏，对“官逼”之现实却极为清楚，也极为气愤，因此他的揭露非常深刻具体：

> 今官之接民，甚多之违理，苟解面前，不顾先哲。作使百工，及从民市，辄设计加以诱来之，器成之后，更不与直。老弱冻饿，痛号道路，守关告哀，终不见省……不处咎责，反复灭之，冤抑酷痛，足感和气……是以百姓创艾，咸以官为忌讳，遁逃鼠窜，莫肯应募。

在崔寔看来，这一切不在百姓，而在官吏，是“朝廷不获温良之用，兆民不蒙宽惠之德”，“百姓之命，委于酷吏之手”，当然就会产生“嗷嗷之怨”。

二

东汉王朝，已是最为衰败的时代，就像一辆失去控制、任四马横奔的车子，崔寔作为封建政体中的一员，时时在思考其“中兴之救”。他家学渊源深厚，但并不拘于儒家正统思想。他认为拯救乱世、谋求中兴，应“遭时定制”、“执权达变”：

> 济时拯世之术，岂必体尧蹈舜然后乃治哉？期于补绽决坏，枝柱邪倾，随形裁割，取时君所能行，要措斯世于安宁之域而已。故圣人执权，遭时定制，步骤之差，各有云施。

他认为东汉王朝要中兴，不必追尧舜而循规蹈矩，而是应根据实际情况采取相应的措施，即“随形裁割”，达到“补绽决坏”的效用就行。正是在浓厚的革新色彩中，他提出“执权”、“遭时定制”的口号。“权”就是明变、达变，这是根本。“遭时定制”就是如何权变的具体化，即依据不同时代、不同情况采取相应的制度、办法。正如韩非子所说：“圣人不期修古，不法常可，论世之事，因为之备。”[①] 但崔寔在为自己的理论寻找依据时并不以法家为本，却还是从儒家出发，以孔子对叶公、哀公、景公问为其渊源。这样做既为自己的理论找到依据，又为下面驳斥那些不愿革新、以卫道者自居的人设下埋伏。两汉儒家思想为其正统，俗儒们死守经义、教条，在政治实践中往往认为不合儒家经典就不可施行，思想与经术、孔子言论有出入的学说则被轻视、排斥。为此，崔寔在倡革新时就对这股强大势力进行了批驳：

> 俗人拘文牵古，不达权制，奇玮所闻，简忽所见，策不见珍，计不见信。夫人既不知善之为善，又将不知不善之为不善，乌足与论国家之大事哉！故每有言事，颇合圣听者，或下群臣，令集议之，虽有可采，辄见掎夺。何者？其顽士暗于时权，安习所见，殆不知乐诚，况可与虑始乎？心闪意舛，不知所云、则苟云率由旧章而已。

所谓“拘文牵古”就是拘于传统经典，死守先王的古制，动辄“书曰”、“春秋言”之类。崔寔认为这种人只是贵乎所闻、轻乎所见，根本不顾时代的变化，不懂执权达变的道理，而只知一切按旧章办事，不能同他们讨论治国的问

---

① 陈奇猷校注：《韩非子集释·五蠹》，上海：上海人民出版社，1974 年，第 1040 页。

题。他的思想与王符显然不同，更加激进，抛弃了经术之士的复古思想，以崭新的革新面貌出现。

正是本着革新的思想，他深知处于乱世不但不能“独任德化”，而且更应“重赏深罚”：

> 《春秋》之义，量力而举，度德而行。今既不能纯法八代，故宜参以霸政，则宜重赏深罚以御之，明著法术以检之。自非上德，严之则理，宽之则乱。

儒家一贯以仁义为本，倡德化，而崔寔虽然从《春秋》出发，但已完全滑出了儒家轨道。他认为既然现在是乱世，就不能取法三皇五帝的德政，而应参以“霸政”。他所指的“霸政”主要指“明著法术”、“重赏深罚”。为了说明此理，他还以历史上的汉宣帝、汉元帝为论。在他看来，汉宣帝是“明于君人之道，审于为政之理”，承武帝之衰，施以“严刑峻法，破奸轨之胆”，使“海内肃清，天下密如”；而汉元帝则相反，因“多行宽政”，“卒以堕损，威权始夺，遂为汉室基祸之主”。不仅如此，他还以孔子“褒齐桓，懿晋文，叹管仲之功”来嘲笑俗士的不知权变。

崔寔虽然在阐述其“霸政”时处处从儒家经典以及圣人之言出发，但实际上他的主张已经带有“独任霸政”的倾向：

> 盖为国之道，有似理身，平则致养，疾则攻焉。夫刑罚者，治乱之药石也；德教者，兴平之粱肉也。夫以德教除残，是以粱肉理疾也；以刑罚理平，是以药石供养也。

他以理身与治国类比，认为身体在平时主要靠保养，有病则应用药石治疗。而刑罚则是乱世的良药，德教是太平时的粱肉。现在是乱世，当然只能用刑罚而不能用德教。这一点与王符显然不同。他们两人虽然都将赏罚看成是“治乱的枢机”，但王符主张“德化”与“赏罚”并重，在《潜夫论》中有专门篇章来论述“德化”，认为“德化”是最理想的治国方略，如果能做到“道之以德，齐之以礼”，那么并不需要再用法律、威刑，但对于乱世，则仅依靠“德化”还不行。

崔寔针对社会危机还提出了任贤安民的政治主张。因为他所生活的时代是宦官外戚交相专政，真正的贤才备受压抑。像他的父亲崔瑗，博学有才，但因正直、不阿权贵，仕途坎坷，长期在汲县做一个小小县令，后迁济北相，为官清廉，“家无担石之储”，但还以“臧罪”下廷尉。为此他与王符一样特别强调任贤，只不过王符比较系统，主要从理论上论证，而他更注意从历史经验着手。在他看来，任贤对于国家政治至关紧要：

> 自尧、舜之帝，汤、武之王，皆赖明哲之佐，博物之臣。故皋陶陈谟而唐、虞以兴，伊、箕作训而殷、周用隆。及继体之君，欲立中兴之功者，曷尝不赖贤哲之谋乎！

他不是笼统地强调国家要尚贤、任贤，而是将君主分为开国之君、继体之君，在分析历史上的尧、舜、汤、武是如何任用贤臣、建立功勋名垂青史的基础上，更强调“继体之君”虽有天下，但更应依赖贤哲们治理天下。这是因为他身处东汉衰世，对这些承平日久的“继体之君”非常了解，也希望眼前的衰世能得到中兴。为此，他用很大的笔墨去分析当今社会的凋敝，即为何需要贤哲为谋的原因：

> 凡天下之所以不治者，常由世主承平日久，俗渐弊而不寤，政浸衰而不改，习乱安危，逸不自睹。或荒耽嗜欲，不恤万机；或耳蔽箴诲，厌伪忽真；或犹豫岐路，莫适所从；或见信之佐，括囊守禄；或疏远之臣，言以贱废。是以王纲纵弛于上，智士郁伊于下。悲夫！且守文之君，继陵迟之绪，譬诸乘弊车矣。

王符、崔寔在论述君主任贤上，并没有将君主神化，而是清醒地看到君主自身的原因。像王符不仅将天下的治乱归结为君主的明暗，而且公开说“人君有常过”①，只不过其“过”在常受“贵臣”、“骄臣”的迷惑、蒙蔽，而对其本身的私欲、荒淫并没有批判。而崔寔则比他更深刻尖锐，将矛头直指君主自己，“不寤”、“不改”、“不睹”、“不恤”等字字见血，“悲夫”一词情感难抑。但不管他们如何疏直激切，都没有从根本上否定君王，总是将救世的希望寄托于君王身

① （汉）王符著，彭铎校正：《潜夫论笺校正·忠贵》，北京：中华书局，1985年，第114页。

上。不管社会乱得如何不像样子，他们仍是希望能得到拯救中兴。为此，崔寔把国家比作“弊车”，急切呼唤“巧工”来修理：

> 当求巧工，使辑治之，折则接之，缓则楔之，补琢换易，可复为新。新新不已，用之无穷。若遂不治，因而乘之，摧拉捌裂，亦无可奈何矣。

“新新不已，用之无穷”，这是崔寔的希望，也是无数贤哲的希望。历代君主并不反对任贤，往往多次下诏，让各级官吏荐举贤人。贤人也想用命于朝廷，像陈蕃就有“澄清天下之志”，李膺“欲以天下名教是非为己任”。应该说两者一拍即合，但君主与贤臣为何始终是一个纠结难以解决的问题？崔寔因其祖父、父亲以及自身遭遇，对这一问题思考颇为深刻，认为一是因“矜名嫉能”之徒的排挤所致：

> 其达者或矜名嫉能，耻善策不从己出，则舞笔奋辞，以破其义，寡不胜众，遂见屏弃。

纵观古今，嫉贤妒能的故事太多：屈原遭妒而被疏，贾谊因毁而被贬，周勃因诬而入狱。在崔寔看来，贤人遭嫉似难避免。于是他不无悲愤地指出：“夫以文帝之明，贾生之贤，绛、灌之忠，而有此患，况其余哉！况其余哉！”

二是因君主本人的智能昏庸，并不能识辨贤愚好坏：

> 且世主莫不愿得尼、轲之伦以为辅佐，卒然获之，未必珍也。自非题榜其面曰鲁孔丘、邹孟轲，殆必不见敬信。何以明其然也？此二者善已存于上矣。当时皆见薄贱，而莫能任用，困厄削逐，待放不追，劳辱勤瘁，为竖子所议笑，其故获也。

统治者虽然口口声声要招贤、任贤，但究其实却不识贤，因为贤与不肖之间并没有泰山与蚂蚁、日月与萤虫那样具有天壤之别，除非脸上刻着孔子、孟子这样圣贤的名字。即使得到贤人，也根本不懂得尊贤、惜贤，像孔子、孟子在当时不都是凄凄惶惶地周游列国而四处碰壁吗？贤哲的命运其实就昭示出一个具有普遍性的规律："命世之士，常抑于当时，而见思于后人。"而更遗憾的是，"前君既失之于古，后君又蹈之于今"。因此，崔寔告诫君王："贤佞难别，是非倒纷"，希望君王在辨识贤愚方面慎之又慎。

三是贤才本人的正直不阿，不愿曲迎权贵、随从流俗：

> 夫淳淑之士，固不曲道以媚时，不诡行以邀名，耻乡原之誉，绝比周之党，必待题其面曰鲁仲尼、邹孟轲，不可得也。

正是上述原因，使得君主身边难有真贤，即使有也难得君主信用，依之为辅，贞士往往是屈居里巷，或沉没下僚，命运坎坷。他人不说，就说崔寔家祖孙三代，崔骃、崔瑗与他自己，哪一个不是学富五车、当世美才？但不管是身居太平之世还是衰世之朝，他们虽能侥幸步入仕途，但在仕宦生涯中都是有志不得伸、有才不见用。

崔寔强调君主任贤，目的不在士人的功名利禄，而在于安民兴国。他与王符一样，将民视为国家的根本，其理阐述得极为清楚：

> 国以民为根，民以谷为命，命尽则根拔，根拔则本颠。此最国家之毒忧，可为热心者也。

在封建经济中，以农为本是大家的共识，只不过他们都将之归结为粮食问题。而崔寔虽主以农为本，但其落脚点却不在此，而在"民本"。他认为老百姓依靠粮食活命，如果没有粮食，自然不能活命，老百姓不能生活就如同树根被拔起，国家这棵大树岂能不倒！为此他比王符更清楚地认识到民怨、民仇的严重性：

> 夫民，善之则畜，恶之则仇。仇满天下，可不惧哉！是以有国有家者，甚畏其民。既畏其怨，又畏其罚。故养之如伤病，爱之如赤子，兢兢业业，惧以始终。

"善之则畜，恶之则仇"，这是崔寔总结的一条历史教训，也是他对统治者提出的警告。统治者只有爱民、利民，老百姓才乐于接受其管理。如果无限制地压榨百姓，一定会激起人民的不满。当“仇满天下”时，其统治就肯定面临倾塌的危险。因此，任何时候都要对百姓保持敬畏的态度，“兢兢业业，惧以始终”，而不是高高在上、骑在百姓的头上作威作福。当然，防止“民怨”、“民仇”最好的办法就是“养民”、“爱民”。他多年担任地方长官，对当时百姓的生活状况颇为了解，也比较同情：

历代为虏，犹不赡于衣食。生有终身之勤，死有暴骨之忧。岁小不登，流离沟壑。嫁妻卖子。其所以伤心腐藏，失生人之乱者，盖不可胜陈。

衣食是生存的第一要义。如果百姓连起码的生存都受到严重威胁，不造反才怪。正如孟子所说：“无恒产而有恒心者，惟士惟能。若民，则无恒产，因无恒心。苟无恒心，放辟邪侈，无不为已。”[①] 因此，“养民”、“爱民”的首要任务就是保证百姓衣食相继，也就是孟子所说的“黎民不饥不寒”：

人非食而不活。衣食足然后可教以礼义，威以弄罚。苟其不足，慈亲不能畜其子，况君能检其臣乎！故古记曰：仓廪实而知礼节，衣食足而知荣辱。

其论述从人性、民情出发，深入浅出，非常透彻。不仅如此，在政治实践中他也是这样做的。他治五原时，发现当地百姓根本不懂种麻、纺织之事，冬天没衣穿，伏卧草中，见吏则以草缠身。他不是简单教条地批评百姓不懂礼义廉耻，而是卖掉官府原来的储备器物，用所得之钱买来器具，请来工巧教民种植、纺织，让百姓免除寒冷之苦。当然，当时最大的问题是因土地兼并严重，老百姓失去了赖以生存的土地。虽然朝廷一味地下诏恤民，但只是一纸空文，根本解决不了实际问题：

今朝廷虽屡下恩泽之诏，垂恤民之言，而法度制令，甚失养民之道。劳思而无功，华繁而实寡。必欲救利民之术，则宜沛然改法。

---

① 杨伯峻译注：《孟子译注·梁惠王章句》（上），北京：中华书局，1960 年，第 17 页。

显然，崔寔对朝廷所谓“庶望吏，惠我劳民”、“务崇恩施，以康我民”的空话不感兴趣，而是希望朝廷从根本上制定法令制度来解决实际问题，有切实可行的利民之术。在他看来，首先应实行“井田制”，解决农民的土地问题：

> 昔者圣王立井田之制，分口耕耦地，各相副适，使人饥饱不偏，劳逸齐均，富者不足僭差，贫者无所企慕。

崔寔虽然以“井田之制”为名，实际上他的主张与上古的井田制还是不同。上古的井田制是按贵族等级来划分土地，而他是按人口多少来分田。但他想把私人业已占有的部分土地拿来分给失去土地的农民，使“饥饱不偏，劳逸齐均”，贫者有其衣食，获其温饱，富者不过于太富，僭越王制。这看起来不无均田的想法，但在当时的私有制下全面均田却不可能。过去虽然也有政府的均田，但一般所分土地都是因战乱而无主的荒田。

崔寔为了解决百姓的衣食问题，看到了当时土地与人口的不平衡，有的地方是“人稠土狭”，而有的却是“土旷人稀”，虽然老百姓“安土重迁”，但他认为国家应有计划、有组织地向边远地区移民：

> 古有移民通财，以赡蒸黎。今青、徐、兖、冀，人稠土狭，不足相供。而三辅左右，及凉、幽州内附近郡，皆土旷人稀，厥田宜稼，悉不肯垦发……今宜复遵故事，徙贫人不能自业者于宽地，此亦开草辟土振人之术也。

崔寔还提出应改良工具、推广先进的农业技术来提高生产。重农是历代政治家的看法，但是一般都是从理论上着眼，很少从具体上议论，而崔寔则不同，他不仅重视农业，撰写了有农业生产百科全书之称的《四民月令》，而且还针对发展农业提出了切实可行的措施。

三

崔寔主张“遭时定制”、“执权达变”，具有辩证精神，显示了其思想的深度和高度。他与当时的一般士人不同，没有死守儒家的经术教条，而是吸取其中的精髓，通达权变，通融诸子，在正统与异端相纠葛、儒家与诸子相兼融的过程中比王符滑出更远，受法家影响更深。

为了挽救东汉的危亡，他提出“重赏深罚”，试图以此维护君主的权威，遏制“民欲”，这自有一定的道理。赏罚作为社会秩序的调节和控制手段，也会产生一定的效用。正如他所说：“无赏罚，是无君，苟欲治之，是犹不蓄梳枇而欲发之治，不可得也。”但赏罚在任何时候都存在一个度的问题。如果针对乱世，如他所说不要“德化”，“独任霸政”，严刑峻法，其实也行不通。历史的教训不远，秦王朝就是由于刑罚太重而促亡。汉朝在“过秦”中就特别强调这一点，贾谊的“仁义不施而攻守之势异也”就一直成为最高统治的警钟。对于崔寔的“重赏深罚”历代都有评价，如北宋司马光分析曰：

> 汉家之法已严矣，而崔寔犹病其宽，何哉？盖衰世之君，率多柔懦，凡愚之佐，唯知姑息，是以权幸之臣有罪不坐，豪猾之民犯法不诛；仁恩所施，止于目前；奸宄得志，纪纲不立。故崔寔之论，以矫一时之枉，非百世之通义也。①

司马光认为崔寔之说是因他身处于衰世，为“矫一时之枉”，但“重赏深罚”不能作为“百世之通义”。即使只是针对乱世来说也有不妥，因为当时黑白颠倒，是非不分，许多正直之士遭刑戮无不是利用法律使然。如延熹九年的党锢之祸，使大批如李膺、陈蕃、范滂、杜密这样的无辜士大夫被杀、被禁。因为“有良法而乱者，有之矣，有君子而乱者，自古及今，未尝闻也”②。显然，与法律相比，“人治”更为重要。所有的法律都依靠人去掌握实施，势利小人当然可以无视法律的存在，贪赃枉法，颠倒是非。所以，正如南宋叶适所说：“威刑未尝不加于君子，宽驰未尝不行于小人。”因此，一味地强调“重赏深罚”就有失偏颇。

崔寔的任贤安民相对于王符的明君贤臣来说，分析更加具体透彻，如并没有将贤才不得用的现实原因简单地归为君主受蒙蔽，而是从君主昏庸、当途之人的嫉妒、排挤以及贤才自己的正直不阿三方面着手，可谓切中要害。而对于民则从“怨”、“仇”思考，强调民安、国安的一致性，真正将民视为国家的根，并在此

---

① （北宋）司马光编撰：《资治通鉴·汉纪四十五》，上海：上海古籍出版社，1997年，第464~465页。

② 梁启雄著：《荀子简释·王制》，北京：中华书局，1983年，第101页。

基础上提出了一些有益的安民措施。但遗憾的是他的建议由于政治的黑暗、君主的昏庸并没有被采纳，不能付诸于政治实践，去缓和当时统治阶级与百姓之间的尖锐矛盾。

第五章　蔡邕、仲长统出处矛盾

士人拯时救世的活动不管如何真诚热烈，都是以儒家的王道之治、太平盛世作为蓝图，在充分肯定君主、民生、社稷为政治信条的前提下进行，绝不会追究社会制度，更不会否定君权，一般不外乎采取奏疏、对策、谏言、著文等方式。而以这样的方式与权力抗争，最后注定要失败。对于士人的命运来说，要么顺从于权力，要么以牺牲生命了事。当然，在政治生活中要求士人积极救世，为了皇帝的家天下而献出其宝贵的血肉之躯，这只能突显出皇权政治的自私与残酷。如果没有足够的力量去激发这种狂热，那么士人一般只会屈从于权力和现实而走向自保。蔡邕的出处矛盾，仲长统从愤世走向出世，就体现出士人在救世与保身之间的难以取舍。

第一节　进退两难及悲剧结局

蔡邕（133—192），字伯喈，陈留圉（今河南开封东南）人，博学多才，爱好辞章、数术、天文，尤精音律。建宁三年辟司徒桥玄府，不久召拜郎中，校书东观，后因对灵帝诏而得罪宦官、权贵，遭远黜流放。中平六年被迫入侍董卓，署祭酒、补侍御史、转侍御史、迁尚书，三日之间，周历三台。初平元年，封高阳乡侯。初平三年，被王允杀害，时年六十一岁。他的坎坷命运，昭示出士人进退两难的矛盾痛苦。

一

蔡邕出生于世代官宦家庭，社会关系极广，远的且不说，他的叔父蔡质历官尚书、下邳相、卫尉，外舅袁滂官至司徒，老师事胡广为太尉。在当时察举盛行的时代，他要步于仕途并不困难。再加上他素以孝义著称，博学多艺，具备了当时士人出仕的必要条件。但他并没因此而早早踏入官场，即使在延熹二年（159）被征召入京，27 岁的他也没有像司马相如入侍景帝那样，表现得意气风发、踌躇满志，反而显得非常无奈，勉强出发到偃师，最后称疾而回。

《后汉书》本传曰：“（蔡邕）感东方朔《客难》及扬雄、班固、崔骃之徒设疑自通，乃斟酌群言，韪其是而矫其非，作《释诲》以戒厉云尔。”[①] 但《释诲》却不同于前人之作，不在于表达自己“不遇”的幽怨，而是在于表达自己拒仕的原因及人生哲学。文中假设务世公子与华颠胡老问答、辩难。务世公子代表士人的积极有为，追求现实的功名利禄，而华颠胡老则代表洞达一切、明了死生祸福的明哲之士。文章以务世公子教育华颠胡老开篇，不管如何说，主要是表现他作为士人的欲望与功名之求。士人素以弘道为己任，针对社会现实，他们往往将实现自我与入仕做官联系在一起，所谓“有位斯贵，有财斯富，行义达道，士之司也”就是此意。每一位士人都希望自己能“技萃出群，扬芳飞文，登天庭，序彝伦，扫六合之秽慝，清宇宙之埃尘，连光芒于白日，属炎气于景云”，因此，务世公子劝华颠胡老凭借自己的道德、才学入仕取利。而华颠胡老傲然而笑公子曰：“所谓睹暧昧之利，而忘昭晢之害；专必成之功，而忽蹉跌之败。”显然，蔡邕心中所掂量的是“利害、功败”。虽然他没有说自己出仕将如何，但对“君臣土崩，上下瓦解”的战国时代中趋利忘危之士的指斥与“圣哲潜形”的赞扬就已表达了他思考的结果。

蔡邕对当代社会并没有像王符、崔寔那样进行批判，反而是礼貌周到地进行赞美；也没有像他们那样去拯时救世，反而对那些名利之徒加以嘲笑：“骋驽骀于修路，慕骐骥而增驱，卑俯乎外戚之门，乞助乎近贵之誉。荣显未副，从而颠踣，下获熏胥之辜，高受灭家之诛。前车已覆，袭轨而骛，曾不鉴祸，以知畏惧”，在哀叹中隐含了自己对灾祸的惊惧。因此，他推崇“推微达著、寻端见绪”的君子智慧和“时行则行，时止则止”的人生明哲。虽然他假设了自己在盛明时世的命运，但他更在乎的是自己身处现实的安危，“思危难而自豫，故在贱而不耻”，宁可“骋驰乎典籍之崇涂，休息乎仁义之渊薮”，将“静以俟命，不斁不渝”。显然，蔡邕在这里强调的是自己个体生命的保全，而不是兴国安民的外部责任。这一思考和转变标志着士人对几个世纪以来求仕狂热的反拨。他们

① （宋）范晔撰：《后汉书·蔡邕列传》，北京：中华书局，1965 年，第 1980 页。

已经从外部世界抽身回来，在对仕宦生涯厌弃的同时，走向对自己个体生命以及内在的生活质量的关注。于是就出现文章最后一幕，华颠胡老“扬衡含笑，援琴而歌”：

> 练余心兮浸太清，涤秽浊兮存正灵。和液畅兮神气宁，情之泊兮心亭亭，嗜欲息兮无由生。踔宇宙而遗俗兮，眇翩翩而独征。①

心中的思考、掂量毕竟与现实之间有巨大差距，《释诲》所表达的思想只能是蔡邕的人生理想，他的生活行迹却常常背离自己明哲保身的原则。如他的《述行赋》，就是他在延熹二年被召入京之作，虽以“述行”为名，但实际上是借以表达自己的愤激和不满，处处显现出对当时社会的批判和对宦官集团的蔑视与不合作态度。赋中小序把作赋缘由说得极为明白：

> 延熹二年秋，霖雨逾月。是时，梁冀新诛，而徐璜、左悺等五侯擅贵于其处。又起显阳苑于城西，人徒冻饿，不得其命者甚众。白马令李云以直言死，鸿胪陈君以救云抵罪。璜以余能鼓琴，白朝廷，敕陈留太守发遣余。到偃师，病不前，得归。心愤此事，遂托所过，述而成赋。②

外戚梁冀专横跋扈、垄断朝政已久，桓帝与宦官单超等五人密谋诛杀了梁冀，清除了长达二十多年的外戚势力，本是值得欢欣鼓舞的事，但谁又料到，桓帝大封宦官，朝中权力只是从外戚转移到宦官手中。相较起来，士人更瞧不起宦官，与他们嫌隙更大。虽然得宠封侯、封官的宦官人数有限，但是从顺帝阳嘉四年国家下令听任宦官养子为嗣、继体专爵后就完全不一样，他们的子弟、戚属能够视事治民，再加上攀附的宾客门人，上下错综，内外布列，组成一股庞大的力量，将士人排挤在政治的大门之外。虽然士人的反响不一，但与他们水火不容却是事实。像序中所指的白马令李云就是士人中激进者的代表，他忧国将危，毫无忌讳地说：“今官位错乱，小人谄进，财货公行，政化日损，尺一拜用不经御省。

---

① （汉）蔡邕著：《释诲》，见（宋）范晔撰：《后汉书·蔡邕列传》，北京：中华书局，1965年，第1980～1989页。

② （汉）蔡邕撰，陆心源校：《蔡中郎集》，长沙：商务印书馆，民国二十八年（凡引蔡邕作品未注者都出自该书）。

是帝欲不谛乎？”“帝欲不谛，是何等语”①，难怪皇帝震怒，将其下狱，士人震惊，感其忠义，挺身相救。在这样的情形下，蔡邕因宦官徐璜而征召，这简直不是荣耀，而是莫大耻辱。士人被荐、被召本该以道德、才学，而不是技艺，而举荐之人应是德高望重的长者，而不是宦竖。再加上自己的老师胡广又被他们以“坐不卫宫”的罪名废免，无论如何，他是不能依召进京，但又不能抗旨不行。于是，他在两难中从陈留出发，先到开封，经中牟、圃田、管邑、荥阳、虎牢，登葱山、嵩山，渡洛水，到偃师，最后托病以归。显然，他的婉拒不仅仅是为了个人的生命安全的考虑，更多的还是从士人的名节考虑。正是由于这样的情形与心境，他在赋中就没有像《释诲》那样表现得谨慎而冷静，而是感情强烈，正如序中所说是“心愤此事”。只不过他并没有像李云那样言辞激烈、毫无遮拦，而是借古讽今，托古说今，或者借景抒情。

从开封到洛阳，既按旅途历经的山川、都邑有条不紊一一叙来，又凭借自己博通古今的才能，就地取材，纵横古今，褒贬善恶，评论是非，将自己的情绪消融于这些叙事、议论中。不仅如此，他还将借古讽今的评论与景物描写结合起来，使全赋的抒情色彩更浓。如开头就以不绝的淫雨营造出忧愁哀伤气氛，借路途的曲折艰难来况现实社会，借评点历史人物时的“诮”、“哀”、“忿”、“憎”等感情强烈的字眼，表现出他对时政的感愤。又如他在评价衰周时周惠王两儿子为争夺王位而互相残杀之前，重点描写了坛坎一带悲凉的景色：

山风汩以飙涌兮，气懆懆而厉凉。云郁术而四塞兮，雨蒙蒙而渐唐。仆夫疲而劬瘁兮，我马虺隤以玄黄。格莽丘而税驾兮，阴曀曀而不阳。哀衰周之多故兮，眺濒隈而增感。忿子带之淫逆兮，唁襄王于坛坎。悲宠嬖之为梗兮，心恻怆而怀惨。

山风迅急，天气骤凉，乌云四塞，蒙蒙细雨，渐下渐大，天色阴黑，一缕阳光也没有，再加上泥泞的道路和人困马乏的作者，正与衰周故事相互映衬，更增其悲。尤其是赋的后半部分，在道古中毫无掩饰地落到了当前的人事上，对政治颓败予以有力批判：

---

① （宋）范晔撰：《后汉书·李云传》，北京：中华书局，1965 年，第 1852 页。

命仆夫其就驾兮，吾将往乎京邑。皇家赫而天居兮，万方徂而星集。贵宠煽以弥炽兮，佥守利而不戢。前车覆而未远兮，后乘驱而竞及。穷变巧于台榭兮，民露处而寝湿。消嘉谷于禽兽兮，下糠秕而无粒。弘宽裕于便辟兮，纠忠谏骎急。怀伊吕而黜逐兮，道无因而获入。唐虞渺其既远兮，常俗生于积习。周道鞠为茂草兮，哀正路之日涩。观风化之得失兮，犹纷挐其多违。无亮采以匡世兮，亦何为乎此畿？

这里描写的不再是《释诲》中升平雍熙的新秩序和人才济济的繁荣景象，而是一幅触目惊心的末世颓败画面。他的刺世疾邪不只是政治的黑暗、奸佞当道、贤才遭斥，而是已经将视角深入到下层人民。鲁迅曰："看见《蔡中郎集》里的《述行赋》那些'穷变巧于台榭兮，民露处而寝湿。消嘉谷于禽兽兮，下糠秕而无粒'的句子，才明白他并非单单的老学究，也是有血性的人，明白那时的情形，明白他确有取死之道。"[①] 而他对这样的社会已彻底绝望，认为无药可救，即使到京城也将没有任何作为。显然，作者从偃师返回，也是对政治的失望才不得已转向自我安存。当然，这种绝望悲观心态不为祭邕所独有，而是在士人中较为普遍流行，如张衡早就喊过"俟河清乎未期"[②]，郭林宗认为是"天之所废，不可支也"[③]。士人素来将社会关怀与社会责任作为自己的生存价值，甚至是唯一的价值。像李云的直言、陈蕃的上疏就是激于义理使然，他们早已将生命置之度外。士人转向对自己身心的卫护是因对外部挫折与极度失望之后的无奈选择，这样的选择仅仅是为了安顿自己精神不致崩溃迷乱。因此，他们虽再三表达自己将"甘衡门以宁神"，或归田园以享乐，但他们的灵魂并没有片刻离开外部社会，社会的每一个细小变化都会牵动他们的神经。

蔡邕本传虽没有具体记载他从延熹二年拒召到建宁三年出仕前的事迹，但是从他现存的碑铭中还是能看出他在这十多年的社会关系及思想活动。首先是他为同乡所作的《汝南周巨胜碑》。周巨胜乃光禄大夫周举之子，虽然本传说他是"少尚玄虚""慕老聃清静"[④]，但蔡邕在为他作碑时有意张显其屡辞征辟是因其

① 鲁迅著，鲁迅先生纪念委员会编纂：《鲁迅全集·且介亭杂文集二集·题未定草（六）》，北京：人民文学出版社，1973 年，第 642 页。

② （梁）萧统编，（唐）李善注：《文选·归田赋》，上海：上海古籍出版社，1986 年，第 692 页。

③ （宋）范晔撰：《后汉书·郭太传》，北京：中华书局，1965 年，第 2225 页。

④ （宋）范晔撰：《后汉书·周勰传》，北京：中华书局，1965 年，第 2031 页。

外部政治原因：

> 故大将军梁冀专国作威，海内从风。世之雄才优逸之徒，莫不委质从命，而颠覆者，盖亦多矣。闻君洪名，前后三辟，而卒不降身。由是缙绅归高，群公事德。太尉、司徒，再辟三辟，察贤良方正，州举孝廉，皆病不就。扰攘之际，灾眚仍发。圣上询谘，师锡策命，公车特征。君仰瞻天象，俯效人事，世路多险，进非其时，乃托疾杜门静居，里巷无人迹，外庭生蓬蒿。如此才十余年，强御不能夺其志，王爵不能滑其虑……

周巨胜死于延熹二年末，蔡邕写作此碑时恰好在他拒召闲居时，其心态自然与周巨胜相通，碑中对当时黑暗政治的批判、对国家前途的绝望无不是他自己的认识，因此他在赞扬周巨胜的托疾不仕、志存高远的高洁，以及对闲居养志的人生哲学的充分肯定时，多少有点夫子自况的味道。

再说朱穆，他是尚书令朱晖的孙子，以“志清奸恶”、“守死善道”著称，不仅以刚烈无讳、激扬强硬的语词上疏进谏，而且还用严猛的举动来除暴止恶，虽遭打击责罚，但无畏无惧。蔡邕不仅与他交往密切，而且与他同声相应。《后汉书·朱穆传》载：朱穆为矫时而作《绝交论》，蔡邕以为“穆贞而孤，又作《正交》而广其致焉”。延熹六年，朱穆去世后，蔡邕为他作《朱公叔鼎铭》、《朱公叔坟前石碑》，还与其门人为其谥号费尽心思。一般鼎铭都比较简练，但蔡邕为朱穆所作却下笔不能休，被刘勰批评为“全成碑文，溺所长也”[①]。其实这是蔡邕对朱穆的敬佩之情驱使的结果。还有在永康元年为桥玄所作的《黄钺铭》，该文不长，但被刘勰称之为“吐纳典谟”，赢得了“独冠古今”名誉。这且不说，更值得关注的是该文作于他辟司空桥玄府之前。试想，如果蔡邕真的是“闲居玩古，不交当世”，他又如何识得桥玄，在桥玄被举为度辽将军假黄钺时，为何如此重要的文章要他来写？

这些说明，蔡邕虽然没有以具体的官职步入仕途，但他从来没断绝与官场的往来，他的内心也从来没有真正放弃过出仕的念头，只不过延熹二年的征召不合时宜才被拒绝，他是在等待时机而已。因此，无论他的《述行赋》还是《释

---

① 周振甫著：《文心雕龙今译·铭箴》，北京：中华书局，1988 年，第 102 页。

诲》，其中的绝意仕宦、栖息衡门的想法只能看做他一时的兴寄感念，或者说是对社会现实不满的无奈。

二

蔡邕在官场外徘徊了十多年后，在建宁三年还是步入仕途。他在官场的表现完全出乎人们的意料之外，不但没有丝毫顾虑，反而非常积极主动，正如他自己所说：

> 臣实愚戆，唯实忠尽，出命忘躯，不顾后害，遂讥刺公卿，内及宠臣。实欲以上对圣问，救消灾异，规为陛下建康宁之计。[①]

在他看来，“陛下的康宁之计”首先就在于振兴衰落的经学。熹平四年，“与五官中郎将堂谿典、光禄大夫杨赐、谏议大夫马日磾、议郎张驯、韩说、太史令单飏等，奏求正定《六经》文字。灵帝许之，邕乃自书丹于碑，使工镌刻立于太学门外”[②]。汉代经学历来不是一个纯学术的问题，而与政治的兴衰密切相关。因为自从汉武帝置五经博士、博士弟子、兴太学始，就形成了两汉特有的政教合一的国家政治形态，博士议政成为常态，以经学相召成为正路。但它对政治制度的干预，主要通过儒生的“援经立说”和皇帝的“引经下召”来实现，因此相对于制度来说，它只能处于屈从的地位，无法决定自己的命运。在太平盛世时，它作为政治的文饰还在充分发挥作用，但是到了东汉的衰世，经学就越发显得不重要了，甚至被晾在一边。因为参政、议政不再由经明修行的儒生所掌握，而是凭椒房之宠的外戚或是皇帝身边信任的宦官所决定。经学失去了制度的支持与利禄的支撑当然会衰落。尤其党锢之祸，不仅使大批士人或被诛或被杀，而且使本来早已衰落的儒学更加岌岌可危。《儒林传》曰：“党人既诛，其高名善士多坐流废，后遂至忿争，更相言告，亦有私行金货，定兰台漆书经字，以合其私文。”蔡邕“校定熹平石经”就是缘于这样的背景，因此我们就清楚“定经书”的意义，也就明白蔡邕不仅仅是为了修订统一太学的教材，而是想重整儒学、倡其士道，为挽救这黑暗的社会作最后的努力。虽然石碑始立曾热闹一时，

---

① （宋）范晔撰：《后汉书·蔡邕列传》，北京：中华书局，1965 年，第 2001 页。
② （宋）范晔撰：《后汉书·蔡邕列传》，北京：中华书局，1965 年，第 1990 页。

“其观视及摹写者，车乘日千余辆，填塞街陌”，但是也最终免不了被空挂官学之名的形式化命运。因为就在石经刻而未立之时，灵帝就设置鸿都门学，与太学相抗衡：

> 初，帝好学，自造《羲皇篇》五十章，因引诸生能为文赋者。本颇以经学相招，后诸为尺牍及工书鸟篆者，皆加引召，遂至数十人。侍中祭酒乐松、贾护，多引无行趣势之徒，并待制鸿都门下，憙陈方俗闾里小事，帝甚悦之，待以不次之位。……光和元年，遂置鸿都门学，画孔子及七十二弟子像。其诸生皆敕州郡三公举用辟召，或出为刺史、太守，入为尚书、侍中，乃有封侯赐爵者，士君子皆耻与为列焉。①

学宫已由太学移为鸿都门学，官学已由经学转为书画辞赋，太学生的利禄之途已被“无行趣势之徒”所堵塞。这样，太学、石经就只不过徒有形式而已。蔡邕精于音乐、书画、辞赋，在当时极为出众，完全可以凭自己的才学博得皇帝的赏识，平步青云，但他不屑为此道，始终站在鸿都门学的对立面。因此他在赋的创作方面虽取得成就，但对赋的评价却不高，认为“夫书画辞赋，才之小者，匡国理政，未有其能”，始终以正统儒者姿态表现出对辞赋的批判与轻视。只不过，他在批判时又加以区别对待，认为有所谓的高者、下者之别，“其高者颇引经训风谕之言，下者连偶俗语，有类俳优”②。而奇怪的是，他今所存赋作，其中“引经训风谕”者少，反而“连偶俗语”者颇多，像《青衣赋》、《协和婚赋》、《协初赋》、《检逸赋》这类，无论如何也与“经训风谕”扯不上关系。显然，他的思想理论与其创作实际之间存在着偏差，而这偏差就是因把“政治活动与汉赋创作界定为两个不同层面的社会形态”所致。他在政治活动中因强调其“高尚”、“严肃”、“庄重”，甚至“必须用儒家经学来支撑”，而在汉赋的创作实际中又因文人的个性使然，全然忘记了赋是其政治活动中的一环，而表现出“任性”、“恣意”、“自由”，“尽情抒写自己的人生体验甚至浪漫幻想，以点缀丰富多彩的生活”。③

---

① （宋）范晔撰：《后汉书·蔡邕列传》，北京：中华书局，1965 年，第 1992 页。
② （宋）范晔撰：《后汉书·蔡邕列传》，北京：中华书局，1965 年，第 1996 页。
③ 踪凡：《蔡邕与鸿都门学的汉赋观》，《贵州社会科学》，2002 年第 1 期。

面对社会的污浊黑暗，他以议郎的身份积极上书言事，希望以进谏的形式让皇帝采纳。熹平六年，他针对党锢之后所采用的“三互法”造成的“禁忌转密，选用艰难”上《谏用三互法疏》，希望“陛下上则先帝，蠲除近禁，其诸州刺史器用可换者，无拘日月三互，以差厥中”。后又因天下灾难不断，边境不宁，上《封陈政要七事》。七事主要是当时治国理民中的主要弊端，建议君主如典郊迎五帝、行辟雍之礼，举贤才、开言路，尤其是希望君主在官吏的选任、督察、褒责方面能劝忠謇、博开政路。光和元年，当时“妖异数见，人相惊扰”，皇帝下诏问如何消除灾异，其他士大夫是“各存括囊，莫肯尽心”，而只有蔡邕悉心以对，为此皇帝又特下诏书，希望“经学深奥”的他“披露失得，指陈政要，勿有依违”。这种来自最高统治者的赏识与垂问，再加上自身的社会责任感，使他完全忘记了自身安危，只有政治的激情，毫无顾忌地和盘托出，指名道姓地褒贬人物。这封“切言极对，毁刺权贵，讥呵竖宦”[①] 章奏被泄露，给蔡邕带来了沉重的打击，那些被他裁黜者都“侧目思报”。程璜使人飞章，虽然蔡邕上书自陈，但皇帝根本不理会他的忠诚与冤屈，任其下狱，问成死罪。后赖人谏请，才免其死亡而流放朔方。这种打击不仅是针对蔡邕个人而言，而且使整个士大夫阶层震动并为之寒心。正如吕强上疏所云：“陛下不密其言，至今宣露，群邪项领，膏唇试舌，竞欲咀嚼，造作飞条。陛下同受诽谤，致邕刑罪，室家徙放，老幼流离，岂不负忠臣哉！今群臣皆以邕为戒，上畏不测之难，下惧剑客之害，臣知朝廷不复得闻忠言矣。”[②]

蔡邕的灾难并没有因流放而终止，而是刚刚拉开序幕。流放的路上还遭追杀、毒害，但是经历患难危险、颠沛流离的他并没有因此而放弃自己的名节、气骨与宦官集团妥协，在中常侍王甫弟王智的宴席上，还是拒不与王智同舞，面对辱骂，拂衣而去。他因此遭诬陷，只好亡命江海，远迹吴会长达十二年。虽然后人无法理解他这一行为，表面看是政治的幼稚或傲慢，但其实这种行为所代表的是士人对其价值的坚守，是自觉地以生命维护其与浊流之间的界限。这种与宦官集团的不妥协往往被视为时代的英雄壮举，为此才有人为之感动，或舍生忘死来卫护他们，或不惜才力来接济他们。蔡邕虽没有被归于党人之列，但实际上就是他们中的一分子。

---

① （宋）范晔撰：《后汉书·宦官列传》，北京：中华书局，1965 年，第 2531 页。

② （宋）范晔撰：《后汉书·宦官列传》，北京：中华书局，1965 年，第 2531 页。

三

士大夫的救世护国活动最终只能以悲剧结束，许多人又开始将目光投向手握武装的猛将豪杰。如果说士大夫的舆论显得太过贫乏无力，那么猛将豪杰们的杀伐则太过凌厉，充满血腥气。当令人深恶痛绝的宦官们被武力彻底解决后，他们发现，政治并未因此而清明，国家也没有安宁，他们将面对的是更加难以把握的称雄割据的豪强。

猛将豪强虽能用武力将权力抢夺过来，但是没有士人的支持与粉饰毕竟成不了气候，为此他们往往摆出一副尊贤礼士的架势，想收买人心。如董卓，“虽行无道，而犹忍性矫情，擢用群士”，“乃任吏部尚书汉阳周秘、侍中汝南伍琼、尚书郑公业、长史何顒等。以处士荀爽为司空”。又“素闻天下同疾阉官诛杀忠良”，于是“追理陈蕃、窦武及诸党人……悉复蕃等爵位，擢用子孙”，“其染党锢者陈纪、韩融之徒，皆为列卿，幽滞之士，多所显拔”。[①] 蔡邕是因宦官而遭打击，素有高名，也是董卓征辟的对象。在当时来看，董卓凶狠强悍、无恶不作，不管他如何优待士人，在士人的眼中仍然是乱臣贼子，因此一般士大夫都不愿投靠他或任他驱遣。但是面对征辟时，他们反应不一，申屠蟠、郑玄是“不屈以全其高”，荀爽胁迫应辟，虽优渥有加，视事三日，进拜司空，但却“潜图董氏，几振国命”。蔡邕先是称疾不就，但后又因其胁迫而出。这中间虽不乏清高抗俗、作弄身价的成分，但更多的是其对政治的厌倦以及为安全和名节的考虑。因为出处之理他早已明了于心，再加上因政治的迫害与打击，亡命天涯十多年后，谁不对政治、仕途心灰意冷？正如范晔所论：“意气之感，士所不能忘也。流极之运，有生所共深悲也。当伯喈抱钳扭，徙幽裔，仰日月而不见照烛，临风尘而不得经过，其意岂及语平日倖全人哉！及解刑衣，窜欧越，潜舟江壑，不知其远，捷步深林，尚苦不密，但北首旧丘，归骸先垄，又可得乎？”[②] 何况现在面对的并不是一个他们所期待的君明臣贤的政府，而是手握屠刀、虎狼一般的豪强董卓。因此，他在进退两难中不敢像上次那样随意，走到半路称疾而归，只能勉强自己而出。

蔡邕应召而出，但做梦也没有想到，迎接他的不是屠刀，反而是敬重与荣

---

① （宋）范晔撰：《后汉书·董卓列传》，北京：中华书局，1965 年，第 2326 页。

② （宋）范晔撰：《后汉书·蔡邕列传》，北京：中华书局，1965 年，第 2007 页。

宠。他在《让尚书乞在闲冗表》、《巴郡太守谢表》中所写的不是一般的例行辞让、谢恩语，而是当时对实情的剖露：

臣邕草莱小臣，思谋愚浅，生非千女，职不狎练，加以新来入朝，不更郎承，摄省久书，其犹面墙……唯臣官薄微贱，特单轻匹，此六臣臣当自知，况于论者将谓臣何是以夙夜寤叹，寐息屏营，无颜以居，无以心宁。明时阶级，人所劝慕，乞在他署，抱关执籥，以守漏刻，则臣之心，厌抱必逆，降荣于悴，退显于进，不胜区区疑戒，不敢肃饰。

臣得以顽暗，连值盛时，超自群吏，入登机密，未及输力，尽心日下，五府举臣任巴郡太守，陛下不复参府举入奏，惊惶失守。非所敢安，征营累息，不知所措。

对于骤然而降的荣耀，蔡邕确实如在梦中，没有真实感。这种自我贬抑与不安的诉说，其实是他对未来前途的恐惧与担忧的表现。他无法预料董卓把持的朝政到底能维持多久，而自己在这样的政体中将会是怎样一个角色，他肯定不想成为其陪葬，唯有在退守中求得生命保全，内心才会稍踏实一点。显然，往昔论列是非的政治热情没有了，更不用说拯时救世的抱负，剩下的只有强为侍妾的那种战战兢兢、小心翼翼。

初平元年，蔡邕被拜为左中郎将，从献帝迁都长安，封为高阳侯。拜爵封侯是多少人梦寐以求却难以实现的梦想，而现在却幸运地降临自己的头上，虽然怀疑其真实，不无怵惕之感，但他对董卓的态度，尽管自己浑然不觉，却已悄然变化，感恩、报恩已然在心。我们仔细品味他的《让高阳侯章》就可明了这一切。该文虽然亦如《让尚书乞在闲冗表》、《巴郡太守谢表》不乏自我贬抑与惴惴不安之感，但增加了许多新的东西，如将自己过去的不幸与现在的恩宠对比：

臣伏惟糠秕小生，学术虚浅，少窃方正，长历宰府，备数典城，著作东观。无状取罪，捐弃逆野。蒙恩徙还，退伏畎亩，复阶朝谒，进察宪台，遂充机密，令守巴郡，还备侍中。车驾西还，执鞭跨马，及看轮毂，升舆下轸，扶接圣躬。既至旧京，出备郎将，中外所疑。对越省闼，群臣之中，特见褒异，讫无鸡犬鸣吠之用，常以汗墨，愧负恩宠。诚不意寐，猥与公卿以下，录功受赏，命服金紫，爵至通侯。

这种叙说显然已将董卓对自己的赏识提拔融于其中，“群臣之中，特见褒异”，知遇之恩不言而喻。正是缘于此，他原来深藏于心底的匡政济世的思想又浮了上来，于是我们看到他在政治生活中的表现，如谏止董卓称尚父，对地震问，更是直接指出董卓的逾制僭越之举。史书中所载的“每存匡益”就是对他积极参政的概括。但董卓并不是匡扶汉室、恪守臣道的君子，心中早有觊觎皇位之心，对于蔡邕的进谏又能听进几分呢？蔡邕因恩宠重新点燃的政治热情很快就熄灭，进退两难的矛盾又占据了主导，他谓从弟曰：“董公性刚而遂非，终难济也。吾欲东奔兖州，若道远难达，且遁逃山东以待之，何如?”明了祸福，明了出处，但是最终无法按自己的意愿实现，这就是士人的无奈。

其实，被董卓征辟的士人，只要一只脚踏了进来，就难以回头，也没有两可的选择，注定要成为董卓的陪葬，只不过有的只是牺牲了名节，有的葬送了性命，更有甚者是“名浇身毁”，而蔡邕就是这种。董卓被诛，王允以“怀其私遇”、“忘其大节”将蔡邕收付廷尉，不管他如何乞求想活下来完成汉史，还是无法挽救自己的性命。不知蔡邕临死作何感想，是否想到了他二十多岁时借华颠胡老所表达的人生哲学。当“闲居玩古”再也不能时，这不仅是蔡邕个人的悲哀，更是末世士人的悲哀。

总之，面对政治的黑暗、斗争的残酷，蔡邕在“既明且哲”的古训中向道家靠拢，努力想在“扬衡含笑，援琴而歌”中获得心灵的宁静。而儒、道两种人生哲学本来就很难融为一体，成为现实人生的实践，再加上蔡邕作为一介文人，缺乏政治老练，注定不能游刃于现实中，在宦海沉浮中极易成为政治的牺牲品。

第二节　从愤世走向出世

仲长统（180—220），字公理，人称仲长子，山阳高平（今山东邹县西南）人。他的一生虽没有蔡邕那样进退两难的矛盾痛苦，但是也反映出士人在对社会彻底失望后，为自己、为群体寻求一种精神超越、生活安逸的自在生活的努力求索。

一

仲长统主要生活于汉献帝时期，其王朝不要说腐败、黑暗，根本就是名存实亡，不值一提。黄巾起义、军阀混战，使天下四分五裂，陷入到无休止的战争中。仲长统从出生到长大成人，从没有看过有秩序的社会，为此他对现实的批判比谁都犀利尖刻，没有任何忌讳，“每论说古今及时俗行事，恒发愤叹息”①。他与王符、崔寔、蔡邕不同，目的不在匡时救世，而是以愤世为特点。他著有《昌言》十余万言，但可惜全书已佚，清代严可均只辑得两卷、不足两万字编入《全后汉文》中。虽然如此，但对于他的思想情感还是能感受一二。

仲长统的愤世主要表现在揭露批判的深刻与自己的悲观绝望上：

> 孝桓皇帝起自蠡吾，而登至尊，侯览、张让之等，以乱承乱，政令多门，权利并作，迷荒帝王，浊乱海内。高命（明）士恶其如此，直言正谕，与相摩切。被诬见陷，谓之党人。灵皇帝登自解犊，以继孝桓。中常侍曹节、侯览等，造为维纲，帝终不寤，宠之日隆，唯其所言，无求不得，凡贪淫放纵，僭凌横恣，挠乱内外，螫噬民化，隆自顺、桓之时，盛极孝灵之世，前后五十余年，天下亦何缘得不破坏邪？②

他与前人不同，在触及社会政治黑暗时不是笼统地称“暗君俗主”、“贵戚宠臣”，而是指名道姓，一点也不含糊，根本没有顾及汉家天子的颜面。他不仅针对某朝某事而言，而且指出汉朝衰落缘自顺帝开始的宦官专权，极有见地。在此基础上，他还力图从两汉王朝的兴衰中探讨治乱变化的规律。纵观秦汉以至上古历史，他认为每个王朝都必然经过由乱到治、由治到乱、由乱到亡三个阶段。这不是简单归纳，而是对社会历史政治透视的结果：

> 彼后嗣之愚主，见天下莫敢与之违，自谓若天地之不可亡也，乃奔其私嗜，骋其邪欲，君臣宣淫，上下同恶。目极角觝之观，耳穷郑、卫之声。入则耽于妇人，出则驰于田猎。荒废庶政，弃亡人物，澶漫弥流，无所底极。信任亲爱者，尽佞谄容说之人也，宠贵隆丰者，尽后妃姬妾之家也。③

① （宋）范晔撰：《后汉书·仲长统传》，北京：中华书局，1965 年，第 1645 页。

② （清）严可均辑：《全后汉文》，北京：商务印书馆，1999 年，897 页（凡引仲长统文未注者都出自该书）。

③ （宋）范晔撰：《后汉书·仲长统传》，北京：中华书局，1965 年，第 1646 页。

他认为一般开国之君比较英明，而后来君主往往是一代不如一代。他们盲目自大，以为江山稳固，根本不会灭亡，任其私欲、邪念膨胀，上行下效，腐败、黑暗由此而生。贪官污吏巧取豪夺，好比“饿狼守庖厨，饥虎牧牢豚”，以致“熬天下之脂膏，斫生人之骨髓”，这样当然使百姓怨声载道、祸乱不断，最后土崩瓦解。这一看法与历代政治家所高喊的“居安思危”虽是同一主旨，但仲长统不仅从历史现实的分析入手，而且还指出这是“天道常然”，无法改变，因为“富贵生不仁，沉溺生愚疾”。他不仅得出这样的结论：“存亡以之迭代，政乱从此周复，天道常然之大数也”，而且还认为往往是“乱世长而化世短”。显然，他对由乱而治信心不足，因此不可避免地陷入悲观中：“嗟乎！不知来世圣人救此之道，将何用也？又不知天若穷此之数，又何至邪？”

为何他面对现在的乱世，不像王符、崔寔他们满怀激情去拯救呢？因为他对于治乱兴衰的认识，已挣脱了正统思想的局限，不再从儒家的经典、圣人的说教出发，甚至根本无视当时流行的“天人感应”、“天数”、“气运”这些东西，而是从历史事实出发，强调治乱在人而不在天：

> 昔高祖诛秦、项而陟天子之位，光武讨篡臣而复已亡之汉，皆受民之圣主也。萧、曹、丙、魏、平、勃、霍光之等，夷诸吕、尊大宗、废昌邑而立孝宣，经纬国家、镇安社稷，一代之名臣也。二主数子之所以震威四海、布德生民、建功立业、流名百世者，唯人事之尽耳，无天道之学焉。

天下太平，完全不在神秘的“天道”，而在“人事”。昔日的汉高祖、光武帝之所以能开创汉朝、匡复汉室，完全在于君明臣贤、政治清明。反之，如果政治昏乱，不管怎样祈求上天眷顾，都摆脱不了灭亡的命运。而今“下愚之主”，只“求诸天”，而不“求诸己”。像桓帝在生命的最后几年里，还一味地崇信、迷恋于黄老、浮屠中，不仅一再遣使到陈国苦县祠老子，而且还亲自祷浮屠、老子于宫中。寄希望于这样的君主还有可能吗？

仲长统在考察春秋以来封建政体的演变时，还看到了东汉之所以陷入外戚、宦官专权的魔咒中而不能自拔，就是与政治体制有内在联系。秦朝、西汉都是由丞相一人总理全国政务，责任明确，便于集中领导，但是如果所用非人，则往往造成大权旁落。光武帝为防强臣，改设三公分宰相权力，而且三公只是备员，享有虚荣，并无实权，权在皇帝。如果皇帝英明，那问题还暴露不出来，像东汉前期；但如果皇帝昏庸或弱小，无法掌握自己的权力，那就自然出现了东汉后期的“权移外戚之家，宠被近习之竖”的严重的政治问题。

> 自此以来，三公之职，备员而已；然政有不理，犹加谴责。而权移外戚之家，宠被近习之竖，亲其党类，用其私人，内充京师，外部列郡，颠倒贤愚，贸易选举……（《法诫篇》）

显然，仲长统认为光武帝这场改革是“矫枉过正”，弊病更多，是造成东汉末年政治黑暗的根本原因。但是对于改革，仲长统并不反对，只不过他主张有损有益，有变有复，因时制宜：

> 作有利于时，制有便于物者，可为也。事有乖于数，法有翫于时者，可改也。故行于古有其迹，用于今无其功者，不可不变。变而不如前，易而多所败者，亦不可不复也。（《损益篇》）

正是本此原则，他主张恢复由丞相总理事务，即使要委三公，也应该“分任责成”。为了保证这一制度，还建议：“夫使为政者，不当与之（皇室）婚姻；婚姻者，不当使之为政。”儒家一般将道德教化视为治国之本，而仲长统在王符的基础上，针对当前乱世，主张不能凭借德教，而要任之刑罚：

> 至于革命之期运，非征伐用兵，则不能定其业。奸宄之成群，非严刑峻法，则不能破其党。时势不同，亦宜异也。

因为德教行之甚慢，而刑罚具有强制性，才能及时有效地遏乱。而对于当今任人来说也应强调才能，而不是德行：

> 贾生有言，治国取人，务在求能，故裁国之无利器，犹镂以铅刀，而其切，不亦疏乎！

这种唯才是任的观点不仅停在官吏的选拔与任免上，还应该施之于君王：

> 一伍之长，才足以长一伍者也；一国之君，才足以君一国者也；天下之王，才足以王天下者也。愚役于智，犹枝之附干，此理天下之常法也。

他与王符、崔寔不同，不是一般地强调举贤、用贤，更没有寄希望于君王兼信、兼听，而是认为君主之位与其他官位一样，有才者居之，有才者任之。在他看来，天下并不为某姓所私有，更没有将它只视为刘家天下。显然，他对汉献帝并没有过分地依赖与效忠，似乎对当时某位豪强崛起而代汉早有心理准备。

总之，《昌言》的主旨在于揭露当时社会的弊端，提出自己改革方略。但是他的思想却颇为复杂，除了官方正统思想的某些影响外，更多的是在他“叛散《五经》，灭弃《风》《雅》”的口号中表现出离经叛道的异端色彩，吸收了一些道家、法家的思想进去，只不过他不是简单地拼凑，而是力图将其熔铸为当时有用的东西，正如他所说：“百家杂碎，请用从火。”

二

面对汉末乱世，虽然他不曾抱太大的希望，但无论如何总想将自己的政治方略付诸实践，为此他游学青、徐、并、冀之间。并州刺史高干是袁绍外甥，素有好士之名，对仲长统也是礼遇有加，并以时事相咨询，仲长统却不作意奉承，而是直言不讳地说：“君有雄志而无雄才，好士而不能择人，所以为君深戒也。”这样的话语高干当然听不进去，仲长统也只有离开。不久，高干在并州反叛，兵败而死，为此仲长统赢得并、冀两州士子的刮目相看。当时身为曹操谋主的荀彧，特别举荐年轻的他为尚书郎。在当时，士子对曹操的呼声越来越高，许多人都将安定天下的希望寄予他的身上，而曹操也是唯才是用的人，两者应该一拍即合，但实际却不是这样。据考证，仲长统于建安十二年为尚书郎，建安十七年离职，出仕时间不过五年，而且史书中也没有关于他有任何作为的记载，可见他虽参与过曹操军事，但并没有得到曹操的赏识与重用。

仲长统不被重用的原因大概与其性格相关。《后汉书》本传载：“统性俶党，敢直言，不矜小节。每（列）州郡命召，辄称疾不就。默语无常，时人或谓之狂生。”[①] 所谓“俶党”，就是指行为洒脱、不受拘束。这样的人当然不会在乎小

---

① （宋）范晔撰：《后汉书·仲长统传》，北京：中华书局，1965年，第1643页。

节，也不会有任何的忌讳，为此在一般人看来，其言行当然不正常。像州郡的命召，这是士子们梦寐以求的事情，而他却称疾不就；一般士子游学是高谈阔论，卖弄自己的学识，而他是默语无常。显然，他的“狂”中带有清高自尊的独立人格，有不畏权贵的反叛。而这种人不管如何有才，终难为统治者所用。因为统治者用人之前提，往往是人才的依附与臣服，就是曹操也不例外。他对当时人才都表现出两面性：有用而为他所用者，则是真诚相待而用，但如果不能为其所用者，则虚以宽容而待机或黜或杀。对曹操的外宽内忌，仲长统肯定清楚，正是清楚，有着独立不羁的他又怎能任曹操所驱使？再说荀彧，曹操视之为“吾之子房也”，极为信任，军国事都与他相谋划，其功最为显赫，频频封侯增邑，还以女妻其长子，可谓宠幸有加，贵重当时。但因荀彧还有匡汉思想，并不赞成曹操晋爵魏公，加九锡，于是曹操以用兵孙权之机，以表请他劳军之名，不仅将他调离尚书令这枢要之位，而且还迫使他饮药自杀。荀彧对于仲长统既是举主，又是直接上司，荀彧的命运肯定让仲长统寒心。

三

当然，仲长统离开曹魏政权，也并不完全是荀彧的缘故。其实，面对乱世，士人对仕途难免都有一种本能的畏惧，为了保全生命，宁愿辞命、辞官，逃归山野田园，或避之他乡。如《魏志·田畴传》载：田畴为避董卓之乱，“遂入徐无山中，营深险平敞地而居，躬耕以养父母”[①]；《魏志·胡昭传》云：胡昭“辞袁绍之命，……转居陆浑山中，躬耕乐道，以经籍自娱”[②]。隐逸不仅是为了避祸，而且为道家哲学所推崇，在注重自然、超乎世俗、追求精神的逍遥中获得价值的补偿。为此，士人在否定仕宦时往往张扬隐逸的自在脱俗，将此作为自己安身立命的所在。仲长统就是如此，他对现实早已不抱希望，对自己的功名前途更是一开始就显得心灰意冷。在他看来，“凡游帝王者欲以为立身扬名耳，而名不常存，优游偃仰，可以自娱”，这就暴露了他对仕宦生活与名声利禄的淡漠。正是受此观念的支配，面对州郡命召，他称疾不就，担任尚书郎大概也比较勉强。为此，他心中并没有太多的出处的冲突矛盾，而更多的是表现出对新生活、新价值的追求。如《乐志论》云：

---

① （晋）陈寿撰：《三国志·魏书·田畴传》，北京：中华书局，1959年，第341页。

② （晋）陈寿撰：《三国志·魏书·胡昭传》，北京：中华书局，1959年，第362页。

> 使居有良田广宅，背山临流，沟池环匝，竹木周布，场圃筑前，果园树后。舟车足以代步涉之艰，使令足以息四体之役。养亲有兼珍之膳，妻孥无苦身之劳。良朋萃止，则陈酒肴以娱之；嘉时吉日，则亨羔豚以奉之。踌躇畦苑，游戏平林，濯清水，追凉风，钓游鲤，弋高鸿。讽于舞雩之下，咏归高堂之上。安神闺房，思老氏之玄虚；呼吸精和，求至人之仿佛。与达者数子，论道讲书，俯仰二仪，错综人物。弹《南风》之雅操，发清商之妙曲。逍遥一世之上，睥睨天地之间。不受当时之责，永保性命之期。如是，则可以陵霄汉，出宇宙之外矣。岂羡夫入帝王之门哉！①

他的理想并不是传统的栖身山林、枕石漱流的隐士生活，而是“居有良田广宅”的富贵逸乐生活。这种追求并不是偶尔出现在仲长统的诗文里，而是汉末士人新生活、新风尚的一种表现。如《后汉书·马融传》载：“（马融）达生任性，不拘儒者之节。居宇器服，多存侈饰。常坐高堂，施绛纱帐，前授生徒，后列女乐。”②《后汉书·孔融传》曰：“（孔融）虽居家失势，而宾客日满其门，爱才乐酒，常叹曰：坐上客常满，樽中酒不空，吾无忧矣。”③ 这种伴有愤世而出世的达生任性的追求，实际上是士人在对社会极度失望后，在人生悲剧的重压下走向对道德、政治的疏离与反叛，追求一种物质满足、生活闲逸、精神自由为旨归的生活方式。像《古诗十九首》就毫无遮掩地喊出：“人生不满百，常怀千岁忧。昼短苦夜长，何不秉烛游！为乐当及时，何能待来兹。”④ 当然，这种生活必须以士人的深厚的经济背景为基础，正如余英时先生所论：“士大夫之内心自觉虽绝非经济基础一点所能完全决定，但后汉中叶以来士人一般经济状况之渐趋丰裕与生活之日益优闲，亦必助长内心之自觉，并影响及士风与思想之转变，殆无疑也。”⑤ 虽然仲长统的追求不无享乐色彩，但因其内心自觉，与当时的奢侈、腐化有别，追求的是精神境界。这种精神境界与儒家的立德、立功、立言毫无关系，而是老子的“玄虚”和庄子的“至人”、“达者”一起“论道讲书”，“错综

---

① （宋）范晔撰：《后汉书·仲长统传》，北京：中华书局，1965 年，第 1644 页。
② （宋）范晔撰：《后汉书·马融传》，北京：中华书局，1965 年，第 1972 页。
③ （宋）范晔撰：《后汉书·孔融传》，北京：中华书局，1965 年，第 2277 页。
④ （梁）萧统编，（唐）李善注：《文选》，上海：上海古籍出版社，1986 年，第 1349 页。
⑤ 余英时著：《士与中国文化》，上海：上海人民出版社，2003 年，第 291 页。

人物”，在雅操、妙曲中娱乐。将现实的卑污、官场的拘束统统抛弃，凌霄汉、出宇宙是何等逍遥，何等自在。人生放达自由，这种道家式的逍遥就是汉末士人在个体自觉中为自己所探寻到的理想所在。他们在诗赋中反复歌吟，似乎在歌吟中获得了无上的快感与满足：

大道虽夷，见几者寡。任意无非，适物不可。古来绕绕，委曲如琐。百虑何为，至要在我。寄愁天上，埋忧地下。叛散五经，灭弃《风》、《雅》。百家杂碎，请用从火。抗志山栖，游心海左。元气为舟，微风为柂。敖翔太清，纵意容冶（《见志诗》）。①

仲长统在深深的感叹中带有几分孤傲，哀叹世人总是为声名、利禄所羁绊，没有几人识得至人、达士的境界。他以为，“大道”的微妙全在“任意”而“适物”，一切在于自己把握。只要率性而行，就不会有是非的牵挂；只要顺应外物的变化，也就无所谓可与不可。那博取功名的“五经”，何不砸碎、付之一炬？那缠绕世人的忧愁，何不将其统统埋葬掉？激烈的鄙夷与反叛化作狂语狂言，而惊雷急雨过后是庄子式的淡定从容的精神漫游。如果这里还主要是对世俗的批判与超越，那么下面这一首就主要是对其理想生活境界的描写：

飞鸟遗迹，蝉蜕亡壳。腾蛇弃鳞，神龙丧角。至人能变，达士拔俗。乘云无辔，骋风无足。垂露成帏，张霄成幄。沆瀣当餐，九阳代烛。恒星艳珠，朝霞润玉。六合之内，恣心所欲。人事可遗，何为局促（《见志诗》）。②

诗人纵眼望去：空中的飞鸟、树上的鸣蝉、传说中的腾蛇、深渊中的神龙，都能无拘无束、自由自在，而现实中的人如何能达此境界？《庄子》曰：“若夫乘天地之正，而御六气之辩，以游无穷者，彼且恶乎待哉！故曰：至人无己，神人无功，圣人无名。”③ 当然，“至人”、“达士”能挣脱世俗的网罗，变化莫测。

① （宋）范晔撰：《后汉书·仲长统传》，北京：中华书局，1965 年，第 1644 页。
② （宋）范晔撰：《后汉书·仲长统传》，北京：中华书局，1965 年，第 1644 页。
③ 陈鼓应注译：《庄子今注今译·逍遥游》，北京：中华书局，1983 年，第 14 页。

他们能乘云、骋风，根本无需车辔、马足；他们以天露、清霄为帐幔，哪要什么屋宇楼台？他们以凝露为餐，以太阳代烛，以星星为珠，以朝霞为玉，哪需人间俗物？天上人间随心所游，随欲所到，又有何物可束！诗人以神奇的想象、大胆的艺术夸张，展示出至人、达士的逍遥境界。面对如此境界，诗人不得不顿笔而问：这些人世间的琐事都可以抛弃，为何偏要让自己受其牵累而困厄终身呢？回答当然是“不”。为此，诗人最后潇洒地离开官场，在自己的世界里度过一生。

第六章 汉末士风与学术演变

汉末政治的黑暗和皇权的衰落，以及士人救世运动的失败，引发了士风、学术思潮的全面变化。士人在个体的自觉追求中不断找寻人生的出路与精神的寄托，出处的两难使他们不得不从愤世最终走向个体的享乐与精神的安逸。而士人的追求又带动了整个士风与价值观念的变化，在不断探寻中昭示出其演变轨迹。经学则因时代的变化以及学术内部自身的变革要求所驱使，走向衰落，士人在不守章句、以博学为贵中，破家法、师法，尤其加上政治的推波助澜和子学的复出，创发新义成为风尚。这就使汉代经学走向了终结，新的学术思潮开启。

第一节 从婞直到新人格追求

《后汉书·党锢传序》曰：“至于王莽专伪，终于篡国，忠义之流，耻见缨绋，遂乃荣华丘壑，甘足枯槁。虽中兴在运，汉德重开，而保身怀方，弥相慕袭，去就之节，重于时矣。逮桓灵之间，主荒政缪，国命委于阉寺，士子羞与为伍，故匹夫抗愤，处士横议，遂乃激扬名声，互相题拂，品核公卿，裁量执政，婞直之风，于斯行矣。”① 这里较为简练地阐述了东汉桓灵之际士风的转变，即从以往的“保身怀方”、重“去就之节”走向了“婞直”，但党人所掀起的这股“婞直之风”是否就一直不变呢？余英时在《士与中国文化》中说：“《世说新

① （宋）范晔撰：《后汉书·党锢列传》，北京：中华书局，1965 年，第 2185 页。

语》为记载魏晋士大夫生活方式之专书，而此一新生活方式实肇端于党锢之祸前后，亦即士大夫自觉逐渐具体化、明朗化之时代。……然则《世语》所收士大夫之言行始于陈仲举、李元礼诸人者，殆以其为源流之所自出，故其书时代之上限在吾国中古社会史与思想史上之意义或尤大于其下限也。”① 因此，研究汉末士风转变之关键有两点：一是《世说新语》，二是党锢前后的士大夫。

一

东汉党人或党人集团是在反对宦官的政治风潮中形成的，主要以官僚士大夫为首，以太学生为羽翼。《世说新语》德行、言语、政事、赏誉、品藻、规箴、夙惠等门虽首标这些士人，却不载他们打击宦官的言行，反而记他们的德行、志向，尤重他们的交友活动。如：

> 陈仲举言为士则，行为世范，登车揽辔，有澄清天下之志。为豫章太守，至，便问徐孺子所在，欲先看之。主簿白：“群情欲府君先入廨”。陈曰：“武王式商容之闾，席不暇暖。吾之礼贤，有何不可！”②
>
> 李元礼风格秀整，高自标持，欲以天下名教是非为己任。后进之士，有升其堂者，皆以为登龙门。③

作为非组织性群体，随着队伍与力量的壮大，士以精英自居，与众庶之间划出一道鸿沟。在汉末即使被“边缘化”，失去了话语权，他们也不愿与外戚、宦官为伍。他们认为要改变其处境、赢回失去的地位，只能利用自身的“知识”优势，凭借道德舆论的力量，决不能与浊流为伍。像当时士人领袖陈仲举、李元礼，他们怀着“澄清天下之志”、“以天下名教是非为己任”，极为注意自己的一言一行，想用自己的人格垂范社会。“言为士则，行为士范”，这既是自己道德修养之标尺，也无疑是想用道德之力量倡导士风；“风格秀整，高自标持”，显然是想用道德之优越与社会其他人等截然分开，士人之优越感自不待说。

士人的道德修养一般属个体行为，如果不借助一定的形式与外力，不会对他

---

① 余英时著：《士与中国文化》，上海：上海人民出版社，2003 年，第 267 页。

② （宋）刘义庆著，余嘉锡笺疏：《世说新语笺疏·德行》，北京：中华书局，1983 年，第 1 页。

③ （宋）刘义庆著，余嘉锡笺疏：《世说新语笺疏·德行》，北京：中华书局，1983 年，第 7 页。

人产生威胁，当然也不会遭到来自权力的打压。而陈仲举、李膺等人的这种道德修养已超越个人色彩，他们主张“激素行以耻威权，立廉尚以振贵势，使天下之士奋迅感慨，波荡而从之”[①]。他们频繁交会，想以群体的舆论、道德的标尺来裁量现世。陈仲举急于拜访徐孺子，虽打着礼贤之旗号，但不乏交友色彩。史书载他在豫章郡不接宾客，而独为徐孺子设塌，还礼聘为代理功曹，向皇帝举荐。显然，他们的交往以相互欣赏、投合为基础，以不妄交、乱交为前提。李膺也一样，为河南尹时，不妄接宾客。《世说新语·言语》载：“时李元礼有盛名，为司隶校尉。诣门者，皆俊才清称及中表亲戚乃通。”孔融为见他，谎称世家通好。[②] 史书还载李膺“唯以同郡荀淑、陈寔为师友”[③]。就这点，于迎春分析道：“朋友结交中的去取标准和尺度，作为衡量士人本身及其关系质量的直接参照，生动地展示出他们生活中的一些常态现象以及新鲜时尚，透显着汉末耐人寻味的时代特征。”[④] 仔细考察汉末士人的这种结交所透显出的时代特征主要有三：

(1)“同志”相尚，具有群体自觉意识。

延熹元年党事起，太尉陈蕃争之不能得，朝廷寒心莫敢复言。(贾)彪谓同志曰：“吾不西行，大祸不解。”[⑤]

(郭林宗)卒于家，时年四十二。四方之士千余人皆来会葬，同志者乃共刻石立碑。[⑥]

(窦)武于是引同志尹勋为尚书令，刘瑜为侍中，冯述为屯骑校尉。又征天下名士废黜者前司隶校尉李膺，宗正刘猛，太仆杜密，庐江太守朱富等，列于朝廷。[⑦]

(刘)陶为人居简，不修小节，所与交友，必也同志。好尚或殊，富贵不求合；情趣苟同，贫贱不移意。[⑧]

---

① (宋)范晔撰：《后汉书·党锢列传》，北京：中华书局，1965年，第2207页。
② (宋)刘义庆著，余嘉锡笺疏：《世说新语笺疏·言语》，北京：中华书局，1983年，第66页。
③ (宋)范晔撰：《后汉书》，北京：中华书局，1965年，第2191页。
④ 于迎春著：《秦汉士史》，北京：北京大学出版社，2000年，第585页。
⑤ (宋)范晔撰：《后汉书·党锢列传》，北京：中华书局，1965年，第2216页。
⑥ (宋)范晔撰：《后汉书·郭太传》，北京：中华书局，1965年，第2227页。
⑦ (宋)范晔撰：《后汉书·窦武传》，北京：中华书局，1965年，第2241页。
⑧ (宋)范晔撰：《后汉书·刘陶传》，北京：中华书局，1965年，第1842页。

“同志”指志向相同或志向相同的人。这里的“同志”已越出了门第的高下、身份的贵贱，在于好尚、志趣。随着对好尚、志趣的追求是“激扬名声，互相题拂”。士人之间互相标榜，三君、八俊、八顾、八及、八厨的名号一时风起，表现出士林对其领袖仰慕与推崇，还为此经常举行大规模的集会。余英时指出：“由同志一词之普遍流行，士大夫之群体自觉乃益显然可见矣。”①

（2）超越个体色彩，具有干政意识。汉末士人所倡导的这种以“同志”为标准的结友方式，表面看是一种交友的取舍标准，但实际上是士人参政、议政的一种方式。刘志伟在分析魏晋人的崇“友”社会文化现象时也说：“这种以朋友为社会良心、公德化身的结友方式，其实质是凝聚社会良心与腐朽变异了的权力意志进行对抗。”② 为此，《世说新语》重点记载他们的“互相题拂”：

> 李元礼尝叹荀淑、钟皓曰：“荀君清识难尚，钟君至德可师。”③
>
> 世目李元礼：“谡谡如劲下风。”④
>
> 谢子微见许子将兄弟，曰：“平舆之渊，有二龙焉。”见许子政弱冠之时，叹曰：“若许子政者，有干国之器。正色忠謇，则陈仲举之匹；伐恶退不肖，范孟博之风。”⑤
>
> 汝南陈仲举，颍川李元礼，二人共论其功德，不能定先后。蔡伯喈评之曰：“陈仲举强于犯上，李元礼严于摄下，犯上难，摄下易。”仲举遂在“三君”之下，元礼居“八俊”之上。⑥

“互相题拂”不仅在“激扬名声”，而且对执政者产生极大威胁，“自公卿以下，莫不畏其贬议，屣履到门”⑦。就是连皇帝也感到了这种来自文化与知识的压力，因为他们往往把当时的问题归咎于皇帝。如陈蕃多次向皇帝上疏，每次都把矛头指向皇帝，或以夏桀、商纣昏乱为比，或以秦皇焚书坑儒为论。这些意见

---

① 于迎春著：《秦汉士史》，北京：北京大学出版社，2000 年，第 285 页。

② 刘志伟著：《魏晋文化与文学论考》，兰州：甘肃人民出版社，2002 年，第 135 页。

③ （宋）刘义庆著，余嘉锡笺疏：《世说新语笺疏・德行》，北京：中华书局，1983 年，第 6 ~ 7 页。

④ （宋）刘义庆著，余嘉锡笺疏：《世说新语笺疏・赏誉》，北京：中华书局，1983 年，第 491 页。

⑤ （宋）刘义庆著，余嘉锡笺疏：《世说新语笺疏・赏誉》，北京：中华书局，1983 年，第 492 页。

⑥ （宋）刘义庆著，余嘉锡笺疏：《世说新语笺疏・品藻》，北京：中华书局，1983 年，第 591 页。

⑦ （宋）范晔撰：《后汉书・党锢列传》，北京：中华书局，1965 年，第 2186 页。

虽不为皇帝采纳，或引起龙颜大怒，或被免官，以至惨遭毒害，但士林却以“不畏强御陈仲举”赞之，将他列于“三君”之一，并且以他的“正色忠謇”来褒扬士人、倡导士风。这样，士人的“题拂”就不是一种普通的舆论，而是既以维护朝纲为目的，不乏忠君色彩，又独立于朝廷之外，给朝廷带来强大压力，甚至与皇帝、朝廷对立。

（3）波及士林，矫正士风。如果汉末这种交友仅关陈仲举、李元礼等几人，或几十人、上百人，那么其力量、影响都有限，但实际上，这种风气却以党人为首波及整个士林。如《党锢列传》载：“流言转入太学，诸生三万余人，郭林宗、贾伟节为其冠，并与李膺、陈蕃、王畅更相褒重。”① 这只是就京师而言，从京师到州郡，远远还不止这个数。他们被这股风流激荡，唯恐不预此流。如景毅的儿子为李膺门徒，因名籍漏掉而不预党祸，于是自表免归，“时人义之”；范滂第一次党祸之事了结，释放归乡时，“始发京师，汝南、南阳士大夫迎之者数千两”。②

士人不仅仰慕他们的领袖，想与之结交，而且为了营救他们的领袖，还集体上书。如：153 年，朱穆任冀州刺史，因打击浊流而被罚在左校服苦役，以刘陶为首数千太学生上书，为他争辩③；162 年，皇甫规因得罪中常侍也罚在左校服苦役，当时公卿及太学生张凤等三百余人到朝廷替他申诉④。

士林争慕其风，主要是受其鼓舞，对未来充满信心，“以为文学将兴，处士复用”⑤。为此，“匹夫抗愤，处士横议”，其中有许多士人将“保身怀方”抛诸脑后，不惜“驱驰险厄之中，与刑人腐夫同朝争衡”，“以遁世为非义，故屡退而不去；以仁心为己任，虽道远而弥厉”⑥。这样，在士人中掀起了一股“婞直之风”。

二

陈寔终其一生不过太丘长，但《世说新语·政事》记汉末人物时只记他一

① （宋）范晔撰：《后汉书·党锢列传》，北京：中华书局，1965 年，第 2186 页。
② （宋）范晔撰：《后汉书·党锢列传》，北京：中华书局，1965 年，第 2206 页。
③ （宋）范晔撰：《后汉书·朱穆传》，北京：中华书局，1965 年，第 1470 页。
④ （宋）范晔撰：《后汉书·皇甫规传》，北京：中华书局，1965 年，第 2135 页。
⑤ （宋）范晔撰：《后汉书·申屠蟠传》，北京：中华书局，1965 年，第 1752 页。
⑥ （宋）范晔撰：《后汉书·陈蕃传》，北京：中华书局，1965 年，第 2171 页。

人，而三则都记他在太丘之事：

> 陈仲弓为太丘长，时吏有诈称母病求假，事觉，收之，令吏杀焉。主簿请付狱，考众奸。仲弓曰：“欺君不忠，病母不孝。不忠不孝，其罪莫大。考求众奸，岂复过此？”
>
> 陈仲弓为太丘长，有劫贼杀财主，主者捕之。未至发所，道闻民有在草不起子者，回车往治之。主簿曰：“贼大，宜先按讨。”仲弓曰：“盗杀财主，何如骨肉相残？”
>
> 陈元方年十一时，候袁公。袁公问曰：“贤家君在太丘，远近称之，何所履行？”元方曰：“老父在太丘，强者绥之以德，弱者抚之以仁，恣其所安，久而益敬。”袁公曰：“孤往者尝为邺令，正行此事。不知卿家君法孤？孤法卿父？”元方曰：“周公、孔子，异世而出，周旋动静，万里如一。周公不师孔子，孔子也不师周公。”

第一件事凌濛初评曰：“恐亦未免矫枉。”[①]“矫枉”往往是党人在打击浊流时的一贯做法，而陈寔却不惜以“矫枉”的方式诛杀“诈称母病求假”的下属。与之相比，他对待浊流的态度要随和变通得多。如任西门功曹时，中常侍侯览托太守高伦用吏，高伦致书嘱陈寔，他不像陈蕃那样置之不理，更没有怒而笞杀使者。而是主动见太守说：“此人不宜用，而侯常侍不可违。寔乞从外署，不足以尘时德。”由此，乡议责陈寔失于举荐，但他始终不申辩。又如中常侍张让父死后归葬颍川，名士没有一人去吊丧，而陈寔一人前往。[②]陈寔对待宦官的这些言行显然已失去了陈蕃、李元礼所倡之“婞直”，但并不是妥协，而是在实际中行之有效的权变策略。牟发松在分析此事时说：“表现了他（陈寔）对当时盛行的‘婞直’之风持有保留态度”，“显示出陈寔有违流行的士风而独具特色的举动，在客观上缓和了名士与宦官之间的尖锐对立，使宦官在镇压颍川郡名士时不至过分残酷”。[③]

---

① （宋）刘义庆著，朱铸禹汇校集注：《世说新语汇校集注》，上海：上海古籍出版社，2002年，第146页。

② （宋）范晔撰：《后汉书·陈寔传》，北京：中华书局，1965年，第2065页。

③ 牟发松、李磊：《东汉后期士风之转变及其原因探析》，《武汉大学学报》（人文科学版），2003年第3期。

如果仅仅是权变策略还不足以显示其“独具特色的举动”，陈寔之特色其实在于维护儒家伦理道德，整顿社会秩序。汉末政治黑暗，社会秩序遭到极大破坏，尤其是君臣与父子两伦出现危机。从整个人伦关系看，父子之伦是基础。在当时借孝欺世盗名者大有人在，如谚语曰：“举秀才，不知书，察孝廉，父别居”；又如“赵宣葬亲而不闭埏隧，因居其中，行服二十余年。乡邑称孝，州郡数礼请之”，“而宣五子皆服中所生”。[①] 因此，在一些士人看来，拯救天下首先要力矫这股孝不符实的虚伪之风，因此陈寔给诈称母病的下属以“不忠不孝”的罪名杀之，想用这非常手段使人们不再将忠孝作为沽名钓誉的手段，而是实实在在遵守的人伦秩序。而人伦秩序不仅在于忠孝，还在于慈爱，为此在处理政务时当然将“骨肉相残”之事置之于“盗杀财主”之前。这两则故事重在表现陈寔独具特色的政事风格，第三则则高度概括出他的施政方针：“强者绥之以德，弱者抚之以仁，恣其所安”，而这一方针是正是儒家仁政最好体现。

儒家的“德”、“仁”在实施的过程中讲究的是从个体的修身到“齐家”，再到“治国”，于是《世说新语》还有意识地记载了一些有关陈寔及子孙们的言行，显示出他们是如何恪守伦理道德的：

> 陈太丘诣荀朗陵，贫俭无仆役，乃使元方将车，季方持杖后从，长文尚小，载著车中。既至，荀使叔慈应门，慈明行酒，余六龙下食，文若亦小，坐著膝前。于时太史奏：“真人东行”。[②]
>
> 客有问陈季方：“足下家君太丘，有何功德而荷天下重名?”季方曰：“吾家君譬如桂树生泰山之阿，上有万仞之高，下有不测之深；上为甘露所沾，下为渊泉所润。当斯之时，桂树焉知泰山之高，渊泉之深？不知有功德与无也！”[③]
>
> 陈元方子长文有英才，与季方子孝先，各论其父功德，争之不能

① （宋）范晔撰：《后汉书·陈蕃传》，北京：中华书局，1965年，第2159页。

② （宋）刘义庆著，朱铸禹汇校集注：《世说新语汇校集注·德行》，上海：上海古籍出版社，2002年，第7页。

③ （宋）刘义庆著，朱铸禹汇校集注：《世说新语汇校集注·德行》，上海：上海古籍出版社，2002年，第9页。

决，咨于太丘。太丘曰：“元方难为兄，季方难为弟。”①

颍川太守髡陈仲弓。客有问元方：“府君何如？”元方曰：“高明之君也。”“足下家君何如？”曰：“忠臣孝子也。”客曰：“《易》称：‘二人同心，其利断金；同心之言，其臭如兰。’何有高明之君而刑忠臣孝子者乎？”元方曰：“足下言何其谬也！故不相答。”客曰：“足下但因伛为恭不能答。”元方曰：“昔高宗放孝子孝己，尹吉甫放孝子伯奇，董仲舒放孝子符起。唯此三君，高明之君；唯此三子，忠臣孝子。”客惭而退。②

陈寔诣荀朗陵的一次普通会面被太史奏为“真人东行”，给予极高评价，这其中原因值得深思。他因“贫俭无仆役”，为此只好让儿子们驾车，充当仆役，孙子长文因年纪小就坐在车里，这样安排合情合理，而他们做得那么自然，没有一点矫情，祖孙三代，其乐融融，这是当时家庭的样板。还有陈寔的子孙，没有让孝道、孝义停在在口头上，而是深入内心，落实在日常生活中。在他们看来，孝不仅仅是在父母死后为他们哀戚守丧，而更应该落实到日常生活中的一举一动上，哪怕是家父的功德名声，也容不得他人半点怀疑、轻慢。因此，陈季方、陈元方面对客人的责难，一用泰山之高、渊泉之深喻父亲功德，高度颂扬父亲；一用殷高宗、尹吉甫、董仲舒之事驳回，高度赞扬颍川太守是“高明之君”，父亲也是“忠臣孝子”。而更有意思的是，陈寔的两个孙子为争论他们父亲功德之高下，一点不谦让，最后只能由爷爷陈寔出面，以一句“元方难为兄，季方难为弟”来摆平。《世说新语·言语》荀慈明曰：“昔者祁奚内举不失其子，外举不失其仇，以为至公。公旦《文王》之诗，不论尧、舜之德而颂文、武者，亲亲之义也。《春秋》之义，内其国而外诸夏。且不爱其亲而爱他人者，不为悖德乎。”③ 这是对陈寔子孙们的言行之意义的最好的诠释。《孝经·圣治章》也说：“父子之道，天性也，君臣之义也。父母生之，续莫大焉。君亲临之，厚莫重焉。

---

① （宋）刘义庆著，朱铸禹汇校集注：《世说新语汇校集注·德行》，上海：上海古籍出版社，2002年，第10页。

② （宋）刘义庆著，朱铸禹汇校集注：《世说新语汇校集注·言语》，上海：上海古籍出版社，2002年，第50页。

③ （宋）刘义庆著，朱铸禹汇校集注：《世说新语汇校集注·言语》，上海：上海古籍出版社，2002年，第52页。

故不爱其亲而爱他人者，谓之悖德；不敬其亲而敬他人者，谓之悖礼。”① 显然，颂赞祖先功德、强调敬爱亲人既是为维护其家族的利益和地位，其实也是在维护着儒家的伦理道德。

总之，陈寔与党人不无瓜葛，也因党事而入狱，但对党人所倡的‘婞直’之风持有保留态度。这是因为他看到“声教”虽“废于上”，但整肃社会风俗须从“下”开始，“下清”才能“肃上”。因此他进退有节，虽“在乡闾”，却“平心率物”。他是“据于德故物不犯，安于仁故不离群，行成乎身而道训天下，故凶邪不能以权夺，王公不能以贵骄”。②

三

郭林宗游学京师，为李膺赏识。他归乡时，衣冠诸儒数千辆车子相送，死时数千人会葬。蔡伯喈为他作碑，曰：“吾为碑铭多矣，皆有惭德，唯郭有道无愧耳。”③ 当时对他评价这么高，且影响这样大，值得深思。

《世说新语》有六则与郭林宗相关，但这些都是正面或侧面写他品评人物，没有一处写到他本人德行、志向、功绩。《世说新语·政事》刘孝标注引《泰别传》曰：“泰字林宗，有人伦鉴识，题品海内之士，或在幼童，或在里肆，后皆成英彦，六十余人。自著书一卷，论取士之本，未行，遭乱亡失。”④《后汉书·郭太传》也说：“林宗虽善人伦，而不为危言核论，故宦官擅政而不能伤也。”⑤ 显然，“人伦鉴识”或“善人伦”是郭林宗的魅力所在。但人物品评源起很早，汉初即有，中叶转盛，而当时善人伦者也不止郭林宗一人，但又为何只推郭林宗一人呢？余英时认为：“汉魏之际有关人物评论之著甚多，而实以林宗之书为其嚆矢。故‘人伦鉴识’之成为一种专门学问乃自林宗始。而林宗之所以成为斯学之开山者，其关键殆即在于彼此能汰除旧观人术中之卜相成分，亦即不重命之贵贱，而径从才性之高下、善恶以立说。”⑥ 这可谓一语中的。正是循此思路下

① 胡平生译注：《孝经译注》，北京：中华书局，1996 年，第 19 ~ 20 页。

② （宋）范晔撰：《后汉书·陈寔传》，北京：中华书局，1965 年，第 2069 页。

③ （宋）范晔撰：《后汉书·郭太传》，北京：中华书局，1965 年，第 2227 页。

④ （宋）刘义庆著，朱铸禹汇校集注：《世说新语汇校集注·政事》，上海：上海古籍出版社，2002 年，第 161 页。

⑤ （宋）范晔撰：《后汉书·郭太传》，北京：中华书局，1965 年，第 2226 页。

⑥ 余英时著：《士与中国文化》，上海：上海人民出版社，2003 年，第 275 ~ 276 页。

去，侯外庐在考察汉末思想时也看到郭林宗的作用，他认为："禁锢了的清议，不得不开始转向，另求出路，其结果是清议转为清谈……其间转向的契机，实应从郭林宗讲起。郭虽善人伦，而不为危言核论，实开清谈之风。"①

其实，这只是问题的一方面，另一方面还得从陈蕃、李膺等党人说起。他们积极救世，与浊流抗衡，却落得一个悲剧结局，这结局当然会引起士人的反躬自问：舆论抗世、德行救世能走得通吗？面对或诛或徙或禁的惨祸，士人不得不在痛苦绝望中做出否定回答。范滂关进牢狱时越位驱前曰："臣闻仲尼之言，'见善如不及，见恶如探汤。'欲使善善同其清，恶恶同其污，谓王政之所愿闻，不悟更以为党。"他强调自己和同道者的所作所为是为了拯救被混淆、颠倒了的道德准则，在回答中透露出一股自豪与正义之激情。当他们的正义遭到质疑时，范滂慷慨激昂地仰头向天曰："古之循善，自求多福；今之循善，身陷大戮。身死之日，愿埋滂于首阳山侧，上不负皇天，下不愧夷齐。"这是对污秽朝廷的抗议，在抗议中显示的是上薄云天的气节，但不负天、不愧夷齐的正义之声终将引发心中巨大的痛苦，而陷入痛苦中的士人不免彷徨矛盾。范滂临死时对儿子说："吾欲使汝为恶，则恶不可为；使汝为善，则我不为恶。"② 显然，这是理想与现实因激烈冲突而导致人格分裂的痛苦。谁都不愿走上一条不归之路，但又如何立身、处世呢？党锢之祸使得许多人意识到群体认同和互相标榜的方式是行不通的，他们必须寻求一种更个人性的、较为安全的道路。葛兆光也说："（党锢之祸）对于当时的知识阶层的影响究竟有多大，我们当然无法统计，但是有一点可以肯定的是，一方面它给知识阶层的理想主义带来了阴影，并使知识与权力抗衡的想象彻底破灭，从而引出个体生存为中心的思路，一方面它使得一批士大夫厌恶了群体认同互相标榜的方式，转而寻求一种更个人性的独立与自由的精神境界。"③

党锢之祸后，士人要追求"更个人性的独立与自由的精神境界"，须有士人率先开拓才行，而郭林宗就是这样的率先人物，身体力行地为士人开出了别样的道路。当然，开出这条道路经历了一个痛苦的过程。开始，郭林宗并不拒绝与党人往来。在太学时，他积极声援党人，名重京师，不仅成为士子之领袖，而且被名为"八顾"之一。但当党事起，他开始怀疑舆论救世的实际效果，抽身退隐，

---

① 侯外庐、赵纪彬等著：《中国思想通史》（第二卷），北京：人民文学出版社，1957 年，第 404 页。

② （宋）范晔撰：《后汉书・党锢列传》，北京：中华书局，1965 年，第 2205 ~ 2207 页。

③ 葛兆光著：《中国思想史》（第一卷），上海：复旦大学出版社，2001 年，第 315 页。

从京城回归乡里，闭门讲学，品评人物。他虽然不像李膺、陈蕃那样疾恶如仇，但心中并没有泯灭是非善恶，如他劝“犯法见斥”的左原改恶向善，接受恶人贾淑前来吊丧。他之所以这样，是因为他知道：“人而不仁，疾之以甚，乱也。”当陈蕃、窦武等被阉人所害时，他无法超脱，在野外为他们伤心痛哭不已。在“人之云亡，邦国殄瘁。瞻乌爰止，不知于谁之屋耳”的感喟中包含着多种痛苦：有精英们逝去之痛，国家行将毁灭之痛，也有自己希望破灭之痛。郭林宗想为自己、为士子们开出一条生存之路，但路在何方？他自己也迷茫，“盖欲立朝，则世已大乱；欲潜伏，则闷而不堪。或跃，则畏祸害；确尔，则非所安：彰偟不定，载肥载臞。”[①] 虽然迷茫，但有一点他清楚，决不能与宦官之流合作，污秽自己的人格，也不能以“婞直”与污秽的朝廷相对抗。因此，只有论道讲学、品评人物一途。这一途既能保存生命，又能彰显是非善恶，宣泄自己的情感，重塑儒士的人格。正如范晔所评：“（郭泰）逊言危行，终亨时晦，恂恂善导，使士慕成名，虽墨、孟之徒，不能绝也”[②]。这是让士子倾心的真正所在。

郭林宗为士子们开拓的人生之途虽带有避祸存身的色彩，但同样与隐士的“保身怀方”有区别。于迎春说：“从他所设置的与社会、政治的关系及其坚持上，不妨大略视之为隐士与救世之间的人物。”[③] 有人问“郭林宗何如人”时，范滂对曰：“隐不违亲，贞不绝俗，天子不得臣，诸侯不得友。”[④] 显然，郭林宗没有离开世俗社会与夷、齐为伍，而是像陶渊明“结庐在人境”，“天子不得臣，诸侯不得友”是一种独立自由人格的体现，正是对这种人格之倾慕与追求，显示了汉末士人从群体自觉走向个体自觉的转变。

四

郭林宗虽让士人倾慕，但在赞扬中还是有异样的声音，如徐稚就不愿与他相见，拒绝道：“为我谢郭林宗，大树将颠，非一绳所维，何为栖栖不遑宁处？”[⑤] 还有范冉，“与汉中李固、河内王奂亲善，而鄙贾伟节、郭林宗焉”。[⑥] 黄宪则不

---

① （晋）葛洪撰：《抱朴子·正郭》，上海：上海古籍出版社，1990 年，第 308 页。
② （宋）范晔撰：《后汉书·郭太传》，北京：中华书局，1965 年，第 2231 页。
③ 于迎春著：《秦汉士史》，北京：北京大学出版社，2000 年，第 593 页。
④ （宋）范晔撰：《后汉书·郭太传》，北京：中华书局，1965 年，第 2226 页。
⑤ （宋）范晔撰：《后汉书·徐穉传》，北京：中华书局，1965 年，第 1747 页。
⑥ （宋）范晔撰：《后汉书·独行列传》，北京：中华书局，1965 年，第 2688 页。

同，无论何人都对他赞赏有加。如：

周子居常云："吾时月不见黄叔度，则鄙吝之心已复生矣！"①

周子居，陈仲举以"真治国之器"、"世之干将"② 评他，他自视也甚高，而他如此推崇黄叔度，把黄叔度奉为道德的圭臬就非比寻常。据刘孝标注引《典略》曰："黄宪字叔度，汝南慎阳人。时论者咸云'颜子复生'。而族出孤鄙，父为牛医。颍川荀季和执宪手曰；'足下吾师也！'……戴良少所服下，见宪则自降薄，怅然若有所失。母问：'汝何不乐乎？复从牛医所来邪？'良曰：'瞻之在前，忽焉在后，所谓良之师也。'"③ 这样一个出身寒微、没有任何奇特表现的人，却成为士子倾慕的中心，真有点不可思议。

虽然黄宪的"言论风旨，无所传闻"④，但他却有"颜子复生"之时誉。颜回是孔子得意门生，以德行著称，而他的德行主要是诚心诚意地努力实践着孔子所倡之"仁"，把"仁"内化为自己的言行与待人处世的习惯。他淡泊名利、安贫乐道，孔子赞扬道："贤哉回也！一箪食，一瓢饮，在陋巷，人不堪其忧，回也不改其乐。"⑤ 他还能"不迁怒，不贰过"，"无伐善，无施劳"，⑥ 严于律己，谦和待人。不轻易以"仁"许人的孔子也由衷地赞扬曰："回也，其心三月不违仁，其余则日月至焉而已矣。"⑦ 颜回受人称道的还有勤奋好学，《论语》有两处记载。哀公与季康子问："弟子孰为好学？"孔子回答："有颜回者好学，不幸短命死矣。今也则亡。"⑧ 孔子曾经还对颜回说："用之则行，舍之则藏。唯我与尔有是夫。"⑨ 显然，黄宪的吸引力来自于他道德感召力，他像颜回一样道德高尚，心中不存庸俗贪吝之心、得失之心，不汲汲于富贵。黄宪的吸引力来自于他博学善谈，"瞻之在前，忽焉在后"，语出《论语·子罕》，意思是说孔子的学问高深

---

① （宋）刘义庆著，余嘉锡笺疏：《世说新语笺疏·德行》，北京：中华书局，1983 年，第 4 页。
② （宋）刘义庆著，余嘉锡笺疏：《世说新语笺疏·赏誉》，北京：中华书局，1983 年，489 页。
③ （宋）刘义庆著，余嘉锡笺疏：《世说新语笺疏·德行》，北京：中华书局，1983 年，第 4 页。
④ （宋）范晔撰：《后汉书·黄宪传》，北京：中华书局，1965 年，1745 页。
⑤ （清）刘宝楠撰，高流水点校：《论语正义·雍也》，北京：中华书局，1990 年，第 226 页。
⑥ （清）刘宝楠撰，高流水点校：《论语正义·雍也》，北京：中华书局，1990 年，第 212 页。
⑦ （清）刘宝楠撰，高流水点校：《论语正义·雍也》，北京：中华书局，1990 年，第 221 页。
⑧ （清）刘宝楠撰，高流水点校：《论语正义·雍也》，北京：中华书局，1990 年，第 212 页。
⑨ （清）刘宝楠撰，高流水点校：《论语正义·述而》，北京：中华书局，1990 年，第 261 页。

莫测，看看似在前面，忽然又到后面，戴良借用此语实际上是感叹黄宪学问精进之快。“博学”、“知人”的荀淑与他交游时“移日不能去”[1]，“善谈论”的郭泰访他“弥日信宿”[2] 更是明证。黄宪的吸引力还来自于对于出处的把握。范晔对汉末士人有着精深独到的理解，他没有将黄宪放入《逸民列传》，而是将他与周燮、徐稚、姜肱、申屠蟠合传，并且阐述道：“用舍之端，君子之所以存其诚也。故其行也，则濡足蒙垢，出身以效时；及共止也，则穷栖茹菽，臧宝以迷国。”[3]

黄宪是一个坚持志操、学问而逃避现实的人，而这样一个人在当时受到的评价却异乎寻常。如郭林宗评价曰：

> 叔度汪汪如万顷之陂，澄之不清，扰之不浊，其器深广，难测量也。[4]

以“善人伦”著称的郭林宗面对黄宪，也难识其深浅，用“万顷之陂”喻之。老子以“道”建立了道家神秘而深奥的哲学体系，为了说明“道”，他常用“水”作比喻，认为“上善若水。水善利万物而不争，处众人之所恶，故几于道。居，善地；心，善渊；与，善仁；言，善信；政，善治；事，善能；动，善时。夫唯不争，故无尤”[5]，“古之善为道者，微妙玄通，深不可识。……浑兮其若浊……孰能浊以止，静之徐清?”[6] 黄宪是几近于“道”的人物。这种人对已颓的汉末社会不是一般地了解，也不是因“保身怀方”而拒绝出仕，更不会因无法忘怀世事而痛苦。他处世像水那样安于卑下，心像水那样深沉，没有是非善恶之分，也没有清浊之别；他交友像水那样亲爱，陈蕃、周子居、荀淑、袁阆、郭林宗、戴良没有分别，与他们言谈像水那样真诚；他办事像水那样灵活圆通，朋友劝仕并不马上拒绝，而是先到京城再回家。正如范晔的曾祖穆侯所评：“聵然其处顺，渊乎其似道，浅深莫臻其分，清浊未议其方。”[7] 显然，黄宪在追求

---

① （宋）范晔撰：《后汉书·黄宪传》，北京：中华书局，1965 年，第 1744 页。
② （宋）刘义庆著，余嘉锡笺疏：《世说新语笺疏·德行》，北京：中华书局，1983 年，第 5 页。
③ （宋）范晔撰：《后汉书》，北京：中华书局，1965 年，1739 页。
④ （宋）刘义庆著，余嘉锡笺疏：《世说新语笺疏·德行》，北京：中华书局，1983 年，第 5 页。
⑤ 王卡点校：《道德经河上公章句》，北京：中华书局，1993 年，第 28 ~ 30 页。
⑥ 王卡点校：《道德经河上公章句》，北京：中华书局，1993 年，第 57 ~ 59 页。
⑦ （宋）范晔撰：《后汉书·黄宪传》，北京：中华书局，1965 年，第 1745 页。

独立人格中已融进了道家的新内涵。“道性周全，无德而称”[1]，这不仅是对黄宪道德修养极高的评价，而且是对儒家之“道”的一种反叛与疏离。因为讲“性”就不得不冲击儒家的名教礼法。如戴良，他率性而为，放纵不羁，虽然对自己的母亲确实真孝，但学驴鸣、居丧时饮酒食肉，不能不招来礼法之士的质疑。葛兆光在谈汉晋思想与学术的演变时说：“在汉代，人们对于‘性’也就是‘人’的终极依据的讨论并不多”，正因如此，“性与天道，儒家话题的终点成为玄学话题的起点”。[2] 虽然黄宪并没有以“性”为突破点从理论上去解构儒家的思想，重新建立起玄意幽远的哲学体系，但是他以自己的所作所为率先走上了这一条道路，在对这种新人格的追求中早已渗进了玄学人格的因子。

总之，汉末桓灵之际党人所掀起的“婞直之风”并没有在士人中一直风行下去，而是随着两次党锢之祸的到来，面对士人或诛或徙或禁的惨祸，悄然起了变化。这是因为以陈仲举、李元礼等为代表的党人虽以交友为形式，但已超越个体，带有以群体自觉参政、议政之色彩，他们在“互相题拂”与“激扬名声”中裁量现世，对执政者产生了极大威胁，遭到了严厉的打压。而随着这种想用舆论抗世、德行救世的理想破灭，他们必须寻求更安全、更个人性的道路。而这一寻求的过程就是士风嬗变的过程。以陈寔为代表的士人对党人所倡婞直之风有所保留，进退有节，据仁、德以理政、修身；以郭林宗为代表的士人则从舆论抗世走向论道讲学与人伦识鉴，由清议转向清谈，从群体的认同与标榜中抽身而退；以黄宪为代表的士人则在志操与学问中追求独立的人格，在人格的追求中融进了道家之“性”，正是在“道性周全”的追求中表现出对儒家之“道”的反叛与疏离，开启了魏晋玄学人格的新时代。

第二节　从博学到创发新义

汉末政治黑暗、皇权衰落，不仅带来了以王符、崔寔为代表的批判思潮，而且也动摇了在两汉占统治地位的经学，使曾经沉于经学水面之下的诸子之学开始浮出水面，向四处蔓延，引发了学术思潮的转变。士人不再以守一经为要务，而是以“通儒”为自豪。随着救世情怀的衰减，士人在出处两难的矛盾痛苦中自

---

① （宋）范晔撰：《后汉书·黄宪传》，北京：中华书局，1965 年，第 1745 页。

② 葛兆光著：《中国思想史》（第一卷），上海：复旦大学出版社，2001 年，第 319 页。

然向老庄靠拢，而老庄思想的渗进，又向原来封闭的经学吹进一股强大的自由之风，使许多人自觉地挣脱桎梏，在对经学的批判中创发新义。

一

班固曰："自武帝立五经博士，开弟子员，设科射策，劝以官禄，讫于元始，百有余年，传业者浸盛，支叶蕃滋，一经说至百余万言，大师众至千余人，盖禄利之路然也。"① 颜之推也说："学之兴废，随世轻重，汉时贤俊皆以一经宏圣人之道，上明天时，下该人事，用此致卿相者多矣。"② 他们都道出了汉代士人习经、尊经之实质，即"禄利"使然。但利禄的获得与政治的兴衰、统治者的好尚有密切关系，因为只有通过儒生的"援经立说"和皇帝的"引经下召"才能实现儒学的参政作用，经明修行的士子才有可能获得利禄。而东汉末年，参政、议政不再由为儒生所掌握，而是由凭椒房之宠的外戚或是皇帝身边信任的宦官决定，经学失去了制度的支持与利禄的支撑自然要衰落。当然其衰落还和经学与政治、政权结合在一起所造成的不可克服的矛盾有关。因为要以儒家经典为依据来处理政务，势必造成牵强附会，甚至强词夺理，偏离学术本身。另外，经学的尊经、重师法，又势必使之陷入僵化与枯竭，结果是"空守章句，但诵师言"，"施之世务，殆无一可"。正是这种空疏无用，导致了士子们不肯固守一经、一师之说。在他们看来，要想博得利禄，第一要务就是挣脱传统的章句之学的束缚，正如《颜氏家训》所说："士大夫子弟皆以博涉为贵，不肯专儒。"③《后汉书·儒林列传》也真实记载了当时的情况："及邓后称制，学者颇懈。……自安帝览政，博于艺文，博士倚席不讲，朋徒相视怠散，学舍颓敝，鞠为园蔬，牧儿荛竖，至于薪刈其下……本初元年，梁太后诏曰：'在将军下至六百石，悉遣子就学，每岁辄于乡射月一飨会之，以此为常。'自是游学增盛，至三万余生。然章句渐疏，而多以浮华相尚，儒者之风盖衰矣。"④ 所谓"不肯专儒"、"章句渐疏"、"浮华相尚"就反映出汉末学术思潮的转变。鄙薄章句，原有的经学衰落

① （汉）班固撰：《汉书·儒林传》，北京：中华书局，1962 年，第 3620 页。

② （北齐）颜之推著，王利器集解：《颜氏家训集解·勉学》，上海：上海古籍出版社，1980 年，第 169 页。

③ （北齐）颜之推著，王利器集解：《颜氏家训集解·勉学》，上海：上海古籍出版社，1982 年，第 170 页。

④ （宋）范晔撰：《后汉书·儒林传》，北京：中华书局，1965 年，第 2546～2547 页。

了，但并不等于学术的衰落，士人大都在茫然困惑中探寻学术的出路。既然章句之学不可守，那么走向博学就成为必然之趋势。于是我们翻开范晔所撰的《后汉书》，就会发现其所记的士子中往往以“博学”、“博涉”、“博览”、“博通”而见称，如：

（应）邵字仲远。少笃学，博学多闻。①

仲长统……少好学，博涉书记，赡于文辞。②

（崔）骃……博学有伟才，尽通古今训诂百家之言，善属文。③

（姜）肱博通《五经》，兼明星纬，士之远来就学者三千余人。④

（杨）震少好学，受《欧阳尚书》于太常桓郁，明经博览，无不穷究。诸儒为之语曰：“关西孔子杨伯起。”⑤

蔡邕……少博学，师事太尉胡广。好辞章、数术、天文，妙操音律。⑥

荀淑……少有高行，博学不好章句，多为俗儒所非，而州里称其知人。⑦

延笃……博通经传及百家之言，能著文章，有名京师。⑧

“博”是通达、多闻。就学而言，就是指知识、学问的广大、通达。而对于“博”的要求，并不始于汉末。如《论语·雍也》曰：“君子博学于文，约之以礼，亦可以弗畔矣夫。”⑨ 在战国时代，知识渊博、遍通古今的人被称为博士。后“博士”演变为学官名。汉代沿用秦制而设博士官，其职责、含义却有所改变，尤其是汉武帝采纳公孙弘建议，置五经博士。这种专经博士的设立，限制了士子们的学术视野与学术追求，毕一生之精力通一经之章句，造成了博士“不

① （宋）范晔撰：《后汉书·应邵传》，北京：中华书局，1965 年，第 1609 页。
② （宋）范晔撰：《后汉书·仲长统传》，北京：中华书局，1965 年，第 1643 页。
③ （宋）范晔撰：《后汉书·崔骃传》，北京：中华书局，1965 年，第 1708 页。
④ （宋）范晔撰：《后汉书·姜肱传》，北京：中华书局，1965 年，第 1749 页。
⑤ （宋）范晔撰：《后汉书·杨震传》，北京：中华书局，1965 年，第 1759 页。
⑥ （宋）范晔撰：《后汉书·蔡邕传》，北京：中华书局，1965 年，第 1980 页。
⑦ （宋）范晔撰：《后汉书·荀淑传》，北京：中华书局，1965 年，第 2049 页。
⑧ （宋）范晔撰：《后汉书·延笃传》，北京：中华书局，1965 年，第 2103 页。
⑨ （清）刘宝楠撰，高流水点校：《论语正义·雍也》，北京：中华书局，1990 年，第 243 页。

博”的现象。因此，这里的“博”一指士子们博通六经，撤废古、今经学的藩篱，求诸经学的根本与要义；二指士子们不限于儒家经典，而是走出经学的桎梏，广泛涉猎其他子学。不仅如此，更为重要的是这种“博”的追求虽为个别俗儒所否定，但为社会所推崇。且不说范晔撰《后汉书》时特意加以强调，再看看当时社会的反响就更加明白。像姜肱远来就学者三千人，可见其影响之大；像诸儒以“关西孔子”赞扬杨震，可以说到了无以复加的程度。

正是以博学为贵，为此士子们如能获得“通儒”之称号就是莫大的荣耀。当然，要获此称号也极为不易，当时的儒学大师马融就获此殊荣。《后汉书》云：“才高博洽，为世通儒。”所谓“通”，不是一般的知识的广博，而是“既精既博”。他曾想“训《左氏春秋》，及见贾逵、郑众注，乃曰：‘贾君精而不博，郑君博而不精。既精既博，吾何加焉！’”显然，马融不满足于对前贤著作的熟悉了解，更重视对其著作的批判，在批判中通达其要旨。正是本此要旨，他“著《三传异同说》，注《孝经》、《论语》、《诗》、《易》、《三礼》、《尚书》、《列女传》、《老子》、《淮南子》、《离骚》，所著赋、颂、碑、诔、书、记、表、奏、七言、琴歌、对策、遗令，凡二十一篇”[①]。这些著作虽多已散佚，后人无法见其全貌，但就从其目录也不难看出他的学术视野：他并不拘泥于儒家经典，而是出入儒、道等杂家诸学。

郑玄踵其步武，遍注群经，硕果累累，《后汉书》本传载：“所注《周易》、《尚书》、《毛诗》、《仪礼》、《礼记》、《论语》、《孝经》、《尚书大传》、《中候》、《乾象历》，又著《天文七政论》、《鲁礼禘袷义》、《六艺论》、《毛诗谱》、《驳许慎五经异义》、《答临孝存周礼难》，凡百余万言。”[②] 从经传到谶纬，从天文历算到汉代律令，他都加以诠释，学术之广博无人能比。

马融、郑玄的学术正是以博通为特点，因此，《世说新语·文学》首条不记他们对经书的“质诸疑义”，而记他们对浑天仪的钻研、转式占卜的较量就具有一定的代表性：

> 郑玄在马融门下，三年不得相见，高足弟子传授而已。尝算浑天不合，诸弟子莫能解。或言玄能者，融召令算，一转便决，众咸骇服。及

① （宋）范晔撰：《后汉书·马融传》，北京：中华书局，1965 年，第 1972 页。
② （宋）范晔撰：《后汉书·郑玄传》，北京：中华书局，1965 年，第 1212 页。

> 玄业成辞归，既而融有“礼乐皆东之叹”，恐玄擅名而心忌焉。玄亦疑有追，乃坐桥下，在水上据屐。融果转式逐之，告左右曰：“玄在土下水上而据木，此必死矣。”遂罢追。玄竟以得免。①

撇开马融追杀郑玄的真假不说，只就学术而言，马融师徒间的钻研探讨就极为难得。

二

士林以不守章句、博学为贵，这势必就会与经学所注重的师法、家法发生矛盾冲突。虽然经学在实际的传授中师法、家法守得并不严密，但是学人却必须以某师法、某家之学为标榜。为此，要公开地打破家法、师法就有巨大阻力。如和帝永元十四年徐防上疏曰：“伏见太学试博士弟子，皆以意说，不修家法，私相容隐，开生奸路。每有策试，辄兴争讼，论议纷错，互相是非。……今不依章句，妄生穿凿，以遵师为非义，意说为得理，轻侮道术，浸以成俗，诚非诏书实选本意。……臣以为博士及甲乙策试，宜从其章句，开五十难以试之。解释多者为上第，引文明者为高说。若不依先师，义有相伐，皆正以为非。”② 统治者不仅强调家法，以家法策士，而且组织人力去对混乱的家法加以校定、整理。如《后汉书·宦者传》曰：“（安）帝以经传之文多不正定，乃选通儒谒者刘珍及博士良史诣东观，各校雠家法，令伦监典其事。”③

在家法观念方面，古文经相对要宽松得多。姜广辉就这一点分析道：“今、古文经学虽然互相攻击，但是他们之间还是有一个根本的区别，这就是今文经学家们完全否认古文经的存在，拒绝承认古文经是圣人所作，将古文经拒之官学之外；而古文经学家虽然贬低今文经，但并不否认今文经的存在，只是争立古文经于官学，与今文经相并行而已。同时，古文经学家的治学精神是实事求是，以探求把握上古三代的王道理想和文化为己任，这就使得古文经学家们一开始就缺乏严守家法的意识。”④ 因此，古文经学这种开放姿态越来越受到士子们的青睐，纷纷挣破今文经学的藩篱而走向古文经学。如郑兴少学《公羊春秋》，而后来却

---

① （宋）刘义庆著，余嘉锡笺疏：《世说新语笺疏》，北京：中华书局，1983 年，第 223 ~ 224 页。

② （宋）范晔撰：《后汉书·徐防传》，北京：中华书局，1965 年，第 1500 ~ 1501 页。

③ （宋）范晔撰：《后汉书·蔡伦传》，北京：中华书局，1965 年，第 2513 页。

④ 姜广辉著：《中国经学思想史》，北京：中国社会科学出版社，2003 年，第 474 页。

喜欢《春秋左氏传》。贾逵在家学的熏陶下，几乎精通全部古文经，后受诏于北宫白虎观、南宫云台讲授古文经学。正是在统治者这种宽容的态度下，一些人从古文经到今文经、图谶之学，或从今文经、图谶之学到古文经，出现众多兼通五经和今、古文家法的大师。但是这并不能让古文经学真正取代今文经学，也不能从根本上消除门户之见，更不能彻底打破师法、家法。

彻底打破师法、家法主要与汉末政治及其士风相关。经学虽被统治者口头上提倡，但随着士子们被边缘化，实际上也难逃边缘化的命运。正因经学、士子的被边缘化，于是士子们不再墨守专门、埋头章句，而是周游而学，转益多师，有的游于京师太学，有的游于郡中学校，有的集于私人精舍，在当时形成了规模较大的“交游”之风。徐干《中论·谴交》对当时的交游作了生动的描述：

> 自公卿大夫、州牧、郡守，王事不恤，宾客为务，冠盖填门，儒服塞道，饥不暇餐，倦不获已；殷殷沄沄，俾夜作昼，下及小司，列城墨绶，莫不相高以得人，自矜以下士，星夜夙驾，送往迎来，亭传常满，吏卒传问，炬火夜行，阍寺不闭，把臂捩腕，扣天矢誓，推托恩好；不较轻重，文书委于官曹，系囚积于囹圄，而不遑省也。

先不说这种交游之风给原本衰落不振的政治雪上加霜，但这种交游必然带来了汉末学术的变化。一是这种风气令士人打破了原有的地域限制，使风土、习俗、人情不同的人互相结交，即使学派不同，他们在沟通中也极易突破家法门户藩篱，相互交流以致会通。二是他们一心交游，哪肯将心思运用于学术，自然无心去坚守他们的所谓家法、师法。如太学生符融，因有高名而经常宾客盈室，其对不务交游的仇览所说出的一番话就极具代表性：“今京师英雄四集，志士交结之秋，虽务经学，守之何固？”[①]“守之何固”既是当时游学士子的心声，也是他们对经学空疏无用的批判，而这种批判更多的是表现出他们对章句之学以及家法、师法的厌弃。

当然，打破师法、家法，彻底弃章句之学于不顾，必然使学术衰落。但是这种衰落主要是就官学而言，而从其他方面来看，学术反而得到了解放，有了自由发展的空间。如私学这时大有兴盛之势，一些处逸大儒、耆名高义开门授徒者不

① （宋）范晔撰：《后汉书·仇览传》，北京：中华书局，1965 年，第 2481 页。

少，而千里寻师、有志于求学者也大有人在。这些人绝意仕途，抛弃利禄，以学问为心，专心著述与聚徒讲学，其中最为典型的要数郑玄。

郑玄自幼好学，十三能诵五经，好天文、占候、风角、隐术，二十一博群书，精历数图纬之言，兼精算术。后遇太守杜密赏识，遣往太学受业。先师事京兆第五元先，始通《京氏易》、《公羊春秋》、《三统历》、《九章算术》；后从东郡张恭祖，受《周官》、《礼记》、《左氏春秋》、《韩诗》、《古文尚书》；最后又西入关，事扶风马融。他终生不仕，著注颇丰。但他的著注跟马融以及其他学者相比，最大的特点是：泯灭家法，以我为法。他学无常师，没有门户之见，当然也不受所谓师法、家法的限制，对每一家经说先入而后出，集众家之长，创立了自己的所谓"郑君法"。因此，他注经不再罗列众多经说歧义，而是有自己的判别，诠释简明精当。清代江藩曰："《六艺论》云：'注《诗》，宗毛为主。毛义若隐略，则更表明；如有不同，即下己意，使可识别也。'此郑君注经之法，不独《诗笺》为然。"① 因此，"郑《易注》行，施、孟、梁丘、京之《易》不行矣；郑《书注》行，而欧阳、大、小夏侯之《书》不行矣；郑《诗笺》行，而鲁、齐、韩之诗不行矣；郑《礼注》行而大、小戴之《礼》不行矣；郑《论语注》行而齐、鲁《论语》不行矣。重以鼎足分争，经籍道息。汉学衰废，不能尽咎郑君；而郑采含古文，不复分别，使两汉家法不可考，则亦不能无失。故经学至郑君一变。"② 正因他彻底置家法、师法于不顾，马融等老师并不能成为其学术的标识。如郑玄在《周礼注序》中曰："世祖通人达士中大夫郑少赣名兴，及大司农仲师名众，故仪郎卫次仲，侍中贾君景伯，南郡太守马季长，皆作《周礼解诂》。"③ 在他眼中，马融与其他经学家郑兴、郑众、卫次仲、贾景伯没有什么两样，故以"南郡太守马季长"称之。又如《蛾术篇》卷五十八云：

> 融欲害郑，未必有其事，而郑鄙融却有之。盖融以侈汰为贞士所轻，载《赵岐传注》。郑虽师融，著述中从未引融语。独于《月令注》曰："俗人云：周公作《月令》，未通于古。"疏云："俗人，马融之徒。"④

---

① （清）陈澧著：《东塾读书记》（外一种），北京：生活·读书·新知三联书店，1998年，第271页。
② （清）皮锡瑞著，周予同注释：《经学历史·经学中衰时代》，北京：中华书局，1959年，第141页。
③ （汉）郑玄注，陈戍国点校：《周礼·仪礼·礼记》，长沙：岳麓书社，2006年。
④ （宋）刘义庆著，余嘉锡笺疏：《世说新语笺疏》，北京：中华书局，1983年，第225～226页。

郑玄在注书中不但没有突出先师马融，甚至因士林鄙薄其人格、节行，反而以“俗人”呼之。再加上《世说新语·文学》首条关于马融追杀郑玄的故事，这些不仅体现士人对马融的褒贬态度，而且反映出士林对汉代传统的尊师说、守家法的一种颠覆。

三

郑玄先跟第五元先习《公羊春秋》，后又与张恭祖学《左氏春秋》。他针对何休的《公羊墨守》、《左氏膏肓》、《谷梁废疾》撰写了《发墨守》、《针膏肓》、《起废疾》，在论战中让何休感叹道：“康成入吾室，操吾矛，以伐我乎！”可见郑玄对《春秋》三传的精通，但他在遍注群经时，唯读没有注《春秋》，其中的原因是：

> 郑玄欲注《春秋》传，尚未成时，行与服子慎遇宿客舍，先未相识，服在外车上与人说己注《传》意。玄听之良久，多与己同。玄就车与语曰：“吾久欲注，尚未了。听君向言，多与吾同，今当尽以所注与君。”遂为服氏注。（《世说新语·文学》其二）

郑玄不是为注书而注书，当他知道服虔已为《春秋》作注，并大多与自己的理解相同时，就放弃了独立为《春秋》作注的想法，并且将自己已注的部分送给服虔作参考，以求《春秋注》更合理、更全面地流传于世。这件事不仅体现出郑玄的思想与心胸，而且也反映出郑玄注书的方法与思路：参考同异，创发新义。参考是前提，在比较中明了哪些相同、哪些不同，而落脚点在不同，即“异”上。这“异”不在于罗列众说法之不同，而在于有自己的判别、自己的理解等，即“创发新义”。而这一追求不独为郑玄个人所有，而是汉末学者共同崇尚的。像服虔为注《春秋》，不惜隐姓埋名，为崔烈的门人做饭：

> 服虔既善《春秋》，将为注，欲参考同异。闻崔烈集门生讲传，遂匿姓名，为烈门人赁作食。每当至讲时，辄窃听户壁间。既知不能逾己，稍共诸生叙其短长。烈闻，不测何人。然素闻虔名，意疑之。明蚤往，及未寤，便呼：“子慎！子慎！”虔不觉惊应，遂相与友善（《世说新语·文学》四）。

服虔的行为后被崔烈发现，不但没有怪罪，反而“相与友善”，这就更能说明当时学者的态度。还有前文所引的徐防的上疏中提到的当时学林“皆以意说，不修家法，私相容隐，开生奸路。每有策试，辄兴争讼，论议纷错，互相是非”这一情况，虽带有妄生穿凿之嫌疑，但同时也反映出汉末士人喜欢标新立异、自立新说的风气。

郑玄注书虽多，但现今保存最完备的是《三礼注》，即《周礼注》、《仪礼注》、《礼记注》。在汉代立为博士的是《仪礼》，《周礼》在汉代称《周官》，是古文经，一直受到今文经学家的诋毁，《礼记》只是先秦和汉初儒者对礼的诠释，在汉代不被看做“经”，在郑玄以前，不曾有学者涉足于《三礼》的全体研究，因此《三礼注》既体现其学术视野，也能展示出其注书的方法与思路。他在参考杜子春、郑兴、郑众、贾逵、卫宏、马融、张衡等人的训诂、解诂及传注的基础上，打通《三礼》，以《周礼》为中心进行辨析。如《礼记·王制》曰：“天子五年一巡守”，郑玄注云：“天子以海内为家，时一巡省之。五年者，虞、夏之制也。周则十二岁一巡守”；又如《礼记·郊特牲》曰：“郊之用辛也，周之始郊，日以至”，郑玄注云：“此说非也。郊天子之月而日至，鲁礼也。……周衰礼废，儒者见周礼尽在鲁，因推鲁礼以言周事。”在注释中既辨析夏礼、殷礼与周礼的不同，又对鲁礼与周礼加以区别。郑玄在《三礼注》中还推重“吉凶宾军嘉”五礼体系，以之作为参照系，将《仪礼》十七篇进行归类系统化。如《礼记·祭统》曰：“礼有五经，莫重于祭。”郑玄注云：“礼有五经，谓吉礼、凶礼、宾礼、军礼、嘉礼也。莫重于祭，谓以吉礼为首。《大宗伯职》曰：‘以吉礼事邦国之鬼神祇。’”并以五礼为标准，将《士冠礼》、《士昏礼》、《乡饮酒礼》、《乡射礼》、《燕礼》、《大射仪》、《公食大夫礼》归于嘉礼，将《士相见礼》、《聘礼》、《觐礼》归于宾礼，将《丧服》、《士丧礼》、《既夕礼》、《士虞礼》归于凶礼，将《特牲馈食礼》、《少牢馈食礼》、《有司彻》归于吉礼。郑玄在《三礼注》中还将汉制与前礼相对照，如《礼记·曲礼下》曰：“君天下曰天子”，郑玄注云：“今汉于蛮夷称天子，于王侯称皇帝。”这就说明汉代因袭了周代“天子”和秦代的“皇帝”之称，并用于不同的场合。这样不仅便于明了古代的礼制，而且更能充分理解礼制在历史发展中的因袭关系。在《三礼注》中，郑玄还反复申述礼乐的意义。如《礼记·乐记》中“乐极则忧，礼粗则偏矣”与“化不时则不生，男女无辨则乱生，天地之情也”这两句，郑玄注曰：“乐，人之所好也，害在淫佚。礼，人之所勤也，害在倦略”，“乐失则害物，礼失则乱人”[1]。这样不仅显示出他的《三礼注》思想内涵，而且昭示出他注书的政治意义，希望借传承学道去维护治道，出现一个像先王功成而作乐的德治社会。

还有上文所引关于马融追杀郑玄的故事，不管真假与否，但郑玄之所以能逃脱追杀，就在于他很好地运用创发新义这一思路与方法。对于转式占卜，他们两人都非常精通，但马融却拘泥于此，对卜出的“土下水上而据木”作出“必死”的判断而放弃追杀，殊不知这是郑玄在明了占卜之术的基础上，利用此兆作为逃遁之术。正如刘辰翁曰：“式所以卜追也。其兆如此，故知其死，而不知出于逃遁之术也。”[2] 又如《郑玄传》载：袁绍大会宾客，而其客大多豪俊而有才说，而郑玄只以普通的儒者在座，“未以通人许之”，被大家瞧不起，“竟设异端，百家互起”，诘难郑玄，而郑玄“依方辩对，咸出问表，皆得所未闻”，致使众宾客“莫不嗟服”。[3]“异端”、“百家”、“闻所未闻”以及“莫不嗟服”，不仅表明郑玄学问的渊博以及从容言对的能力，同时也昭示出当时求异、求新的学术思潮。

总之，汉末士林不守章句，以博学为贵，根本不囿于师说、家法，注书往往参考同异，博采众长，追求自己独立的见解。这虽然使原有的经学衰落，但无疑又给经学带来解放，为后来儒道会通和玄学的产生作好了充分的准备。

---

① 以上所引见（汉）郑玄注，陈戍国点校：《周礼·仪礼·礼记》，长沙：岳麓书社，2006年。

② （宋）刘义庆著，朱铸禹汇校集注：《世说新语汇校集注》，上海：上海古籍出版社，2002年，第167页。

③ （宋）范晔撰：《后汉书·郑玄传》，北京：中华书局，1965年，第1211页。

第三编　乱世功名　尘世超越

天下大乱，汉室分崩离析，君主名存实亡，从仲长统对社会的乱—治—乱的分析中，昭示出士人对救世已失去信心。他们希望为自己寻找到一个安身立命的所在，或避难江湖，远迹山林；或心向道家，达生任性，精神超越，但是士人的责任感以及对未来的憧憬都无法让他们真正脱离外部世界。正如袁涣所言："汉室陵迟，乱无日矣。苟天下扰攘，逃将安之？若天下未丧道，民以义存，唯强而有礼，可以庇身乎！"① 显然，当乱世置于面前时，他们中的大多数往往以平天下、安天下为己任，在建功立业中挥洒自己的豪情。而现实的残酷、政治的杀戮、生命的朝不保夕、白骨与血腥又时时压迫着他们，他们又希望在玄理中获得精神的慰藉，在内心深处难免产生一份超越尘世的想法，道家的玄虚、仙界的长生自由成为他们理想所在。曹操、曹植的人生追求以及世人的英雄情结都无不体现了这一时期士人的功名欲求，而他们在文学中的游仙遐想又无不是当时浓重的生命悲剧的折射；阮籍、嵇康的矛盾痛苦是士人心中的现实功名与理想的纠结所致，超越尘世的隐逸体玄又是士人的无奈之梦。

① （晋）陈寿撰：《三国志·袁涣传》注引袁宏《汉纪》，北京：中华书局，1959 年，第 336 页。

第七章　曹操人生追求及其形象

在汉末几十年的群雄逐鹿中，曹操脱颖而出，在镇压农民起义与军阀混战中不断壮大自己，平定北方，是当时最大的成功者。虽然他最后带着没有实现“天下归心”的遗憾撒手尘寰，但这无损于他的业绩和英名。从他所处的社会环境、家庭出身、心态历程来看，他的一生可谓历尽艰难、多姿多彩，昭示出士人追求功名的不易。“英雄”、“奸雄”的纠结，是时代所致。乱世呼唤英雄，乱世也造就英雄，能在当时的舞台上挥洒自己的才智，成就了功名业绩能说不是英雄?!

第一节　从尚游侠到逐圣贤

一

史书载：“太祖少机警，有权数，而任侠放荡，不治行业。”关于曹操的任侠，裴松之注引了三处材料加以说明。《曹瞒传》云：“太祖好飞鹰走狗，游荡无度，其叔父数言之于嵩。太祖患之，后逢叔父于路，乃阳败面喎口；叔父怪而问其故，太祖曰：‘卒中恶风。’叔父以告嵩。嵩惊愕，呼太祖，太祖口貌如故。嵩问曰：‘叔父言汝中风，已差乎?’太祖曰：‘初不中风，但失爱于叔父，故见罔耳。’嵩乃疑焉。自后叔父有所告，嵩终不复信，太祖于是益得肆意矣”；孙盛《异同杂语》曰：“太祖尝私入中常侍张让室，让觉之。乃舞手戟于庭，逾垣而出。才武绝人，莫之能害”；《魏书》曰：“先是大将军窦武、太傅陈蕃谋诛宦官，反为所害。太祖上书陈武等正直而见陷害，奸邪盈朝，善人壅塞，其言甚切，灵帝不能用。”[①] 除此外，《世说新语》也载：“魏武少时，尝与袁绍好为游侠。观人新婚，因潜入主人园中，夜叫呼云：‘有偷儿贼!’青庐中人皆出观，魏武乃入，抽刃劫新妇。与绍还出，失道，坠枳棘中，绍不能得动。复大叫云：

① （晋）陈寿撰：《三国志·武帝纪》，北京：中华书局，1959 年，第 2 ~ 3 页。

‘偷儿在此！’绍遑迫自掷出，遂以俱免。”[①] 曹操少年尚游侠是不争之事实，问题是他少年时为何要尚游侠呢？

（1）游侠风气，自古有之。司马迁第一次为游侠作传，认为“今游侠，其行虽不轨于正义，然其言必信，其行必果，已诺必诚，不爱其躯，赴士之厄困，既已存亡死生矣，而不矜其能，羞伐其德，盖亦有足多者焉”，[②] 给予其高度评价与赞扬。班固也为游侠立传，但他不同意司马迁的论断，认为“郭解之伦，以匹夫之细，窃杀生之权，其罪已不容诛矣”，游侠之风的盛行则往往会造成“背公死党之议成，守职奉上之义废”。[③] 荀悦出于“放百家之乱，一圣人之道”的目的，对游侠深恶痛绝，认为“世有三游，德之贼也。一曰游侠，二曰游说，三曰游行。立气势、作威福、结私交，以立强于世者，谓之游侠。……此三游者，乱之所游生也，伤道害德，败法惑世，失先王之所慎也”[④]。自此以后，历代史家不再专门为游侠立传，而游侠并不因史学家的冷漠而消亡。东汉末年，社会剧烈动荡，政治黑暗，民不聊生，游侠又有了适宜的土壤，大有重新掀起之势。虽然《后汉书》、《三国志》没有《游侠列传》，但翻开这两部史书，许多著名人物的传记中都有一些关于他们为侠、好侠的记载。如《后汉书》中《章帝八王传》载：“中常侍郑飒、中黄门董腾并任侠通剽轻，数与悝交通”；《皇甫张段列传》载：段颎“少便习弓马，尚游侠，轻财贿”；《董卓列传》载：董卓“少尝游羌中，尽与豪帅相结……由是以健侠知名”；《刘焉袁术吕布列传》载：袁术“少以侠气闻，数与诸公子飞鹰走狗”；《郭符许列传》中载：“袁绍公族豪侠，去濮阳令归，车徒甚众。”[⑤] 又如《三国志》中《吕布传》载：张邈“少以侠闻，振穷救急，倾家无爱，士多归之”；《夏侯惇传》注引《魏书》载：沛国史涣，“字公刘，少任侠，有雄气。太祖初起，以客从”；《鲁肃传》载：鲁肃“见（袁）术无纲纪，不足与立事，乃携老弱将轻侠少年百余人，南到居巢就（周）瑜”；《先主传》载：刘备“好交结豪侠，年少争附之”[⑥]。他们的行侠仗义往往能博得

---

① （宋）刘义庆著，余嘉锡笺疏：《世说新语笺疏·假谲》，北京：中华书局，1983年，第999页。

② （汉）司马迁撰：《史记·游侠列传》，北京：中华书局，1959年，第3181页。

③ （汉）班固撰：《汉书·游侠传》，北京：中华书局，1962年，第3699页。

④ （汉）荀悦撰，张烈点校：《两汉纪·武帝纪》，北京：中华书局，2002年，第156页。

⑤ 以上引《后汉书》所记为侠事见（宋）范晔撰：《后汉书》，北京：中华书局，1965年，第1798页、2145页、2319页、2438页、2234页。

⑥ 以上引《三国志》所记为侠事见（晋）陈寿撰：《三国志》，北京：中华书局，1959年，第221页、270页、1267页、872页。

人们的尊重，赢得较高的声望和威望，成为民众的领袖。像董卓、袁术、袁绍、张邈、鲁肃、刘备等虽然出身不同、经历不同、结局不同，但在当时都因为侠、好侠而获得名声，拥有号召民众、招聚勇士的力量，很快成为当时的乱世英雄。

（2）曹操生于汉桓帝永寿元年，从出生至十四岁是在谯县曹氏宗族田庄中度过。东汉谯县曹氏为望族，宗族田庄中既有小学，又有武学，还学战射。曹操自幼在此读书、习武，练就了高超的武艺，“才力绝人，手射飞鸟，躬禽猛兽”，“尝于南皮一日射雉获六十三头”①。为此，他具备了为侠的首要条件。

当然，不是所有拥有高超武艺的人都喜游侠，曹操为侠还有更深层的原因。曹操为宦官之后，他的祖父曹腾是曾经侍奉过五位帝王的宦官，这是无法改变的事实。马良怀认为：“这种连自己父亲的‘生出本末’都弄不清楚的宦官家世，对于曹操来说是一个非常难堪的事情和一个沉重的心理负担，由此而造成了他深刻的自卑情结与负罪感。”“正是这种深刻自卑的强烈刺激、压迫，造成了曹操心理上难以忍受的紧张和焦虑，迫使他做出了许多争取优越感的补偿动作，以此来解除其紧张状态，减轻心理上的不适感。这种争取优越感的补偿动作表现在曹操身上，就是想成为一个引人注目的英雄。”② 前面所陈第一件事是曹操对付叔父的恶作剧，他从容不迫，颇有心计、有板有眼地在长辈面前实施起来，摧垮了叔父在父亲面前的信誉，既为自己过去的游荡行为作了辩解，又为自己今后更加放荡扫除了一大障碍。这样的恶作剧虽不无诡诈，但充满心智，不得不让人刮目相看。第二、第三件事为陈蕃和窦武翻案、孤身想刺杀宦官头子张让，这两件事更是不同凡响，从中不难看出曹操之心理。他从少年时就坚决反对宦官，自觉地向党人靠拢，试图让人们忘记他的出身，希望人们把他当做党人的拥护者与继承者。第四件是曹操、袁绍二人在一起做的荒唐滑稽之事，不乏纨绔子弟的泼皮之性，但我们透过放荡之表面，可以看到曹操确实又不同一般少年：他有心计，有胆量。又因为他与袁绍等一起为侠，拥有了一批意气相投的朋友，如张邈、何颙、卫兹、许攸等，而这些人日后都成为他发展事业的基础。

二

曹操少年尚游侠虽然获得了一定的名声，得到桥玄、许邵、李瓒、王儁等人

① （晋）陈寿撰：《三国志·武帝纪》注引《魏书》，北京：中华书局，1959 年，第 54 页。

② 马良怀：《曹操的自卑与超越》，《华中师范大学学报》（哲学社会科学版），1993 年第 3 期。

的赏评，让世人对他刮目相看，但是离真正的名士还有很大一段距离。如《世说新语·方正》其二载：南阳宗世林在曹操弱冠时，就不愿与他相交。还有曹操二十岁入仕时很希望自己能做洛阳令，结果以小小的洛阳北部尉起步。据《三国志·武帝纪》注引《曹瞒传》曰："（当时洛阳北部尉）为尚书右丞司马建公所举。及公为王，召建公到邺，与欢饮，谓建公曰：'孤今日可复作尉否？'建公曰：'昔举大王时，适可作尉耳。'王大笑。"曹操请司马防到邺距举他为洛阳北部尉已有四十多年，但他还是无法忘记此事，特意提起，从话语中流露出他对当时的举荐大为不满，可见此事在曹操心中形成了一个结。他肯定无数次思考过其中的原因，是家庭背景？还是自己的名声？如果是前者，这是无法改变的；若是后者，则可以依靠自己的努力做到。因此，曹操虽然嫌洛阳北部尉官职小，但并没有放弃这一职位，而是努力去做，必须做出个样，获得大家认可才行。正如他在《让县自明本志令》中说："孤始举孝廉，年少，自以本非岩穴知名之士，恐为海内人之所见凡愚，欲为一郡守，好作政教以建立名誉，使世士明知之。"[①] 显然，刚步入仕途的曹操仰慕名士，将"建立名誉"作为他人生之追求。

（1）打击豪强、宦官。刚入仕途的曹操继承了东汉党人的政治手腕，利用手中的权力狠狠地打击宦官、豪强。如在洛阳北部尉任上，"初入尉廨，缮治四门。造五色棒，县门左右各十余枚，有犯禁者，不避豪强，皆棒杀之。后数月，灵帝爱幸小黄门蹇硕叔父夜行，即杀之。京师敛迹，莫敢犯者"[②]。这一招当然产生了轰动效应，从上到下谁都没有想到一个小小的北部尉有如此胆量。豪强、宦官们虽恨之入骨，但又奈何不了他，只好曲意称赞他，让他迁升顿丘令，将他赶出洛阳。又如中平元年，曹操因镇压颍川黄巾有功迁济南相，当时"国有十余县，长吏多依附贵戚，赃污狼藉"，曹操一到任，马上"奏免其八"，还"禁断淫祀，"使"奸宄逃窜，郡界肃然"。[③]

（2）修明古学，书谏时弊。曹操知道，名士之优势还在于知识文化。他十五岁为诸生，游学京师，就是出仕以后，也从来不废弃读书。王沈《魏书》载："（曹操）文武并施，御军三十余年，手不舍书，昼则讲武策，夜则思经传，登高必赋，及造新诗，被之管弦，皆成乐章。"曹丕在《典论·自序》中追忆道：

---

① 安徽亳县《曹操集》译注小组译注：《曹操集译注》，北京：中华书局，1979 年，第 132 页。
② （晋）陈寿撰：《三国志·魏志·武帝纪》注引《曹瞒传》，北京：中华书局，1959 年，第 3 页。
③ （晋）陈寿撰：《三国志·魏志·武帝纪》，北京：中华书局，1959 年，第 4 页。

“上雅好诗书文集，虽在军旅，手不释卷，每每定省从容，常言人少好学则思专，长则善忘，长大而能勤学者，唯吾与袁伯业耳。”曹操自己在《让县自命本志令》中也说：“故以四时归乡里，于谯东五十里筑精舍，欲秋夏读书，冬春射猎。”正因学识渊博，他能多次被征为议郎。别看议郎官阶不高，但要备顾问应对，一般都是经明修行的士子才能担当。如《后汉书·灵帝纪》载，光和三年六月“诏公卿举能通《尚书》、《毛诗》、《左氏》、《谷梁春秋》各一人，悉除议郎”。还有，从曹操诗文中运用儒家经典之自然妥帖也可看出他的古学修为。正因如此，曹操想走一般士子们的道路，利用自己的所学上书切谏，匡正时弊。《后汉书·刘陶传》载，光和五年曹操与司徒陈耽上言：“公卿所举，率党其私，所谓放鸱枭而囚鸾凤”，大胆纠举三公们的污浊行为。当时斗争非常残酷，司徒陈耽被诬陷死在狱中，曹操并不害怕，而是借着皇帝“以灾异博问得失，因此复上书切谏，说三公所举奏专回避贵戚之意”[①]。两次上书，天子虽有所感悟，责让三府，但政教并不因此而有所整顿，反而越来越乱，这让曹操明白，书谏时弊的理想只是一相情愿，因此“不复献言”。

（3）称疾归乡，等待时机。《三国志·武帝纪》载：“久之，征还为东郡太守；不就，称疾归乡里。”曹操在《让县自明本志令》一文中真实地剖露了当时这种想法与追求：他不是真正想隐居乡里，而是认为隐居不失为求名、求仕的一条终南捷径。他常常为自己不是“岩穴知名之士”而遗憾，于是想乘机隐居乡里，既落得一个清雅之名，又能借此等待政治清明之时。他认为自己非常年轻，再过二十年也不算老，有的是时间，有的是机会。

（4）讨贼立功，拜将封侯。曹操的政治理想是政教大行、天下太平，而这种理想在眼前无法实现，现在只有用武力去平定天下才行。于是曹操不得不改变自己的追求，“欲为国家讨贼立功，欲望封侯作征西将军”[②]。曹操早年虽担任过骑都尉、都尉、典军校尉，但这还不是他真正的军旅生涯的开始，真正的开始要从初平元年讨伐董卓算起。而曹操当时在陈留起兵时才拥有五千人的队伍，且是依靠张邈、卫兹的帮助才有的，势力如此弱小，也不是朝廷命官，在当时根本不能以同等地位与其他“霸王”结盟。袁绍让他行奋武将军，“行”就是暂代的意

---

① （晋）陈寿撰：《三国志·武帝纪》注引《魏书》，北京：中华书局，1959年，第3页。

② 安徽亳县《曹操集》译注小组译注：《曹操集译注·让县自明本志令》，北京：中华书局，1979年，第132页。

思，他只能作为袁绍政治集团中的很小的一份子，而这主要还是依靠他与袁绍的私人关系。但是曹操不同于袁绍，袁绍打着自己的算盘，忙于行废立之事，想立幽州牧刘虞为帝，正如《三国志·鲍勋传》注引《魏书》载，（鲍）信“言于太祖曰：‘奸臣乘衅，荡覆王室，英雄奋节，天下响应者，义也。今绍为盟主，因权专利，将自生乱，是复有一卓也。’”而曹操希望能真正拯救汉室危亡，极力进言曰：“举义兵以诛暴乱，大众已合，诸君何疑？向使董卓闻山东兵起，倚王室之重，据二周之险，东向以临天下，虽以无道行之，犹足为患；今焚烧宫室，劫迁天子，海内震动，不知所归，此天亡之时也。一战而天下定矣，不可失也。”① 他自己带领五千人马去与董卓部将徐荣战于荥阳汴水，结果为荣所败，自己也被流矢所中，但他并不惧怕退缩，又与夏侯惇等到扬州募兵。

从初平元年到兴平二年，曹操几经征战，几起几落，才站稳脚跟，拥有自己的地盘——兖州。他拥有兖州就拥有了与其他军阀作战的资本，也使许多士人重新审视天下，审视那些逐鹿中原的领袖。他们在审视中将眼光聚焦于曹操，将他视为定天下之英雄，自觉自愿地帮助曹操，向曹操靠拢。如曹操刚刚自领兖州牧，毛玠就马上进谏说：“夫兵义者胜，守位以财，宜奉天子以令不臣，修耕植，畜军资，如此则霸王之业可成也。”② 当曹操派使者通长安时，董昭主动从中斡旋、四处打点，还劝张杨道：“袁、曹虽为一家，势不久群。曹今虽弱，然实天下之英雄也，当故结之。”③ 当李傕、郭汜想扣留曹操使者时，黄门侍郎钟繇又积极劝谏道：“方今英雄并起，各矫命专制，唯曹兖州乃心王室，而逆其忠款，非所以副将来之望也。”④ 当曹操正式派遣中郎将曹洪率兵西迎天子都许时，董承等据险抗拒，董昭又站出来帮忙，以曹操的名义写信结纳杨奉，后又出谋划策帮助曹操“移驾”出洛阳，实现迁都于许。显然，曹操在种种求名之举措中真正起到决定性作用的是起兵讨贼。这一举措使他在征战中不断壮大自己的力量，显示了他的超世之才。

三

曹操在建安元年迎献帝都许，被封为大将军、武平侯，实现了他拜将封侯的

---

① （晋）陈寿撰：《三国志·武帝纪》，北京：中华书局，1959 年，第 7 页。
② （晋）陈寿撰：《三国志·毛玠传》，北京：中华书局，1959 年，第 374 页。
③ （晋）陈寿撰：《三国志·董昭传》，北京：中华书局，1959 年，第 437 页。
④ （晋）陈寿撰：《三国志·钟繇传》，北京：中华书局，1959 年，第 371 页。

人生追求，但眼前的局面却不容乐观，稍不慎就将前功尽弃，甚至连性命也难保。这一切曹操比谁都清楚，他就像被开动的机器一样，不可能马上停下来。为了巩固自己的地位，他必须揽权力、总百官，挟天子以令诸侯。如他以皇帝的名义拜袁绍为太尉，封邺侯、袁绍耻为曹操之下，大怒曰：“曹操当死数矣，我辄救存之，今乃背恩，挟天子以令我乎?”上表不受。[①] 这肯定让曹操明白，自己虽然已走出了决定性的一步，取得政治上的优势，但自己的形象、名声、地位还不足以轻而易举地驾驭这一切。于是曹操不敢发作，反而把自己的大将军之位让于袁绍。因此，曹操迎天子都许后不可能、也不能只满足于拜将封侯，而是必须牢牢地控制整个朝政，否则天下就不可能太平。于是，随着形势的发展，他进而以周公等圣贤为人生追求之理想，打造自己的形象，想以此实现“天下归心”。

（1）抬高自己的家世，自称文王之后。曹操是宦官之后，不论他如何努力，人们总是难以忘记他的出身，似乎永远无法与袁绍、杨修这些人平起平坐，而敌对者更是瞧不起他，总是拿他的出身做文章，视他为“赘阉遗丑”[②]。为此，曹操第一步就是作《家传》，公开称自己是“曹叔振铎之后”[③]。振铎是周文王的儿子、周武王的弟弟，封于曹，因以为姓。他这样做不仅是要掩盖他不光彩的出身，而且为追逐周公这样的圣贤形象找到血脉上的联系。当然，这样的说法并没有多大力量，也不会被他人所接受，如陈寿写《武帝本纪》说他是西汉相国曹参之后，王沈《魏书》却认为其先出于黄帝，当高阳世，陆终之子名安，得曹姓。只有他的儿子曹植在《武帝诔》中才取这一说法：“于穆武皇，胄稷胤周。”[④]

（2）称引圣贤、效法圣贤。罗宗强认为曹操虽然“在政局争雄中他用尽手法”，但是“在诗的创作里，他却是一位诚实的直言者”。[⑤] 检索曹操诗文[⑥]，我们可以发现，活动在他诗文中的人物主要是英豪与圣哲：尧、舜、古公亶父、太伯仲雍、伯夷、叔齐、山甫、齐桓公、晋文公、管仲、晏子、孔子、周文王、周

① （晋）陈寿撰：《三国志·袁绍传》注引《献帝春秋》，北京：中华书局，1959 年，第 195 页。

② 陈琳《为袁绍檄豫州》，见俞绍初辑校：《建安七子集》，北京：中华书局，2005 年，第 57 页。

③ 安徽亳县《曹操集》译注小组译注：《曹操集译注·家传》，北京：中华书局，1979 年，第 216 页。

④ （魏）曹植著，赵幼文校注：《曹植集校注·武帝诔》，北京：人民文学出版社，1984 年，第 198 页。

⑤ 罗宗强著：《魏晋南北朝文学思想史》，北京：中华书局，1996 年，第 22 页。

⑥ 安徽亳县《曹操集》译注小组译注：《曹操集译注》，北京：中华书局，1979 年（凡文中所引曹操诗文未注者都出自该书）。

公、汉高祖、汉武帝、光武帝等。而在众多圣贤形象中他称引最多的是周公，如“周孔圣徂落，会稽以坟丘”（《精列》）、“慊慊下白屋，吐握不可失”（《善哉行》其三）、“周公吐哺，天下归心”（《短歌行》）、“所以勤勤恳恳叙心腹者，见周公有《金縢》之书以自明，恐人不信之故”（《让县自明本志令》）、“不悟陛下复诏褒诱，喻以伊、周”（《让九锡表》）、“夫受九锡，广开土宇，周公其人也”（《辞九锡令》）等。曹操不仅在诗文中称引周公，而且在行为上也多效法周公。史书载周公笃仁，曹操他不仅有“生民百遗一，念之断人肠”（《蒿里行》）这样忧时悯乱的情怀，而且更重要的是当他握有一定权力时，就适时下达一些有利民瘼的仁爱政令。如建安七年军谯时，看到旧土人民死丧略尽，下令曰：“其举义兵以来，将士绝无后者，求其亲戚以后之，授土田，官给耕牛，置学师以教之。为存者立庙，使祀其先人。”（《军谯令》）建安九年控制河北以后，又下达了《抑兼并令》、《蠲河北租赋令》。建安十四年还下了《存恤吏士家室令》。建安二十三年针对去年的严重瘟疫发出了《赡给灾民令》。周公曾说：“我文王之后，武王之弟，成王之叔父，我于天下亦不贱矣。然我一沐三捉发，一饭三吐哺，起以待士，犹恐失天下之贤人。”[①] 为此，曹操一开始就与袁绍不同。他认为得天下的首要条件是人而不是地理环境，即所谓“吾任天下之智力，以道御之，无所不可。”[②] 曹操始终把网罗天下人才作为一件大事，他每得人才，则喜形于色，如得荀彧“大悦”，赞之曰：“吾之子房也”；[③] 征荀攸“与语大悦”，誉之曰：“公达，非常人也，吾得与之计事，天下当何忧哉”；[④] 对蒯越则曰：“不喜得荆州，喜得蒯异度耳”。[⑤] 最为出色的是分别于建安十五年、建安十九年、建安二十二年发布了《求贤令》、《取士勿废偏短令》、《举贤勿偏拘品令》，这三令集中体现了曹操“唯才是举”的用人之思想。周公不忘教育子侄，他告诫儿子伯禽曰：“子之鲁，慎无以国骄人”，为诫成王而作《无逸》。曹操也非常重视对儿子们的教育，精心选择德行优异者去充当儿子们的属吏，如建安十六年下令曰：“侯家吏，宜得渊深法度如邢颙辈。”（《高选诸子掾属令》）。还作《百辟刀令》，要求下一代能文能武。建安十九年他征孙权时，让曹植留守邺，特意告诫曰：“吾昔为顿丘令，

---

① （汉）司马迁撰：《史记·鲁周公世家》，北京：中华书局，1959 年，第 1518 页。
② （晋）陈寿撰：《三国志·武帝纪》，北京：中华书局，1959 年，第 26 页。
③ （晋）陈寿撰：《三国志·荀彧荀攸贾诩传》，北京：中华书局，1959 年，第 308 页。
④ （晋）陈寿撰：《三国志·荀彧荀攸贾诩传》，北京：中华书局，1959 年，第 322 页。
⑤ （晋）陈寿撰：《三国志·董二袁刘传》注引《傅子》，北京：中华书局，1959 年，第 215 页。

年二十三。思此时所行，无悔于今。今汝年已二十三矣，可不勉欤！”（《戒子植》）

（3）履天子之政而不登帝位。评价曹操的分歧主要是关于他后期封公建国、加九锡、晋爵称王、设天子旗等方面。一般人认为这是曹操有目的、精心设计好的篡逆行为，为此将他定格在汉贼上。但这些评论者却忽略了一个根本事实，曹操到临死前虽是不是天子的天子，但他最终没有称帝登位，而是作为汉家大臣一身清白地撒手尘寰。为此，问题就在曹操为何履天子之政而不登天子之位？张作耀认为这是曹操“典型的不慕虚名而重实权思想的体现”，还将其原因归纳为四个方面：“第一，曹操认为，‘废立之事，天下之至不祥也。’这是他早已经形成的观念。……第二，报汉之心始终对他有着一定的影响。……第三，曹操拥汉扶汉而不篡汉的话说得太多了，实在是不便自食其言。……第四，不愿把自己同刘备、孙权摆在同等地位上。”[①] 这是以大量的史实为基础，将曹操之思想与内心活动结合起来进行分析评价的，应该说比较中肯。但遗憾的是张先生最后还是没有跳出“篡逆”、“汉贼”的窠臼，又反过来认为曹操之所以不称帝，是条件不完全具备，“如果身体健康，天假数年之寿，他会亲自完成这一步的”。俗话说盖棺定论，而曹操死了都不给他定论，还要作这样的假设，除了有点苛刻外，就是忽略了事实的本身。据《三国志·武帝纪》注引《魏略》曰：建安二十四年十二月，“孙权上书称臣，称说天命，王以权书示外曰：‘是儿欲踞吾火炉上邪！’”曹操是第二年正月去世的，距此不足两月，因此此事是观乎曹操是否有称帝之心最重要的事件。孙权这样做，确实如曹操所说是将他置于火炉上。俗话说真金不怕火烧，结果曹操没有迈出这一步，应该说他没有失掉真金的本色，经受住了考验。当然，曹操此时的心理颇为复杂，皇帝之位毕竟有着巨大的诱惑力，因此才会将孙权书以示群臣，观其反应。《三国志·武帝纪》注引《魏略》、《魏氏春秋》记载了当时侍中陈群、尚书桓阶、夏侯惇的进言，他们都表示汉运已尽，现在正天子位是应天顺民之举。《晋书·宣帝纪》也记载了当时司马懿的进言：“汉运垂终，殿下十分天下而有其九，以服事之。权之称臣，天人之意也。虞、夏、殷、周不以谦让者，畏天知命也。”[②] 群臣拥戴，代汉的时机显然已经具备。还有曹操死后，曹丕只用了几个月就完成代汉称帝，天下晏然。这表明曹操在世时代汉的时机完全成熟。再看看历史上有称帝野心的人，哪一个不是在群

① 张作耀著：《曹操评传》，南京：南京大学出版社，2001 年，307 页。

② （唐）房玄龄等撰：《晋书·高祖宣帝纪》，北京：中华书局，1974 年，第 2 页。

臣半推半就中赶紧坐上去，哪管时机成熟与否！

笔者认为曹操意在追逐圣贤之名，是因效法圣贤才没有称帝。据《史记·鲁周公世家》载："武王既崩，成王少，在强葆之中，周公恐天下闻武王崩而畔，周公乃践阼代成王摄行政当国。"《荀子·儒效》两度提到周公"履天子之籍"，"籍"，位也，也就是说周公履天子之位。《淮南子·泛论训》则说得更明白："武王崩，成王幼少，周公继文王之业，履天子之籍，听天下之政。"[①] 显然，周公在成王年幼时不是辅政，而是登天子之位、行天子之政。还有《礼记·明堂位》载："成王以周公为有勋劳于天下，是以封周公于曲阜，……命鲁公世世祀周以天子之礼乐。"[②] 曹操效法周公，想履天子之位、行天子之政、拥天子之乐，但他面对的是汉末乱世，既不能像汉代盛世那样听命于皇帝，也不能像周公那样正常地处理朝政，大部分时间要征战于外。他知道最重要的是不能让君权对自己有所制约，他在阐述君主与大将关系时强调"君臣同欲"，即君主不宜干预将军，应如《司马法》所说："进退惟时，无曰寡人"，还强调"将能而君不御"，即在特殊情况下，"苟便于事，不拘于君命也"[③]。而汉献帝虽说非常弱小，但只要有皇帝之名就有无上的权威，曹操可以挟天子以令诸侯，当然别人也可以拿他来对付曹操，实际上这是一把双刃剑，用得不好反而伤了自己。如当时袁绍的谋士郭图、淳于琼就反对迎立汉献帝，认为"今迎天子，动辄表闻，从之则权轻，违之则拒命"[④]。确实如此，曹操在迎天子都许后，不仅只有来自军事方面的危险，而且更厉害的是来自政治方面的。可以说他向以皇帝为代表的皇权迈出的每一步，无不是当时客观情势使然。如天子都许后曹操向三公发难，这是因为大会公卿时，曹操见杨彪脸色不悦吓得连宴会都不敢参加，"托疾如厕，因出还营"[⑤]。他深切地感受到来自三公大臣所代表的皇权的威胁，在他看来，只有当机立断采用罢杀、封赏两种办法解除这种威胁，将实权掌握在自己手中，才能安全，也才能腾出手来剪除各路军阀。如从建安元年到建安四年，曹操出生入死，一一剪灭张绣、袁术、吕布等军阀，汉献帝不安，想除掉曹操。《后汉书·孝献帝纪》载："五年春正月，车骑将军董承、偏将军王服、骑校尉种辑受密诏诛曹

---

① 陈一平著：《淮南子校注译》，广州：广东人民出版社，1994 年，第 624 页。

② 陈注著：《礼记》，上海：上海古籍出版社，1987 年，第 177 页。

③ 参见（春秋）孙武撰，（三国）曹操等注：《十一家注孙子》，上海：上海古籍出版社，1978 年。

④ （宋）范晔撰：《后汉书·袁绍传》，北京：中华书局，1965 年，2383 页。

⑤ （宋）范晔撰：《后汉书·杨彪传》，北京：中华书局，1965 年，1788 页。

操，事泄。”[①] 后曹操杀董承等，夷三族。如曹操打败袁绍，统一北方，功愈高，震主之威愈烈，但他们又不敢公开非议，于是建安十三年，司徒赵温辟曹丕为掾，以此来试探曹操之内心。曹操不得不敏感多疑，因为稍不慎就会成为政治的牺牲品。为此曹操大怒而罢三公，置丞相、御使大夫，而他自己为丞相，将朝政大权完全集于手中，这样他才能安心开始经略南方。但赤壁之战的失败，不仅使他差点命丧敌手，而且使他在政治上陷于不利。正如吴将周瑜所说："曹操新败，忧在腹心。"胡三省解释曰："操以赤壁之败，威望顿损，中国之人或欲因其败而图之，是以忧在腹心。"[②] 于是他先让天子增封四县，食户三万，然后自己再让封，作《让县自明本志令》，将自己真实想法说出来，试图"分损谤议"，稳定政局，巩固自己的权力。当然，这些谤议无疑也给曹操注入了一支清醒剂，让他知道不能陶醉于眼前既有的权力、地位，还得加紧实现真正的履天子之政，"不得慕虚名而处实祸"。此后，曹操经略自己的权力的速度大大加快：建安十六年任曹丕为五官中郎将，置官属，为丞相副，分自己所让的万五千户封曹植、曹据、曹豹为侯；十七年诏赞拜不名，入朝不趋，剑履上殿，如萧何故事；十八年为魏公，加九赐，建社稷宗庙；十九年诏位在诸侯王上，改授金玺、赤绂、远游冠；二十年立其女为皇后；二十一年为魏王；二十二年诏设天子旌旗，备天子乘舆。到此离天子只差一步正名，而距他去世还有两年多，他有足够时间完成这一步，但他就此止步。显然，他在心中认为这一切够了，实现了他追逐的履天子之位、行天子之政、拥天子之乐，下一步怎样那不是他想做的，当然他也不会去做。因此，建安二十四年十二月当面对是否代汉称帝的抉择时，他最后能志得意满地说出"'施于有政，是亦为政。'若天命在吾，吾为周文王"[③] 这样的话。从这个角度看，笔者认为唐代人对曹操的评价最为公允："伊尹之臣殷室，王道昏而复明；霍光之佐汉朝，皇纲否而还泰"，"匡正之功，异于往代"。[④]

① （宋）范晔撰：《后汉书·孝献帝纪》，北京：中华书局，1965 年，第 381 页。

② （北宋）司马光编撰：《资治通鉴·汉纪五十八》，上海：上海古籍出版社，1997 年，第 579 页。

③ （晋）陈寿撰：《三国志·武帝纪》注引《魏氏春秋》，北京：中华书局，1959 年，第 53 页。

④ （唐）唐太宗：《祭魏太祖文》，见（清）董浩等编：《全唐文》卷十，北京：中华书局，1983 年，第 131 页。

第二节　任智、率真之英雄

对曹操的评价历来众说纷纭，英雄、奸贼各执一端。这种分歧早在魏晋时代就开始了，王沈的《魏书》、司马彪的《续汉书》侧重肯定曹操，孙盛的《异同杂语》、吴国人写的《曹瞒传》则侧重于写曹操的酷虐奸诈，东晋习凿齿的《汉晋春秋》首创“篡逆”之说，明代罗贯中的《三国演义》以拥刘反曹为主题。在大多数人的心目中，曹操是大奸雄，甚至是大奸贼。现代，虽有鲁迅、郭沫若等学者站出来为曹操翻案，但依然或褒或贬，见仁见智，颇为热烈。笔者无意为其辩论，只想就《世说新语》中曹操的形象说上几句。《世说新语》编撰有关曹操的材料 25 条，而刘备、孙权每人仅 1 条而已，显然，编者刘义庆对曹操颇为用力。而这些材料是否有损其形象以及编者在其中是否有贬斥倾向，当然不能简单以门类作判断①，还需进一步具体分析。

一

关于曹操的材料散见于《言语》、《文学》、《方正》、《识鉴》、《规箴》、《捷悟》、《夙惠》、《豪爽》、《容止》、《假谲》、《轻诋》、《忿狷》、《惑溺》十三门，但最为重要的当是《识鉴》。“识鉴”主要记载魏晋名士的人伦之鉴与审时度势，品事则在未明之时，品人则在“少时”或“微时”，而后来“如其言”，以此表现其识鉴能力。因此，对于被品之人来说，评语就往往成为其形象的论断语。本门首条就是桥玄鉴曹操，编者的态度极为明了，既高度赞扬桥玄的能识曹操于“少时”的识鉴能力，又肯定曹操是安定天下的“英雄”。

> 曹公少时见桥玄，玄谓曰：“天下方乱，群雄虎争，拨而理之，非君乎！然君实是乱世之英雄，治世之奸臣。恨吾老矣，不见君富贵，当以子孙相累。《续汉书》曰：“玄字公祖，梁国睢阳人。少治《礼》及《严氏春秋》，累迁尚书令。玄严明有才略，长于知人。初魏武帝为诸

---

① 认为《世说新语》有贬曹倾向的有：张作耀著：《曹操评传》，南京：南京大学出版社，2001 年，第 4 ~ 5 页；梁建邦：《两晋小说野史的贬曹倾向》，《陕西广播电视大学学报》，2000 年第 1 期；吴代芳：《论〈世说新语〉刻画的曹操形象及其发展》，《郴州师范高等专科学校学报》，2001 年第 4 期。

生，未知名也，玄甚异之。”《魏书》曰：“玄见太祖曰：“吾见士多矣，未有若君者。天下将乱，非命世之才不能济也。能安之者，其在君乎?’”按《世语》曰：“玄谓太祖：‘君未有名，可交许子将。’太祖乃造子将，子将纳焉。”孙盛《杂语》曰：“太祖尝问许子将：‘我何如人?’固问，然后子将答曰：‘治世之能臣，乱世之奸雄。’太祖大笑。”《世说》所言谬矣。[1]

刘孝标在此不仅注引了《续汉书》、《魏书》、《世语》、《杂语》中有关桥玄、许子将对曹操的评价，而且加其按语曰：“《世说》所言谬矣。”为弄清“谬”之所在，必须将《世说新语》与刘孝标的注引以及《三国志》、《后汉书》所载逐一进行比照，看看其差别所在：

玄谓太祖曰：“天下将乱，非命世之才不能济也，能安之者，其在君乎!”[2]

初，曹操微时，人莫知者。尝往候玄，玄见而异焉，谓曰：“今天下将乱，安生民者其在君乎!”操常感其知己。[3]

曹操微时，常卑辞厚礼，求为己目。邵鄙其人而不肯对，操乃伺隙胁邵，邵不得已，曰：“君清平之奸贼，乱世之英雄。”操大悦而去。[4]

就桥玄语来说，《续汉书》、《魏书》、《世语》、《三国志》、《后汉书》这五书所载文字虽有出入，却没有根本分歧，都载桥玄对曹操另眼相看，肯定他将成为安定天下的人物，只是没有所谓“英雄”、“奸雄”语。但就许子将语来说，《杂语》又与《后汉书》所载不同，其语虽将“乱世”与“治世”对举，落脚点在“乱世”，因此其根本分歧在于“乱世之奸雄”与“乱世之英雄”。而刘孝标在注引孙盛《杂语》后加按语，显然认为《世说新语》所载桥玄语当是许子将语，而且其语当是“乱世奸雄”而不是“乱世英雄”。但问题是《世说新语》成书在《三国志》、《魏书》、《续汉书》、《世语》、《杂语》之后，刘孝标注引时

① （宋）刘义庆著，余嘉锡笺疏：《世说新语笺疏》，北京：中华书局，1983年，第453页。
② （晋）陈寿撰：《三国志》，北京：中华书局，1959年，第2页。
③ （宋）范晔撰：《后汉书》，北京：中华书局，1965年，第1697页。
④ （宋）范晔撰：《后汉书》，北京：中华书局，1965年，第2234页。

这些典籍还在，照理刘义庆都应看得到，尤其《三国志》是官修正史，一般不会被忽视，而他为何将许邵语作桥玄语，而且取“乱世英雄”而不取“乱世奸雄”？如果说这是错误，那为何与他同时的范晔也取“乱世之英雄”？这肯定不是简单的谬误所能解释得通，而应是刘义庆有意加工所致。

两汉实行“察举制”、“征辟制”，士人步入仕途须凭借名声，而名声依赖于重要人物的肯定、赞誉。当然，出身名门就不同，如袁绍，乃四世三公之后，势倾天下，无须他人援引。而曹操是宦官之后，天生就低人一等，如该书《方正》门就记南阳宗世林无论如何都不愿与他相交，更不用说赏评、提携。因此桥玄的接纳对曹操来说非同一般，尤其在“微时”、“未有名时”，那就更为可贵。并且桥玄对他评价极高，以安天下许之，还将自己的子孙托付于他，这在当时肯定产生了不小震动，使许多人开始将眼光投向曹操。如：

> （陈）宫说别驾、治中曰：“曹东君，命世之才也，若迎以牧州，必宁生民。”鲍信等亦谓之然。①
>
> （李）通按剑以叱之曰：“曹公明哲，必定天下。”②
>
> （卫）兹曰：“平天下者，必此人也。”③
>
> （杨）阜曰：“曹公有雄才远略，……必能济大事者也。”④
>
> （田）豫谓（鲜于）辅曰：“终能定天下者，必曹氏也。”⑤

这些评语用词各异，但并没有质的不同，可说都是桥玄语的翻版而已，显然是其识鉴所引起的社会反响。桥玄对曹操确实重要，曹操也颇为感激，建安七年，桥玄已去逝了近二十年，曹操还亲自写文以太牢之礼祭奠曰：“吾以幼年逮升堂室，特以顽鄙之姿，为大君子所纳。增荣益观，皆由奖助，犹仲尼称不如颜渊，李生之厚叹贾复。士死知己，怀此无忘。”⑥ 为此，《世说新语》在众多人物

---

① （晋）陈寿撰：《三国志·武帝纪》注引《世语》，北京：中华书局，1959年，第10页。

② （晋）陈寿撰：《三国志》，北京：中华书局，1959年，第535页。

③ （晋）陈寿撰：《三国志》，北京：中华书局，1959年，第647页。

④ （晋）陈寿撰：《三国志》，北京：中华书局，1959年，第700页。

⑤ （晋）陈寿撰：《三国志》，北京：中华书局，1959年，第726页。

⑥ 安徽亳县《曹操集》译注小组译注：《曹操集译注·祀故太尉桥玄文》，北京：中华书局，1979年，第81页。

赏评中只记桥玄之评颇具眼光和代表性。

汤用彤《读人物志》曰："英雄者，是汉魏间月旦人物所有名目之一也。天下大乱，拨乱反正，则需英雄。汉末豪俊并起，群欲平定天下，均以英雄自许。"[①] 因此，该条"英雄"语即使不是桥玄语，也反映出特定时代的思想文化意蕴，具有历史的真实性，从这个角度说，其记载不能说"谬"。刘邵曰："夫草之精英者为英，兽之特群者为雄，故人之文武茂异，取名于此。"[②] 显然，其"英雄"主要着眼于文、武才能而言，不究道德的"忠"、"奸"说事。如王粲《英雄记》，书虽散佚，但从辑得的五十条看，所记人物就没有正义、邪恶之分，像盖勋、臧洪、耿武、闵纯、刘虞、刘翊这样的义士、良吏是英雄，像曹操、袁绍、袁术、公孙瓒、吕布、刘备这样的军阀是英雄，像董卓、李傕、郭汜、关竭这样的逆臣贼子也算英雄。这不仅反映出当时最宽泛的"英雄"概念，同时也折射出一个"特定的道德解构时代"。[③] 又如曹操本人对其所评不管是"奸雄"还是"英雄"都作出"大笑"、"大悦"的反应；还有他无所顾忌地下令天下曰：唯才是举，哪怕"负污辱之名，见笑之行，或不仁不孝"，只要"有治国用兵之术"就行。而"奸雄"语强调的是道德的善、恶，恰好与当时这个道德解构时代不相符合，不具有历史的真实性，应是后来语。

修史讲究不虚美、不隐恶，但翻开历史又有多少真能直抒"弑其君"来显其恶的呢？庄子说过："窃钩者诛，窃国者为诸侯，诸侯之门，而仁义存焉。"[④] 历史从来大都是统治者所修，当然要为其统治服务，因此在忠、奸的问题上往往都用所谓"汤武受命"来曲其美。关于曹操所谓"英雄"与"奸雄"之争，不是真实与否的问题，而是"显恶"与"曲美"的问题。刚从他人手中抢到皇位的人当然要说曹操是英雄，否则将自己置于何地？但坐稳了江山的则不同，他们害怕别人将如法炮制，夺走位置，因此当然要说曹操是奸雄，想借此让那些觊觎者慑于舆论的压力不敢贸然动手。如，陈寿在西晋太康年间撰写的《三国志》，其《武帝纪》中只记桥玄、何颙之评，根本就不提许子将，书中当然也没有所谓的"奸雄"语；东晋袁山松所撰的《后汉书》，在《孝献帝纪》中大骂曹操是

---

① 汤用彤著：《魏晋玄学论稿》，北京：人民文学出版社，1957 年，第 10 页。

② （魏）刘邵著，杨新平、张锴生译注：《人物志》，郑州：中州古籍出版社，2007 年，第 136 页。

③ 刘志伟：《中国历史上第一部"英雄"传记》，《兰州大学学报》（社会科学版），2002 年第 3 期。

④ 陈鼓应注译：《庄子今注今译·胠箧》，北京：中华书局，1983 年，第 252 页。

“回山倒海，遂移天日”的“窃国”之“盗贼”①；东晋习凿齿修《汉晋春秋》，更是毫不遮掩地提出“皇晋宜越魏继汉，不应以魏后为三恪”②，将曹操钉在了篡逆者的历史柱上，以此为南渡的东晋争正统。以此来看，刘义庆、范晔生活于刘宋之初，曾为高祖、文帝所赏识和亲幸，从为刘宋统治的篡逆弥缝粉饰来说，他们无论如何不会专选有损曹操形象的事加以宣传，反而会尽力维护。因为刘裕与曹操何其相似，出身卑微，崛起于乱世，如果贬曹操，就等于贬刘裕，反之亦然。正是如此，他们即使看到有关“奸雄”语的记载，无论如何也不会将其编入他们的著作中。显然，《识鉴》首条的“乱世英雄”并不是一般的“谬”，而是编者有意借桥玄之口来充分肯定曹操而已，其态度不仅表现在“英雄”语上，而且还表现在否定刘备上。本来《三国志·先主传》载曹操曾对刘备曰：“今天下英雄，唯使君与操耳。本初之徒，不足数也。”但刘义庆不采这样的材料入书，而是载曹操问裴潜：刘备才如何？通过裴潜来否定刘备为定天下的英雄。这就表明当时的真正乱世英雄就只有曹操一个。

二

“英雄”是汉、魏人伦识鉴新名目，重点不在道德，其形象当然与圣贤不同。为突显其特点，刘义庆将有关曹操的容止置于首条重要位置：

> 魏武将见匈奴使，自以形陋，不足雄远国，使崔季珪代，帝自捉刀立床头。既毕，令间谍问曰：“魏王何如？”匈奴使答曰：“魏王雅望非常，然床头捉刀人，此乃英雄也。”魏王闻之，追杀此使。③

刘义庆虽视曹操为汉高祖一类之人，却没有像史书那样去写其神异之貌，没有所谓“重瞳子”④、“隆准而龙颜，美须髯，左股有七十二黑子”⑤、“美须眉，隆准，大口，日角”⑥ 这样的语言，也没有像本门其他条写魏晋名士那样去写其

---

① 周天游辑注：《八家后汉书辑注》，上海：上海古籍出版社，1986 年，第 627 页。
② （唐）房玄龄等撰：《晋书·习凿齿传》，北京：中华书局，1974 年，第 2154 页。
③ （宋）刘义庆著，余嘉锡笺疏：《世说新语笺疏》，北京：中华书局，1983 年，第 713 页。
④ （汉）司马迁撰：《史记·项羽本纪》，北京：中华书局，1959 年，第 338 页。
⑤ （汉）司马迁撰《史记·高祖本纪》，北京：中华书局，1959 年，第 342 页。
⑥ （宋）范晔撰：《后汉书·光武帝纪》，北京：中华书局，1965 年，第 1 页。

仪容、仪表，反而写曹操“自以形陋，不足以雄远国”，让威武的崔季珪代自己，而自己却扮捉刀人，由曹操、崔琰、匈奴使构成一个有趣的识别真假英雄的戏剧情节。这一情节真实与否不重要，重要的是编者在其背后所要表达的内蕴。

曹操建安十二年北征三郡乌丸，大破之，斩蹋顿单于及名王以下，胡、汉降者二十余万口。匈奴是他征服的对象，无论如何面对其使者不会有自卑感。即使有，为何扮“捉刀人”？按常理，“捉刀人”属武士，更应身材高大威猛才相称，而让身材短小者扮之岂不滑稽？其实滑稽的背后却折射出当时人们的普泛心理。陈涉虽喊过“王侯将相宁有种乎”，但常人眼中王侯将相就是有种。尤其是汉代，君权神授思想蔓延，以及察举制造成世家大族的形成，这种思想、心理就更为顽固。再加上汉末对宦官的痛恨，许多人根本没有想到、也不愿接受在各路人马的逐鹿中胜出者是曹操这一结果。其实认为“形陋”、不像魏王的应不是曹操自己，而是当时许多人的想法。

崔琰，“声姿高畅，眉目疏朗，须长四尺，甚有威重，朝士瞻望，而太祖亦敬惮焉”①。从相貌、道德、能力、威望而言，这是人们心目中的王侯、将相。刘义庆将崔琰置于魏王的位置，而将曹操置于“捉刀人”的位置，可以说是常人心理的一种再现，而其目的却是要颠覆这一心理：看起来不像魏王的才是真正的魏王，而像魏王的即使被推上魏王的座位，但还是被否定。这样既构成了戏剧性情节，又构成了强烈的反讽，在反讽中更具颠覆力量。

匈奴是马背上的游牧民族，粗鄙少文，历来被汉族视为蛮夷，按常理无论如何识别英雄的人不该是他们，而应是像桥玄、许邵那样有名的善人伦者。其实编者这样安排同样具有反传统意识。因为汉末所谓人伦识鉴其实是世家大族互相标榜、抬高身价的一种手段而已，一般人要得到他们的接纳与赏评非常困难。曹操因出身宦官，在年少未知名时，没有谁将其眼光投射在他身上。他为得桥玄、许之将之评，或“往候”、“卑辞厚礼，求为己目”，甚至伺机胁迫。可以说当时所谓善人伦识鉴的大家们怎么会将眼光停留在一个床头捉刀人的身上呢？只有不拘常格、不受传统思想束缚的人才能拔人才于微贱。

总之，该则故事承载的是强烈的反传统意识，编者将其置于首条，用意在于颠覆人们头脑中固有的观念：王侯将相宁有种乎？蹑足行伍之子、床头捉刀之人都可能为英雄；英雄岂都“声姿高畅”？“姿貌短小”者也会“神明英发”；识英

---

① （晋）陈寿撰：《三国志 · 崔琰传》，北京：中华书局，1959 年，369 页。

雄者岂只名家才行，匈奴使者也有锐利的眼光。

三

刘邵曰：“徒英而不雄，则雄材不服也；徒雄而不英，则智者不归也。故雄能得雄，不能得英；英能得英，不能得雄。故一人之身兼有英雄，乃能役英与雄。能役英与雄，故能成大业也。”[①] 确实如此，曹操起兵讨伐董卓之时，不过几千人马，根本不配与其他军阀结盟，但最后却完全胜出，其原因很多，但最为突出的就是其身上的聪明才智，以及由此而驭使天下英才的结果。为充分表现这一方面，刘义庆在编撰故事时颇费心思。

首先，将其材料在《捷悟》、《假谲》中隆重推出。“捷悟”指思辩敏捷、领悟迅速。这是魏晋名士在清谈析理中所追求的最高境界，也是他们面对错综复杂的矛盾斗争时想远离祸害、保全自己的必备的权变。本门所收材料只有七条，而曹操就占四条。“假谲”虽有虚伪、诡诈之意，但就才智而言，与“捷悟”、“夙惠”有共同之处，都表现人的聪明智慧和敏捷的应变能力，只不过更着重于个人的功利与诡诈欺骗手段。本门共收材料十四条，而关曹操的就有五条。像本门第三、第四条写曹操为确保自身安全杀侍从、侍妾，不无奸诈、残忍的一面，但如果我们将其置于曹操所生活的环境与立场看，只牺牲两个人就能使“谋逆者挫气”，能确保自己的安全，这是何等划算的谋划，何等高明的智慧。这与石崇、王敦他们因喝酒而杀美人完全不同。

其次是作者所编撰的材料并不单纯只记曹操一人，而是都给他安排一个强有力的对手。如《捷悟》门作者不避重复始终将杨修与曹操一起写。杨修为曹操主簿，从门中“活”、盖头“合”到曹娥碑上的题作都只是一种拆字、合字游戏，根本无关军国大事，即使关于竹片之用曹操早已心中有数，还要故意考考杨修而已，嬉戏成分极为明显，这是他们二人在逞才斗智，进行智力的角逐。虽然最后以曹操的感叹分出胜负，但并不因此而损其聪明，这也是“辩悟”的表现。在《假谲》门中还安排曹操与袁绍角逐：

> 魏武少时，尝与袁绍好为游侠。观人新婚，因潜入主人园中，夜叫呼云：“有偷儿贼！”青庐中人皆出观，魏武乃入，抽刃劫新妇。与绍

① （魏）刘邵著，杨新平、张锴生译注：《人物志》，郑州：中州古籍出版社，2007 年，141 页。

还出，失道，坠枳棘中，绍不能得动。复大叫云："偷儿在此！"绍遑迫自掷出，遂以俱免。①

袁绍年少时，曾遣人夜以剑掷魏武，少下，不著。魏武揆之，其后来必高。因帖卧床上，剑至果高。②

不管两人的行为如何、事情真假如何，只就表现看，两人才智高低不言而喻。曹操与袁绍劫持新娘，不料陷入困境，有被捉的危险，此时曹操既没有扔下袁绍逃跑，也没有使出浑身解数从枳棘中拽出袁绍，而是喊"偷儿在此"。四字之妙，活脱脱画出一个天才儿童。因为这样既能逼袁绍发挥出自身全部力量跳出来，即使跳不出，也能把目标指向袁绍，争取时间让自己逃脱。再说袁绍派人刺杀曹操之事，袁绍表现平平，只是运用一般人的思维，根本不去揣摩对手的心理，难怪在后来争天下时，虽然其势力远远超过曹操，但最后却败于曹操。

读完这些故事，我们禁不住要问，作为相国曹操为何要与杨修进行这样的智力游戏的角逐呢？他与袁绍之事，根本就是小时顽劣的表现，编者为何要如此浓墨重彩来写？

如此安排是曹操以及编者的心理使然。曹操出身宦官之后，这无法改变，但他一生都在努力打造自己的形象。杨修不是一个普通的下属，他是杨彪之子，从杨震至杨彪，四世为太尉，德业相继，为东京名族。袁绍家累世台司，门生故吏遍于天下，州郡豪杰多归附于他，哪把曹操放在眼中。这些大族子弟不仅与生俱来带着耀眼的光环，而且在他人面前往往有一种莫名的优越。因此曹操必须在才智上与他们角逐，驱除他们身上的优越感，这样才能从心理上战胜他们。再说临川王刘义庆，作为刘宋宗室的一员，他深深懂得刘宋统治者的心理，北府兵出身，虽夺得天下，坐上皇帝宝座，但毕竟给人粗豪少文之感，许多高门大族在他们面前无不有文化上的优越感。为此，他作为当时刘宋宗室最有文化的人，要无愧于"我家丰城"之称，要尽可能进行文化上的粉饰，借曹操去挫挫大家子弟身上的傲气。

如此安排也是刻画曹操形象使然。对于统治者来说，最重要的莫过于聚天下英才为己所用，其实这些故事还具体展现了他的驭才之道：

---

① （宋）刘义庆著，余嘉锡笺疏：《世说新语笺疏》，北京：中华书局，1983年，第999页。

② （宋）刘义庆著，余嘉锡笺疏：《世说新语笺疏》，北京：中华书局，1983年，第1002页。

> 祢衡被魏武谪为鼓吏，正月半试鼓，衡扬枹为《渔阳掺挝》，渊渊有金石声，四坐为之改容。孔融曰："祢衡罪同胥靡，不能发明王之梦。"魏武惭而赦之。①

据《文士传》载，祢衡虽然"逸才飘举"，但傲气凌物，已使求贤若渴的曹操非常恼火。曹操本想借贬为鼓吏杀杀其傲气，没想到祢衡反而借此向自己示威、抗议，使自己更加难堪，下不了台。"四座为之改容"写出了当时极为紧张的气氛，每个人都为祢衡捏一把汗。因为对于手握权力的曹操来说，如果真要置祢衡于死地，简直易如反掌。而此时孔融一句："祢衡罪同胥靡，不能发明王之梦"，救下了祢衡的性命。我们在赞叹孔融言语机巧的同时，别忘了曹操这位听众，他不仅听懂了弦外之音，而且在心中作出了艰难的决策。孔融明里责祢衡，暗中责曹操不礼贤，表面为曹操解围，实际赞祢衡，将祢衡比傅说，祢衡怎么能杀？将了曹操一军。显然，曹操此时面对的不是祢衡、孔融两人，而是天下的所有的有智者。不杀祢衡，难忍眼前之羞，难解心中之恨；杀了祢衡，难留天下人才之心，将失去争夺天下的最重要的砝码。曹操真不愧"明略最优"者，在极短的时间内作出"惭而赦之"的决定。"惭"是指对祢衡不够尊重的歉意，彰显其真诚；"赦"是对祢衡的一切不加追究，将自己的羞辱置之度外，彰显其胸怀气魄。"推赤心于天下"就是他最聪明之智，也正是这样，才能得天下人之心。

四

"忿狷"即愤怒偏急之意，该门主要表现魏晋名士急躁易怒的个性。关于曹操的材料虽置于首条，但其意却颇为复杂：

> 魏武有一妓，声最清高，而性情酷恶。欲杀则爱才，欲置则不堪。于是选百人，一时俱教。少时果有一人声及之，杀恶性者。②

曹操杀人，当然暴露其残忍，但编者的重心不在此。他不惜笔墨写曹操杀人前的心理活动："欲杀则爱才，欲置则不堪。"这当然表明了曹操重才、爱才的

① （宋）刘义庆著，余嘉锡笺疏：《世说新语笺疏》，北京：中华书局，1983 年，第 76 页。
② （宋）刘义庆著，余嘉锡笺疏：《世说新语笺疏》，北京：中华书局，1983 年，第 1038 页。

前提是为我所用，完全出于功利目的。正如张作耀所析："曹操用人思想的两面性特点是非常突出的，能用者，诚待而用；不为我用或不欲用者，虚以宽容，等机而黜或杀之。"[①] 虽然如此，但不管怎样，他并没因恼怒而立马杀人，似乎与"忿狷"之性不符。再说，《世说新语》虽写及大量权臣名士身边的侍从、侍女、歌妓等，但因不是重点所要刻画的人物，往往用笔极简，很少对他们作具体与叙写。而该条不同，一再强调歌妓"性情酷恶"，使曹操不堪忍受，她被杀实是因其"恶性"，难道编者所要表现的是歌妓的"忿狷"？应该不是，但这样强调则大大冲淡了主题，似乎曹操杀人有理，显然这是编者偏爱加以维护的结果。不仅该条如此，其实该书写曹操都是如此。编者虽不讳言曹操杀人，但杀的是侍从、歌妓、使者，无一名士。《言语》门虽写孔融父子被收，却无一语涉曹操。《捷悟》门写杨修逞才斗智，却不提被杀。《识鉴》门只写崔琰代魏王，同样不提其死。

"惑溺"是沉迷妇色之意，本门同样将曹操的材料置于首条。一般贬操者都认为此处是表现他好色的一面，这固然有理。曹操也确实如此，他对已婚女子表现出一种不可理喻的痴，看看他身后几位有来历的女子就清楚。卞皇后，本倡家；杜夫人，秦朗之前妻；尹夫人，何进之儿媳；纳张济妻，使张绣恨之。如果将曹操置于封建统治者之列或将时间拉回到以前考察，大凡有权势者、有财富者哪一个不是妻妾如云？那么曹操好色又何足为论？虽然如此，其实曹操又与那些所谓的仁义之徒不一样。他没有去粉饰、遮掩自己的行为，"今年破贼正为奴"，这几个字坦率得有点可爱。再看《夙惠》何晏条，曹操娶其母，将何晏养于宫中，想收为养子，但他并不强人所难，而是依何晏之愿将他送回何家，如此通达少见。与杨修斗智，最后他也能坦率地说："我才不及卿，乃觉三十里。"

魏晋品人最为推崇的就是率真、自然、不失本色。如谢安赞王蓝田曰："掇皮皆真"[②]；简文帝赏王怀祖云："才既不长，于荣利又不淡，直以真率少许，便足对人多多许"[③]。显然，《世说新语》写曹操不仅充分肯定他是乱世英雄、赞赏其才智，而且更重要的是写出他本色的一面，对曹操表现出强烈的偏爱与维护，所编撰的材料根本无损曹操的英雄形象。

① 张作耀著：《曹操评传》，南京：南京大学出版社，2001 年，第 350 页。

② （宋）刘义庆著，余嘉锡笺疏：《世说新语笺疏》，北京：中华书局，1983 年，第 553 页。

③ （宋）刘义庆著，余嘉锡笺疏：《世说新语笺疏》，北京：中华书局，1983 年，第 559 页。

第八章　曹操、曹植超越尘世之梦

汉末建安是一个动荡不安的时代，黄巾起义、董卓之乱、军阀混战，人民死伤无数，白骨蔽野。生命的脆弱、人生的坎坷早已令人刻骨铭心，死亡的阴影笼罩整个社会，于是忧生之嗟与迁逝之悲成为时代的强音。“对酒当歌，人生几何，譬如朝露，去日苦多”（曹操《短歌行》），这是对生命的珍视与失落的感喟；“人亦有言，忧令人老，嗟我白发，生亦何早”（曹丕《短歌行》），这是暮年之叹中对生命的执著；“天地无期竟，民生甚局促。为称百年寿，谁能应此録”（刘桢《诗》），这是面对生命短促的无奈。强烈的生命欲求不仅使人执著于立德、立功、立言的追求，而且激发出深藏心底的长生享乐之求。虽然他们并没有像秦皇、汉武那样沉醉于求仙问道的荒谬之中，但是往往在诗文中追求超越尘世的梦想与升登仙界的快乐和自由。

第一节　游仙之梦、永年之求

《三国志·武帝纪》注引《魏书》曰：曹操“御军三十余年，手不舍书……登高必赋，及造新诗，被之管弦，皆成乐章”①。今保存下来的曹操诗有 20 多首，其中游仙诗就占了三分之一，可见对这一文学形式的研究是很有必要的。

一

曹操游仙诗反复歌咏的主题是永年之求。《气出唱》：“多驾合坐，万岁长，宜子孙（其二）”；“常愿主人增寿，与天相守（其三）”。《陌上桑》：“寿如南山不忘愆”②。这些都表现出对生命的渴望。而这渴望的背后，显然是强烈的生命短

---

① （晋）陈寿撰，陈乃乾校点：《三国志》，北京：中华书局，1959 年（凡文中引曹操史料未注者都出自该书），第 54 页。

② 安徽亳县《曹操集》译注小组译注：《曹操集译注》，北京：中华书局，1979 年（凡文中所引曹操作品未注者都出自该书），第 4 页、6 页、17 页。

促之感。“白骨露于野，千里无鸡鸣”、“生民百遗一，念之断人肠”（《蒿里行》），生命的短促、人生的坎坷、遭遇的悲惨早已刻入诗人的骨髓，加上他本人从中平元年起兵，一生戎马倥偬、东征西讨，在与各支政治军事力量的较量中，死亡时时威胁着他，使他在内心深处无法摆脱忧生这一情结。我们读读陆士衡的《吊魏武帝文》就知道，曹操面对死亡是何其无奈、何其痛心。

曹操是伟大的政治家，作为北方实际的统治者，他肯定要去探讨汉末动乱的原因，当时显而易见的是皇帝继位年幼，不能亲临朝政，总是由皇太后临朝称制。年轻的皇太后要掌握朝政，只能依靠两种人：一是她的父亲兄弟，即外戚；二是她身边的奴才，即宦官。汉末就是因宦官外戚的斗争致使国家动乱不已。曹操之所以能“挟天子以令诸侯”，也是因汉献帝年幼且无能。对这一点曹操深有体会，因此希望自己长寿，希望自己的子孙繁盛，使自己打下的天下长治久安。而历史刚好开了个玩笑，魏晋更替与汉魏更替如出一辙。假使魏文帝、魏明帝寿命长一些，而且由自己的嫡子继位，司马氏不敢也不可能这么快就取代了曹魏的天下。

正是基于现实政治的考虑，基于生命意识的刺激，曹操对长生不仅相信，而且也感兴趣。他在《碣石篇》曰：“盈缩之期，不但在天；养怡之福，可得永年。”这是他真实的心声。因此，他的游仙诗中的永年之求是与服食养生的方术相联系的。

曹操游仙诗中的方术色彩主要是服食、养气。服食方面主要是神药、玉浆、美酒、灵芝。曹操在诗歌中求神药、享美酒，都表现出慕求长生的意向。据张华《博物志》载：“君山上有美酒数斗，得饮者不死。”曹操《气出唱》则有“客满堂，主人当行觞”这样的诗句，诗中所咏神药、美酒、灵芝之类，都是他用来表达永年之求的。如《气出唱》其一云：“传告无穷闭其口，但当爱气寿万年”“闭门坐自守，天与期气”；《陌上桑》又云：“受要秘道，爱精神。”诗中出现养气的思想。气是维系人的根本，从另一个角度说，养生就是养气，中国人对此早有所悟，并一直在进行不懈探索。道家的老祖宗老子就有“专气至柔，能如婴儿乎？”的论说，讲的就是胎息导引之法。庄子在《知北游》中表达得更为明白，云“人之生，气之聚也；聚则为生，散则为死……故曰：通天下一气耳。”[①] 神仙家发展了这一思想，把它作为超越尘世、获得长生的一种专门的修炼方法，并

① 陈鼓应注译：《庄子今注今译》，北京：中华书局，1983 年，第 559 页。

且附上一些神奇色彩。据《太平广记》卷二载："（八百岁的彭祖）常闭气内息，从旦至中，乃危坐试目，摩搦身体，舐唇咽唾，服气数十，乃起行言笑。"[①] 可见，曹操诗中"闭其口"与"闭门坐自守"等语，是食气的状态与动作，而"爱精神"是他长生之想的结果。因为"精神"即气，而气之多少，直接决定了长生与否。理想之境是"天与期气"，即与天地自然合二为一，与天地相始终，从而获得永恒。

养生之术不为神仙家所独有，中国历来重视养生，有的人甚至称中国文化为养生文化。《论语》中就有许多是谈这方面的问题的，如《乡党》云："食不厌精，脍不厌细"，"唯酒无量，不及乱"。道教专门研究养生长寿、久视不死的养生术，不过它的养生术往往把科学的养生抹上一些神奇迷信的巫术色彩。正是它的科学性导致了它的灵验性，致使魏晋一代人非常热衷。曹操也不例外，不说热衷，至少可以说有一定的兴趣。据张华《博物志》记载，曹操"又好养性之法，亦解方药，招引方术之士，庐江左慈、谯郡华佗、甘陵甘始、阳城郄俭无不毕至，又习啖野葛至一尺，亦得少多饮鸩酒"[②]。在《后汉书·方术传》中有相似记载："甘始、元放、延年皆为操所录，问其术而行之。"[③] 在《与皇甫隆令》中，这一愿望表达得更明白："闻卿年出百岁，而体力不衰，耳目聪明，颜色各悦，此盛事也。所服食施行导引，可得闻乎？若有可传，想可密示封内。"[④] 但是，热衷方术或对方术感兴趣并不等于就相信神仙之说。前辈们对于曹操游仙诗的探讨，往往立足于他是否相信神仙之说上，其实大可不必纠缠于此。因为，游仙诗中的慕仙、游仙并不等于现实中的实际行为，更与秦皇汉武的求仙活动大相径庭。只因为它带上了宗教方术色彩，才使人们的探索留在这一点上。其实，曹操游仙慕仙及长生之想都是为了摆脱死亡的恐惧、超越生命的局限而获得永恒的结果。

二

曹操的游仙不但不能与求仙活动等同，而且不能与汉乐府中的游仙相提并论。他带有强烈的理性精神，如《精列》：

---

① （宋）李昉等编：《太平广记》，上海：上海古籍出版社，1990年，第8页。
② （晋）陈寿撰，陈乃乾校点：《三国志·武帝纪》注引，北京：中华书局，1959年，第54页。
③ （宋）范晔撰：《后汉书·方术传》，北京：中华书局，1965年，第2750页。
④ （明）张溥辑评，宋效永校点：《三曹集》，长沙：岳麓书社，1992年，第104页。

厥初生，造化之陶物，莫不有终期。莫不有终期。圣贤不能免，何为怀此忧？愿螭龙之驾，思想昆仑居。思想昆仑居。见欺于迂怪，志意在蓬莱。志意在蓬莱。周孔圣徂落，会稽以坟丘。会稽以坟丘。陶陶谁能度？君子以弗忧。年之暮奈何，时过时来微。

在《步出夏门行》中，曹操非常清醒地认识到神仙是虚无的，而只有死才是真实的，不论何人何物都无法超越。即使是圣贤，最终也得在一掊泥土下长眠；即使是神龟、腾蛇，终究也要化为土灰。在这种理性精神的引导下，他采取了通脱旷达的态度："何为怀此忧?""君子以弗忧"，自宽自解。但浓重的迁逝之悲与垂暮之年的感伤又难以消释，于是，他对昆仑、蓬莱执著地思慕想念。在这种痛苦与矛盾中，蓬莱、昆仑被同化成一种生命永恒的意向，只是一种精神的希冀。

正是这种清醒的理性认识，使他在游仙诗中将永年之求与"志在千里"、"壮心不已"的建功立业的伟大抱负相联系，带上了鲜明的个性色彩。对于这一点，前辈已作过一些有益的探讨。如对《秋胡行》其一的评价，基本上是放在求贤进取上的。这首诗的主题不是为了表现他伟大的抱负，而是为了表达他的抱负无法实现的苦闷，希望在超现实的领域中获得一种精神的补偿。首先，对上散关山的艰辛、困顿、孤独、烦闷进行了刻画，但这不一定是客观事实，在这里，曹操只不过用来借喻人生的艰难罢了。对于艰难与危险，曹操是深有体验的，他想去那虚无缥缈的神仙世界进行情感的宣泄，找一点精神的慰藉与满足。所以，诗中表现出对"真人们"的"枕石漱流"、"心恬淡"的简朴生活的欣羡。因为这种生活既能摆脱人间的束缚与烦恼，又能自由自在地历观名山，遨游八极。

三

曹操把仙界当成与现实相对立、能给自己心灵以愉悦满足的美好世界，在游仙诗中极力抒写游仙的快乐与自由。如《气出唱》其二，写华山高大，云雾缭绕，神秘莫测，仙人呼风唤雨，好不自由；仙歌、仙乐，玉女翩翩，好不快乐。诗人想象着与神仙"乐共饮食到黄昏。多驾合坐，万岁长，宜子孙"，暂时忘却了人间痛苦与烦恼。

在游仙诗中，曹操乘云驾雾，登山临溪，上至天，下至海，无处没有他的足迹；赤松、王乔、王母、东君、仙人、玉女，没有他见不着的神仙；玉浆、美酒、醴泉，没有他服不到的神药。他“驾虹霓”、“乘赤云”，与神人共远游，真是快乐之极，丝毫不亚于神仙。显然，在游仙过程中，除了寻求长生之外，作者往往还追求自由享乐。这是因为仙国其实就是一个集长生、享乐、自由、权势于一体，意在给人无限满足的世界。曹操游仙诗是他在建功立业过程中的苦闷的宣泄，所以在追求享乐自由的同时，不时流露出人生失落的忧伤与悲叹，曾经有人斥之为消极的东西而加以否定。今天我们重新审视这类诗歌，它的基调虽然不像其他乐府诗那样苍凉慷慨，但还是值得肯定的。因为，这是曹操对生命意义的艺术探索，他企图超越空间与时间的局限，去实现自我价值。也是因为有了这失落的悲伤，有了这淳朴而真诚的希冀，才显出曹操的真实伟大。《秋胡行》其二，就集中表达了这种复杂而深邃的思绪：

愿登泰华山，神人共远游。愿登泰华山，神人共远游。经历昆仑山，到蓬莱。飘遥八极，与神人俱。思得神药，万岁为期。歌以言志，愿登泰华山。

天地何长久！人道居之短。天地何长久！人道居之短。世言伯阳，殊不知老；赤松王乔，亦云得道。得之未闻，庶以寿考。歌以言志，天地何长久。

明明日月光，何所不光昭！明明日月光，何所不光昭！二仪合圣化，贵者独人否？万国率土，莫非王臣。仁义为名，礼乐为荣。歌以言志，明明日月光。

四时更逝去，昼夜以成岁！四时更逝去，昼夜以成岁！大人先天而天弗违。不戚年往，忧世不治。存亡有命，虑之为蚩。歌以言志，四时更逝去。

戚戚欲何念！欢笑意所之。戚戚欲何念！欢笑意所之。壮盛智慧，殊不再来，爱时进取，将以惠谁？泛泛放逸，亦同何为！歌以言志，戚戚欲何念！

首先，曹操直接而强烈地喊出他的愿望：渴望与仙同游而获精神的快意，渴望得到神药以超越生命的极限。这显然是短暂的人生与永恒的天地形成极大反差所致。但在理性的神光照耀下，对不老的伯阳、得道的赤松和王乔的羡慕，反而成了批判的对象，显出亲自撕破希望的残酷。但他并没有绝望，而是希望自己能在有生之年建立一个高度统一的王权政治，即“万国率土，莫非王臣”，使自己的生命在功业中闪光。但岁月流逝，经过几十年艰苦努力，不但实现不了这个愿望，反而三分天下的局势已成定局，而自己年已垂暮，他的心因此而痛苦。他想消解这忧思之结，把人世间的悲哀看做过眼烟云，但这种道家式的“无”，无法淡化他心中的一切忧思，而他也不会长久沉溺于虚无缥缈的神仙梦境中。因此他心中的忧思愈结愈紧，痛苦也越来越深。

显然，这首诗不是纯粹的游仙，更没有游仙之乐，而是对人生、生命的探索，在探索中时时闪现着理性光辉，不乏建功立业的抱负，但更多的是忧生迁逝之悲与人生不尽如意之叹。

总之，曹操游仙诗虽然有着宗教方术式的永年长生之企望，但不同于汉乐府游仙诗中的长生之梦，而带有“生命谁不死”的理性之思。正是在这一前提下，游仙诗中的玉女、神仙、神药等才不再具有客观真实的意义，而只是一种艺术真实。这样就洗涤了游仙中过分的宗教方术色彩，使之成为真正的艺术。另外，他继承了屈原抒情述志的传统，把游仙诗当做在对事业的执著追求中感到苦闷与失落的补偿，寻求一种超现实的解脱。因此，长生之想与汉人成仙之梦不同，不再是富贵生活的折射，不再是现实享乐的延续，而是苦闷的映现。他的长生之想，同“志在千里”相联系，希望延长寿命，以实现“天下归心”的夙愿。正是有这种对个人志业的执著追求蕴藏其中，才使得他的忧生之叹有深沉的意蕴，游仙之梦、永年之求也才有崇高的企望。

第二节　忧生之嗟、自由之求

一

建安时代，由于社会民生及个人遭遇的苦难，经学桎梏的解除和自我意识的觉醒，人们总是自觉思考生命存在的价值。曹植作为建安士人的代表，毫无保留地展示着自己的个性，不懈地追求着生命的意义，在浓重的迁逝之悲与忧生之嗟中昂扬着一股建功立业的雄心豪气。

曹植前期以其父曹操之死——建安二十五年——为下限。这一时期，由于他才思敏捷，“援笔立成”，深得其父的宠爱。在父亲的荫庇下，他过着富贵优游、风流自赏的贵公子生活。曹植和集结在他周围的文人一起斗鸡、驰骋、游观苑囿、流连诗酒，不拘礼法，放纵享乐。他“负才凌物”，不听劝告，我行我素，既辜负了其父的期望，也葬送了自己的前途，以致发生了司马门事件：“植尝乘车行驰道中，开司马门出。太祖大怒，公车令处死。由是重诸侯科禁，而植宠日衰。”[①] 这件事不仅使他失去了曹操的宠爱，而且也注定了他日后遭受严密监视的命运。

曹植这种放纵享乐的追求，其实质是生命觉醒的人们基于生命短暂的残酷，认为人应该首先享受本我生命的快乐，以此来增加生命的密度的一种反映。从东汉末年无名氏的“为乐当及时，何能待来兹”、“昼短苦夜长，何不秉烛游”的呼声，到魏晋名士的肆意酣畅、放荡不羁的表现，再到酒仙李白的“人生得意须尽欢，莫使金樽空对月”的吟唱，曹植的放纵享乐只不过是这绵延千年的链条上的一环。当然，曹植在放纵享乐的同时，还憧憬着建功立业。由于早期处境的优越，原始儒学精神时时激励着他：大丈夫不应该贪图声色肉体的享乐，而应该另有大志。他的内心激荡着一股豪气，“吾虽德薄，位为藩侯，犹庶几戮力上国，流惠下民，建永世之业，流金石之功，岂徒以翰墨为勋绩，辞赋为君子哉?”[②] 希望自己的生命在不朽的功业与名声中获得永恒。

曹植不仅有豪情，而且不懈地努力实现自己的理想，亲自参与当时的政治、军事活动。他“生乎乱，长乎军”，从小随父转战南北，十五岁起就随父出征过管承、乌桓、刘表、张鲁等。在这期间，他肯定曾表现出过人的才能，其父曹操才会在自己南征孙权时，委派他留守邺城，并且谆谆告诫曰：“吾昔年为顿丘令，年二十三岁，思此所行，无悔于今。今汝年亦二十三矣，可不勉与!”[③] 曹操统一北方后，便在建安十五年发布了“唯才是举”的求贤令。为网罗人才，曹植积极配合其父的政治政策做一些宣传。他写《七启》，借玄微、镜机问答，指出不愿为当前政治服务是错误的，号召隐逸之士出山。他还写诗给朋友王粲、丁仪、徐干，以深厚之谊劝说恬淡寡欲的徐干出仕，又安慰躁竞悒郁的王粲，既指出丁、王的过错，又导之以儒家的中和原则，见出曹植的良苦用心。建安时期因酗酒浪费粮食而颁布禁酒令，曹植也应声响应，写《酒赋》，着重叙说酗酒的危害性，以及禁酒的理由。

---

① （晋）陈寿撰，陈乃乾校点：《三国志·任城陈萧王传》，北京：中华书局，1959 年，第 558 页。

② （魏）曹植著，赵幼文校注：《曹植集校注·与杨德祖书》，北京：人民文学出版社，1984 年（凡文中引曹植诗文未注者都出自该书），第 153 页。

③ （晋）陈寿撰，陈乃乾校点：《三国志·任城陈萧王传》，北京：中华书局，1959 年，第 557 页。

总之，前期的曹植由于环境的优越，社会现实赋予他一种积极向上的态度，他对生命的追求深深扎根于现实的土壤中。因此，他以强烈的理性之思来排斥神仙方术。建安二十三年，疫气流行，“家家有僵尸之痛，室室有号泣之哀”（《说疫气》），连曹植的好朋友徐干、陈琳、应玚、刘桢一时俱逝，实在叫人伤心。当时人们都认为是鬼神所作，为此进行一系列的巫术活动，而曹植却冷静指出：“此乃阴阳失位，寒暑错时，是故生疫”（《说疫气》），可见其认识的清醒。还有《神龟赋》，曹植从龟的死亡怀疑龟寿千年的传说，并以此推断黄帝、松乔成仙也似龟之解壳，显示出否定神仙的思想。而《辩道论》一文，则更全面直接地揭露了方士的虚伪性和秦皇汉武求仙的荒谬，还阐述了其父招集方术之士的政治目的。

曹植没能像其父一样转战沙场，经历血与火的洗礼，他建功立业的豪情无法转化成为实际的行动，因而只能在浓浓忧患中嗟叹人生之短促。他虽然生长在北中国基本平定之时，但汉末饿莩遍野、死亡枕藉的动乱现实是那样无情地在活人面前展示出死亡的残酷，对生命的短促、死亡的悲哀早已渗进整个时代的意识中，曹植深有感受。“天地无终期，人命若朝霜”，“不见旧耆老，但睹新少年”（《送应氏》），军阀混战后的残破洛阳使他气结不能言，对自己居住过的谯更是感慨万千：“经不常之旧居，感荒坏而莫振。城邑寂以空虚，草木秽而荆蓁。”（《归思赋》）爱女的夭折、朋友的离去更是刻骨铭心：“天长地久，人生几时?”（《金瓠哀辞》）“感逝者之不追，怅情忽而失度。天盖高而无阶，怀此恨其谁诉”（《行女哀辞》）。正是这种悲哀，使他壮年时就深切地感受到时间流逝的悲痛，希望能延住匆匆的岁月：“何岁月之若骛，复民生之无常”（《闲居赋》），“然日不我与，曜灵急节，面有过景之速，别有参商之阔”（《与吴季重书》）。

曹植早期虽没有写下一首游仙诗，但是他的生活阅历，对建功立业的憧憬，对生命短促、时光飞逝的感慨，早已融入他的生命之中，积淀下来，成为他中期、晚期游仙诗作的主题。

二

曹植中期，是从曹丕继位到逝世的七年，也是曹植一生中最痛苦难熬的岁月。由于曹植早期由于所表现出来的才能而深得父王宠爱，在他身边集结了一些有才能的士人，不仅差一点被立为太子，就是在曹丕确立了太子地位和曹操去逝时，人们心中还存着疑虑与担心。《三国志·陈矫传》载：“矫曰：‘王薨于外，天下惶惶，太子宜割哀即位，以系远近之望。且又爱子在侧，彼此生变，则社稷危矣'!”“爱子”当然是指曹植。裴注引《魏略》更是言之凿凿：“彰至，谓临淄侯植曰：‘先王召我者，欲立汝也’。植曰：‘不可，不见袁氏兄弟乎!'”而曹丕本人猜忌更甚，一上台就开始对曹植进行一连串的残酷迫害：先是杀掉一向拥护曹植的丁氏兄弟，然后把他赶往封地鄄城，置于监国使者的严密监视之下；更甚的是授意灌均捏造罪状，想置他于死地，只是迫于太后的压力，极不情愿地封他为鄄城王。对于这一切，曹植除了哀伤痛苦外，无法做出任何反抗。早期那恃才傲物、意气风发的贵公子不见了，变成了一个委曲求全、战战兢兢的可怜者。

曹植一方面对曹丕奉迎称颂，加以讨好：在《制命宗圣侯孔羡奉家祀碑》中，将曹丕誉为一代儒家大师，可与黄帝、虞舜、周文王并称；将曹丕的施予的迫害归咎为谗人的挑拨，“苍蝇间白黑，谗巧令亲疏”(《赠白马王彪》)，“恨时王之谬听，受奸枉之虚辞”(《九愁赋》)，并违心地说曹丕对自己如同“日月之恩”，使他“枯木生叶，白骨更肉”，即使“摧身碎首”，也无以报答(《封鄄城王谢表》)。另一方面，曹植深深地自责，以明心迹。“伊予小子，恃宠骄盈，举挂时网，动乱国经。作藩作屏，先轨是堕，傲我皇使，犯我朝仪”(《责躬诗》)，在诗中不仅对自己严加贬斥，而且还表达出对曹丕的忠心，“虽危亡之不豫，亮无远君之心”，“以忠言而见黜，信无负于时王”(《九愁赋》)。甚至把父亲曹操送给他的铠甲、银鞍以及战马都献纳出来，来换取曹丕的谅解。但即使是这样屈从，也无法消除曹丕的疑虑。黄初四年，曹植又被远徙雍丘，朝洛阳，曹丕逆之，而且“犹严颜色，不与语，又不使冠履”①。虽为藩王，其实与囚徒无异。一个个性意识十分强烈的人，却不得不任人宰割，而且还得再三贬低自己、讨好对方，内心深处的痛苦与悲愤可想而知。因此，在任城王惨遭毒害时，他痛楚地发出“天命与我违”(《赠白马王彪》)的呼喊。

曹植之所以如此压抑、贬斥自己，奉迎讨好曹丕，是希望获得机会，实现自己建功立业的伟大抱负。因此在自责的同时，他一再表示“甘赴湘江，奋戈吴越”(《责躬诗》)的志愿。当然，这种志业的抒发缺乏前期那种豪气，充溢着一腔寥落、凄怅之情。正是因为现实生活是如此残酷压抑，无法实现理想抱负，无法超脱生命的悲剧而让自己获得意义和价值，所以只能在虚幻的世界里寻求解脱，

---

① (晋)陈寿撰，裴松之注：《三国志·任城陈萧王传》注引《魏略》，北京：中华书局，1959年，第564页。

表达自己内心痛苦与希望，从而写下了一些游仙诗，主要有《仙人篇》、《游仙》、《升天行》、《苦思行》。这些诗皆为“伤人世不永，俗情险艰，当求神仙翱翔六合之外”① 而作。他把游仙作为失落的精神家园的一种补偿，因此他的游仙诗主要抒发三个方面的内容：

（1）养晦待时，宣泄自己“抱利器而无所施”的抑郁。在《升天行》其二中写道：“愿得纡阳辔，回日使东驰。”显然，曹植升天而游，是有感于岁月在碌碌无为的闲居中度过，他希望能挽住时间的脚步。他之所以对岁月的逝去如此铭心，是因为害怕自己“微才勿试”而离开人世。在他的内心深处，真希望有一位明君圣主，给自己一个施展抱负的机会，因此反复歌吟：“潜光养羽翼，进趋且徐徐。不见轩辕氏！乘龙出鼎湖。徘徊九天上，与尔长相须”（《仙人篇》）；“蝉蜕同松乔，翻迹出鼎湖”（《游仙》）。轩辕氏就是传说中的黄帝，是古代明君，传说他采首山铜铸鼎成仙而升天。朱乾先生看透了曹植蕴藏其中的苦心：“托意仙人，志在养晦待时，意必有圣人如轩辕者，然后出而应之，所谓可行于天下然后行之者也。”②

（2）自由与快乐的追求。处于拘囚般的处境，哪有快乐自由可言，“人生不满百，岁岁少欢娱”（《游仙》）。因此，曹植的游仙之趣与其父不同，不在于名山名水、美酒佳肴，而是远离尘世，翱翔九天之上，拓展一个极大的空间来，让自己那颗苦闷的心灵能长长地舒一口气。“四海一何局！九州安所知？韩终与王乔，要我于天衢。万里不足步，轻举陵太虚”（《仙人篇》）。曹植在诗中反复铺叙四海九州的局狭和五岳人生的苦难，而神奇缥缈的仙界是那样美好，可以尽情地享受快乐的生活。但他还嫌不够，继续飞升，任自己遨游驰骋，跑得越远越好，在轻快的漫游中获得快感。

（3）守默安身的追求。精神漫游只是一种暂时的解脱与麻醉，无法使曹植完全泯灭内心的痛苦，忘记处境的艰险，因此他不知不觉地向庄子靠拢，希望用庄子的哲学来麻醉自己、安慰自己，以求解脱。《玄畅赋》叙述了他这一思想变迁历程：他既认识到“孔老异情”，又表示要“匪呈迈之短修，长全贞而保素。弘道德以为宇，筑无怨以作藩。播慈惠以为圃，耕柔顺以为田。不愧景而惭魄，信乐天之何欲”。这种全贞保素的人生准则与乎乐天知命的情绪和前期《七启》

① （魏）曹植著，黄节注：《曹子建诗注》，北京：人民文学出版社，1957年，第62页。

② （魏）曹植著，黄节注：《曹子建诗注》，北京：人民文学出版社，1957年，第65页。

中的思想形成鲜明对照。因此，他的游仙诗中出现了曹操诗中所没有的新内容，流露出对隐逸的向往，将仙人与隐士混同其一，把守默安身作为他游仙的目标：

> 绿萝缘玉树，光耀灿相辉。下有两真人，举翅翻高飞。我心何踊跃！思欲攀云追。郁郁西岳颠，石室青青与天连。中有耆年一隐士，须发皆皓然，策杖从我游，教我要忘言。（《苦思行》）

朱乾先生认为这是“子建多历忧患，苦思所以藏身之固。计欲攀云随真人而不可得，托言隐士教以忘言，盖安身之道，守默为要也”①，可谓抓住了诗歌主旨，体会到了诗人的一片苦心。总之，曹植的游仙诗是他现实生活的折射，是忧谗畏祸、委曲求全的一种表现，希望在这一世界摆脱囚徒般的束缚而获自由、保全生命，等到一位明君，实现建功立业的抱负。

三

曹丕逝世，魏明帝曹叡继位，对曹植诸王在物质上确实比曹丕时期要好。太和三年，曹植被转封到比较富裕的东阿，六年又以陈四县封植为陈王，邑三千五百户。并且，曹叡亲下手诏关心曹植，“王颜色瘦弱，任意耶？腹中调和不？今者食几许米，又啖肉多少？见王瘦，吾惊甚，宜当节水加餐。”② 这一切使曹植感激涕零，并重新燃起希望的火花，期求获得重用。具体行动表现在几个方面：其一，上陈政事，关心国家命运。他在《陈审举表》中上陈道：“苟吉专其位，凶离其患者，异姓之臣也。欲国之安，祈家之贵，存共其荣，没同其祸者，公族之臣也。今反公族疏而异姓亲，臣窃惑焉！”希望敲醒明帝，使其意识到疏远亲室而亲近异姓的危险，主张赶紧削夺司马氏的权力。他还在《谏伐辽东表》中真实、深刻地分析了当时政治状况和形势，坚决反对辽东用兵，建议“省徭役，薄赋敛，勤农桑”。其二，屡述周公之事，表明自己对王室的忠诚。“周公佐成王，金縢功不刊。推心辅王室，二叔反流言。待罪居东国，泫涕常流连”（《怨歌行》），“他人虽同盟，骨肉天性然。周公穆康叔，管蔡则流言。子臧让千乘，季札慕其贤”（《豫章行二首》其二）。其三，上书求试，以图有功于国。太和二年冬

---

① （魏）曹植著，黄节注：《曹子建诗注》，北京：人民文学出版社，1957年，第88页。

② （清）严可均辑：《全三国文·与陈王植手诏》，北京：商务印书馆，1999年，第93页。

十月，明帝诏公卿近臣举良将各一人，曹植急不可耐，直接上书请战，“臣之事君，必以杀身静乱，以功报主也”，希望明帝“出不世之诏，效臣锥刀之用”，“虽身分蜀境，首悬吴阙，犹生之年也”（《求自试表》）。可见曹植虽多次横遭打击迫害，但青云之志不坠，始终希望建功于国，让自己“名挂史笔，事列朝荣”，使自己短暂的生命在不朽的名声中得以延长。但是魏明帝始终没有起用曹植，他“排金门，蹈玉陛，列有职之臣，赐须臾之问”（《求自试表》）的希望再一次落空。正是基于此种处境、此种思想，晚期曹植的内心充满了忧愤凄怅之情，“乐时物之逸豫，悲予志之长违”（《临观赋》），“亮无志不从，哀余身之无翼”（《感节赋》），在理想的破灭中更伤人生的辛酸，在戚戚无望中更感生命的衰落，“匪荣德之累身，恐年命之早零。慕归全之明义，庶不忝其所生”（《感节赋》）。因此，这一时期他喜欢游仙这种形式，把自己天真的幻想寄托其中，保存下来的游仙之篇有《飞龙篇》、《桂之树行》、《平陵东》、《五游咏》、《远游篇》、《驱车篇》。这些游仙诗除与中期一样，注目于精神世界漫游、追求自由快乐外，还增添了下列两方面的内容：

（1）长生久视之想。除《桂之树行》外，每一首都有这样的话语：“王子奉仙药，羡门进奇方。服食享遐纪，延寿保无疆”（《五游咏》），“灵芝采之可服食，年若王父无终极”（《平陵东》），“齐年与天地，万乘安足多”（《远游篇》），“寿同金石，永世难老”（《飞龙篇》），“同寿东王父，旷代永长生”（《驱车篇》），表现出对方术的热情和对长生的企望。这并不是说曹植相信神仙方术，相反，曹植一直不相信人能成仙、长生不死。他再三表明：“居一世兮芳景迁，松乔难慕兮谁能仙？长短命也兮独何愆？”（《愁思赋》）他之所以向往、追求长生，表现出对方术的热情，是因为他晚年患有严重的反胃病，死亡的威胁笼罩着他，因害怕自己年命早殒，理想抱负不能实现，他更感生命可贵，从而寄托于神仙方术，希望自己长生久视，有骋才肆志的机会。

（2）淡泊达观之思。中期的曹植为了保全生命，已经滑向道家的隐逸，晚期的曹植道家思想更加浓厚。他深刻认识到自己忧愁痛苦的根源是名与利：“方今大道既隐，子生末季，沈溺流俗，眩惑名位，濯缨弹冠，谘诹荣贵。坐不安席，食不终味，遑遑汲汲，或憔或悴。所鬻者名，所拘者利，良由华薄，凋损正气”（《释愁文》）。他还借玄灵先生之口为自己开了一副药方，“吾将赠之以无为之药，给之以澹泊之汤，刺子以玄虚之针，炙子以淳朴之方，安之以恢廓之宇，坐之以寂寞之床。使王乔与子翱游而逝，黄公与子咏歌而行，庄子与子具养神之馔，老聃与子致爱性之方。趣遐路以棲迹，乘青云以翱翔”（同上）。显然，曹植希望摆脱名利的桎梏，离开尘世，在辽阔的宇宙中自由地翱翔，以求精神上的彻底解脱。正是在这种思想的支配下，曹植的游仙既倾向于道家与方士合流的长生观，又追求一种淡泊达观式的超脱。在《飞龙篇》中他写道：“我知真人，长跪问道。”何为“真人”？道家一般以之称呼修身得道或成仙的人。我们参阅《桂之树行》就会更加清楚，“桂之树行，得道之真人，咸来会讲仙。教尔服日精。要道甚省不烦，淡泊无为自然。”显然，“真人”在曹植的心中指得道之人，而“道”指以“淡泊无为自然”。他希望泯灭内心的痛苦，顺应自然的虚静世界，让自己在这种境界中获得一种自由快乐的体验，“去留随意”，游于无穷天地之间。

总之，曹植之所以写作游仙诗，是因为现实的忧患、内心的压抑痛苦以及建功立业的抱负无法实现。在这些游仙诗中，曹植借游仙这幻想的形式，做着现实中无法实现的美梦。既希望自己延长生命、建功立业，在不朽的功德中获得生命的永恒，又希望自己摆脱尘世的束缚羁绊，超脱于功名之外，追求一种道家逍遥式的境界，解脱生命的悲剧，获得生命的快乐与自由。

第九章　嵇康、阮籍的现实与超越矛盾

魏晋易代之际，政治环境险恶，司马氏为了夺取曹魏政权，大诛异己：嘉平元年，曹爽、何晏及支党被夷及三族，男女老少无一幸免；嘉平二年，王凌及楚王彪又被诛杀；嘉平六年，夏侯玄、李丰、皇后父张缉又遭屠杀，皇帝曹芳也被废；正元二年，毌丘俭被害；甘露二年，诸葛诞被杀；甘露五年，高贵乡公曹髦遭弑杀。因此，正始士人的政治热情骤减，生命之忧比建安文人更加危迫切骨。建安文人忧虑的只是生命终结的到来，“天地何长久，人道居之短”[1]。而他们忧

---

① 安徽亳县《曹操集》译注小组译注：《曹操集译注·秋胡行（其二）》，北京：中华书局，1979年，第29页。

虑的是眼前，害怕须臾之间横遭不测，“详观凌世务，屯险多忧虞”[①]，“人生譬朝露，世变多百罗”[②]。所以，这时儒家追求以最大限度实现人的社会价值的生命观开始退位，士人们不再执著于建功立业的追求，而希望摆脱功名的束缚获得自由，把热情投向消极避世、全身免祸上来，追求肉体和心灵的满足。有的寄居山林，遗情于山水；有的沉醉于服食养生，汲汲于长生之想；有的纵情狂饮，追求感观和肉体的刺激；有的立志于个体与群体关系的探讨，企求个体超越现实，以保有身心的自由。嵇康、阮籍是正始士人的代表，他们对生命进行了多层次的探索，对后代产生了深远的影响。

第一节 “越名任心”与隐逸体玄

一

嵇康作为魏宗室姻亲，拜为中散大夫，在曹魏与司马氏的残酷斗争中无法躲避。嵇康想保全生命，他优游于竹林，或灌园于河内，或锻铁于洛中，对政治采取退避态度，企求做到“奉时恭默”、“无馨无臭”。[③] 但客观上，嵇康无法置身于事外，既不能像孙登在山中隐居终身，也不能像阮籍一样，与司马氏周旋。他“性烈而才儁”[④]、“尚奇任侠”[⑤]，在这种主观与客观矛盾的纠葛中，他选择了反抗：公开与司马氏提倡的虚伪名教针锋相对，主张“越名教而任自然”[⑥]，不仅要冲破传统的道德规范的网罗，而且要抛弃一切功名利禄和其他个人得失，因顺客观世界的自然之道、人的自然本性和无私之心。因此他率性而为、放诞不羁，高喊“非汤武而薄周孔”（《与山巨源绝交书》）、“轻贱唐虞而笑大禹”[⑦]，嘲笑讽刺

---

① （魏）嵇康著，戴明扬校注：《嵇康集校注·答二郭诗（其三）》，北京：人民文学出版社，1962年，第64页。

② （魏）嵇康著，戴明扬校注：《嵇康集校注·五言诗三首（其一）》，北京：人民文学出版社，1962年，第79页。

③ （魏）嵇康著，戴明扬校注：《嵇康集校注·幽愤诗》，北京：人民文学出版社，1962年，第25页。

④ （唐）房玄龄等撰：《晋书·嵇康传》，北京：中华书局，1974年，第1370页。

⑤ （晋）陈寿撰，陈乃乾校点：《三国志·王粲传》，北京：中华书局，1959年，第605页。

⑥ （魏）嵇康著，戴明扬校注：《嵇康集校注·与山巨源绝交书》，北京：人民文学出版社，1962年，第112页。

⑦ （魏）嵇康著，戴明扬校注：《嵇康集校注·卜疑集》，北京：人民文学出版社，1962年，第134页。

司马氏的篡权野心；面对司马氏的拉拢毫不迁就，公开表示做官是违性之举，自己有“必不堪者七，甚不可者二”（《与山巨源绝交书》）；他还参与实际的斗争，《世语》曰：“毌丘俭反，康有力，且欲起兵应之。以问山涛，涛曰：‘不可’。俭亦已败。”[①] 嵇康的这些主张和行为在当时产生了很大的影响，王隐《晋书》曰：“康之下狱，太学生数千人请之，于是豪俊皆随康入狱，悉解喻，一时散遣。”[②] 即使嵇康退隐，司马氏也定然不信，《晋书》本传载：“初，康居贫。尝与向秀共锻于大树之下，以自赡给。颍川钟会，贵公子也，精练有才辩，故往造焉。康不为之礼，而锻不辍。良久会去，康谓曰：‘何所闻而来？何所见而去？’会曰：‘闻所闻而来，见所见而去。’”钟会是司马氏派去窥视嵇康的，嵇康明白，但一点也不伪装，还加以嘲讽。因此他们的交锋不能仅仅看成是嵇康与钟会两人之间的矛盾冲突，实质上是嵇康与司马氏集团之间的矛盾斗争。钟会虽然看不到嵇康的具体反抗行为，但还是感受到嵇康内心的桀骜不驯，并认为嵇康是一条卧龙，一再向司马氏进言，说嵇康“上不臣天子，下不事王侯，轻时傲世，不为物用，无益于今，有败于俗。……今不诛康，无以清洁王道”（《世说新语·雅量》注引《文士传》）。

生命意识觉醒了的人类，面对死亡杀戮谁都害怕，嵇康也毫不例外地执著于生命，希望能解脱生命的悲剧，而最彻底的解脱途径就是成仙。仙人不但能超越死亡，而且还能获得一种没有烦恼、自由自在、无拘无束、清雅飘逸的自然情趣。嵇康相信神仙实有，“夫神仙虽不目见，然记籍所载，前史所传，较而论之，其有必矣”[③]，一生汲汲于求见神仙，希望能与神仙一游。但是他知道，多少年来，求仙者众，成仙者有几呢？正如颜之推在教育子孙时所说：“学若牛毛，成如麟角。华山之下，白骨如莽，何有可遂之理？”[④] 汉魏士人也一直表现出清醒的认识，在诗文中反复吟唱，“服食求神仙，多为药所误”[⑤]，“虚无求列仙，松

① （晋）陈寿撰，陈乃乾校点：《三国志·王粲传》注引，北京：中华书局，1959年，第607页。

② （宋）刘义庆著，余嘉锡笺疏：《世说新语笺疏·雅量》注引，北京：中华书局，1983年，第407页。

③ （魏）嵇康著，戴明扬校注：《嵇康集校注·养生论》，北京：人民文学出版社，1962年，第144页。

④ （北齐）颜之推撰，王利器集解：《颜氏家训集解·养生》，上海：上海古籍出版社，1980年，第327页。

⑤ （梁）萧统编，（唐）李善注：《文选·古诗十九首》，上海：上海古籍出版社，1986年，第1348页。

子久吾欺”①。嵇康之所以陷入这种非理性的信仰中，是因为在他的思想中，世界分裂为这样的两个世界：一个是现实的“常”的世界，另一个是超时空的绝对的“至”的世界、概念的世界，他企图脱离“常”的现实世界，向“至”的世界飞升，幻想着超现实的概念世界的神圣性存在，以此来否定现实世界的一切。“然而离开现实的这样‘至’的概念世界是不存在的，因此连同‘至’的概念世界，也跟着‘常’的现实世界一起，要消失了。这就是所谓竹林的虚诞。”②这样的世界也是不能达到的，因此嵇康不得不从概念世界回到现实，认为神仙“似特受异气，禀之自然，非积学所能致也”（《养生论》），在理性与非理性之间徘徊。为了安慰自己，也安慰别人，他又认为人类虽然必须死亡，但本来有数百年的生命，而现在短命，都是人类自己不爱惜生命、自我摧残的结果。善养生者，必须节制情欲，除去物欲，排除智巧，即“清虚静泰，少私寡欲。知名位之伤德，故忽而不营，非欲而强禁也。识原味之害性，故弃而忽顾，非贪而后抑也。外物以累心不存，神气以醇白独著，旷然无忧患，寂然无思虑”（《养生论》）。正是基于这种养生的观点，嵇康好养性服食之事，相信药石的作用。这一点在《与山巨源绝交书》中说得明明白白：“又闻道士遗言，饵术黄精，令人久寿，意甚信之。”他不仅亲自上山采药，而且服食寒食散，希望能够延长自己的生命，汲汲于长生之想。但是这只是嵇康的一种努力方向，因为现实的忧患无法使他内心安宁，一味沉醉于养生之中，正如他自己的感叹一样：“养生有五难：名利不灭，此一难也；喜怒不除，此二难也；声色不去，此三难也；滋味不绝，此四难也；神虑转发，此五难也。”③ 这样，他是上不着天、下不着地，浮浮荡荡地飘在半空。

嵇康被抛在半空，恐惧矛盾，彷徨无依。而庄子所追求的理想人格和人生境界正好与他此时的心态合拍，于是他抓住老庄玄学这根救命之绳，把它当做自己安身立命的依据，以此消解内心积聚的生命情绪，镇定现实带来的危机感。但庄子认为超脱生命的途径与方法是顺应自然，只有忘掉自我，不受外物拘滞，不去追逐名利，没有是非曲直，生死不分，死生齐一，处于一种凝神寂志、恬淡自适

---

① （魏）曹植著，赵幼文校注：《曹植集校注·赠白马王彪》，北京：人民文学出版社，1984 年，第 300 页。

② 侯外庐著：《中国思想通史》第三卷，北京：人民文学出版社，1957 年，第 170 页。

③ （魏）嵇康著，戴明扬校注：《嵇康集校注·答难养生论》，北京：人民文学出版社，1962 年，第 168 页。

的境界，才能解脱生命的悲剧。这一切虽然能给嵇康带来一定的消解和镇静作用，他也希望把自己的生命完全等同于自然物质，安时处顺，生死不惧，达到“无为自得，体妙心玄，忘欢而后乐足，遗生而后生存”（《养生论》）的境界，真正进入物我两忘、主客同一之中，来解脱生命的悲剧，但是这又加剧了他与现实的对立，因为要顺任自然，就必须否定名教。名教是依儒家伦理纲常、等级名分来施政治教化的，从东汉后期以来，它的虚伪性逐渐暴露无遗，与嵇康这样觉醒的士人形成对立冲突，因此嵇康在《难自然好学论》中明确指出：“六经以抑引为主，人性以从欲为欢，抑引则违其愿，从欲则得其自然。然则自然之得，不由抑引之六经；全性之本，不须犯情之礼律。固知仁义务于理伪，非养真之要术；廉让生于争夺，非自然之所出也”，激烈抨击儒家六经对人性的束缚，礼律对人的情感的禁锢。他提出“越名任心”[①]，企图摆脱现实的忧患。

二

嵇康在现实中无法摆脱内心的痛苦与矛盾、超脱生命的忧患，于是在游仙诗中反复抒发这种生命情感，在幻想中找到一条解决现实的忧患与生命超脱的矛盾纠葛的途径，使自己的身心平静下来。嵇康在狱中作《幽愤诗》云：“昔惭柳惠，今愧孙登。内负宿心，外恧良朋。仰慕严郑，乐道闲居。与世无营，神气晏如”，后悔自己没有及早隐居来躲避政治的迫害。他在内心深处始终把归隐当做理想中的人生道路，因此他的游仙诗中既没有曹氏父子的永年之求，也没有建功立业的执著之想，而是出世独立的隐逸之趣。如《答二郭诗》其二：

> 昔蒙父兄祚，少得离负荷。因疏遂成懒，寝迹北山阿。但愿养性命，终已靡有他。良辰不我期，当年值纷华，坎壈趣世教，常恐婴网罗。羲农邈已远，拊膺独咨嗟。朔戒贵尚容，渔父好扬波。虽逸亦已难，非余心所嘉。岂若翔区外，餐琼漱朝霞。遗物弃鄙累，逍遥游太和。结友集灵岳，弹琴登清歌。有能从我者，古人何足多。

嵇康要寝迹北山，没有别的原因，就是为了保全自己的生命。因为时不待他、世俗混乱，他即使无可奈何去“趣世教”，也还是担心逃不过设下的罗网。

---

① （魏）嵇康著，戴明扬校注：《嵇康集校注·释私论》，北京：人民文学出版社，1962年，第233页。

而且他是一位龙性难驯的人物，“刚肠疾恶，轻肆直言，遇事便发”（《与山巨源绝交书》），不可能苟容于今世，只能游于方外，找一片洁净之地，过着宁静淡泊的逍遥生活。

嵇康游仙诗中的这种隐逸，既是他拿来与污浊社会抗争的一块净土，又自始至终是他消释心中痛苦、获得精神愉悦的乐土。他不仅把隐逸作为躲避政治迫害的一条途径，而且把它视为自己的归宿，与自己的游仙之想结合在一起。如其《游仙诗》：

> 遥望山上松，隆谷郁青葱。自遇一何高，独立迥无双。愿想游其下，蹊路绝不通。王乔弃我去，乘云驾六龙。飘遥戏玄圃，黄老路相逢。授我自然道，旷若发童蒙。采药钟山隅，服食改姿容。蝉蜕弃秽累，结友家板桐。临觞奏九韶，雅歌何邕邕。长与俗人别，谁能睹其踪？

本来游仙与隐逸山林有着不可分割的关系。何为仙呢？“老而不死曰仙。仙，迁也；迁入山也，故其制字人傍作山也。”神仙大师葛洪还曰：“山林之中非有道也，而为道者必入山林，诚欲远彼腥膻，而即此清净也。”[①] 仙人与山往往连在一起，从仙都昆仑到海中三神山，再到五岳名山，都是人们汲汲向往的。显然，隐逸与求仙在超越尘世的浮华喧嚣、探索生存的本质上达到了一致。因此，虽然长生不死的仙人离嵇康而去，但他得到了黄老传授的自然之道，把黄老之道作为升仙途径，即进入“道”境界。这种境界和庄子的“心斋”、“坐忘”相一致，实质上是一种内心的体验。但是嵇康把这种境界又表现于外，将它现实化。在他那里，得道成仙不是飞入虚无缥缈的天国，而是一种恬淡宁静、优游自得、远离尘世的隐居生活，包括精神修炼、采药服食等养生术，也包括临觞奏乐的高情雅致。可见嵇康游仙的目的不在于成仙不死，而在于割断尘网、摆脱秽累。

嵇康的方外之游与曹植的远游不同：曹植因过着拘囚般的生活，所以极力想拓展出一个阔大的空间让自己的心灵自由；而嵇康是因鄙薄世俗的污浊，所以拿方外之游的雅洁来贬低方内之游，以摆脱一切秽浊、获得一种超拔挺立的人格精神为目的。因此一个着意于空间的阔大，而另一个着意于空间的高雅绝俗：

---

① （晋）葛洪著：《抱朴子·明本》，上海：上海书店，1986年，第42~43页。

乘风高游，远登灵丘。托好松乔，携手俱游。朝发泰华，夕宿神州。弹琴咏诗，聊以忘忧。①

嵇康的远游，没有车马服饰的繁复描写，而只有“乘风”、“乘云”、“羽化”、“轻举”等简简单单的字眼，即使有翔区外、游八极的描写，也没有曹植诗中那种高飞远举、遨游于九天之上的超现实色彩，而是优游于幽静的山间水湄，过着弹琴咏诗、怡志养神的高雅脱俗的生活。在这样的世界里，当然也没有仙人、玉女们的弹歌奏乐、翩翩起舞，也没有神药、灵芝、美酒等享乐的物质。他在游仙中只是追求摆脱尘世物累，过一种忘忧自娱的生活。

三

在现实中，嵇康用老庄哲学来安身立命，与苦难的现实相对抗。在《与山巨源绝交书》中曰：“老子、庄周，吾之师也”，希望自己“守陋巷，教养子孙，时与亲旧叙阔，陈说平生，浊酒一杯，弹琴一曲，志愿毕矣”。他一方面饮酒不节，《晋书·王戎传》曰：“（王戎）尝经黄公酒垆过，顾谓后车客曰：‘吾昔与嵇叔夜、阮嗣宗酣畅于此，竹林之游亦预其末。’”《世说新语·容止篇》载：“山公曰：‘嵇叔夜之为人也，岩岩若孤松独立，其醉也，傀俄若玉山之将崩。’”他不仅用酒来麻醉自己，逃避政治的迫害，而且用酒来求得一种物我两忘的境界。《庄子·达生》云：“夫醉者之坠车，虽疾不死。骨节与人同而犯害与人异，其神全也，乘亦不知也，坠亦不知也，死生惊惧不入乎其胸中，是故迕物而不慴。彼得全于酒而犹若是，而况得全于天乎？”② 饮酒正是嵇康求得一种超越境界的实践。另一方面，他从理论上用庄学排斥儒学，肯定人的欲望和情感，完成了玄学由政治哲学向人生哲学的转变。因此嵇康游仙诗第二个特色是将体玄与游仙结合在一起，游仙的目的不在于获得生命的永恒，而是把生命寄托于道玄中，让生命在自然意趣中获得长生：

羽化华岳，超游清霄。云盖习习，六龙飘飘。左配椒桂，右缀兰

① （魏）嵇康著，戴明扬校注：《嵇康集校注·兄秀才公穆入军赠诗十九首》，北京：人民文学出版社，1962年，第18页。

② 陈鼓应注译：《庄子今注今译》，北京：中华书局，1983年，第468页。

茗。凌阳赞路，王子奉轺。婉娈名山。真人是要。齐物养生，与道逍遥。[①]

显然，嵇康游仙不同于曹操的游仙，没有长生不死之意向的追求，只注重于“与道逍遥”境界的获得。“道”在老庄中除了具有生命本原的永恒外，还具有一种超然物外、无为而又无不为的绝对性。《老子》曰：“有物混成，先天地生。寂兮寥兮，独立不改，周行而不殆，可以为天下母。吾不知其名，字之曰道。强为之名曰大。”[②]《庄子·大宗师》云：“夫道……神鬼神帝，生天生地；在太极之上而不为高，在六极之下而不为深，先天地生而不为久，长于上古而不为老。”[③] 嵇康所追求的境界就是宇宙本体的“道”与自我主体合二为一，即“彼我为一，不争不让，游心皓素，忽然坐忘”（《卜疑集》）。如果达到了这一境界，就如同登仙，能超越物我，得到精神上的永恒与独立。

嵇康这种体玄式的游仙与曹植游仙诗中的守默安身、淡泊达观的超脱之思也不同：曹植是在现实的忧患中，由于内心的压抑痛苦、建功立业的抱负无法实现，带着这种强烈的入世精神硬是把道家之思拉入自己的诗文中，作为排遣现实烦恼苦闷的一种手段，显得突兀，仿佛嵌入一般；而嵇康的生命之忧比曹植更深切，对政治功名不仅自觉地退避，而且深深地痛恨，“富贵尊荣，忧患谅独多”（嵇康《重作四言诗七首》其一），“冲静得自然，荣华安足为”（嵇康《述志诗二首》其一）。因此，嵇康把老庄玄学融入自己的整个思想中，对老庄近乎一种认同和回归，并将之内化为自己的一种自觉的人生价值取向，不仅从孙登游于汲郡山中，而且在诗歌中反复吟咏归隐之趣，在“垂钓一壑，所乐一国。被发行歌，和者四塞”（嵇康《重作四言诗七首》其五）中得到满足，临死之前还希望自己能“采薇山阿，散发岩岫。永啸长吟，颐性养寿”（嵇康《幽愤诗》），在自然中忘怀一切。因此，嵇康在游仙中将玄学理想家园——宇宙与我合一作为游仙的仙境，用与道逍遥的理想人格代替宗教的长生不死之仙人，在玄学的徜徉中和对道与玄的玩味中来宣泄自己苦闷与痛苦，以获得暂时的满足与解脱：

① （魏）嵇康著，戴明扬校注：《嵇康集校注》，北京：人民文学出版社，1962 年，第 79 页。
② 王卡点校：《老子道德经河上公章句》，北京：中华书局，1993 年，第 101 页。
③ 陈鼓应注译：《庄子今注今译》，北京：中华书局，1983 年，第 181 页。

> 凌扶摇兮憩瀛洲，要列子兮为好仇，餐沆瀣兮带朝霞，眇翩翩兮薄天游。齐万物兮超自得，委性命兮任去留，激清响以赴会，何弦歌之绸缪。①

正是在这种脱俗恢宏的境界中，他与万物等同，达到“天地与我并生，万物与我为一”② 的境界，泯灭是非因果，去留随意，超越死亡，获得了自由和快乐。

当然，这种体玄式的游仙必定走向贬低外物、昌大内心，在诗中表现出一种绝俗的高韵，追求一种人格的高大：

> 俗人不可亲，松乔是可邻。何为秽浊间，动摇增垢尘？慷慨之远游，整驾俟良辰。轻举翔区外，濯翼扶桑津。徘徊戏灵岳，弹琴咏泰真。沧水澡五藏，变化忽若神。恒娥进妙药，毛羽翕光新。一纵发开阳，俯视当路人。哀哉世间人，何足久托身。③

诗歌以鄙视俗人、追慕神仙开始，让自己离开秽浊的人间，到扶桑、沧水洗净自己的俗气，“毛羽翕光新”，与俗人形成了鲜明的对比，崇大自己的人格。一个“哀”字，包含了作者复杂的感情，既显示诗人鄙薄世俗、厌恶尘世的态度，但又不能真正抛开这一切，一去而不返。正因如此，他又只好与屈原一样，用青松、高山来标出自己人格的高拔，用香草的芬芳来象征自己人格的雅洁，用弹琴咏诗来表现自己的风流潇洒。

弗罗姆说：“他自由了，但这意味着他是孤独的，他被隔离了，他受到了来自各方面威胁”，“个人孤苦伶仃的活着，孤零零的面对这个世界，就像一个陌生人被抛入一个漫无边际和危险的世界一样。新的自由不可避免地带来了深深的不安全、无力量、怀疑、孤独和忧虑感”。④ 同样，嵇康对这种高大人格的追求，虽然能获得一种精神的独立自由，但是这种追求和当时的现实产生了极大的矛

---

① （魏）嵇康著，戴明扬校注：《嵇康集校注·琴赋》，北京：人民文学出版社，1962 年，第 96 页。

② 陈鼓应注译：《庄子今注今译·齐物论》，北京：中华书局，1983 年，第 71 页。

③ （魏）嵇康著，戴明扬校注：《嵇康集校注·五言诗三首（其三）》，北京：人民文学出版社，1962 年，第 80 页。

④ ［德］弗罗姆著，陈学明译：《逃避自由》，北京：工人出版社，1987 年，第 87 页。

盾，形成一种尖锐的对立，使他内心极度孤独寂寞，不得不发出“郢人逝矣，谁与尽言”（《兄秀才公穆入军赠诗十九首》）、“钟期不存，我志谁赏”（嵇康《酒会诗七首》其四）的慨叹。不管是在晏游中，还是在游仙中，他都在苦苦地寻找知己：“逝将离群侣，杖策追洪崖……浮游太清中，更求新相知”，“岩穴多隐逸，轻举求吾师”（嵇康《述志诗》）。显然，嵇康的知己不是那些在一起喝酒、晏游的俗人，而是与自己一样，有着高蹈遗世、栖隐山林之趣的幽人高士。

总之，嵇康的游仙诗和他在现实的忧患与超脱生命的矛盾纠葛中形成的生命观相一致，不在于长生之想，而在于全身免祸，表现出两大特色：一是把隐逸融入游仙之中，既把它作为超脱生命悲剧的一条人生之途，又拿它与污浊的现实相对抗，在超尘拔俗中暂时淡化心中的悲哀痛苦，让高级隐士成为自己追慕的理想；二是把游仙与游玄混同为一，使之成为体玄式的游仙。这样，嵇康追求的不是游仙的享乐、自由，而是对玄理的玩味，企图在自然中找回失落的一切，把玄学的最高境界当做理想的精神家园。因此，他追求的不是服食登仙，而是泯灭是非善恶与造化同体、与自然合一的恬静状态。如果达到这种状态，就能使有限的生命融入无限的自然中而获永恒。

第二节　忧生之痛与生命探寻之旅

阮籍生活于魏晋易代之际，政治环境险恶，从正始十年（249）到甘露五年（260），十二年的时间里司马氏与曹魏两大政治集团之间进行了六次激烈的争权夺利斗争，大批名士被杀戮，空中到处弥漫着血腥味，当时的政治形势就如同一张看不见的“天网”，使人无法舒展。面对如此乱世，阮籍忧生切骨，害怕须臾之间横遭不测，陷入生命的悲剧中。《晋书》本传载“（籍）率意独驾，不由径路，车迹所穷，辄恸哭而返”[①]。阮籍在生命的旅途中任性而求，但与现实发生尖锐的矛盾冲突。而这种矛盾冲突所形成的生命情结，他不只在恸哭中宣泄，而且也融于艺术之中，把内心的积愤、郁闷、孤独、忧伤形诸歌咏。刘勰说“阮籍使气以命诗。”[②] 李善曰：“嗣宗身仕乱朝，常恐罹谤遇祸，因兹发咏，故每有忧

① （唐）房玄龄等撰：《晋书·阮籍传》，北京：中华书局，1974 年，第 1361 页。

② 周振甫著：《文心雕龙今译·才略》，北京：中华书局，1988 年，第 422 页。

生之嗟。”[①] 显然，“使气命诗”就是宣泄内心中以忧生为主的生命情结，而研究这种情结就能找到阮籍心灵痛苦的轨迹和对生命的探寻轨迹，从而对阮籍避祸全身、玩世不恭有一个立体式的认识。

一

面对时光的飘忽和人生的短暂，儒家一直采取积极昂扬的心态，以不朽的生命价值来超脱生命的悲剧。立德、立功、立言的追求早已渗入士人的生命中，成为其不可分割的一部分。阮籍开始也采取积极的入世态度，“生命几何时，慷慨各努力”[②]。哪怕是朝开夕陨的木槿，也要活出那份灿烂与辉煌。史书记载，阮籍本有“济世志”，希望建立一个“尊卑有分，长幼有序”、“在上而不凌乎下，处卑而不犯乎贵”[③] 的安定社会。在《乐论》中，他把礼、乐、刑、教看做一个整体，认为这是“安上治民”的最好办法。阮籍深深地懂得“兴化济治，在于得人；收奇拔异，圣贤高致”，极力向晋王推荐卢播，认为卢播是一个不可多得的人才。[④] 同时他还把这种积极人生主张形诸歌咏：

> 壮士何慷慨，志欲威八方。驱车远行役，受命念自忘。良弓挟乌号，明甲有精光。临难不顾生，身死魂飞扬。岂为全躯士？效命争疆场。忠为百世荣，义使令命彰。垂声谢后世，气节故有常。（《咏怀诗》三十九）

这位壮士其实是阮籍自况。他认为功名是永恒的，只有这样才能超越生命的悲剧，因此要临难不惧、效命疆场，获得忠义令名，留垂后世，表现出强烈的入世精神。现实如此残酷，连生命都难以自保，又哪里能有所作为呢？阮籍的政治热情骤减，济世志亦归消歇：婉拒蒋济、曹爽的征避，混迹于司马氏身边，“不与世事”。这实质上是为了保全生命，对生命的珍视与执著，而阮籍的内心却承载着巨大的冲击，心中气愤难平，既想挥袂舞剑挽住时间的脚步、驱散浮云，做

---

① （梁）萧统编，（唐）李善注：《文选》卷第二十三，上海：上海古籍出版社，1986 年，第 1067 页。

② （魏）阮籍著，陈伯君校注：《阮籍集校注·咏怀诗（七十一）》，北京：中华书局，1987 年，第 384 页。

③ （魏）阮籍著，陈伯君校注：《阮籍集校注·通易论》，北京：中华书局，1987 年，第 104 页。

④ （魏）阮籍著，陈伯君校注：《阮籍集校注·与晋王荐卢播书》，北京：中华书局，第 1987 年，第 64 页。

一只抗志扬声的玄鹤，一鸣惊人，又不得不沉默缄口，“旷世不再鸣”；他虽优游于世，却不愿与鹑鷃为伍，戏游中庭，于是陷入极度的矛盾痛苦中。阮籍的思想在矛盾痛苦中发生裂变，原来的理想破灭，人生的价值观念被轰毁，超脱生命的途径被堵死：

昔年十四五，志尚好书诗。被褐怀珠玉，颜闵相与期。开轩临四野，登高有所思。丘墓蔽山冈，万代同一时。千秋万岁后，荣名安所之！乃悟羡门子，噭噭今自嗤。（《咏怀诗》十五）

阮籍从“思”到“悟”、从昔到今，带着浓重感伤，面对死亡，带着理性的残酷否定荣名。表面上他似乎领会了生命的真谛，看破了一切，实际上是诗人经历巨裂疼痛后的愤激之语。因为要否定赖以生存的根本，不仅会使人陷入彷徨痛苦中，而且生命个体与社会群体之间会发生激烈冲突，如何获得个性的自由就成为了生命的主题。这样，生命的永恒与生命的自由这双重悲剧压着诗人，让他透不过气来。

二

礼本来是阮籍“济世志”的一部分，他一开始十分重视并加以推崇，认为礼是“建天下之位，定尊卑之制，序阴阳之适，别刚柔之节”（《通易论》）的规范。但司马氏为掩饰其篡权野心，大力提倡以礼法治天下，那些势利小人，更是以礼法之士自居，表面上维护礼教，拘泥于小节小仪，而实际上虚伪成性，把礼法破坏得不成样子。阮籍逐渐看清了礼教的面目，“坐致礼法，束缚下民，欺愚诳拙，藏智自神”是其本质。礼法的出现使统治者达到了“外易其貌，内隐其情，怀欲以求多，诈伪以要名”、“假廉而成贪，内险而外仁”的目的。因此礼法不但不能规范社会、安定社会，反而是“天下残贼、乱亡之术”[①]，破坏了社会的和谐安定，束缚了人的自然本性。因此，阮籍不仅要否定礼教，嘲笑“洪生”的虚伪，而且还企图超越礼教，从那些清规戒律、条条框框中解放出来，追求个性的自由。他以孙登为模特，塑造了一个“与造化同体，天地并生，逍遥浮世”的大人先生，作为自己的理想人格，以求精神的解脱。

① （魏）阮籍著，陈伯君校注：《阮籍集校注·大人先生传》，北京：中华书局，1987年，第161页。

在现实生活中，阮籍恣情任性，做出种种越礼行为。在《世说新语·任诞》与《晋书》本传中有这样的记载：酣饮醉酒，为拒绝司马氏求婚大醉六十天，醉卧邻家美妇之侧，为醉酒求步兵校尉；不守礼法，吊兵家才女，嫂归宁与别，遭母丧饮酒食肉，散发坐床，箕踞不哭，又能为青白眼，见礼法之士以白眼对之。阮籍这些“毁形废礼，以秽其德”[①] 的行为，不仅是为了避免迫害、保存自己，而且还是为了挣脱礼教的约束，活出生命的真实，追求人性的个体自由。因此，他面对礼法之士的指责大胆喊出“礼岂为我辈设也”[②]。这种呼喊虽带着几分狂放，但喊出了一种精神，一种追求人性自由的精神。而这种追求不仅与当时残酷虚伪的社会发生了激烈的冲突，而且还与诗人自己的内心世界发生了冲突。张海明先生看透了阮籍的内心，认为阮籍的本态“既不在其痛诋礼法，佯狂避世，亦不在其谨小慎微，内心真正崇奉礼教，而就在于这种既追求人性自然，又不能完全割舍名教的游移彷徨中。矛盾、冲突即是其本态”[③]。这双重的冲突使阮籍倍感孤独与寂寞，在内心深处一方面渴望着精神的知己，既以“佳人”、“佼姬”象征着自己的合道之友，又以“思亲”、“思友”抒发着真情。另一方面又强烈排斥着现实中的“俗人”：“岂与乡曲士，携手共誓言”（《咏怀诗》四十三）；“岂与蓬户士，弹琴诵誓言”（《咏怀诗》五十八）。他时时幻想自己化为飞鸟，逍遥自在，但他又常常将玄鹤、凤凰、鸿鹄、高鸟与学鸠、鸣鸠、鹑鷃、燕雀对比，形象地表达自己的矛盾冲突。这种冲突在现实生活中使阮籍既口不臧否人物而又放荡不羁。显然，阮籍的生命悲剧在于他生存的个体与社会的对立，在于他自身性格的内在矛盾。他既想屈从于社会规范，实现一个天下大治的礼法社会，又想追求人性自然，以个体为本位，展露生命的本真。

三

庄子曰：“山林欤！皋壤欤！使我欣欣然而乐欤！”[④] 这种对山林之乐的追求其实是人性向大自然的一种回归，是对世俗种种束缚的一种超越，是一种精神解脱。因此阮籍企图把归隐当做一条存身之道，以之来解决内心的矛盾冲突：

---

① （梁）沈约著：《七贤论》，见严可均辑：《全梁文》卷二十九，北京：商务印书馆，1999年。

② （宋）刘义庆著，余嘉锡笺疏：《世说新语笺疏·任诞》，北京：中华书局，1983年，第859页。

③ 张海明著：《玄妙之境》，长春：东北师范大学出版社，1997年，第85页。

④ 陈鼓应注译：《庄子今注今译·知北游》，北京：中华书局，1983年，第588页。

猗欤上世士，恬淡志安贫。季叶道陵迟，驰骛纷垢尘。甯子岂不类？杨歌谁肯殉？栖栖非我偶，徨徨非己伦。咄嗟荣辱事，去来味道真。道真信可娱，清洁存精神。巢由抗高节，从此适河滨。（《咏怀诗》七十四）

阮籍希望自己摆脱世俗的纷纷扰扰，追寻许由、巢父的足迹，进入一种逍遥自适的超越境界，保持自己人格精神的自由独立。隐逸虽带有强烈的避世色彩，但无力对抗社会，反而因带有不满与反抗色彩，可能招致猜忌，甚至杀戮。另外，隐逸始终无法解决人与自然的冲突："人生若尘露，天道邈悠悠"（《咏怀诗》三十三），在悠悠天道和宇宙永恒中，人的生命短促得如同尘露顷刻即逝；"繁华有憔悴，堂上生荆杞"（《咏怀诗》三），这是一条无法逃避的客观规律；"朝为媚少年，夕暮成丑老"（《咏怀诗》四），这是谁也没办法解决的。阮籍正是认识到无法逃脱死亡之悲剧，因而强烈的生命悲剧感袭击着他、折磨着他。他极为残酷地否定自己刚刚探寻到的人生道路，不仅不学孙登隐居山林，而且认为山林隐逸之士还不够超脱，他们的用心可悲，不值一说，"薄安利以忘生，要求名以丧体，诚与彼其无诡，何枯槁而逌死"（《大人先生传》），拒绝与山林隐逸之士为伍。他曾经以托辞求为东平相，想学"遍游之士"尽情遨游，找一个理想的归宿，但是其风土可恶，阮籍失望而痛苦地喊道："孰斯邦之可即。"[①] 因此，在其《咏怀诗》中，虽有避祸的归欤之情，但没有嵇康诗中那种宁静淡泊、高雅飘逸的隐逸生活的具体描写，也没有拿隐逸生活来与污浊的现实相对抗，而只有从现实忧患中走向隐逸、又从隐逸中陷入矛盾冲突之中的感慨。他被抛在了半空，内心经历各种矛盾痛苦，生命的情结在内心越结越紧，只能以放诞不羁的行为、言谈玄远的议论、口不臧否人物的至慎浮于世上。他不敢以伯夷、叔齐之事来矫情，反而认为他们"进而不合兮。又何称乎仁义。肆寿夭而弗豫兮，竞毁誉以为度。察前载之是云兮，何美论之足慕"[②]，在诗文中表现出一种复杂的首阳情结。在痛苦矛盾中"驱马舍之去，去上西山趾"（《咏怀诗》三），或"步出上东门，北望首阳岑"（《咏怀诗九》），虽有"嘉树林"，但还是发出"良辰在何许"的呼喊，在凛冽的秋景中陷入更深的悲痛中。这种冲突使诗人只能发为对生命忧伤的吟唱，

---

① （魏）阮籍著，陈伯君校注：《阮籍集校注·东平赋》，北京：中华书局，1987 年，第 1 页。
② （魏）阮籍著，陈伯君校注：《阮籍集校注·首阳山赋》，北京：中华书局，1987 年，第 24 页。

"但恐须臾间，魂气随风飘。终身履薄冰，谁知我心焦"（《咏怀诗》三十三），在歌咏中表现出阮籍对生命的爱恋与执著。

四

阮籍撕毁了自己的理想，否定了礼教，否定了隐逸，使自己在理想与现实之间陷入巨大的冲突与矛盾中，不免彷徨痛苦，最后不得不逃向庄子的人生理论中。因为庄子与老子的根本区别"在于第一次突出了个体存在。他基本上是从人的个体的角度来执行这种批判的。关心的不是伦理、政治问题，而是个体存在的身心问题"。① 而这种哲学刚好契合了阮籍此时苦闷的心态，于是他抓住这根救命之绳，大谈玄、道。史书载阮籍以"庄周为模则"②，"博览群籍，尤好庄、老"③。他作《达庄论》、《通老论》、《通易论》，将这三者融为一体，"道者，法自然而为化，侯王能守之，万物将自化。《易》谓之太极，《春秋》谓之元，《老子》谓之道"。"道"、"元"、"太极"所指相同，在根本上一致。圣人应该"明于天人之理，达于自然之分，通于治化之体，审于大慎之训"，这样才能"保性命之和"。④ 他将这种哲学作为自己安身立命的根本，希望找到一种个体超越现实、保有身心自由的处世方法。

在现实生活中，阮籍狂放不羁、嗜酒如命，如鸾凤长啸不已，登山临水，经日忘归，闭门读书，累月不出，率性而为，"当其得意，忽忘形骸"（《晋书·阮籍传》）。"忽忘形骸"就是一种泯灭是非、物我两忘的精神超越境界。显然，阮籍这种行为极富老庄气质，企图把庄子的理想人生化为实践。而在诗文中，阮籍着力描写了一个事实上并不存在的逍遥世界，在这一世界中，他摆脱了尘世的一切羁绊，任由精神自由驰骋、与道合一。虽然这种神游只是庄子纯哲理的理想人生境界，在现实生活中无法实现，但是这种吟咏却表现了阮籍内心深处对庄子逍遥游式的人生境界的强烈向往，在向往中包含着一种深沉的人生哲理，表明阮籍企图用老子的任自然和庄子的齐万物的思想来解开缠绕心间的生命之结。

朝登洪坡颠，日夕望西山。荆棘被原野，群鸟飞翩翩。鸾鹥时栖

① 李泽厚著：《中国古代思想史论》，北京：人民文学出版社，1986年，第181页。

② （晋）陈寿撰：《三国志·王粲传》，北京：中华书局，1959年，第604页。

③ （唐）房玄龄等撰：《晋书·阮籍传》，北京：中华书局，1974年，第1359页。

④ （魏）阮籍著，陈伯君校注：《阮籍集校注·通老论》，北京：中华书局，1987年，第159页。

宿，性命有自然。建木谁能近，射干复婵娟。不见林中葛，延曼相勾连。（《咏怀诗》二十六）

因为“性命有自然”，不管是鸾鷖，还是一般的飞鸟，不管是身临百丈深渊的射干，还是高可百仞的建木，虽然高下有别，但荣枯之理相同，所以纵使荆棘原野也可以自适自足。阮籍既然把这一切都看做自然，那么他再也不会为鸾凤不能冲天一鸣而忧戚沾襟。学鸠虽小，不羡大鹏的天地之游，栖树枝，集蓬艾，游圃篱，也足以自适（参见《咏怀诗四十六》）。这是阮籍在内心极度苦闷之后一种理性的退屈，从忧生走向安生。而安生又必须以旷达超脱为前提：

谁言万事难？逍遥可终生。临堂翳华树，悠悠念无形。彷徨思亲友，倏忽复至冥。寄言东飞鸟，可用慰我情。（《咏怀诗》三十六）

要逍遥终生，必须排除万事之烦恼，要像“大人”一样能忘掉死生、忘掉是非，做到“恬于生而静于死”，“与造物同体，天地并生，逍遥浮世，与道俱成，变化散聚，不常其形”（《大人先生传》）。阮籍从华树茂影至夕而冥中悟出有形终归无形这个道理，对亲友的彷徨思念倏忽之间变为无牵无挂。但这种逍遥只能在精神世界里实现，而现实中却无法实现。因为人活在世上就会有思虑、有知识、有欲望，想有所作为，这都是自然而然的。而现在却为了摆脱内心的痛苦，解脱生命的悲剧，硬是逼着自己去思虑、去知识、去情欲，泯是非，这其实违反了自然，也是无法做到的。因此阮籍又重新陷入矛盾痛苦中。

俦物终始殊，修短各异方。琅干生高山，芝英耀朱堂。荧荧桃李花，成蹊将夭伤。焉敢希千术，三春表微光。自非凌风树，憔悴乌有常。（《咏怀诗》四十四）

虽然俦物终殊，修短各异，如琅干、芝英、桃李之花，但盛衰之理却相通，艳丽之时，下自成蹊，最后还得凋谢，这是生命的自然之理。但诗人不是“凌风树”，又怎能把握住憔悴变化之理呢？浓重的忧生之嗟又把诗人推入痛苦无奈中。玄学这座生命的家园又再一次失落，生命之结始终无法解开。阮籍的探寻只不过宣泄了内心的生命情绪，体现了阮籍对生命的重视与对完美的追求。

五

阮籍在生死难料、朝不保夕的忧生中不断探索，在探索中无法找到解脱的办法，反而使内心陷入更深的矛盾冲突中。他既无法丰富自己有限的人生，也无法获得精神的超越与审美享受。因此他幻想在另一虚无缥缈的精神世界畅游，在《咏怀诗》中一再歌咏游仙，表达自己的羡仙之情、长生之想。阮籍虽然借仙境以明己避世之心，然而他知道，仙境不是一个真实的存在，只是一个可望而不可即的幻想。他又被推回到现实中，陷入深深的痛苦。黄侃先生曰："神仙之事，千载难逢，纵复延年，终难自保。晨朝相悦，夕便见欺，方知预计明朝，犹为图远而忽近也"[①]，真可谓体味到了诗人那颗痛苦之心（关于游仙下文将专门论述）。

总之，阮籍是一个自我意识非常强烈的人，在生命的悲剧中，以一颗痛苦不屈之心始终在探索，企图超脱这悲剧，活出生命的意义。但每一种探索又在现实与理性中被他否定，使自己陷入更深的痛苦中，因此他更感人生的悲哀。而这种悲哀使阮籍在现实中只能以酒来浇灌，狂放不羁，虽带着玩世色彩，但决不颓废，因为它是在追求"达"的精神境界中自然而然的"达"的行为，与元康之徒的"作达"有着本质的区别。[②] 因此这种悲哀在诗文中就浓缩为一种生命情结，他那颗孤独的灵魂在呐喊中抗击着这个社会、震撼着人们，产生一股人格力量。当人的个体与社会发生矛盾冲突时，这股力量就鼓舞着人们去抗争，追求人格的独立与自由。

第三节　"明道"与"仙心"

游仙诗作为一种诗歌题材，一直贯穿了整个诗歌发展史，而魏晋是游仙诗的成熟期，除曹氏父子、嵇康外，阮籍也有不少作品。阮籍八十二首《咏怀诗》[③]，虽不以游仙名篇，但不乏游仙之作，据初步统计，可视为游仙之作的就有二十多首，而含有游仙色彩的就更多了。罗宗强先生说："正始就是这样一个时代。哲学进入了士人的精神生活中，影响了他们的人生理想、生活情趣以至生活方式；

---

① （魏）阮籍著，陈伯君校注：《阮籍集校注》，北京：中华书局，1987 年，第 355 页。

② 参见冯友兰著：《中国哲学史新编》（中），北京：人民出版社，1998 年，第 487 页。

③ （魏）阮籍著，陈伯君校注：《阮籍集校注》，北京：中华书局，1987 年（凡文中所引阮籍诗文未注者都出自该书）。

同样也影响了文学。”[①] 阮籍生活在这样的一个时代，特别爱好老庄，把庄子的哲学作为自己的人生哲学。刘勰说：“正始明道，诗杂仙心。”[②] 阮籍将“明道”与“仙心”结合，使他的游仙之作与曹氏父子等人不同。

一

游仙的目的不外乎两个：一是摆脱世俗的羁绊，获得自由；二是超越生存时间的限制，获得长生。而阮籍的忧虑不是生命终结的到来，而是害怕须臾之间横遭不测。因此他虽然从日月的交替、时序的推移中感受着时光的流逝，在流逝中浓缩着生命短暂的哀伤，在哀伤中导向游仙，但更多的是世道的险恶带给诗人的生命感喟。“世务何缤纷，人道苦不遑”（《咏怀诗》三十五），在这样的世俗社会中，诗人原有的“济世志”破灭，因此他的游仙就无法像建安诗人那样与建功立业相联系，充溢着一股慷慨之情，反而流露出极为沉重的抑郁之情，“殷忧令心结，怵惕常若惊”（《咏怀诗》二十四）。诗人带着人世的忧伤在探索、抗争，但社会世俗如同一张无形的天网，弥盖四野，使诗人透不过气来，生命个体的自由被严重扼杀。这样，诗人的游仙就不在于长生不死，获永年之求，而是希望脱离这个尘世。于是，阮籍借助于王子乔、赤松子、羡门、安期生、浮丘公、西王母等传说中的神仙，或借助于射干增城、昆仑悬圃、太华等仙境来表达自己的羡仙之情。如《咏怀诗》三十二、三十五分别吟咏道：“愿登太华山，上与松子游”，“濯发汤谷滨，远游昆岳傍”。

游仙诗不仅吟咏神仙之事、描写神仙境界，而且作为诗人主体的“我”往往与“仙”同游同乐。如曹操的《气出唱》其二，在华山、昆仑，诗人吹箫鼓瑟，玉女翩翩，仙人云集，诗人与他们饮酒嬉戏，一直到黄昏，其乐融融。[③] 又如曹植的《五游咏》，诗人上游天界，与仙人一样，无拘无束，戴着美丽的玉佩，痛饮甘美的仙露，踟蹰于天庭，玩赏灵芝，流连芳草，连王乔、羡门也为他捧送奇方仙药。[④] 曹氏父子不仅在游仙中享受着精神漫游的快乐与自由，而且将“我”与“仙”合一，“我”是“仙”，“仙”是“我”。“我”不仅能飞升仙境，而且能享受仙界的一切，甚至凌驾于仙人之上，似乎仙界本来就是他的归宿。如

---

① 罗宗强著：《魏晋南北朝文学思想史》，北京：中华书局，1996年，第55页。

② 周振甫著：《文心雕龙今译·明诗》，北京：中华书局，1988年，第60页。

③ 安徽亳县《曹操集》译注小组译注：《曹操集译注》，北京：中华书局，1979年，第4页。

④ （魏）曹植著，赵幼文校注：《曹植集校注》，北京：人民文学出版社，1984年，第401页。

曹植吟唱道："昆仑本吾宅，中州非我家。"（曹植《远游篇》）因此，他们的游仙诗弥补了现实中的一切缺陷，营造了一个集长生、享乐、自由、权势于一体的仙国。

阮籍则不同。他虽有羡仙之情、游仙之举，但"仙"却独立于"我"而存在，诗人始终游离于仙境之外，"我"与"仙"是对立的，无法同游同乐。他的游仙之篇也不在于游仙过程的铺叙和在游中获得快感，而在于生命哲理的阐述，游仙之作都用极大的篇幅在说明"我"为何要游仙。因为"我"生于乱世，朝不保夕，不能学轻薄之辈，纵情声色，随俗浮沉，唯有像神仙才能超越一切，于是游仙成为必然之举。"逍遥晏兰房"、"沐浴丹渊中"（《咏怀诗》二十三），"乘云御飞龙，嘘噏叽琼华"（《咏怀诗》七十八），诗人向往这种逍遥自在的生活，希望自己能"西北登不周，东南望邓林"（《咏怀诗》五十四），也想象有这样一位"横术奇士"（《咏怀诗》七十三），能驾驶黄骏大车，纵情肆意地漫游。但阮籍的远游只是主观上的一种努力，"焉见王子乔"（《咏怀诗》其十）、"岂安通灵台"（《咏怀诗》二十二）、"天阶路殊绝，云汉邈无梁"（《咏怀诗》三十五），通仙无路，仙人在哪儿？诗人最后只得喊出："焉得凌霄翼，飘遥登云湄。"（《咏怀诗》四十）阮籍在游仙中自始至终找不到片刻的欢乐，诗人"我"始终无法升登仙界。阮籍的游仙始终存在一个矛盾，诗人向往游仙，但诗人主体的"我"自始至终无法达到一种迷狂的状态，"仙"及"仙境"始终独立于诗人而存在，使诗人不但不能超越尘世而获得快乐自由，反而加剧了内心的痛苦。阮籍正是在这种矛盾与痛苦中宣泄着浓烈的生命情绪。

为什么会形成这一特色呢？在现实生活中，阮籍大谈玄道，把庄子笔下的"神人"、"至人"、"真人"作为自己心目中最完美的理想人格。这种理想人格虽引人遐想，但却与道教的神仙不同：首先，他能平静地对待生死，"夫至人者，恬于生而静于死，生恬则情不惑；死静则神不离。故能与阴阳化而不易，从天地变而不移"（《达庄论》）。这样，阮籍的理想人格就自然与长生不死的仙人划下一道天然的鸿沟。其次，这种人格是建立在玄学理想上的人格，是庄子人生哲学的人格化，不具备现实人格的基础，正如阮籍用极大的感情塑造的"大人先生"一样，"与造化同体，天地并生，逍遥浮世，与道俱成，变化聚散，不常其形"（《大人先生传》）。这种人格虽然渗入魏晋时人的心目中，但在天上人间都无法找寻。阮籍以这样的人格为理想，想逍遥出世，但实际上被抛入半空，"上乎无上，下乎无下，居乎无室，出乎无门"（《答伏义书》）。因此他在游仙中无法使自己像曹氏父子那样达到一种近乎痴迷的境地，真正全身心在置于仙境中，获得极大的精神满足，更不会产生“我”是“仙”，“仙”是“我”的感觉。相反，他摒弃了冲动与迷狂，使他的游仙表现为一种完完全全的玄想。

二

李泽厚说：魏晋时代“完全适应着门阀士族的贵族气派，讲究脱俗的气度神貌成了一代美的理想。不是一般的、世俗的、表面的、外在的，而是表达出某种内在的、本质的、特殊的、超脱的风姿容貌，才成为人们所欣赏、所鼓吹的对象”①。当时“竹林七贤”就以他们脱俗的神情举止、放达的风度成为名士们追慕的对象。而阮籍是“竹林七贤”中的代表，他饮酒酣放，做出种种的越礼行为，高喊“礼岂为我设也”，极力挣脱世俗的各种束缚羁绊，追求清高脱俗。因为阮籍知道：“性命岂自由，势路有所由”，一切都有因果，于是他愤激于世俗，否定一切，“高名令志惑，重利使心忧。亲昵怀反侧，骨肉还相仇。更希毁珠玉，可用登遨游”（《咏怀诗》七十二）。但在现实生活中要真正做到脱俗却不可能，因此阮籍在游仙中极力抒发这种脱俗的情感追求。“时路乌足争，太极可翱翔”（《咏怀诗》三十五），诗人傲视世俗，希望在太极翱翔。而脱俗的追求必然走向鄙视俗人，遗弃物累，“岂与蓬户士，弹琴诵言誓”（《咏怀诗》五十八）、“岂若遗世物，登明遂飘遥”（《咏怀诗》八十一）。

在脱俗的追求上，阮籍与嵇康既相似又有不同。嵇康也鄙薄世俗的污浊，追慕神仙，让自己离开秽浊的人间，“俗人不可亲，松乔是可邻”，想以此来获得一种超拔挺立的人格，表现自己高雅绝俗的情调。但是嵇康又把游仙生活现实化、山林化，他笔下的游仙生活其实就是高雅的山林隐逸生活，“结友集灵岳，弹琴登清歌。有能从我者，古人可足多”②。显然，嵇康所结之友不是长生不死的仙人，而是“肆志”、“纵心”的隐士。据嵇喜的《嵇康传》载，嵇康撰录了上古以来“圣贤隐逸遁名者”119 人，目的是要“欲友其人于千载”。嵇康在塑造人格理想时，虽根基于庄子的思想，但又立足于人间现实，将庄子的理想境界与现实人情结合，确立一种定形可见的现实人格。因此他在游仙中只不过给那些志趣相投的朋友披上一些神仙的名号而已，而游仙生活也只不过是那种优游于幽

---

① 李泽厚著：《美的历程》，北京：中国社会科学出版社，1984 年，第 4 页。
② （魏）嵇康著，戴明扬校注：《嵇康集校注·答二郭诗》，北京：人民文学出版社，1962 年，第 64 页。

静的山间水湄、弹琴吟诗的高雅脱俗的隐逸生活的写照。阮籍在人生的探究上要比嵇康深刻得多,《大人先生传》写出了他的精神超越的逻辑层次。阮籍借“大人先生”之口批判了隐士的思想，认为他们还是有是非善恶之别，不够超脱，不愿与之引为同调。因此他在现实中始终找不到人生的出路，唯有穷途恸哭而已。但他不屈的灵魂始终在探索，希望像庄子所说的那样，完全泯灭物我、人我、自我，在心灵意识中完全做到虚静淡泊、寂寞无为，使自己的身心无拘无碍，真正达到逍遥自在，“登乎太始之前，览乎忽漠之初，虑周流于无外，志浩荡而遂舒……廓无外以为宅，周宇宙以为庐”。正是在这一基础上，阮籍的游仙就不能将自己真正置身于道教的圣境中，也不能像嵇康一样具有现实性，而只能在他自己理想人格的身上披上一件神话的外衣，将游仙与游玄结合，使他的游仙显得既脱俗又空灵：

> 北临干昧溪，西行少游任。遥顾望天津，骀荡乐我心。绮靡存亡门，一游不再寻。傥遇晨风鸟，飞驾出南林。漭瀁瑶光中，忽忽肆荒淫。休息晏清都，超世又谁禁。(《咏怀诗》六十八)

《淮南子》曰：“取焉而不损，酌焉而不竭。莫知其所由出，是谓瑶光。瑶光者，资粮万物者也。”[①] 可见“瑶光”与“道”、“玄”不过同质而异名。“荒淫”是诗人逍遥出世、徜徉自适的理想之境，如同“大人先生”畅游的“天地之外”一样。诗人登临“干昧”，顾望“天津”，畅游“瑶光”，肆意“荒淫”，在扑朔迷离的漫游中表达自己的超世之想，在阔大的精神领域中舒展自己，在自我人格的崇大时表现自己脱俗高洁的志趣。

脱俗的追求是以自由的获得为旨归的。阮籍之所以要弃绝人世、逍遥远游，就是因这世俗社会到处是网罗，“苟非婴网罗，何必万里畿”(《咏怀诗》七十)。史书载他“傲然独得，任性不羁”，这是他作为人的“自觉”精神的表现，也是诗人以不屈的个性在捍卫着自己的人格尊严。诗人是一个极为热爱自由的人，他的种种痛苦都来自于他的个体自由与社会群体发生尖锐的矛盾冲突。虽然他没有嵇康那么激切直露，但内心对自由的渴望是那样强烈。他醉心于飞鸟意象的描写，尤其是鸿鹄，它乘着长风，片刻之间消逝于万里之外，朝餐“琅玕”，夕栖

---

① 陈一平注译：《淮南子校注译·本经训》，广州：广东人民出版社，1994 年，第 359 页。

“丹山”，是那么脱俗高洁、自由，没有任何束缚（参见《咏怀诗》四十三）。其实“鸿鹄”就是诗人自我象征。因为在现实生活中诗人无法获得自由，于是希望自己能化作飞鸟，像鸿鹄一样，冲决人世的罗网，自由飞翔。也幻想在游仙中极力舒展自己，让自己自由地漫游在无穷的宇宙中：

> 横术有奇士，黄骏服其箱。朝起瀛州野，日夕宿明光。再抚四海外，羽翼自飞扬。去置世上事，岂足愁我肠！一去长离绝，千岁复相望。（《咏怀诗》七十三）

他朝起瀛州，夕宿明光，任意遨游驰骋。但这种快意的游仙似乎还太拘束，不够展其怀，于是他再驰骋于更逍遥、更绝俗的四海之外。只有这样的所在才是诗人理想之地，才能绝对自由，不受任何束缚，也才能像高飞的鸟一样，“羽翼自飞扬”。

在肆意远游中追求自由，阮籍与曹植的游仙诗在这一点上既相似又不同。由于拘囚般的处境，曹植在中后期没有自由可言，他也希望自己能远离尘世，翱翔九于之上，尽情享受着快乐与自由，而他的远游虽以远离尘世为目的，但却植根于现实世俗。曹植按照自己的理解、自己的生活情趣来写仙人生活，大肆铺陈仙境中的物事，让仙境作为他现实生活缺陷的一种补偿，在仙境中做着世俗富贵之梦。因此，他在漫游中不仅追求着自由的快感，而且着意追求各种享受。这样他的游仙就缺乏那种高雅脱俗之气。而阮籍的游仙却将脱俗与自由结合起来，他排斥世俗的一切，在游仙中没有享乐的追求，理想之境是那么脱俗恢宏。如《咏怀诗》五十八，连西王母的神仙之地也抛却在诗人身后，诗人佩着高冠长剑，逍遥于浩渺的大荒中，似乎诗人游仙只有一个目的，就在于远离尘世。

三

阮籍游仙诗清雅素朴的风格是由上述两个特点所决定的。阮籍在游仙中不在意于享乐的获得，而在乎超尘拔俗与自由的追求，因此，他不着意于对仙人、仙境的繁复描写，也没有“人”、“仙”之间热烈的气氛。他只直接挪用一些神话意象，如安期、松乔、羡门、王子晋、西王母、玉山、瀛洲等来表达自己的羡仙之情、出世之想。而他笔下仙人的生活唯恐不清，唯恐不净，唯恐沾染了世俗之气。如《咏怀诗》二十三、七十八，写射山的神仙，他们不是沉于酒乐之中，而是和庄子笔下的藐姑射的神人一样，呼吸云露，咀嚼琼华，逍遥兰房，沐浴丹渊，显得清雅飘逸。

阮籍在游仙中，由于只有羡仙之情，很难把自己置身于仙境中，因此他的游仙既不去具体描写与仙同游的快乐场景，也没有那些引人注目的服食色彩。诗人升登仙界，无意于物质生活的享受，而是着意追求一种清雅脱俗的生活。“濯发汤谷滨”、“采此秋兰房”（《咏怀诗》三十五），“休息晏清都”（《咏怀诗》六十八），在素朴的描写中呈现出清雅的风格。并且他喜欢对自然物体作静态客观的描写，不仅使诗歌的画面显得简单素朴，而且创造了一种幽远的意境。

阮籍的游仙诗由简单素朴的描写和幽远的意境所形成的清雅素朴的风格与曹氏父子游仙诗的风格完全不同。曹氏父子虽然不相信神仙实有，带着清醒的理性，但是他们着力去描写仙界。在他们看来，仙人的生活就是无所不有，世间万物，招之即来，挥之即去，骑鸾跨凤，威风凛凛。他们在游仙中尽情享受着一切，仙歌、仙乐、翩翩玉女、灵芝异草、玉浆美酒，琳琅满目，令人眼花，似乎仙界就是人间帝王富贵生活的再现。所以，他们的游仙诗虽是一种出世之想，但却不失世俗富贵之气，呈现出瑰丽的色彩。

阮籍游仙诗这种风格的形成，是由于深受玄学思想浸染。阮籍游仙诗的创作虽是承袭了建安诗歌的文化特征，吸取了道教中的神仙学说，表达自己与尘世的对立，抒发自己的出世之想，表现出一定的道教品格，但他更多地受老庄玄学的影响，不仅追慕的对象带上了庄子理想人格的色彩，而且以脱俗自由为追求目的。魏晋时期是神仙道教的形成期，道教学说在上层社会传播，使许多人深受影响，沉湎于服食。阮籍虽曾访道士孙登，“与商略终古及栖神道气之术”①，但对服食却没有兴趣。竹林七贤中，唯有嵇康相信神仙实有，讲究服食。但我们必须清楚，道家与道教是不相同的。由于它们的追求目标的变化，导致了整套思想行为的变化。以老庄为代表的道家，追求内心的体验，主张将内心体验与自然恬淡的人生情趣相结合，得到一种纯精神的、淡雅而平静的快感，带给人们的是一种宁静的情感和恬淡的心境；道教却不同，它的终极目的是生存与享乐，理想是长生不死、羽化登仙。在这种世界里充斥着各种手段、各种仪式、各种物事，给人一种既神奇又热闹的图景。置身于这样的境界中，令人血液沸腾，刺激着人的世俗欲望，使人在迷狂的气氛中产生无穷的神奇幻想，带给人的是一种冲动与迷狂

① （唐）房玄龄等撰：《晋书·阮籍传》，北京：中华书局，1974年，第1361页。

的情绪。曹氏父子更多地受道教服食长生理论的影响，因此他们的游仙诗摄取了许多神奇瑰丽的色彩。而阮籍在他的游仙中，皆从道家玄学思想出发，剔除一些过分的道教色彩，只信手拈来一些神仙传说，或者简单勾勒一些自然意象，使整个游仙显得清雅素朴。

嵇康虽然同样追求脱俗与自由，诗风也显得清雅，但与阮籍的素朴却不相同。这是因为嵇康对神仙服食充满了浓厚兴趣，“常修养性服食之事，弹琴咏诗，自足于怀。以为神仙禀之自然，非积学所得，至于导养得理，则安期、彭祖之伦可及”[①]。所以他的游仙诗充满了热情，极力描写游仙之举、与仙人交游等具体情节。如他的《游仙诗》、《五言诗》之三、《答二郭诗》之二，既写了自己对脱俗与自由的追求，又详细描写了自己在仙界中的具体生活：他与至真至善的“新相知”轻举翱翔，痛饮甘露，叽嚼琼枝，或结友灵岳，饮酒弹琴。

总之，阮籍在现实的忧患与矛盾冲突中醉心于玄学，把庄子的生命哲学作为自己的精神家园，使得游仙“成为寄托道家精神的艺术形式”[②]，呈现出新的特点。

---

① （唐）房玄龄等撰：《晋书·嵇康传》，北京：中华书局，1974年，第1369页。

② 孔繁著：《魏晋玄学与文学》，北京：中国社会科学出版社，1987年，第62页。

第四编　身名俱泰　游仙田园

司马氏禅魏立晋，灭蜀平吴，结束了多年的分割局面，但是并没有因此出现人们期待已久的盛世。士人虽然没有浓重忧生之嗟与内心的矛盾痛苦，但是他们在意绪的苍凉中臣服于眼前的政权体制时，心中却没有了曹操、曹植那样的建功立业的追求。何况西晋政权从血腥的杀戮中走来，使其一开始就陷入了自设的信誉危机与道德的悖论中。因此在政务中难有是非，只能一味地抚慰平衡，过多平衡术的运用，造成了"政失其本"。因而，士人也没有了阮籍、嵇康那份求真、求善的执著与热情，他们在清谈的玄虚中游戏人生，在调和名教与自然的矛盾中泯灭是非、善恶，以追求身心安逸为宗旨：

> （石崇）尝与王敦入太学，见颜回、原宪之象，顾而叹曰："若与之同升孔堂，去人何必有间。"敦曰："不知于人云何，子贡去卿差近。"崇正色曰："士当身名俱泰，何至瓮牖哉！[①]

"身名俱泰"就是他们的人生追求。像何曾"食日万钱，犹曰无下箸处"，"厨膳滋味，过于王者"；其子何劭"食必尽四方珍异，一日之供以钱二万为限"。[②]《世说新语·汰侈》所记石崇与王恺斗富的故事，在触目惊心中展现了他们的豪奢之风。沉于财物的追求中哪有名节、崇高可言？"宅心事外"成为他们

---

① （唐）房玄龄等撰：《晋书·石崇传》，北京：中华书局，1974年，第1007页。

② （唐）房玄龄等撰：《晋书·何曾传》，北京：中华书局，1974年，第998页、999页。

立身处世的准则。这样的士风、政风必然引发了西晋王朝全方位的崩溃。

等到异族入侵，半壁江山沦落，士子们不得不从玄虚中醒来，重新审视过去的一切，像大名士王衍临死前叹息曰："呜呼，吾曹虽不如古人，向若不祖尚浮虚，戮力以匡天下，犹可不至今日！"[①] 死时的醒悟虽说太晚，但在惘然中还是具有一股撼人心魄的力量。东晋之初，士子们确实灌满了国破家亡的悲痛，像过江诸人的新亭对泣，周侯的"风景不殊，正自有山河之异"感伤，就具有典型性。仓皇南逃的士人，面对外族的军事进逼，以及立足未稳的江南局势，也曾激起过心中的慷慨情怀，像王导的"当共戮力王室，克复神州"就是一例。但这只是昙花一现，"克复神州"的梦想不久就被偏安的心态击得粉碎。曾经被批判的中朝的玄虚之风反而在江左愈演愈烈，从后台登上了前台，泰元年间正式列于官学，于"外儒内道"的框架下在社会中大行其道。只不过士人的人生理想已经转向，去掉了中朝时那种奢华、物欲，向着精神层面的宁静、闲逸发展。江南的明山秀水，不仅安顿了他们的田宅、生业，而且也安顿了他们的精神，他们在自然的玩味中找到了精神的慰藉，正如"阮孚云：'泓峥萧瑟，实不可言。每读此文，辄觉神超形越'"[②]。王子猷酷爱修竹，竹下啸咏，承载了无以言说的高情雅致，"何可一日无此君"话语中是脱俗而与自然合一的境界。[③] 正因如此，不管现实处境如何，他们总是将自己的心灵投放于自然中，山水、田园成为他们审美的所在，成为他们的精神家园。

① （唐）房玄龄等撰：《晋书·王衍传》，北京：中华书局，1974年，第1238页。
② （宋）刘义庆著，余嘉锡笺疏：《世说新语笺疏·文学》，北京：中华书局，1983年，第304页。
③ （宋）刘义庆著，余嘉锡笺疏：《世说新语笺疏·任诞》，北京：中华书局，1983年，第893页。

第十章　山涛、王戎的圆通世故

魏晋之际政治斗争极为残酷，士人的政治热情骤减，原有的个体存在价值、人生意义无复依存，他们在彷徨中承载着巨大的失落。与此同时，个体与群体之间的矛盾也日益加剧，迫使个体去寻找新的精神归宿。而竹林七贤就是这群士人的先锋。他们选择以庄子的人生哲学来标榜人的自然之性，企图重新塑造士人的个体人格。嵇康在《释私论》中阐述道：要做君子，就必须超越社会上的清规戒律、条条框框，顺着自己的自然本性生活。这样的个体不以外物为累、不与大道相违，而与物情顺通。要张扬主体人格精神，维护主体人格独立而不屈服于外在的压力，就必须看到万物都有各自不同的性，而性又要各适其自然，因此这一问题的关键在于强调“和而不同”，让每一个个体都各循其性来与社会群体和谐一致。

嵇康高洁、正直、孤傲，如孤松独立，决不与司马氏合作；阮籍口不臧否人物，以至慎著称，放诞不羁，却混迹于司马氏身边。这种种的不同，是竹林七贤对“自然”不同的体认，是他们个性的充分体现。个性的展露其实就是竹林七贤对个体人格独立的一种追求，是他们七贤风度的具体体现。而竹林七贤为人称道的不是他们的气节，而正是他们所表现出来的这种潇洒狂放、颓废不语、“师心”“使气”的风度。我们在推崇嵇康、阮籍的同时，不要忘了山涛、王戎是他们中的一分子，他们曾经“著忘言之契”，欣然神解。

第一节　儒道兼治的人生追求

山涛生于建安十年（205），虽然在竹林七贤中年龄最长，也是其中主要成员，但是他的思想、言行与嵇康和阮籍不同。他身上根本没有苦闷与矛盾，没有人格的分裂，也没有把名教的虚伪放在心上，他与司马氏之间也没有冲突，为此历来贬抑山涛者大有人在。如东晋孙绰曰：“山涛事所不解，吏非吏，隐非隐，若以元礼为龙津，则当点额暴鳞矣。”[①] 尤有甚者，把山涛出仕看做是一种变节行为，以叛党视之。如余嘉锡先生曰：“巨源之典选举，有当官之誉；而其在霸府，实入幕之宾。虽号为名臣，却为叛党。平生最与时俯仰，以取富贵。迹其始终，功名之士耳。”[②] 因此，有人把竹林七贤的解体归为山涛出仕司马氏。如林校生曰：“《绝交书》问世，竹林七贤亦即迅速解体。先是嵇康于同年被杀，接着是阮籍于次年被迫为郑冲起草司马昭的劝进文，然后是山涛第三年成为司马昭西征时留守后方的心腹。这个名士集团的三个核心人物，或遇难，或妥协，或变节，其追随者也只好各谋出路了”。[③] 卫绍生则曰：山涛“再次出仕，是在嘉平末正元初……山涛出仕借助的是司马师的力量，则其出仕时间不会迟于正元元年，即公元255年”，“竹林之游结束的时间，应在山涛再次出仕前，即嘉平末年”[④]。其实这是对西晋社会的误解，对竹林七贤的误解，对山涛的误解。

一

竹林七贤对于交友是极为讲究的。嵇康说过，朋友相交在于“贵识其天性”。像嵇康的哥哥嵇喜就不够资格与他们做朋友，吕安视之为凡鸟拒绝交往，阮籍以白眼相待；名公子钟会，嵇康不结一言，而山涛与阮籍、嵇康不是一般的朋友，而是“异于常交”、“契若金兰”。[⑤] 因此，对于山涛的天性与追求，嵇康、阮籍不可能不了解，他们怎会因山涛出仕而绝交呢？还有，他们相交的原则是“和而不同”，嵇康怎会因自己拒绝做官而反对别人出仕呢？嵇康不因阮籍出仕而绝交，当然也不会因山涛出仕、举荐自己而绝交，竹林七贤更不会因此而解体。

嵇康虽然写了《与山巨源绝交书》，但他不是真正要与山涛绝交。这里有两点必须弄清楚：一是山涛举荐嵇康自代的目的，二是写这封书信的时间。嵇康在信里写道：“前年从河东还，显宗、阿都说足下议以吾自代。”《三国志·魏志》卷二十一《王粲传》注引《世语》曰：“毋丘俭反，康有力，且欲起兵应之。以问山涛，涛曰：‘不可。’俭已败。”又注引《魏氏春秋》曰：“大将军常欲辟康，

---

① （唐）房玄龄等撰：《晋书·孙绰传》，北京：中华书局，1974年，第1544页。

② （宋）刘义庆著，余嘉锡笺疏：《世说新语笺疏》，北京：中华书局，1983年，第636页。

③ 林校生：《竹林七贤名士集团的形成和解体》，《德宁师范专科学校学报》，1984年第2期。

④ 卫绍生：《竹林七贤若干问题考辨》，《中州学刊》，1999年第5期。

⑤ （宋）刘义庆著，余嘉锡笺疏：《世说新语笺疏·贤媛》，北京：中华书局，1983年，第799页。

康既有绝世之言；又从子不善，避之河东，或云避世。”[①] 显然，嵇康避居河东不是为了标榜自己的名节，而是为了避祸。作为朋友，山涛理应知道嵇康曾拒大将军司马氏的征辟，而他却偏要举嵇康自代，其用意也只有一个，就是希望嵇康“离事自全，以保天年”。对于这点，嵇康其实也明白，因此他在书信中反复申明自己的天性，希望自己与山涛之间就像子房、许由、接舆一样，虽有“穷”、“达”的区别，但只要各自因循了自己的自然之性，就能“殊途同致”、“各附所安”。陆侃如先生将嵇康避居河东的时间系于正元二年到甘露三年[②]，这样书信中的“前年”指甘露三年，那么写信的时间就是景元元年。为何嵇康不在“前年”从河东还时马上写信与山涛，而要等到距拟以自代之事过去了两三年的景元元年才写？其实嵇康写信的目的是醉翁之意不在酒。景元元年五月曹髦被刺杀，而司马昭把一切归罪于成济，夷济三族，又择立新君，玩弄虚假的把戏。嵇康忍无可忍，又无以为由，只好重提旧事，以此为幌子，来尽情抨击司马氏的虚伪。“七不堪，二甚不可”真像刺进司马氏的把把匕首，使“大将军闻而怒焉”。嵇康知道自己这样难逃杀戮的命运，因此他在信中含蓄地把自己未成年的儿女托付给山涛，并意重情深地写道：“其意如此，既已解足下，并以为别。”这里的“别”我们不应理解为绝交，而是绝别。嵇康临死前对自己的孩子说：“山巨源在，汝不孤矣”，就是这里最好的注解。显然，嵇康写了《与山巨源绝交书》，但不是他们真正的绝交，嵇康与山涛从没有断绝交往。

虽然《绝交书》是针对司马氏而发，但毕竟须借痛骂山涛为话题，书信中确实有许多语言极为辛辣，如鲠在喉难以下咽。如“恐足下羞庖人之独割，引尸祝以自助，手荐鸾刀，漫之羶腥”，“不可自见好章甫，强越人以文冕也；己嗜臭腐，养鸳雏以死鼠也”。嵇康之所以如此，就是看中了山涛身上有着常人所不具备的器量。《世说新语·贤媛》十一载：

> 山公与嵇、阮一面，契若金兰。山妻韩氏觉公与二人异于常交，问公，公曰：“我当年可以为友者，唯此二生耳”。妻曰：“负羁之妻亦亲观狐、赵；意欲窥之，可乎？”他日，二人来，妻劝公止之宿，具酒肉。夜穿墉以视之，达旦忘反。公入曰：“二人何如？”妻曰：“君才致殊不

---

① （晋）陈寿撰：《三国志·王粲传》注引，北京：中华书局，1959 年，第 606 页。
② 陆侃如著：《中古文学系年》，北京：人民文学出版社，1985 年，第 577 页。

如，正当以识度相友耳。”公曰：“伊辈亦常以我度为胜。”

“识度”、“度”都是指器量、器度，嵇康、阮籍对山涛的这一点非常清楚，山涛及妻韩氏也心中有数，他能与嵇、阮结成金兰就凭这一点。关于这方面，刘孝标注引的《晋阳秋》也曰：“涛雅素恢达，度量弘远。”正是这种气度，面对嵇康的《绝交书》他不发一言；面对嵇康临刑东市，既不援手，也不哀悼，一切埋藏于心中。正如顾恺之的《画赞》所云：“涛无所标明，淳深渊默，人莫见其际，而其器亦入道。故见者莫能称谓，而服其量。”①

山涛举荐嵇绍之事表面看来简单，但其实却不易。虽说晋武帝执政期间，极力想洗涤父辈身上的血污，谋救政治合法性，缓和政治内部的矛盾，善待那些葬身禅代之路上玄学名流的后代，但是这毕竟非常有限，不可能将屠杀名士的历史冤案全部翻过来，只要指使成济刺杀曹髦的贾充还高居台阁，历史的遗留问题就不可能从根本上解决。嵇康被司马昭以莫须有的罪名诛杀，选官当然不敢举。即使敢举，晋文帝司马炎将作何想法？嵇绍又作何想法呢？山涛泰始十年就为吏部尚书，主管选举，而此时嵇绍已长大成人，此时不举，为何要等到太康二年才举？因为在这之前贾充一直控制着尚书台，虽然朝廷中也出现过“倒贾”运动，但都以失败告终，贾充的势力、影响的削弱是在平吴以后。因为他在伐吴的问题上一直扮演着反对者的角色，后来吴国一举平定，虽然武帝并没有因此问罪于他，但仍然免不了高高挂起的命运。同时，随着大批玄学名士因伐吴而得到了朝廷的嘉奖，势力也逐渐扩大。这时，举荐嵇绍不但没有阻力，而且异乎寻常的顺利。据《晋书·嵇绍传》载：“山涛领选，启武帝曰：‘《康诰》有言：父子罪不相及。嵇绍贤侔郤缺，宜加旌命，请为秘书郎。’帝谓涛曰：‘如卿所言，乃堪为丞，何但郎也。’乃发诏征之，起家为秘书臣。”② 以五品秘书臣入仕，这在当时确实少有。显然，山涛的举荐正如他自己所说：“为君思之久”，经过多方权衡、多方观察，费尽心思才迈出这一步。这不仅是胆量的问题，而是对机会把握得极为准确的问题。

嵇绍面对如此优渥的恩宠确实犹疑，不知是否该应诏而出。于是以出处咨山涛，而山涛答以“天地四时犹有消息，而况人乎”。该语不仅本于《易·丰卦·

① （宋）刘义庆著，余嘉锡笺疏：《世说新语笺疏·赏誉》注引，北京：中华书局，1983年，第501页。
② （唐）房玄龄等撰：《晋书·忠义传》，北京：中华书局，1974年，第2298页。

象》中的“日中则昃，月盈则食。天地盈虚，与时消息。而况于人乎！况于鬼神乎”[①]之语，而且也出于《老子》的“希言自然。飘风不终朝，骤雨不终日，孰为此者，天地。天地尚不能久，而况于人乎！”[②]在这里，山涛认为天地万物的变化本之于自然，王朝的兴衰也是如此，西晋不仅代魏，而且灭蜀、平吴统一天下，而士人如果再执著于曹魏，或名教、忠孝，就违反了自然。山涛以道家的无执、无着的自然哲学劝嵇绍抛开名教顾虑，解决摆在面前的出处、忠孝以及现实荣华的矛盾。虽然他没有像嵇康、郭象那样去讨论名教与自然的关系，但实际上早已将名教与自然混同为一，在他心中无所谓本与末、体与用的区别。

由于玄学的产生以及其领袖与曹魏王朝的特殊关系，不仅使司马氏集团高举儒家名教打击亲曹力量，而且往往使政治斗争表现为思想斗争，尤其嵇康的“越名教而任自然”的口号使得人们有时难免错误地解读了玄学。其实这种哲学一开始是本着解决社会弊病而生，尤其是针对被异化了的名教而言，而不是要从根本上否定儒家思想，反而是要以老庄思想来会通儒道，将平治天下与人类个体的终极关怀结合起来。从它产生之日起，从来没有想要与现实政治相抗衡，也没有想要与名教相冲突。老庄之所以被士人接受，很大程度上是被他们用来解决现实人生的问题。如王昶在给子侄取名以及对告诫后辈之书就很有代表性：

> （王昶）其为兄子及子作名字，皆依谦实，以见其意，故兄子默字处静，沈字处道，其子浑字玄冲，深字道冲遂书戒之曰：“夫人子之道，莫大于宝身全行，以显父母。此三者人知其善，而或倣出身破家，陷于灭亡之祸者，何也？由所祖习非其道也。夫孝敬仁义，百行之首行之而立身之本也。孝敬则宗族安之，仁义则乡党重之，此行成于内，名著于外者也。人若不笃于至行，而背本逐末，以陷浮华焉，以成朋党焉；浮华则有虚伪之累，朋党则有彼此之患。此二者戒，昭然著明，而循覆车滋众，逐末弥甚，皆由惑当时之誉，昧目前之利故也。夫富贵声名，人情所乐，而君子或得而不处，何也？恶不由其道耳。患人知进而不知退，知欲而不知足，故有困辱之累，悔吝之咎。语曰：‘如不知足，则失所欲。’故知足之足常足矣。览往事之成败，察将来之吉凶，未有干

---

① 黄寿祺、张善文撰：《周易译注》，上海：上海古籍出版社，1989 年，第 454 页。

② 王卞点校：《老子道德经河上公章句》，北京：中华书局，1993 年，第 94 页。

名要利，欲而不厌，而能保世持家，永全福禄者也。欲使汝曹立身行己，遵儒者之教，履道家之言，故以玄默冲虚为名，欲使汝曹顾名思义，不敢违越也……①

不要说山涛曾为骠骑将军王昶的从事中郎，其人生哲学难免受其影响，其实“遵儒者之教，履道家之言”是魏晋大多数士人所遵循的人生哲学。

二

虞预《晋书》曰：“山涛字巨源，河内怀人。祖本，郡孝廉。父曜，宛句令。涛蚤孤而贫，少有器量，宿士犹不慢之。年十七，宗人谓宣帝曰：‘涛当与景、文共纲纪天下者也。’帝戏曰：‘卿小族，那得此快人邪?’”② 山涛出身不高，父亲的职卑早死使他处于孤立无援的地步，纵有才识品德，也难入高门大族之眼。像司马懿之语，虽属戏言，但也透视出孤门小族的处境。而山涛并不因此而轻贱了自己，反而自视甚高，对前途非常乐观。据《晋书》本传载，他对妻子韩氏曰：“忍饥寒，我后当作三公，但不知卿堪公夫人不耳!”③

山涛虽有功名之求，但仕途并不通达。他在曹魏统治者的执政期间，既没有名士的举荐，也没有被重要人物辟为僚属，直到四十岁才为河内郡主簿，后虽逐渐升为功曹、上计掾、河南从事，但这都是州郡一类的属官，在名士子弟眼中根本不值一提。而他敏感地预见了政治灾难的到来，还得将这好不容易得来的入仕机会丢掉，辞官离去。当政治态势明朗后，他只好凭借自己与宣穆后是中表亲的关系，主动投靠司马氏。司马师一句“吕望欲仕邪”，是对山涛从政心态与才能的充分肯定，但是所拜官职不过郎中，后才转骠骑将军王昶从事中郎，根本与司马氏的权力中心相隔甚远。到了景元四年，他才回到司马昭身边担任大将军从事中郎，并在司马昭征讨钟会时，让他带五百亲兵镇邺，将后事委托给他，并由此获得新沓子之封，而此时他已年届六十。咸熙初，司马昭拜相国，山涛为相国左长史，典统别营。后司马昭受禅为皇帝，以山涛守大鸿胪，护送陈留王到邺，由此加封奉车都尉，晋爵新沓伯。

---

① （晋）陈寿撰：《三国志·王昶传》，北京：中华书局，1959 年，第 744 页。

② （宋）刘义庆著，余嘉锡笺疏：《世说新语笺疏·政事》注引，北京：中华书局，1983 年，第 198 页。

③ （唐）房玄龄等撰：《晋书·山涛传》，北京：中华书局，1974 年（凡文中所引山涛事未注者都出自该书），第 1223 页。

以上就是山涛在魏晋改朝换代之际的仕宦升迁情况，如果我们拿他与阮籍相比，对于他出仕不易就体会更深。阮籍虽然其父一样去世得早，但陈留的阮氏并不是孤寒之族，十五六岁就得族兄阮武的赏识，由此知名。而后来又随其叔父到东郡，与兖州刺史王昶相见，博得了极高声誉。虽然出仕也不太早，但出仕的起点却高得多。在三十多岁时被太尉蒋济辟为僚属，后曹爽辅政，又召为参军。宣帝司马懿为太傅时，又命为从事中朗。司马懿死，司马师为大司马，阮籍依然为从事中郎。他在高贵乡公曹髦即位时，还被封为关内侯，此时他不过四十五岁。虽然史书载阮籍是“不与世事”，但实际上从与司马氏的政权的关系来看，不管是司马懿还是司马师、司马昭，阮籍远比山涛要亲近得多，司马氏对阮籍也更看重些。对于阮籍唾手可得而随意挥洒的东西，山涛拼尽一生都难以得到。因此山涛的再次入仕虽有裙带关系的嫌疑，甚至在改朝换代中，他表现也较为主动，但这不是投机钻营，也不是变节。因为司马氏并没有特别眷顾过这位远亲，而且作为一位孤贫寒族士子，在当时的政治现实条件下，除了与司马氏合作外，别无选择。并且他的再次出仕，更多的是“遵儒者之教”下追求的“宝身全行”、“以显父母”的行为。

山涛在官场几十年，虽没有耀眼的政绩，但往往恪尽职守，符合儒者之教的规范。如在羊祜执政期间，当权者想危害裴秀，山涛是“正色保持之”，由此而得罪权臣，被赶出京城，出任冀州刺史。显然，其身上虽没有东汉党人所谓的刚烈，但内心并不失正直，并没有为了自己的荣升而不择手段。在冀州，他没有因打击迫害而气馁，整天喝酒、不与世事，而是不遗余力整齐风俗。史书载：“冀州俗薄，无相推毂。涛甄拔隐屈，搜访贤才，旌命三十余人，皆显名当时。人怀慕尚，风俗颇革。”显然，山涛不仅在其位、谋其政，而且是尽所可能匡时救世。面对恶化了的西晋政风，山涛并没有像王衍之徒那样沉于玄虚之中，时时以家族、个人的利益为上，而是极力进谏，希望有所改变。如后党杨氏专权时，他多次向皇帝进谏。平吴后，皇帝下诏州郡去兵，山涛认为不可，故意在武帝前与诸尚书谈论孙武、吴起用兵的主旨，想以此劝醒武帝。再有他任职最久、为人称道的是吏部尚书，掌选举多年。《世说新生语·政事》载：“山司徒前后选，殆周遍百官，举无失才，凡题所目，皆如其言。”现在我们从保存下来的一些奏疏、启事来看，确实如此。如关于吏部郎选举上可见其用心：“吏部郎主选举，宜得能整风俗理人伦者。史曜出处缺，散骑侍郎阮咸真素寡欲，深识清浊，万物不能移也。若在官人之职，必妙绝于时”；“人才既自难知，中人已下，情伪又难测。

吏部郎以碎事日夜相接，非但当正己而已！乃当能正人，不容秽杂也。议郎杜默，德履亦佳，太子庶子崔谅、中郎陈淮，皆有意正人，其次不审有可用者否?"[①] 他知道，选举关乎社会风俗，主持该事务的人必须没有个人的私欲，既能正己，又能正人，不为外物所动，否则上下请托，贿赂成风，就会使本来"政失其本"的皇朝更加无可救药。因此他在选举中不仅重德、重才、知人善任、扬长避短，更重要的是不为外物所动，如同"阁东大牛"。为此，西晋王朝特别依重于他，不仅面对他无数次的请退再三挽留，而且武帝还亲自对他说："君以道德为世模表，况自先王识君远意。吾将依君以正风俗，何乃欲舍远朝政，独高其志耶。"他仕晋三十多年，不阿权贵，不结党营私，忠心耿耿，没有辜负晋室对他的期望，也实现了儒者之教下的个人夙愿。他不仅以七十九岁高龄走完自己的一生，而且死后皇帝还诏赐"东园秘器、朝服一具、衣一袭、钱五十万、布百匹，以供丧事，策赠司徒，密印紫绶，侍中貂蝉，新沓伯密印青朱绶，祭以太牢，谥曰康"。

三

山涛入仕多年，遵奉儒者之教，积极有为，希望对当时的政治、风俗等有所匡建，但最后之所以招来一些非议，原因就在于他对儒教有所保留，其身上更多表现为"履道家之言"。《世说新语·赏誉》21 载："人问王夷甫：'山巨源义理何如? 是谁辈?'王曰：'此人初不肯以谈自居，然不读《老》、《庄》，时闻其咏，往往与其旨合。'"显然，山涛的"性好老庄"没有表现为清谈析理，而是化作自己的人生的内在追求，将儒道融为一体，形成自己独有的顺时变通的处事方法。当然表现于外，是所谓的"心存事外，与时俯仰"。[②]

山涛虽有功名之心，但前提是自己生命的安全，他决不会像孟子所说的那样"舍生取义"。在正始时期，他虽然不过是州、郡小吏，但还时刻关注当时两大政治集团的矛盾斗争，注意时局的发展动态。当司马太傅装病不朝时，他敏锐地感觉到背后的玄机，感觉到山雨欲来风满楼的气氛。《晋书》本传载："与石鉴共宿，涛夜起蹴鉴曰：'今为何等时而眠邪！知太傅卧何意?'鉴曰：'宰相三不

---

① （晋）山涛著：《启事》，见（清）严可均辑：《全晋文》（上），北京：商务印书馆，1999 年，第 339 页、338 页。

② （宋）刘义庆著，余嘉锡笺疏：《世说新语笺疏·贤媛》注引《晋阳秋》，北京：中华书局，1983 年，第 799 页。

朝，与尺一令归第，卿何虑也！’涛曰：‘咄！石生无事马蹄间邪！’投传而去。未二年，果有曹爽之事，遂隐身不交世务。”“马蹄”语出《庄子》的《马蹄》篇，山涛用在这里，信手拈来，不仅妥帖，而且意味无穷。

正是本此原则，他居职任事当为则为，不可为则不为，决不勉强自己，从不与当权者抗衡、较量。如上文所说，他针对后党专权、武帝罢州郡兵，确实多有讽谏，但面对武帝不悟、不改，他并不坚持，反而以年老体衰上疏告退。又如他主选举多年，虽不失正直、知人，但并没有坚持原则，更不敢得罪最高统治者及其权贵。史书载：“每一官缺，辄启拟数人，诏旨有所向，然后显奏，随帝意所为先。”即使因此招来非议，甚至告到皇帝那里，皇帝还为此下诏告诫他，他也不作任何辩解，而是“行之自若”。就是这样，还是能使许多人不能遂其愿，想赶走这条“阁东大牛”。《晋诸公赞》曰：“（陆）亮字长兴，河内野王人，太常陆乂兄也。性高明而率至，为贾充所亲待。山涛为左仆射领选，涛行业既与充异，自以为世祖所敬，选用之事，与充咨论，充每不得其所欲。好事者说充：‘宜授心腹人为吏部尚书，参同选举。若意不齐，事不得谐，可不召公与选，而实得叙所怀’。充以为然，乃启亮公忠无私。涛以亮将与己异，又恐其协情不允。累启亮可为左丞相，非选官才。世祖不许，涛乃辞疾还家。亮在职果不能允，坐事免官。”① 山涛对用陆亮为吏部尚书心中是极不情愿，肯定也明了贾充他们的算盘。他不但不抗争，反而寻求平衡、妥协的办法，想启用陆亮为左丞相了事。但贾充之流并不买账，而是说动武帝，坚持要用陆亮为吏部尚书，山涛只好“辞疾回家”。表面看，他是为了保全自己，屈服于最高统治者的权力之下，但究其实，这既是封建政体中无数正直之士的无奈，更是山涛所坚持的“为而不争”的人生哲学的体现。《老子》有言：“圣人之道，为而不争”，“以其不争，故天下莫能与之争”。他将老庄的哲学具体化为自己应对官场、周旋于权贵之中的方法。

山涛的仕宦生涯中不知有多少次辞官请退，见于《晋书》本传的就有六次之多，前三次是以母老、母丧以及自己老疾为由，而实际上是因朝廷激烈的党派之争，羊祜执政，被奸佞所利用，排挤、加害裴秀，他感到难与亲贵小人杂处，心中充满忧惧，于是婉而辞谢。后三次是发生在平吴以后，晋武帝怠于政事，造成后党杨氏专权，山涛多次讽谏，晋武帝是悟而不改，山涛是“免冠徒跣，上还

① （宋）刘义庆著，余嘉锡笺疏：《世说新语笺疏·政事》注引，北京：中华书局，1983 年，第 201 页。

印绶”，再三固辞。而他的请退、固辞不但无损其仕宦前途，而且不断晋升，官越做越大，临死前还位列三公，拜为司徒，兑现了他曾经与妻子所说过的话语。三公之位毕竟是多少人梦寐以求而难以企求的，而山涛反而在请退中获得，由此许多人不得不怀疑他请退背后的真实。再说他还是竹林七贤之一，而其态度、命运与嵇康和阮籍相差太远，由此也引发了人们怀疑他参与竹林游的动机等。其实山涛并非矫情，这些行为同样是老庄人生哲学的体现。《老子》说过：“生而不有，为而不恃。长而不宰，是为玄德。”为此他处处退让自谦，或隐身自晦。我们看看他的请表之辞：

> 臣年垂八十，救命旦夕，若有毫末之益，岂遗力于圣时。迫以老耄，不复任事。今四海休息，天下思化，从而静之，百姓自下。但当崇风尚教以敦之耳，陛下亦复何事。臣耳目聋瞑，不能自励。君臣父子，其间无文，是以直陈愚情，乞听所请。
>
> 臣事天朝三十余年，卒无毫釐以崇大化。陛下私臣无已，猥授三司。臣闻德薄位高，力少任重，上有折足之凶，下有庙门之咎。愿陛下垂累世之恩，乞臣骸骨。

他的请退虽有对现实政治谏而不听的原因，但其表却无一字言及。他只是再三陈情自己确实年岁已高，耳聋目盲，无益于时，而陛下授以台阁之任，将会有“折足之凶”、“庙门之咎”，在谦退中内含惧祸之心。他这种审慎退让还表现在日常生活中。《晋书》本传载：“及居荣贵，贞慎俭约，虽爵同千乘，而无嫔媵。禄赐奉秩，散之亲故。”终其一生，他只有旧第屋十间，子孙不相容，致使晋武帝为他立室。《世说新语·言语》记载谢玄答谢安问“晋武帝每饷山涛恒少”的话语可谓一针见血：“当由欲者不多，而使与者忘少。”所谓“欲者不多”，就是知足、不贪。《老子》有言：“罪莫大于可欲，祸莫大于不知足，咎莫大于欲行，故知足之足，常足矣。”正是这种守俭使他能在当时的政治环境中立于不败。如陈郡袁毅曾经为鬲令时，为求虚誉，大肆贿赂公卿，山涛自然在其中，但不敢严词面拒，暂收阁上，后来事败，山涛取丝付吏时，积年尘埃，印封完好如初，自然不受牵连责备。当然，他在处理此事时又表现为圆滑，希望在保全自身与不得罪他人之间获得双赢。

四

山涛为了立于不败，始终坚持“履道家之言”，在顺时变通中难免模糊了是非界线，而世故圆滑又不无迎合讨好的味道，更失去了儒家的节义，因此他难免被视为“乡愿”似的人物，遭人批评诟骂。除上面所举外，大概议论最为集中的当数嵇绍入仕之事上。当然，晋朝士人的议论主要还立足于忠孝层面，认为无论如何嵇绍出仕司马氏，于孝行上确实有损，即使他在汤阴之役中为惠帝死难，其义并不值得称赞。如《御览》四百四十五引王隐《晋书》曰：

> 河南郭象著文，称嵇绍父死非罪，曾无耿介，贪位死暗主，义不足多。曾以问郄公曰：“王裒之父，亦非罪死，裒犹辞征，绍不辞用，谁为多少？”郄公曰：“王胜于嵇。”或曰：“魏、晋所杀，子皆仕宦，何以无非也？”答曰：“殛鲧兴禹。禹不辞兴者，以鲧犯罪也。若以时君所杀为当耶，则同于禹。以不当耶，则同于嵇。”又曰：“世皆以嵇见危受命。”答曰：“纪信代汉高之死，可谓见危受命。如嵇偏善其一可也。以备体论之，则未得也。”

可见，他们在议论此事时更多的是将之当做一个清谈的题目而已，并不针对个人的人品，更没有对山涛提出严厉批评。但是后来却变了，如顾炎武《日知录》十三曰：

> 昔者嵇绍之父康被杀于晋文王，至武帝革命之时，而山涛荐之入仕。绍时屏居私门，欲辞不就。涛谓之曰……一时传诵以为名言，而不知其败义伤教，至于率天下而无父也。夫绍之于晋，非其君也。忘其父而事其非君，当其未死，三十余年之间，为无父之人，亦已久矣。而荡阴之死，何足以赎其罪乎？且其入仕之初，岂知必有乘舆败绩之事，而可树其忠名，以盖于晚也。自正始以来，而大义之不明，遍于天下。如山涛者，既为邪说之魁，遂使嵇绍之贤，且犯天下之不韪而不顾。夫邪

正之说，不容两立。使谓绍为忠，则必谓王裒为不忠，然后可也。[①]

顾氏从儒家风教出发，从责嵇绍到垢山涛，可谓痛切到极点，将一切归罪于山涛，认为他既是邪说之魁，又陷嵇绍于不孝不义。

孙绰、顾炎武、余嘉锡他们之所以贬斥山涛，其实主要是站在传统儒家忠孝、节义的立场上说话，根本没有将其置于当时玄学的背景下来审视，也未能充分认识山涛儒道兼综的人生追求。山涛仕晋几十年，毫发未伤，官越做越大，虽不失身名俱泰之特色，但决不违心、违俗做助纣为虐的事情就难能可贵。他心地纯正，重情重义，做事极有分寸，虽然有时模糊了原则与是非，显得老于世故，但要应付当时险恶的政治环境、保全自身不这样又不行。

第二节　亦儒亦道与时舒卷

王戎生于魏明帝青龙二年（234），卒于晋惠帝永兴二年（305），主要生活于西晋王朝。该王朝虽然四海统一，表面繁荣，但统治阶级内部的政治斗争却从来没有停止过，尤其是后期的“八王之乱”，使大批名士死于非命。而王戎却从王朝的风风雨雨中走过，不仅毫发未损，而且一路升迁，从相国掾到中书令，再到司徒，位列三公，成为西晋名臣，最终以七十二岁高龄病死在郏县。其思想、文学、政绩乏善可陈，似乎只有贪鄙成性、聚敛不已给人留下深刻印象，但因“竹林七贤”的影响，人们无法将他从历史的长河中抹去，反而要去深究他到底何德何能，能与嵇、阮同游，能位居名臣之列？

一

王戎在“竹林七贤”中虽然年龄最小，但最有根基。山涛、向秀、刘伶不用说，就是阮籍、嵇康也比不上。嵇、阮虽出身儒学世家，但其祖父辈中并没有显达人物，而且父亲都死得很早，社会关系受到很大的限制。而王戎不同，琅邪王氏是魏晋屈指可数的高门大族，他的祖父王雄官拜幽州刺史，父亲王浑任凉州刺史，封贞陵亭侯。这样的家族不仅文化修养深厚，而且社会关系极广，他们的

① （宋）刘义庆著，余嘉锡笺疏：《世说新语笺疏·政事》嘉锡案语引，北京：中华书局，1983 年，第 203 ~ 204 页。

子弟一般也备受关注，成名很早，这一点在《世说新语》表现得非常充分：七贤中只收录了王戎小时候的故事。他七岁观道边李，从“多子折枝”做出“此必苦李”的理性判断；在宣武场观人虎相搏之戏，面对老虎攀栏以及震天动地的吼声，他能“湛然不动，了无恐色”。这虽然是小事，但对魏晋士人来说，正是天才儿童的表现，为此他获得了异乎寻常的关注，“戎由是幼有神理之称也”，“明帝自阁上望见，使人问戎姓名，而异之”。[①] 因为出身，王戎不仅能比自己年长二十四岁的阮籍相识，而且还能赢得他异乎寻常的赏识。刘孝标注引《晋阳秋》载：“戎年十五，随父浑在郎舍，阮籍见而说焉。每适浑俄顷，辄在戎室久之，乃谓浑：‘濬冲清尚，非卿伦也。’”[②] 正是由于这层关系，王戎小小年纪就能参与“竹林之游”。

王戎作为世家大族子弟，虽然其传记中没有说他有济世志，但其具有深厚的儒家文化素养，肯定与大多数士人一样，往往将辅助君王、平治天下以及仕途显达作为自己的人生目标。关于其才识，仅从阮籍、钟会对其赏识就可知他并非无能之辈。尤其是钟会伐蜀时，还特意与之告别，问计将安出。《晋书》本传载，王戎“袭父爵，辟相国掾，历吏部黄门郎”。[③] 据王晓毅考证：“相国掾”改为“大将军掾”比较合理，时间约在正元二年（255）至甘露二年（257）之间，为吏部郎据王隐《晋书》当在甘露二年（257），这样比较符合当时士人的晋升规律。[④] 而这时司马昭虽然没有代魏，却完全掌握了朝政，曹魏根本没有反抗的力量。士人不管情愿与否，都得接受这一现实。像阮籍虽去佐职，还得恒游大将军府内，保持一种说不清的关系，嵇康则惧祸而避之河东。何况王戎出仕的第一步就是于司马氏政权之中，其感情不说与司马氏十分亲昵，至少不会有强烈的矛盾痛苦，因此他不可能游离于西晋政权之外。尤其在司马氏代魏以后，面对其灭蜀、平吴的大好局面，他更应积极投入其中。从甘露二年的吏部黄门郎到咸宁五年（279）的建威将军，这中间长达二十一年的任职情况虽然史书记载较为模糊，只曰：“散骑常侍、河东太守、荆州刺史，坐遣吏修园宅，应免官，诏以赎论。迁豫州刺史”，但是还是能从这些迁徙、调动中看出，他不仅一直居于官场，而

① （宋）刘义庆著，余嘉锡笺疏：《世说新语笺疏·雅量》，北京：中华书局，1983 年，第 414 ~ 415 页。

② （宋）刘义庆著，余嘉锡笺疏：《世说新语笺疏·简傲》注引，北京：中华书局，1983 年，第 900 页。

③ （唐）房玄龄等撰：《晋书·王戎传》，北京：中华书局，1974 年（凡文中所引王戎事未注者都出自该书），第 1231 页。

④ 王晓毅：《王戎与魏晋玄学》，《东岳论丛》，2011 年第 12 期。

且从五品升到四品并不简单，尤其是为一州长官，拥有相当大的实权。他最为耀眼的是以豫州刺史加建威将军，受昭伐吴。史书载：

> 戎遣参军罗尚、刘乔领前锋，进攻武昌，吴将杨雍、孙述、江夏太守刘朗各率众诣戎降。戎督大军临江，吴牙门将孟泰以蕲春、邾二县降。吴平，进爵安丰县侯，增邑六千户，赐绢六千匹。戎渡江，绥慰新附，宣扬威惠。吴光禄勋石伟方直，不容皓朝，称疾归家。戎嘉其清节，表荐之。诏拜伟为议郎，以二千石禄其身。荆土悦服。

他不仅主张积极伐吴，而且亲自指挥一路人马参加战斗。从史书记载看出，他从容淡定，指挥调度有板有眼，表现出一定的军事才能。还有就是在治理新附之民上，采用儒家的怀柔之策，以“绥慰”为手段，极力宣扬“威惠”，尤其表现在任贤上，重新起用石伟，使“荆土悦服。”

说到选贤、任贤，王戎为吏部郎，领吏部多年，史书载：“自经典选，未尝进寒素，退虚名，但与时浮沉，户调门选而已。”显然与山涛领吏部完全不同，既没有作为，也没有留下让人称道的“王公启事”。但奇怪的是刘义庆编《世说新语》时，却不避重复将下列材料收入《赏誉》门：

> 钟士季目王安丰：“阿戎了了解人意。”谓“裴公之谈，经日不竭”。吏部郎阙，文帝问其人于钟会，会曰：“裴楷清通，王戎简要，皆其选也。”于是用裴。
>
> 王濬冲、裴叔则二人，总角诣钟士季。须臾去后，客问钟曰：“向二童何如?”钟曰：“裴楷清通，王戎简要。后二十年，此二贤当为吏部尚书，冀尔时天下无滞才。”
>
> 武元夏目裴、王曰：“戎尚约，楷清通。”

该门这三则材料初看既有重复之嫌，又有不实之漏。但仔细一想，编者再怎么疏漏，也不可能在一门之内，如此相近处，再三这样安排而没有发觉。再三品读将发现，这三条材料不管如何换评主、场景、时间，但始终不变有三：王戎与裴楷是拆不开的一对兄弟，自始至终对举；再就是“简要”“清通”的评语；还有就是吏部郎这一职位。裴楷位高权重，中朝名士之首，能与之相比，其荣耀不用说。徐震堮引《世说新语》眉批云："清通者，中清而外通也；简要者，知礼法之本而所行者简。二者皆老庄之道"①，后孙盛就用这四字来标江左南人的学问。② 先不说这样的评语是否准确，但王戎居吏部、领选举，却没有任何建树，根本没有实现"天下无滞才"局面却是事实，《世说新语》编者为何不将其材料收入《尤悔》或《纰漏》，反而编入《赏誉》？显然编者认为钟会对王戎的赏评没有不妥与疏漏的地方，而且如此浓墨重彩地推出，似乎是在有意冲洗人们头脑里对王戎已有的不好看法。钟会名士也，撰《四本》，善人伦识鉴，他不仅在王戎小时候这样评他，而且到成年时还是如是说，不仅钟会如此认为，而且武元夏也是这样看待！其实，关于王戎的人伦鉴识在《晋书》本传有相关记载：

> 尝目山涛如璞玉浑金，人皆钦其宝，莫知名其器；王衍神姿高彻，如瑶林琼树，自然是风尘表物。谓裴頠拙于用长，荀勖工于用短，陈道宁如束长竿。族弟敦有高名，戎恶之。敦每候戎，辄托疾不见。敦果为逆乱。其鉴赏先见如此。

善人伦识鉴而在选举上无所作为，显而易见是有他因。不要说王戎掌选举时难以进寒素、退虚名、理冤枉、杀疽嫉，就是山涛领吏部，也不得不受皇帝以及权贵的掣肘。西晋选举承曹魏的九品官人法，在实行过程中早已暴露出诸多问题，许多有为之士早在晋武帝太康五年就提出了强烈改革要求。如刘雄认为"职名中正，实为奸府；事名九品，而有八损。古今之失，莫大于此。愚臣以为宜罢中正，除九品，弃魏氏之敝法，更立一代之美制"。何为美制呢？汝南王亮、司空卫瓘、始平文学李重都主张用"土断"，即"自公卿以下，以所居为正，无复县客，远属异土，尽除九品中正之制，使举善尽才，各由乡论，则华尽各息，各求于己矣"③。但这些并未付诸实践，选举的弊病反而愈演愈烈，王戎为吏部也想有所改变。虽然关于其改制记载极为简略，只曰"戎始为甲午制，凡选举皆先治百姓，然后授用"，今无法对其方案以及实施过程做出客观评价，但起码这是整顿吏制的一种积极态度。即使在尝试中带来了诸多弊病，后在反对声中夭折，

---

① （宋）刘义庆著，徐震堮校笺：《世说新语校笺》，北京：中华书局，1984 年，第 11 页。

② （宋）刘义庆著，余嘉锡笺疏：《世说新语笺疏・文学》，北京：中华书局，1983 年，第 255 页。

③ （北宋）司马光编撰：《资治通鉴・晋纪三》，上海：上海古籍出版社，1997 年，第 718 页。

但也不能因此而否定他的积极有为。

王戎居高位是在暗主虐后之朝，人们总是一味地指责其在愍怀太子之事上竟无一言匡建，而不将其置于元康时期的政治实际中去考察。所谓的“八王之乱”，其实分为两个阶段。第一阶段时间短，波及范围小，而后出现了九年相对平静的年代，从某种角度上看，这与张华、裴頠、裴楷、王戎同心辅政有莫大的关系。如诛东安公司马繇，上文所说的甲午改制极有可能就是在此时。而最混乱的是第二阶段，以永康元年赵王伦作乱开始，时间长达六年，王戎虽保得性命，在诸王的跑龙套式的更换中也曾有名义上的一官半职，但实际上即使想有所作为也不可能。就西晋内乱而言，不管谁废谁、谁立谁，其中也没有多少正义而言。单就贾后与太子而言，当时实际上分成两派，要么废贾后，要么废太子，但从封建的伦理道德而言，不管取何种态度，都会招来指责。就是张华，不管他的态度如何坚决，每一句话如何掷地有声，不但阻挡了不了阴谋家的野心，也无法将自己置于正义的台上，免遭他人的指责与声讨。如张华被害前张林称诏诘之曰：“卿为宰相，任天下事，太子之废，不能死节，何也?” “谏若不从，何不去位?”[①] 面对这样的诘责，即使以忠臣自傲的张华也无言以对。王戎虽然“无蹇谔之节”，但并没有做助纣为虐之事。永康元年，赵王伦利用贾后乱政所造成的不满发动宫廷政变，“矫诏废贾后为庶人，司空张华、尚书仆射裴頠皆遇害，侍中贾谧及党与数十人皆伏诛”[②]。王戎作为裴頠的岳父与执政大臣，之所以保得了性命，并不是做了苟且之事，只不过是他十多年前善待孙秀的结果。当初“孙秀为琅邪郡吏，求品于乡议。戎从弟衍将不许，戎劝品之。及秀得志，朝士有宿怨者皆被诛，而戎、衍获济焉”。永宁元年，惠帝反宫，重新起用王戎为尚书令，但当时朝政却为齐王冏控制，并且当时河间王、成都王颖带兵百万进逼京城，再高明的政治家不管如何谋化有为，难免死于阴谋家的屠刀下，或成为统治者追逐权力的工具。王戎以假装药发堕厕，才侥幸逃脱。而永兴元年，七十高龄的王戎还被东海王越裹携着从帝征讨成都王颖，“在危难之间，亲接锋刃，谈笑自若，未尝有惧容”。后兵败被俘，与惠帝一同至邺，后回到洛阳，没有多久，惠帝又被劫持长安，王戎只好南逃郏县，第二年就病死于郏县。在西晋这样的乱世，儒家有为的人生理想与追求实难行得通。

---

① （唐）房玄龄等撰：《晋书·张华传》，北京：中华书局，1974 年，第 1074 页。

② （唐）房玄龄等撰：《晋书·惠帝纪》，北京：中华书局，1974 年，第 96 页。

二

王戎虽深具儒家的文化素养，但因时代风尚所染，他身上早已浸透了道家思想。只不过他在儒道的交融中已失去了庄子哲学中的批判精神，在调和名教与自然中也逐渐丧失了正始、竹林的求实和较真的态度，在现实政治中更多是用道家哲学来与世周旋，使自己立于不败之地。史书本传载："戎以晋室方乱，慕蘧伯玉之为人，与时舒卷，无蹇谔之节。"蘧伯玉乃春秋时卫国大夫，孔子、庄子都推崇他的为人处世。《论语·卫灵公》曰："君子哉蘧伯玉！邦有道，则仕；邦无道，则可卷而怀之。"[①] 所谓"卷而怀之"就是不与时政，柔顺而不迕逆他人。显然，孔子依据的是"穷居达济"的道德原则。庄子则根据道家的"和光同尘"的超道德原则来称赞他，认为事物的变化没有止境，无所谓是、无所谓非，而蘧伯玉正是这样一个与时俱进的人物，不执著于固有的认识，即所谓"行年六十而六十化，未尝不始于是而卒诎之以非也，未知今之所谓是之非五十九非也"[②]。显然，王戎的人生追求与山涛还有不同，其内心已完全抛却了原则、是非，在亦儒亦道中更趋于游世、混世的特点。因此，他的外在人格形象更圆滑、多变，许多矛盾、怪异的行为集于他一身。

王戎矛盾对立的行为最为典型的是"清廉"与"贪吝"。《世说新语·德行》载：

> 王戎父浑，有令名，官至凉州刺史。浑薨，所历九郡义故，怀其德惠，相率致赙数百万，戎悉不受。虞预《晋书》曰："戎由是显名"。

本来，作为下属助丧既本于情义，又出于当时惯例，王戎收下这些银两再正常不过，但他偏偏不收，为此遭人议论。陶珙曰："亦是用'千驷弗顾，一介不与'学问。第欲显名，刻意自苦。晚节真性，戒得难持，相去霄壤耳。"[③] 从刘孝标注引的虞豫《晋书》看，他确有求名之意。数百万金挥之不受，在当时贪鄙的世风下确显清廉，还有安葬父母都崇尚亲力亲为，哪怕亲自负土，也不接受

① （清）刘宝楠撰，高流水点校：《论语正义》，北京：中华书局，1990年，第617页。

② 陈鼓应注译：《庄子今注今译·则阳》，北京：中华书局，1983年，第688页。

③ （宋）刘义庆著，朱铸禹汇校集注：《世说新语汇校集注》，上海：上海古籍出版社，2002年，第21页。

他人帮助，因此拒绝助丧也显真孝。还有就是拒南郡太守刘肇的贿赂更有意思，《世说新语·雅量》载：

> 王戎为侍中，南郡太守刘肇遗筒中笺布五端，戎虽不受，厚报其书。《晋阳秋》曰："司隶校尉刘毅奏：'南郡太守刘肇以布五十疋杂物遗豫州刺史王戎，请槛车征付廷尉治罪除名终身。'戎以书未达，不坐。"《竹林七贤论》曰："戎报肇书，议者佥以为讥。世祖患之，乃发口诏曰：'以戎之为士，义岂怀私？'议者乃息，戎以不谢。"

王戎如果仅为"清廉"名声，那么就像对待丧葬银那样拒收了事更简单，根本没有必要"厚报其书"。而"厚报其书"不仅为司隶所纠、议者所讥，甚至还差点丢官除名，最后是因皇帝亲自下诏才使议者缄口。如此明哲保身的人为何这样处理呢？其实他这样处理是颇费了一番心思周折，当时的"五端布"就如同烫手的山芋，收不得，也拒不得。晋朝皇帝的"正当不欲为异耳"① 的话说到了点子上。"厚报其书"就是"不欲为异"，因为"为异"就会招来嫌隙，甚至与人为敌。王戎生活的时代有多少人就是死于嫌怨。俗语说：宁可得罪君子，不能得罪小人。像南郡太守刘肇这样的人能得罪吗？为此编者刘义庆在处理这两则材料时颇费心思，将拒丧葬银入《德行》，而拒五端笺布则入《雅量》，后者主要表现的不是王戎清廉，而是他的"量"与胸怀，能包容一切，无是非之心。

王戎是《世说新语·俭啬》门的主角，该门共九则故事，而其中四则故事是关于他的。侄子结婚只送一件单衣，已经够小气的，但后来还要讨回，简直不近情理；女婿裴頠向他借了几万钱，没还钱时给女儿脸色看；自己有好李，害怕别人得到种，就钻破果核再卖；自己已经既富且贵，夫妇二人还常常在灯下摆开筹码算账。王戎这些行为确实表现为贪婪、吝啬，没有人情味，在当时反响强烈，如刘孝标注引王隐《晋书》曰："戎性至俭，不能自奉养，财不出外。天下人谓为膏肓之疾。"而孙盛的《晋阳秋》则云："戎多殖财贿，常若不足。或谓戎故以此自晦也。"一味地争论其行为到底是"膏肓之疾"还是"以此自晦"并没有多大意义，我们在品读这些有关清廉或贪吝的故事时，不要忽略了故事所关涉的对象，王戎所拒银两、财物的对象都是官场上的人，而吝啬的对象却是自己

① （唐）房玄龄等撰：《晋书·王戎传》，北京：中华书局，1974 年，第 1233 页。

的亲人。其态度为何如此不同呢？官场本来就是是非之地，稍有不慎就有可能死无葬身之地，何况是身处危乱的西晋王朝。最明智者唯有抽身而退，当然退处的办法有多种，或辞官归隐，或混迹于朝。不管政治如何，王戎既没有像山涛那样无数次请退，也没有正式离开过官场。虽然他委事僚属，但还总是持着官名，显然他采取的态度是后者。但如何混世呢？当然是像遽伯玉一样，泯灭是非、自我，因此王戎并不执著于某一行为、品德，更不在意他人的眼光与评价，像世祖下诏为自己解围，他也不会因此而感恩戴德。当然，他钻核卖李、索单衣、讨债务时更不会想到自己从前拒葬银的行为，也不会在意他人如何看待自己。重要的是要使自己在危乱之时，能躲过一场又一场灾难，最好的是表现出对政治权力全然没有兴趣，像“膏肓之疾”的评语就显示出王戎的高明。他瞒过了天下人的眼睛，让自己能在乱世中寿终正寝。其实“膏肓之疾”与“以此自晦”之间并没有本质的差别，一个侧重于效果，一个侧重目的而已。

《世说新语・言语》载：

诸名士共至洛水戏。还，乐令问王夷甫曰：“今日戏乐乎?”王曰：“裴仆射善谈名理，混混有雅致；张茂先论《史汉》，靡靡可听；我与王安丰说延陵、子房，亦超超玄著。”

这里记载的是当时西晋名士清谈的情形，其中王戎、王衍清谈延陵、子房这两位历史人物，“超超玄著”的评语说明他们对这两人精妙独到理解与欣赏。延陵乃春秋时吴国公子季札，是儒家所推崇的守礼模范。子房是秦末汉初的张良，曾辅助汉高祖刘邦建立大汉王朝，嵇康在《与山巨源绝交书》中还将其与许由、接舆并举，他显然是功名之士的代表。但是我们审视王戎的所作所为，实在与这两人相差甚远。《世说新生语・德行》载：

王戎、和峤同时遭大丧，俱以孝称。王鸡骨支床，和哭泣备礼。《晋阳秋》曰：戎为豫州刺史，遭母忧，性至孝，不拘礼制，饮酒食肉，或观棋弈，而容貌毁悴，杖而后起。时汝南和峤亦名士也，以礼法自持。处大忧，量米而食，然哀毁，不逮戎也。武帝谓刘仲雄曰：“卿数省王、和不？闻和哀苦过礼，使人忧之。”仲雄曰：“和峤虽备礼，神气不损；王戎虽不备礼，而哀毁骨立。臣以和峤生孝，王戎死孝。陛下不应忧峤，而应忧戎。"《晋阳秋》曰："世祖及时谈以此贵戎也。"

王安丰遭艰，至性过人。裴令往吊之，曰："若使一恸能伤人，濬冲必不免灭性之讥"。《曲礼》曰："居丧之礼，毁瘠不形，视听不衰。不胜丧，乃比于不慈不孝。"《孝经》曰："毁不灭性，圣人之教也。"

刘孝标注引的《曲礼》、《孝经》说得非常清楚，居丧要恪守礼教，否则如同不慈不孝。而王戎居母丧，不仅过礼，瘦如鸡骨，而且废礼，饮酒食肉。显然他根本没有像延陵季子那样谨遵礼制，而是任情任性。不仅如此，而且奇怪的是他这一行为并没有遭到时人的批判，反而以"死孝"相标榜，博得了时人的赞赏。刘义庆不仅在叙述时有意张扬其至情至性的一面，而且还将其材料收入《德行》门。而对待阮籍却不是这样的态度，不仅将其材料入《任诞》，而且还有意突显其放诞行为，强调其毁礼。虽说王戎居母丧是在咸宁时期，距阮籍居丧的嘉平已过去了近三十年，因魏晋的平稳过渡和士人的归顺，他们的越礼行为主要是在个体解放中情性的表现，于体制无损，当时在一定程度上予以放行，但无论如何不会大力提倡。

两晋士人中居丧不守礼的确实大有人在，但其言行却不会被人推崇。如谢尚在参加叔父谢裒的"葬后三日反哭"之礼回来的路上被邀参加名士们的酒宴，面对相邀的使者还是"犹未许"；而豪爽的桓温在求救于正在居丧的袁彦道时，还"恐致疑"。而他们虽然最后都将礼制暂搁一边，与名士共饮，在赌场大显身手，但这两件事都像阮籍一样收入《任诞》门。因为他们再怎么率性而为，都不会从根本上否定名教，其实他们的行为都会受到礼制约束。唯独只有王戎例外，当然这其中也不排除时人以及刘义庆对他的偏爱，而我们更多应看到王戎的行为与阮籍的不同。在阮籍那里，"至孝"与"毁礼"构成尖锐的对立，在"越名教而任自然"的追求中，带有浓厚的批判色彩与厌弃世俗的色彩。而在王戎的思想中，自然与名教是统一的，他的不拘礼制是情性使然，并不带有对社会礼教的批判，其行为并没有针对社会上的任何人。为此，他饮酒食肉并不像阮籍那样是在他人酒席上，其形象也没有像阮籍那样"散发坐床，箕踞不哭"，而只是"容貌毁悴，杖而后起"。王戎彰显的真情至性，正是时风所向。中朝名士，热衷于圣人有情与无情的辩论，其实质就是试图解决现实生活中情与礼的冲突。由于个性的解放，他们不再将礼视为一成不变的原则，而是在探讨礼制、礼义中更强调"因时修制"、"缘情修礼"。王戎恰好成为情性的风标，喊出了时人的心声："圣人忘情，最下不及情。情之所钟，正在我辈。"他是情深之子，儿子王绥去世，他"悲不自胜"；[①] 四十年后见黄公酒垆，伤嵇、阮，"今日视此虽近，邈若山河"，"二语痛绝"；[②] 夫妇之间，恒听妻子以"卿卿"相称[③]。

王戎身处危乱之际，不是像张良那样想着如何安国安民，而是将明哲智慧运用于自己的保身之上。为此，在处理政事上表现平平，所谓"在职虽无殊能，而庶绩修理"，基本以应付为主。而面对晋室之乱、王政的衰颓，根本不去挽救，而是听之任之，居于台阁之位，将政务完全委于僚属，自己"间乘小马，从便门而出游"，用今天的话来说是严重的渎职，放任其恶化。更有甚者是面对大是大非的问题时，不是和稀泥，就是逃避，不知将儒家的责任感、道义感置于何处。如齐王冏起义，惠帝反宫，面对河间王颙、成都王颖两路人马进逼京城，先不管诸王是何居心，但安定天下当为首务，因此，面对齐王请求为其筹划，应该尽力匡辅，谋求退兵之策，以免京城再遭荼毒，但他虚与委蛇，连自己都差点送了性命。从某种角度上说，西晋政治的恶化，与王戎他们与时舒卷、坐视事态的严重不无关系。

当时博士王繇有所谓"濬冲谲诈多端"之语，史书本传有"谈优务劣"之评，但这无损于他的清誉。人们对他的态度要宽容得多，不但没有所谓"变节"、"叛党"之类的话，甚至还有意为他的吝啬辩护。如东晋名士戴逵论之曰："王戎晦默于危乱之际，获免忧祸，既明且哲，于是在矣。或曰：'大臣用心，岂其然乎？'逵曰：'运有险易，时有昏明，如子之言，则蘧瑗、季札之徒，皆负责矣。自古而观，岂一王戎也哉！'"[④] 刘宋颜延之因山涛、王戎贵显将其排之在外，作《五君咏》，而萧统却《咏王戎》曰："睿充如萧散，薄莫至中台。徵神归鉴景，晦行属聚财。嵇生袭玄夜，阮籍变青灰。留连追宴绪，垆下独徘徊"[⑤]，极为欣赏王戎晦迹而自保。

---

① （宋）刘义庆著，余嘉锡笺疏：《世说新语笺疏·伤逝》，北京：中华书局，1983年，第751页。

② （宋）刘义庆著，朱铸禹汇校集注：《世说新语汇校集注·伤逝》，上海：上海古籍出版社，2002年，第544页。

③ （宋）刘义庆著，余嘉锡笺疏：《世说新语笺疏·惑溺》，北京：中华书局，1983年，第1080页。

④ （宋）刘义庆著，余嘉锡笺疏：《世说新语笺疏·俭啬》注引，北京：中华书局，1983年，第1025页。

⑤ 逯钦立辑校：《先秦汉魏晋南北朝诗》（中），北京：中华书局，1983年，第1795页。

三

两晋是门阀势力最为强盛的时期，世家大族往往享有特权与利益，而为了保持门第的荣耀，他们也特别注重自我的宣传与标榜，而标榜的方式不外乎述祖先功德，以显自己的高贵，或极力奖掖、品题后辈，让他们成为社会的代言人，把握政治的命脉。我们翻开《世说新语》，在 1 130 则故事中有几则不是名士们在自吹自擂呢！他们小小的年纪就被推到社会的前台，受人吹捧，表现出异乎常人的一面，似乎天生就是社会的中流砥柱，而这背后的推动者不是他人，大多正是本家族中的成员。如《世说新语·文学》七十九：

庾仲初作《扬都赋》成，以呈庾亮，亮以亲族之怀，大为其名价，云可三《二京》、四《三都》。于此人人竞写，都下纸为之贵。谢太傅云："不得尔，此是屋下架屋耳，事事拟学，而不免俭狭"

这种以"亲族之怀，大为其名价"的事情在王氏家族中表现得更为淋漓尽致。他们彼此品目，抬高身价，这一点不需其他材料，只看《世说新语》就足以说明问题：

王戎曰："太保居在正始中，不在能言之流；及与之言，理中清远。将无以德掩其言?"（《德行》十九）

王戎云："太尉神姿高彻，如瑶林琼树，自然是风尘外物"。（《赏誉》十六）

王平子目太尉："阿兄形似道，而神锋太俊。"太尉答曰："诚不如卿落落穆穆。"（《赏誉》二十七）

王夷甫语乐令："名士无多人，故当容平子知"。（《赏誉》三十一）

王公目太尉："岩岩清峙，壁立千仞。"（《赏誉》三十七）

王祥一生庸碌，除了孝、官位高以外，无一可说，但王戎为了使自己的祖先不失魏晋风流，硬是说他"理中清远"。王戎、王澄、王导更是不吝言辞吹捧自己的同族兄弟王衍，而王衍不仅品自己的兄弟王澄是"落落穆穆"，还硬是要将他带进名士的品评圈，像他一样成为领袖人物，所谓"当容平子知"，就是应该让王澄品题鉴赏。这一点刘孝标注引的《王澄别传》表达更为清楚："从兄戎、兄夷甫名冠当年，四海人士一为澄所题目，则二兄不复措意，云：'已经平子。'其见重如此，是以名闻益盛。天下知与不知，莫不倾注。澄后事迹不逮，朝野失望。及旧游识见者，犹曰：'当今名士也！'"

王戎出身高，家族势力大，他又占居高位，为此关注的人多，对于其家族来说，他又是值得宣传标榜的人物。而随着玄风的盛行，"竹林七贤"、"竹林之游"备受关注，而王戎是其中的一员，这对于王氏家族来说这是最好的炫耀资本。

> 王濬冲为尚书令，著公服，乘轺车，经黄公酒垆下过。顾谓后车客："吾昔与嵇叔夜、阮嗣宗共酣饮于此垆。竹林之游，亦预其末。自嵇生夭、阮公亡以来，便为时所羁绁。今日视此虽近，邈若山河。（《世说新语·伤逝》二）
>
> 有人语王戎曰："嵇延祖卓卓如野鹤之在鸡群。"答曰："君未见其父耳。"（《世说新语·容止》十一）
>
> 裴郎作《语林》，始出，大为远近所传。时流年少，无不传写，各有一通。载王东亭作《经王公酒垆下赋》，甚有才情。（《世说新语·文学》九十）

前两条记载虽然有表现王戎重感情以及对嵇康容止赞赏的一面，但更多的是流露出王戎对自己曾与嵇阮一起喝酒、参与"竹林之游"的自豪，不无向后辈炫耀的成分。正是因为这一点，王戎虽然年龄小，但我们能在《德行》、《赏誉》看到王戎品嵇康、目山涛，反而看不到嵇、阮品王戎。从王戎经黄公酒垆事这场理不清的官司中更能看清这一点。刘孝标注引《竹林七贤论》曰："颍川庾爰之尝以问其伯文康，文康云：'中朝所不闻，江左忽有此论，盖好事者为之耳。'"余嘉锡也在此加按语曰："此事盖出裴启《语林》。《轻诋篇》注引《续晋阳秋》曰：'晋隆和中，河东裴启撰《语林》，时人多好其事，文遂流行。后说太傅事不实，而有人于谢坐叙其黄公酒垆，司徒王珣为之赋。谢公加以与王不平，乃云：君遂作裴郎学。自是众咸鄙其事矣。'可与此注《七贤论》互证。临川既载谢安语入《轻诋》，而仍叙黄公酒垆于此，其不能割爱，与《晋书》同。”[①] 先不管事情的真假，从“中朝所不闻”而到“江左忽有此论”，这肯定是王氏家族在为自己摇旗呐喊，王东亭的《经王（黄）公酒垆赋》就是明证，而庾亮、谢安都不以为然，这其实反映出这几大家族之间的矛盾。当然，不管庾、谢怎样否定，而该事已流传极广。

这样看来，关于王戎的故事怎么会少呢？而且所传的故事怎会有损他的名士的形象呢？而后人的评价则大多根据以往的文献资料，因此不会有太激烈的言辞也在情理之中。

第十一章　郭璞、陶渊明的游仙与田园

大批南逃的贵族与江东地区的大族所拥戴建立的东晋王朝，虽承战乱而建，但并没有激发起应有的斗志与重整山河的气魄，反而政治腐败、纲维不振，皇权只不过是世家大族平衡权力的砝码，像郭璞、陶渊明这样的士人，只能在屈辱卑微中讨生活，终其一生只不过参军僚属而已。但身上所受的儒家思想的熏陶，又使他们不甘于这样庸碌无为，更不能放任社会的恶化，只追逐自己的名利，因此其内心异常矛盾痛苦。在痛苦与矛盾中他们试图超脱一切，寻求心理的平衡与失落的精神家园，或在放浪形骸中麻醉自己，或在退处中追求安贫乐道，游仙、田园承载着他们对其生命永恒与自由的追求。

第一节　“坎壈咏怀”与“列仙之趣”

郭璞与山涛、王戎不同，生活于两晋最混乱的时期，不要说做高官、享厚禄，连起码的生命都难以有保障。《晋书》本传载：“惠、怀之际，河东先扰。璞筮之，投策而叹曰：‘嗟乎！黔黎将湮于异类，桑梓其翦为龙荒！’于是潜结

① （宋）刘义庆著，余嘉锡笺疏：《世说新语笺疏·伤逝》，北京：中华书局，1983 年，第 749 页。

姻昵及交游数十家，欲避地东南。”① 他辗转流离，好不容易才来到南方。虽然他在王朝倾塌时先行一步，躲过了兵燹，但又不得不面对极其腐败、衰弱的东晋王朝。他作为王敦的记室参军，虽官职卑微，但面对叛乱却没有听之任之，而是将自己的生命置之度外，凭借自己的高超的占卜术制造舆论，想以此阻止王敦起事，又力劝温峤、庾亮坚决讨伐叛逆，最后死于王敦的刀下。及叛乱平定以后，朝廷虽追赠他为弘农太守，但后人并不以忠臣烈士视他，反而津津乐道于他的方术，关注他所写的游仙诗。

郭璞的游仙诗在逯钦立所辑校的《先秦汉魏晋南北朝诗》中共收十九首，除十首保存完好外，其他都是残句残篇，再加上钟嵘《诗品》所引的“奈何虎豹姿”、“戢翼栖榛梗”两句，并不见于这十九首，于是有学者认为他的游仙诗当为二十一首。② 关于他的游仙诗历来各执一端，其代表性的评论有：

一是刘孝标注引檀道鸾《续晋阳秋》曰：

> （许）询才藻，善属文。自司马相如、王褒、扬雄诸贤，世尚赋颂，皆体则《诗》、《骚》，傍综百家之言。及至建安，而诗章大盛。逮乎西朝之末，潘、陆之徒虽时有质文，而宗归不异也。正始中，王弼、何晏好《庄》、《老》玄胜之谈，而世遂贵焉。至江左李充尤盛。故郭璞五言始会合道家之言而韵之。询及太原孙绰转相祖尚，又加以三世之辞，而《诗》、《骚》之体尽矣，询、绰并为一时文宗，自此作者悉体之。至义熙中，谢混始改。③

檀道鸾虽是重点评价许询的玄言诗，但他从历史的纵向来强调郭璞乃是东晋玄言诗的始作俑者。

二是钟嵘《诗品》曰：

> 永嘉时，贵黄老，稍尚虚谈，于时篇什，理过其辞，淡乎寡味。爰及江表，微波尚传。孙绰、许询、桓、庾诸公诗，皆平典似《道德

---

① （唐）房玄龄等撰：《晋书·郭璞传》，北京：中华书局，1974 年（凡文中所引郭璞事未注者都出自该书），第 1899 页。

② 卢凤鹏：《郭璞〈游仙诗〉论》，《毕节师范高等专科学校学报》，2002 年第 3 期。

③ （宋）刘义庆著，余嘉锡笺疏：《世说新语笺疏·文学》，北京：中华书局，1983 年，第 310 页。

论》，建安风力尽矣。先是郭景纯用隽上之才，变创其体；刘越石仗清刚之气，赞成厥美。然彼众我寡，未能动俗……

宪章潘岳，文体相辉，彪炳可玩。始变永嘉平淡之体，故称中兴第一。翰林以为诗首。但《游仙》之作，词多慷慨，乖远玄宗。……乃是坎壈咏怀，非列仙之趣也。①

钟嵘与檀道鸾不同，认为郭璞诗与东晋玄言诗不同，是“用隽上之才，变创其体”，尤其是其《游仙诗》，“词多慷慨，乖远玄宗”，“非列仙之趣”。

三是刘勰《文心雕龙》曰：

江左篇制，溺乎玄风，嗤笑徇务之志，崇盛忘机之谈。袁孙已下，虽各有雕采，而辞趣一揆，莫与争雄；所以景纯仙篇，挺拔而为俊矣。

景纯艳逸，足冠中兴，既是穆穆以大观，仙诗亦飘飘而凌云矣。②

刘勰虽与钟嵘同时，也充分肯定郭璞的游仙诗，“挺拔而为俊”，但是他却与钟嵘不同，认为郭璞游仙诗是“飘飘而凌云”。

这三者的评价引发了后来关于郭璞游仙诗的争论，其观点都主要围绕其游仙诗主要是“坎壈咏怀”还是具有列仙之趣，是玄言诗的导始者还是“乖远玄宗”。其实他的游仙作品既有现实的忧患，又不乏隐逸体玄的脱俗追求，还有长生之想的“列仙之趣”，是他情感的积淀与人生的追求。

二

一般来说，组诗的第一首往往具有总括其特点，相当于序言的作用，为此我们先看其《游仙诗》其一：

京华游侠窟，山林隐遁栖。朱门何足荣，未若托蓬莱。临源挹清波，陵冈掇丹荑。灵溪可潜盘，安事登云梯。漆园有傲吏，莱氏有逸

---

① （梁）钟嵘著，徐达译注：《诗品全译》，贵阳：贵州人民出版社，1990年，第7页、86页。

② 周振甫著：《文心雕龙今译》，北京：中华书局，1986年，第61页、425页。

妻。进则保龙见，退为触藩羝。高蹈风尘外，长揖谢夷齐。[①]

诗虽以“游仙”为题，但并没有像一般游仙那样以轻举、乘云等方式进入完全与人世相脱离的虚幻的神仙境界，也没有出现与现实中的凡人不一样的仙人。相反，诗歌一开始将“游侠”与“隐逸”两种不同的生活加以对照，虽然认为前者极奢华、热闹，而后者孤独、清苦，但是作者毫不犹豫地否定了前者而肯定后者。其原因就在于：朱门虽荣，贵游虽乐，但是倏忽变化，如过眼烟云。人如果一旦步入仕途，固然可能如潜龙之现，风光一时，但人生就再也没有自由，万事都由不得自己，其处境就像壮羊的角被卡在篱笆上一样，进退不得。而隐逸则不一样，超尘拔俗。诗人极力讴歌自己在隐逸中获得的精神自足：在清澈的水源上掬饮清波，攀上高高的山冈采食初生的灵芝。山巅水崖，深可流连，无需费心求禄，自致于青云之上。在这条人生道路上已经有了无数的圣贤——漆园傲吏、莱氏逸妻、伯夷、叔齐在前面领路，自己还有什么好犹豫的呢？显然诗人在对比中表达对官场的强烈不满，其态度之坚决无人能比，为何有如此感情呢？

郭璞生于西晋盛世，长于“八王之乱”，卒于东晋中兴之初，经历了、也看惯了门阀政治的腐败及空前的社会动乱。“林无静树，川无停留”，在他看来，这个世界的一切都在时时变动，从未宁静，更无太平可言。为了避祸，他带领家人离开家乡闻喜，几度辗转迁徙，在迁徙中早已感受到生命的残酷。如他的《流寓赋》就详细记录他这段辛酸的生活：

戒鸡晨而星发，至猗氏而方晓；观屋落之隳残，顾徂见乎丘枣。嗟城池之不固，何人物之稀少。越南山之高岭，修焦丘之微路。骇斯径之峻绝，感王阳而增惧。诘朝发于解池，辰中暨乎河北。思此县之旧名，盖曩日之魏国。咏诗人之流歌，信风土之俭刻。背兹邑之迴逝，何险难之多历！望陕城于南涯，存虢氏之疆场。实我姓之攸出，邈有怀乎乃迹。陟函谷之高关，壮斯势之险固。过王城之丘墟，想谷洛之合斗。恶王灵之壅流，奇子乔之轻举。游华辇而永怀，乃凭轼以寓目。思文公之

① 逯钦立辑校：《先秦汉魏晋南北朝诗》，北京：中华书局，1983年（凡引郭璞诗歌未注者都出自该书），第865页。

所营，盖成周之墟域。①

该赋明白交代了他流寓的路线，从闻喜出发，依次是“猗氏”、“解池”、“河北”、“陕城”、“虢氏”、“函谷”、“王城”，并且将所见的残破景象一一描写，同时还提到当时西晋后期的晋室内乱。赋中虽言子乔轻举，但根本没有出世之想，反而在对举中是对现实的批判与哀叹。而其《登百尺楼赋》也是如此："嗟王室之蠢蠢，方构怨而极武，哀神器之迁浪，指缀旒以譬主。雄戟列于廊技，戎马鸣乎讲柱。”哀悯乱离最切身者当是他的《答贾九州愁诗》，该诗为三章，首先叙写了自己流离中的困顿，次写西晋王朝分崩离析的局面，最后再写自己乱离中“息驾靡脱”的窘迫无奈以及“逍遥永年”的想法。

郭璞与建安时期的王粲一样，希望时局好转、社会安定，只不过他将希望寄托于圣君明臣。他利用自己占卜的名声为东晋的建立积极作舆论宣传，制造某某地方当出铎、出钟，上当有奇文、奇书，这就是为了“王者之作，必有灵符，塞天人之心，与神物合契，然后可以言受命矣”。他还作诗赞扬元帝、王导，相信他们定能“怀远以文，济难以略。光赞岳穆，折冲帷幕。凋华振彩，坠景增灼。穆其德风，休声有邈。方恢神邑，天衢再廓”（《与王使君诗》）。面对元帝的刑狱繁兴，他不断上疏进谏，寻案旧经，从《易传》、《尚书》到《春秋》，意在说明阴阳之理、天象人事的关系，希望君王明白天变灾害的原因，就是“杖道之情未著，而任刑之风先彰，经国之略未震，而轨物之迹屡迁”（《省刑疏》），还告诫君王应“以危自持”，“顷者以来，赋税转重，狱犴日结，百姓困扰，甘乱者多，小人愚崄，共相扇惑。虽势无所至，然不可不虞”（《皇孙生上疏》）。但是统治者并没有改弦更张、励精图治，而是在偏安的心态下追逐着个人的权势地位。郭璞虽然与朝廷重要的政治人物温峤、庾亮、明帝（当时为太子）相来往，以才学见重，但是在当时并不得重用，备受压抑，现实无情地摧毁了他的一切理想，于是他借诗歌以抒写自己的内心：

逸翮思拂霄，迅足羡远游。清源无增澜，安得运吞舟？圭璋虽特达，明月难暗投。潜颖怨青阳，陵苕哀素秋。悲来恻丹心，零泪缘缨

① （清）严可均辑：《全晋文》（下），北京：商务印书馆，1999年，（凡引郭璞文未注者都出自该书），第1281页。

流。(《游仙诗》其五)

善飞者展翅万里，一心想背负青天、直上云霄；善行者疾步如飞，向往避开浊世，远游天涯海角。但是，清澈见底的水中，没有重重波浪，怎能游动吞舟的大鱼？这里显然是用比喻的手法，抒写有志之士无法施展自己的理想与抱负，坦露出诗人的初衷。有才能的人，秉性高洁，但无人赏识，就像“圭璋”“明月”被人拒绝一样，不得施展其才能，流露出了诗人的寂寞与孤独。“潜颖怨青阳，陵苕哀素秋”，这正是郭璞经受人生坎坷与磨难之后的哀叹。贤者知遇难以预期，能者未必能施展才华，不管“穷”“达”与否，就如同“潜颖”、“陵苕”一样，一个怨春光姗姗来迟，一个恨秋霜匆匆早到。诗人正是看透了所谓知遇与否的问题，才会使自己如此悲愤、泪湿冠带。显然，该诗名为“游仙”，但实际上抒发的是自己浓重的怀才不遇之叹，难怪钟嵘说郭璞的游仙诗是“坎壈咏怀”。只不过他的失意之叹又与迁逝之悲、忧生之痛相交织：

六龙安可顿，运流有代谢。时变感人思，已秋复愿夏。淮海变微禽，吾生独不化。虽欲腾丹溪，云螭非我驾。愧无鲁阳德，回日向三舍。临川哀年迈，抚心独悲吒。(《游仙诗》其四)

郭璞虽然对日月运行、四时更替有着客观而清醒的认识，但理智的承认并不等于感情的接受。一个“安”字，流露出诗人的遗憾与无奈，一个“思”字，就在心中掀起了不平之涛与奇思妙想：希望肃杀凄凉的秋天能回复到生命力旺盛的夏天；希望自己能像鲁阳一样，举戈一挥，可使即将落山的太阳倒退三舍，重新照耀大地；希望自己能如传说中入海为蛤的雀或入淮为蜃的雉一样可以变化，使生命在变化中得以延续；更希望自己能乘云升天，到神话中的丹溪之国，获得生命的永恒。但这些只不过是他的美好的幻想，因此每一个幻想的萌生，同时又伴随着破灭。正是用“不”、“非”、“愧”这些词语，表达出清醒之残酷，他陷入更深的悲哀中。

显然，他的游仙诗名为游仙，但缺乏那种与仙同游的快乐，也没有在仙国获得暂时的精神满足与慰藉，更多的是继承和发展了屈原以来在游仙中抒情述志的传统，倾泻自己的忧患与失意，把关心现实、希望有所作为的志向寓于其中。这样，他的游仙诗就不只是消极避世、超尘拔俗的追求，而是有着建安诗歌那样慷慨向上的一面，于是刘勰用“挺拔”等语评之。

二

郭璞精通阴阳历算，当时许多人把他视为地位低下的术士。他内心极度痛苦，试图在放纵的生活中麻醉自己。《晋书·郭璞传》载：“（郭璞）性轻易，不修威仪，嗜酒好色，时或过度。著作郎干宝诫之曰：‘此非适性之道也。’璞曰：‘吾所受有本限，用之恒恐不得尽，卿乃忧酒色之为患乎！’”其实放纵的生活并不能消除内心的痛苦，为此他自然向道家靠拢，又试图以旷达来超脱。像他所写的《客傲》，既是怀才不遇的宣泄，又是为自己所寻找的精神家园。文中假设“客”以诘责，嘲笑自己“响不彻于一皋，价不登乎千金”，却“傲岸荣悴之际，颉颃龙鱼之间”。面对诘责，他粲然而笑曰：“鷦鷯不可与论云翼，井蛙难与量海鼇”。这种傲俗的精神力量主要来自于隐逸体玄的哲学。在郭璞看来，显与微、高与低、尊与卑都无关宏旨，所谓“蚊泪与天地齐流，蜉蝣与大椿齿年”，因此自己“不恢心而形遗，不外累而智丧”，总之，“不物物我我，不是是非非”。而自己现在“进不为谐隐，退不为放言，无沈冥之韵，而希风乎严先”，只不过是在效法古代圣贤达人，像“庄周偃蹇于漆园，老莱婆娑于林窟，严平澄漠于尘肆，梅真隐沦乎市卒”一样。正是基于这种思想感情，他的游仙诗往往不是写自己飞升仙界，而是着力抒写隐逸，在诗中有意识地去描绘隐居胜地，刻画隐士形象。隐逸不仅能让诗人获得遗世独立之感，而且魏晋神仙道教往往把山林隐逸当成修道成仙的必经之途。历代许多隐士后来都被神化成仙人，可以说隐逸和求仙在超越尘世的浮华喧嚣、探索生存的本质意义上达到了一致。如《游仙诗》其二：

> 青溪千余仞，中有一道士。云生梁栋间，风出窗户里。借问此何谁？云是鬼谷子。翘迹企颍阳，临河思洗耳。阊阖西南来，潜波唤鳞起。灵妃顾我笑，粲然启玉齿。蹇修时不存，要之将谁使？

李善注引庾仲雍《荆州记》曰：“临沮县有青溪山，山东有泉，泉侧有道士精舍。郭景纯尝作临沮县，故《游仙诗》嗟青溪之美。”[①] 从诗中可以看出郭璞

① （梁）萧统编，（唐）李善注：《文选》，上海：上海古籍出版社，1986年，第1019页。

落笔之用心，诗中的“道士”、“鬼谷子”都是指诗人自己。他虽为世阻，寄生于临沮，却把自己置身于高高的青溪山林中，与清风、白云为伴，自然有了一份隐逸者的清高脱俗。但他又不同于一般的隐者，而是一位山中道士。道士当然不仅仅是为了逃避世俗，还在于山中寻道求仙、采药炼丹。于是诗歌接下来赞美许由的高洁、灵妃飘逸的神采，借以表达自己隐遁高蹈、企慕神仙的情怀。“蹇修时不存，要之将谁使”，最后在清醒的理性中又无情地撕毁了自己的美梦。虽然如此，诗人还是更倾向于隐逸，希望于其中获得精神的满足，用来超脱现实。为此，我们在其游仙组诗开篇就看到他将隐逸与出仕对比，以坚定的态度赞扬、肯定隐逸。之所以如此，他其实还将隐逸当做体道、悟道的一条途径。他生活于玄风盛行的时代，其诗虽不同于许询、孙绰，但同样不乏玄理的玩味，在游仙中追求玄学式的精神境界：

> 旸谷吐灵曜，扶桑森千丈。朱霞升东山，朝日何晃郎。迴风流曲棂，幽室发逸响。悠然心永怀，眇尔自遐想。仰思举云翼，延首矫玉掌。啸傲遗世罗，纵情在独往。明道虽若昧，其中有妙象。希贤宜励德，羡鱼当结网。(《游仙诗》其八)

这与其说是游仙，还不如说是“悟道”。首先描写了一幅山中日出的景象，而诗人正是陶醉于这阔大而壮观的自然中，心境开朗，豁然贯通，领悟到人生的另一条道路，即摆脱现实的一切烦恼痛苦，遨游于山水自然中，含道独往，与自然宇宙合一。当然这里的“道”乃是道家之“道”。老子《道德经》云：“孔德之容，惟道是从。道之为物，惟恍惟惚，惚兮恍兮，其中有象；恍兮惚兮，其中有物。”[①]“道”虽然暗昧，但其象却奇妙无比。

郭璞游仙诗虽然融入老庄思想，含有玄言色彩，但它又不同于玄言诗。因为玄言诗的重心在于阐释老庄及佛教哲理，往往过分追求其理，而不注重理趣、情辞，结果是“理过其辞，淡乎寡味”，受人诟病。而郭璞在游仙诗中不是简单地演绎玄学之理，而是在于借以表达自己的思想感情，抒写自己的情怀。如《游仙诗》其一，全篇主要以议论说理为主，也借用了庄子、老莱子之典，《周易》的卦爻辞，不乏玄言色彩，但在将两种生活的对比议论中，早已将自己的情感与不

---

① 王卞点校：《老子河上公章句》，北京：中华书局，1993年，第85－86页。

平之气融入其中。不仅如此，他在诗中还往往注重勾画出清新明快的画面，使理趣在自然中获得，像其一中的“临源挹清波，陵冈掇丹荑”、其二中的“阊阖西南来，潜波唤鳞起。灵妃顾我笑，粲然启玉齿”就不用说，其他诗作也大都如此，如《游仙诗》其三：

翡翠戏兰苕，容色更相鲜。绿萝结高林，蒙笼盖一山。中有冥寂士，静啸抚清弦。放情凌霄外，嚼蕊挹飞泉。赤松临上游，驾鸿乘紫烟。左挹浮丘袖，右拍洪崖肩。借问蜉蝣辈，宁知龟鹤年。

前四句写景，竭力勾勒出一幅清新明快的画面：小小的翡翠鸟在兰花的茎上嬉戏，其颜色与姿态明艳清丽，惹人喜爱；绿色的藤蔓爬满了林中松柏，郁郁葱葱，像是将整座山峦蒙上了一层青翠。而“冥寂士”正逍遥于这苍翠欲滴、生机勃勃的大自然中，或放声长啸，或抚琴操曲，或纵情山水，游心天外，饥则采食花蕊，渴则酌取清泉，心灵与天地宇宙合一。清新明快的画面与诗人对隐逸生活的赞美与喜爱之情融为一体，构成了优美的意境，再加上艳丽的辞采，更是清新可爱。

显然，郭璞的游仙诗不是“乖远玄宗”，而是在隐逸体玄中注重理趣与个人情感的抒发，与那些纯粹的阐述老庄哲理的玄言诗有区别而已。

三

当然，郭璞充盈于心中的是迁逝之悲、危惧之感、失意之痛，他完全可以像阮籍一样，采用“使气以命诗”的形式，直接以“咏怀”为题，为何却要以“游仙”为题，借此以咏怀呢？

要回答这个问题，还必须从郭璞的思想及其当时社会所认定的角色出发。《晋书·郭璞传》载：郭璞不仅“好经术，博学有高才”，而且“好古文奇字，妙于阴阳算历。有郭公者，客居河东，精于卜筮，璞从之受业。公《青囊中书》九卷与之，由是遂洞五行、天文、卜筮之术，攘灾转祸，通致无方，虽京房、管辂不能过也”。正因为他善于阴阳历算，不仅常以此术侍人，以博取达官贵人的赏识与青睐，而且社会各界人士也以高明的术士看他。如《晋书》有关他的传记，几乎都是有关他消灾转福、扶厄择胜、占卜占筮的记载，如为赵固医马，撒豆恐吓胡孟康骗取美婢，以柏枝代王导消除震厄，最后也死于为王敦占卜之上。

《世说新语·术解》共记十一则故事，而其中有关郭璞的就有三则，而且更有意思的是郭璞会解占冢宅，连明帝都想与他一较高低。显然，在郭璞身上不仅有一般士人的儒道双修，更多的是道教徒的色彩。不说他对神仙法术是否真正相信，但至少他沐浴在这些思想与法术之中，在咏诗作赋中很自然就借以为题去表现自己的思想感情。其实郭璞的《游仙》与阮籍的《咏怀》并没有本质的区别，而是殊途同归。郭璞是以游仙来咏怀，借隐逸、游仙来否定世俗世界；而阮籍是咏怀中杂仙心，是从对世俗的否定中走向隐逸与仙界。

再说，游仙文学起源于巫、方术之士对神仙的幻境和长生不老之药的追求，建立在神仙信仰的基础上。其实，不管本人思想如何，只要写作游仙诗，在诗中就少不了对仙人、仙境以及灵芝异草的描写，而且会表现出一定的热情与兴趣。关于这一点，《文选》李善注曰："凡游仙之篇，皆所以滓秽尘网，锱铢缨绂，餐霞倒影，饵玉玄都。"[①] 何况郭璞精通此道，在其游仙诗中更少不了"列仙之趣"。而且在肯定其"坎壈咏怀"时，并不一定非要否定其"列仙之趣"，这两者并不是非彼即我的概念，而是可以紧密结合的。

郭璞生于乱世，血腥早已弥漫整个社会，忧生惧祸之心渗入骨髓，所谓"乱离方焮，忧虞匪歇"（《答贾九州诗》）就是高度概括。面对王敦大将军掾陈述之死，他之所以哭之甚哀，是因为其中渗入了自己对生命的担忧。在"嗣祖、嗣祖，焉知非福"的呼喊中，他早已明了祸乱的到来，又不知将有多少人死于非命。为此他的游仙诗与曹操、嵇康一样，不乏宗教式的长生之追求。"登岳采五芝，涉涧将六草。散发荡玄溜，终年不发浩"（《游仙诗》其十五），这里所表达的除了登山采摘灵芝异草以求长生不死外，似乎找不出别的意蕴。而"采药登名山，将以救年颓"（《游仙诗》其九），则把这种长生之追求说得更加直白。他不仅在诗中多次吟咏对长生的希冀与追求，而且还往往拿灵液、奇草来否定人间美味：

> 晦朔如循环，月盈已见魄，蓐收清西陆，朱羲将由白。寒露拂陵苕，女萝辞松柏。蕣荣不终朝，蜉蝣岂见夕？圆丘有奇草，钟山出灵液。王孙列八珍，安期炼五石。长揖当涂人，去来山林客。（《游仙诗》其七）

---

① （梁）萧统编，（唐）李善注：《文选》，上海：上海古籍出版社，1986 年，第 1018 页。

诗人在这里极为平静地描写秋天的到来，但在描写陵苕遭霜、女萝枯萎中早已渗进了生命将尽的忧伤。“蕣荣不终朝，蜉蝣岂见夕”，生命如此短促，他正是在这短促之感中汲汲追求生命的延长。《文选》李善注引《外国图》曰：“圆丘有不死之树，食之乃寿。”又引东方朔《十洲记》曰：“北海外有钟山，自生千岁芝及神草。”[①] 郭璞正是以圆丘奇草、钟山灵液为代表的长生追求来鄙视王孙们的“八珍”，以“山林客”来对抗“当涂人”。

郭璞游仙诗中还有食气之追求：“吐纳致真和，一朝忽灵蜕。飘然凌太清，眇尔景长灭。”（《游仙诗》其十一）“吐纳”就是指食气时的呼吸动作，方士们的食气就是指食天地宇宙之气。《大戴礼记》曰：“食水者善游能寒，食土者无心而不息，食木者多力而拂，食草者善走而愚，食桑者有丝而蛾，食肉者勇敢而悍，食谷者智慧而巧，食气者神明而寿，不食者不死而神。”[②] 正是基于长生这一说法，食气才在社会上普遍流行，神仙家更热衷此道，认为食气能去三虫，养精髓，固形神，获长生。郭璞此诗句就是对食气功效的描写：能使人身轻而灵蜕，飘凌太清之中。

郭璞的游仙诗不仅只有主体的我对于长生的追求，同样有游于仙界、与仙人共乐的描写，请看《游仙诗》其六；

> 杂县寓鲁门，风暖将为灾。吞舟涌海底，高浪驾蓬莱。神仙排云出，但见金银台。陵阳挹丹溜，容成挥玉杯。姮娥扬妙音，洪崖颔其颐。升降随长烟，飘遥戏九垓。奇龄迈五龙，千岁方婴孩。燕昭无灵气，汉武非仙才。

郭璞游仙从山中转移到海中仙岛，从宁静转向热闹辉煌。在雄奇壮阔的画面中，仙人“排云”而出：陵阳子明挹玉石脂而食，善补导之事的容成公手挥玉杯，嫦娥飞扬着她美妙的清音，洪崖先生听着歌声直是点头，如痴如迷，宁封子则随着长烟升降而飘遥于九方之天中，他们的寿命都超过了五个龙身人面的仙人，一千岁对于他们来说还是婴儿。“燕昭无灵气，汉武非仙才”，这既是对燕昭、汉武求仙的讽刺，又是用仙境的美妙，显示出帝王和富贵的不足慕。可见，

---

① （梁）萧统编，（唐）李善注：《文选》，上海：上海古籍出版社，1986 年，第 1024 页。

② 高明注译：《大戴礼记今注今译·易本命》，天津：天津古籍出版社，1988 年，第 478 页。

郭璞着意塑造的仙界是他理想的精神乐园；仙人生活的自由舒展，是他现实中压抑与愤懑的释放；仙人的长寿，是他对生命的渴望。

郭璞虽然表现出强烈的“列仙之趣”，追求“永偕帝乡侣，千龄共逍遥”（《游仙诗》其十）的超脱，但他何尝能真正超脱呢？他与阮籍、嵇康一样，在游仙中表现出绝俗高洁的自我人格的崇高时，又往往含有一种悲哀与痛苦。“四渎流如泪，五岳罗至垤。寻我青云友，永与时人绝。”（《游仙诗》其十三）在他眼中，人间是如此渺小，被凡人视为波澜壮阔的四渎细如泪流，被视为崇高的五岳也低如堆起来的土堆。他要离开人间，与时人决绝，而与青云友为伴。但这一切只能建立在精神的想象中，诗人不曾离开人间现实半步，即使预见了杀身之祸，也没有退却，即使在梦幻中登仙，也忘不了人间的痛苦，“遐邈冥茫中，俯视令人哀”（《游仙诗》其九）。这种对现实人间的眷恋与屈原极为相似，郭璞的游仙诗其实是将咏怀与列仙之趣结合在一起。

第二节　怀古与田园理想

陶渊明虽然没有像郭璞那样因中原动乱而漂泊流亡，但其命运却差不多。东晋从建立之日起就发育不全，虽持有东南半壁江山，但内忧外患不断。北方少数民族不断骚扰、挥兵南下，为防异族的凌辱，荆、扬两州不得不派重兵把守。而手握重兵的军阀不仅拥兵自重、飞扬跋扈，而且彼此之间明争暗斗，甚至起兵向阙，欲废东晋而自立。从王敦、苏峻、桓温叛乱，到桓玄兵入建康，篡位称帝，可以说东晋从来就没有兴盛强大过，也没有真正太平过，更不要说后来孙恩、卢循作乱，刘裕代晋自立。陶渊明的家乡浔阳历来都是兵家必争之地，每一次动乱都无法幸免。他亲眼目睹了东晋的黑暗、混乱，也见证了东晋的灭亡。

陶渊明作为东晋大司马陶侃的后代，曾有过“逸四海”的“猛志”，也曾步入仕途，做过江州祭酒、镇军将军参军、建威将军参军、彭泽县令。他在吏治上并没有骄人的政绩可言，反而总感官场的压抑与不自由，最后辞官归隐，终老田园。他留给后人最有价值是他的诗文与精神追求。梁启超说：“唐以前的诗人，真能把他的个性整个端出来和我们相见的，只有阮步兵和陶彭泽两个人，而陶尤为甘脆鲜明。”[①] 郑振铎也说：陶渊明的诗“直捷的以最天真最浓挚的情绪和你

---

① 梁启超著：《陶渊明·陶渊明之文艺及其品格》，北京：商务印书馆，1929年，第2～3页。

相见”[①]。因此，研究陶渊明要以他那“最天真最浓挚的情绪”为切入点，才能全面理解其诗、其人，还我们诗人真面貌。陶渊明诗文中“最天真最浓挚的情绪”是怀古、田园这两大情结，这是解读他心灵的钥匙，也是真正把握其田园理想的关键。

一

陶渊明诗文中抒写怀古之情的诗句随处可见，如《和郭主簿二首》中曰：“遥遥望白云，怀古一何深”，“衔觞念幽人，千载抚尔诀”。[②] 他不仅直接吟出“怀古”二字，而且念及千载以前的“幽人”，以他们为法则。陶渊明的怀古之思深深植根于心中，无论何时何地都萦绕于怀，挥之不去，已经融于他的思想情感中。这一情结主要表现在三个方面：

（1）读古书。陶渊明在《五柳先生传》中言：“好读书，不求甚求。每有会意，便欣然忘食。”他读书与汉代儒生不同，不拘泥于章句训诂，而陶醉于书中的意趣精神；他读书也与战国策士苏秦相异，不是头悬梁、锥刺股式的苦读，而是兴之所至，“欣然忘食”；他读书也不限于四书五经，而是涉猎广泛，经、史、子无所不包，儒、释、道兼容。正如他所咏：“少年罕人事，游好在六经”（《饮酒》其十六），“泛览周王传，流观山海图”（《读山海经》其一），“历览千载书，时时见遗烈”（《癸卯岁十二月中作与从弟敬远》）。颜延之为他作诔也曰：“心好异书。”[③]

（2）思古人。徐公持先生说：“陶渊明以咏史方式，与古人沟通，与古人对话，以古人古事为依凭，说出自我心声。”[④] 陶渊明诗文中确实有许多咏史类作品，如《读史述九章》、《咏二疏》、《咏三良》、《咏荆轲》、《咏贫士七首》等。这些作品之重心不在咏事，而在吟咏人物，与这些古人交流，借古人说出自己的心声。粗略检索陶渊明的诗文，将其歌吟的古人分类，有圣主明君：黄帝、伏羲、神农、尧、舜、禹等；有哲人贤士：后稷、孔子、董仲舒、许由等；有避世的隐士：长沮、桀溺、植杖翁、於陵仲子、张长公、丙曼容、郑次都、薛孟尝、

① 郑振铎著：《插图本中国文学史》（1），北京：人民文学出版社，1957 年，第 182 页。

② （晋）陶渊明著，逯钦立校注：《陶渊明集》，北京：中华书局，1979 年（凡引陶渊明诗文未注者都出自该书），第 60 页。

③ 吴泽顺编著：《陶渊明集·陶征士诔》，长沙：岳麓书社，1996 年，第 110 页。

④ 徐公持编著：《魏晋文学史·陶渊明（下）》，北京：人民文学出版社，1999 年，第 597 页。

周阳珪、召平、伯夷、叔齐、商山四皓、疏广、疏受等；有乐道的贫士：颜回、原宪、黔娄、荣启期、扬雄、袁安、张仲蔚、黄子廉等；有旷达的奇士：杨王孙、张挚、杨伦、柳下惠、杨子等；有坎坷不遇的士人：宁戚、屈原、贾谊、韩非、司马迁、董仲舒、张释之、冯唐、魏尚、李广、王商等；还有广为传颂的知音佳偶：伯牙与钟子期、桓公与宁戚、刘龚与张仲蔚、管仲与鲍叔牙、程婴与公孙杵臼等；还有侠肝义胆的猛士：荆轲、精卫、刑天、夸父等；还有仙人赤松子、王子乔、西王母等等，不一而足，将近百人。在诗文中如此钟情古人确实少见。

（3）慕古风。陶渊明最痛心的莫过于“真”、“淳”之风的丧失，而虚伪之风大起。他在《感士不遇赋》序中写道：“自真风告逝，大伪斯兴，闾阎懈廉退之节，市朝驱易进之心”。正是这样，他在怀古中仰慕古代遗风，在伤感中吟咏道：“黄唐莫逮，慨独在余”（《时运》），“羲农去我久，举世少复真”（《饮酒》其二十）。他认为上古时的人民“傲然自足，抱朴含真”（《劝农》）。因此诗人希望自己生活于“羲黄”时代，在田园生活中常常产生错觉，“尝言五六月中北窗下卧，遇凉风暂至，自谓是羲皇上人”（《与子俨等疏》）。一次暮春之游，也使诗人“欣感交心”，让他想到了孔子所喟叹的“沂水之游”：“延目中流，悠想清沂。童冠齐业，闲咏以归。我爱其静，寤寐交挥。”在思慕之情中掩抑不住一抹伤感：“但恨殊世，邈不可追。”（《时运》）躬耕于田园，使他想到了东户时代的自足自乐：“余粮宿中田。鼓腹无所思，朝起暮归眠。”而诗人辛勤劳作，却是衣食不足，在无奈中他只有面对现实，“既已不遇兹，且遂灌我园”（《戊申岁六月中遇火》）。

陶渊明为何怀古？怀古之思为何又如此之深呢？纵观怀古，不外乎抚今追昔、吊古伤今、借古讽今三种形式，但其触发点都是“今”，并且其中都渗透了诗人的主体情感“抚”、“伤”、“讽”。其主体情感的产生往往是将古与今进行观照，在观照中产生褒贬，在褒贬中内含一定的文化意义与价值判断。如果在心中不满于“今”，那么人们在进行这种价值判断时却表现出强烈的回归意识，向远古走去，牢牢抓住人类心中那个残破的梦，希望它能复活而永生于现在，这样感情就有了寄托，行为有所取法。如先秦哲人，当面对春秋战国那滚滚车轮、血与火的厮杀时，都把眼光投向过去。孔子说：“信而好古”，“好古，敏以求之”。①

① （清）刘宝楠撰，高流水点校：《论语·述而》，北京：中华书局，1990年，第251页、271页。

他在“好古”中不仅想把古时的文化传承下去，再现昔日的辉煌，而且更热切希望能回到那过去的时代。因此，儒家先哲们所创立的文化已深深打上了怀古的烙印，为人类树立的理想不是现实，也不是未来，而是传说中的唐尧、虞舜时代，为人类描绘的是一个早已逝去的“天下为公”蓝图。老子、庄子也如此，他们所创立的道家哲学集中体现了对史前文明的眷恋与回归，对人类个体而言，他们要求复归于婴儿，对人类社会而言就是消灭文明，回归到“小国寡民”的社会。这就是我们民族的特有的怀古心理与文化心态，陶渊明就是怀着这样的心理与心态来抒写其怀古情思。他的怀古之原因主要是三方面：

首先，基于现实社会的黑暗，其怀古不乏“伤今”、“讽今”之色彩。他生活于晋宋之间，所住居的江州是当时风云变化的中心。他曾出仕过桓玄、刘裕幕府，因此对于社会的动乱、政治的残酷、官僚士大夫的虚伪他有亲身体验，诗人也正是对现实的强烈不满才弃官归隐。但如何来表达自己的不满、批判黑暗的现实呢？陶渊明在那样的时代往往只能借怀古来实现，于是他的诗文往往以怀念太古的淳朴和三代的太平来表达自己对人世沧桑、兴亡易代的悲慨。曹道衡也说：“这是一个有正义感的知识分子，在黑暗的现实下感到极端苦闷，但又找不到出路，只能在传说中的黄金世界中去找寻乐土，寄托他的理想，并且借着‘是古非今’的外衣，来批判现实。”①

其次，缘于自己的孤独寂寞，其怀古主要是向古人寻求力量，在古人之中寻找知音，即所谓尚友于千古。陶渊明选择的人生道路是寂寞的，他所追求达到的人生境界更是无人能及，时时被孤独所包围。他的诗文中出现了大量表达这一情感的意象：孤云、孤鸟、孤松、孤影。不仅如此，他有时还直接抒发这种情绪。如在《杂诗》中写道：“欲言无予和，挥杯劝孤影”；他在给孩子的书信中也说：“但恨邻靡二仲，室无莱妇，抱兹苦心，良独惘惘。”陶渊明在邻居中找不到求仲、羊仲那样知心朋友，家中也没有理解自己的妻子，他心中的痛苦向谁去诉说呢？只能学屈原“向陈华而陈辞”。因此，陶渊明读古书不是希望从中求取富贵，而是寻求精神的寄托，不仅是用书来驱除现实的烦恼与痛苦，而且更重要的是与书中的那些“遗烈”交流。陶渊明以古人观照自己，把古人当做了自己，分不清哪是古人，哪是自己。正是这样，诗人才不至精神失落而彷徨。于是诗文

① 曹道衡著：《中古文学史论文集·关于陶渊明思想的几个问题》，北京：中华书局，1986 年，第 173 页。

中出现了大批古人，而这些古人中作者最钟情的是知音佳偶、守节贫士、躬耕隐者。如《咏贫士》组诗七首，其一如同诗序，形象地告诉我们他为什么要吟咏贫士。叶嘉莹说这首诗“从孤云到贫士，他有三层的转折跳跃。陶渊明是故意这样的吗？不是。因为他心中的情思意念显然也在沿着这样的轨道跳跃流动。他此时所写的，正是心中流动着的那种寂寞孤独的感觉”，“孤云、孤鸟和贫士虽然是三个不同的形象，但在品质上是相近的，当他们集中到一起时，自然就能够产生一种感发的力量，而这种感发的力量就在结尾的‘知音苟不存，已矣何所悲’两句中突出地表现出来”。[①] 其二直接写自己的贫困状：“倾壶绝余沥，窥灶不见烟”，不仅这样，还要遭家人的埋怨，“何以慰吾怀，赖古多此贤”。诗人从古人中找到了自己的知音，荣启期、原宪、黔娄、袁安、张仲蔚、黄子廉，他们虽然贫困至极，却“非道故不忧”。因此，诗人虽然在现实中看到的都是一些追名逐利之徒，但在深邃历史中毕竟还有许多人在追求仁与道，诗人不再寂寞孤独，“贫富常交战，道胜无戚颜”，古人是他的榜样，给了他力量，最后诗人坚定地吟咏道：“谁云固穷难，邈哉此前修。”

再次，陶渊明通过怀古为自己和他人复活那已逝去的“黄唐”、“羲农”、“东户”时代，重建理想的精神家园——田园。叶嘉莹在论陶渊明说：“他是用他的生命去写他的诗篇，用他的生活去实践他的诗篇，所以他有一个 pattern of consciousness（意识型态），一个类型在那里。”[②] 因此，他不仅躬耕于田园，也用诗歌去写田园生活中的所思所感，这就是他诗文中的第二个情结——田园情结。不管诗人是出仕还是归隐，他始终坚信田园才是美好的，这里才是他的归宿。但诗人心中的田园不是现实中的田园，而是怀古之思、理想追求、现实实践三者糅合而成的精神家园。

二

陶渊明一生大致分为在家闲居、亦仕亦隐、隐居田园三个时期。我们现在看到的他的作品是写于第二、第三个时期，而没有写于第一个时期的作品。

关于第一时期的生活与思想都是作者后来在回忆中提及，或者在颜延之、萧统的传记中写出。如“少年罕人事，游好在六经”（《饮酒》）；“弱龄寄事外，委

---

① 叶嘉莹著：《汉魏六朝诗讲录·陶渊明之四》，石家庄：河北教育出版社，2000 年，第 417 页。
② 叶嘉莹著：《汉魏六朝诗讲录·陶渊明之一》，石家庄：河北教育出版社，2000 年，第 397 页。

怀在琴书”（《始作镇军参军经曲阿作》）；“少无适俗韵，性本爱丘山”（《归园田居》其一）；“忆我少壮时，无乐自欣豫。猛志逸四海，骞翮思远翥”（《杂诗》其五）；“少时壮且厉，抚剑独行游；谁言行游近？张掖至幽州”（《拟古》其八）。萧统也说：“少有高趣。”从这些来看，陶渊明这一时期生活比较轻松、舒畅，读书、弹琴，自由自在，但心中却激荡着一股侠义豪情，希冀着漫游中原、建功立业。虽然陶渊明一再强调他出仕是为“生生所资”，不无道理，孟子也说过：“仕非为贫也，而有时乎为贫”（《孟子·万章》），但是这一时期的豪情猛志也应是驱使他走入仕途的动因之一。

第二时期主要写他仕与隐的矛盾。关于这一点前辈学者作过较为详细的论证，在此无须多叙。解决入仕与个性的冲突，最坚决的手段当然是归隐，但归隐何处？田园、山林却又不一样。从魏晋士人的隐逸看，一般都归于山林。如《世说新语·栖逸》共记十七个故事，主人公们希心隐逸形成风气，虽然表现出各种各样的心态与情形，但并没有像古代的巢父、许由、务光那样离群而独处岩穴，也没有像长沮、桀溺那样躬耕于南亩，而是享受着士族一样的生活，与名士交往，谈玄论道，甚至有人为之提供优厚的物质条件。如第十三则说：“许玄度在永兴南幽穴中，每致四方诸侯之遗”；第十五则记载：“郗超每闻欲高尚隐退者，辄为办百万资，并为造立居宇。在剡，为戴公起宅，甚精整。戴始往旧居，与所亲书曰：‘近至剡，如官舍。’郗为傅约亦办百万资，傅隐事差互，故不果遗。”①陶渊明则不同，选择田园，自耕自种，贫困一生。正如《饮酒》其九曰：“褴缕茅檐下，未足为高栖”。像他这样隐逸的绝少，即使和他同时被称为“浔阳三隐”的周续之、刘遗民二位，亦不堪与陶渊明并论。

陶渊明归隐之所以选择田园，首先是他心中田园情结所驱使。陶渊明在当时虽不能与王、谢大家相比，但在柴桑还是一方名士，曾与许多地方官吏有过来往，如在今存诗集中即有与郭主簿、刘柴桑、长沙公、丁柴桑、羊长史、庞主簿、王抚军、张常侍等人的赠答之作。萧统写的《陶渊明传》中还记有江州刺史檀道济以粱肉赠之，而陶渊明麾而去之的事实。这些说明，在当时只要他愿意接受资助，在某个名山结舍而隐是没有问题的。像刘遗民就隐居庐山，还曾召陶渊明同隐，陶渊明拒绝说：“直为亲旧故，未忍言索居”（《和刘柴桑》）。

---

① （宋）刘义庆著，朱铸禹汇校集注：《世说新语汇校集注·栖逸》，上海：上海古籍出版社，2002年，第563～564页。

陶渊明曾担任江州祭酒到辞去彭泽县令，这十三年间，他时隐时仕，内心备受煎熬，在诗文中时有吟咏："遥遥从羁役，一心处两端。"（《杂诗》其九）在煎熬中，他始终放不下的是心中那美好的田园。刚出仕时虽然不乏"时来苟冥会，宛辔憩通衢"的欣然，但他始终觉得这只是"暂与田园疏"，将来还是要"终返班生庐"（《始作镇军参军经曲阿作》）。因为将仕宦生活与田园生活相比，"园林无世情"（《辛丑岁七月赴假还江陵夜行涂口》），表现出对官场的不适。越是不适应，对田园之念就越来越强烈，"园田日梦想"（《乙巳岁三月为建威参军使都经钱溪》）。

陶渊明隐居之所以选择田园，其次是想恢复淳真的世风。从第三个时期陶渊明归隐田园来看，他不是简单地把田园当做逃避世俗的庇护所，而是一个自己的理想所在。上文说过陶渊最痛心的是世风日下，除了仰慕古风以外，最积极的莫过于重建。我们知道，魏晋人的隐逸本身就有许多做作的成分，有许多人为隐逸而隐逸，借此抬高名声，被喻为"终南捷径"。有的虽然没有真正走向山林，却以山林之念以示清高，都免不了矫情的成分。因此陶渊明不愿归于他们一流，他认为不做官就回家好了，用不着故意躲起来，正像他自己所写："结庐在人境，而无车马喧。问君何能尔，心远地自偏。"（《饮酒》其五）真正的归隐不在于形体离开俗世，而在于心的远离和心的超脱。因此他以淳真面世，以真诚待人，从不矫情。虽然他归隐了，但并不拒绝与郭主簿、王抚军等来往，自自然然，人各有志，正如孔子所说："和而不同。"陈道贵认为陶渊明之所以选择归隐主要是自己的个性所造成的对待政事的态度，他两次写到辞官的原因分别是"不堪吏职"、"不能为五斗米折腰向乡里小人"，这"均属主观方面的因素，并非官场丑恶所引发。前者恐说明他不具备勤于吏职的主观意愿与实际能力，而后者则颇为生动地反映出渊明没有适应现实政治的思想基础。"[①] 这在理解上有偏差。其实陶渊明看不惯矫揉造作，他追求的是通脱旷达、不失自然的任真性格。他在最后辞去彭泽县令时写的《归去来兮辞》中写得非常清楚："何则？质性自然，非矫厉所得。"他还在其他诗文中再三强调其"任真"的性格。再看陶渊明对先后任江州刺史的王弘与檀道济的态度：对于在庐山半道邀请的王弘，欣然受其酒而与之共饮；而对带着满船粱肉登门拜见的檀道济，却"麾而去之"。初看觉得他有点怪异，仔细琢磨就发现，这是任真自然的性格使然。

---

① 陈道贵著：《东晋诗歌论稿·陶渊明政治理想与诗歌创作的时代》，合肥：安徽教育出版社，2002年，第101页。

陶渊明选择田园不仅仅是为了躬耕陇亩、解决衣食，更重要的是培养自己的淳真，“养真衡茅下，庶以善自名”（《辛丑岁七月赴假还江陵夜行涂口》）。在官场他不仅有被羁绊、不自由的感受，好像笼中鸟、池中鱼，而且他也担心自己在官场久了也被同化、污染。因此，他在诗文中再三吟咏：“守拙归园田”（《归园田居》其一），“悟已往之不谏，知来者之可追。实迷途其未远，觉今是而昨非”，“三径就荒，松菊犹存”（《归去来兮辞》）。田园生活虽然辛苦，也不被士大夫瞧得起，但是陶渊明认为田园里的一切都是自然的，他要以此“自然”涵养自己的“任真性格”。因此他在诗文中极力讴歌田园生活的快乐：安居之乐、劳动之乐、天伦之乐、交游之乐、悟道之乐。可以说陶渊明的田园诗以“田园好”、“田园乐”为感情基调，尤其是在《和郭主簿》二首、《癸卯岁始春怀古田舍》、《癸卯岁十二月与从弟敬远》、《荣木》、《归园田居》五首、《饮酒》二十首、《杂诗》八首等诗中，这一点表达非常强烈。如《和郭主簿》其一，这首诗主要写夏日乡间淳朴、悠闲的生活，写景、叙事、抒情都紧扣一个“乐”字。堂前树木荫荫，外面南风习习，这是享受乡间美景之乐；无交游之烦，却能读书弹琴，起卧自由，这是精神生活之乐；园里蔬菜有余，往年存粮犹储，自营生计绰绰有余，这是物质满足之乐；有高粱酿酒，酒熟自斟自饮，这是嗜好满足之乐；家人团聚，小孩戏侧，牙牙学语，这是天伦之乐。有此数乐，诗人情不自禁地感叹：“此事真复乐。”田园之乐还不止这些，如《归园田居》其三，早出晚归，种豆锄草，诗人却没半点劳作辛苦的怨言，而是心情轻松愉快，写出劳动之乐；又如《饮酒》其九、其十四分别写道：“清晨闻叩门，倒裳往自开。问子为谁欤？田父有好怀。壶觞远见候”，“故人赏我趣，挈壶相与至。班荆坐松下，数斟已复醉。父老杂乱者，觞酌失行次”，这是写归田后与农父的交往。他们之间没有虚伪的客套，也没有烦人的礼数，想见就过门而呼、叩门相见，有酒就坐下喝个痛快，根本不管你是谁、我是谁，而且在一起也不说那些不着边际的空话，“相见无杂言，但道桑麻长”。农民的淳朴自然，使诗人乐于与他们交往，陶渊明把他们当做“素心人”，“乐与数晨夕”。正是这样自由自在的淳朴生活，使诗人体会到其中的“真意”，悟出许多有关人生的道理。总之，在陶渊明看来，田园虽苦，他却认为自己“托身已得所，千载不相违”（《饮酒》其四）。

再次，陶渊明之所以选择归隐田园，是想通过自己的实践去追寻自己的理想，建立自己的精神家园。我们知道，陶渊明归隐田园不同于一般士大夫的归隐，其实他的田园劳动也不能与真正意义上的农民劳动画上等号。一是陶渊明作为东晋世族的后代、一个很少经历真正苦难磨砺的士大夫，要完全凭体力去养活家人是不可能的，而且事实上他家中还有僮仆、门生，不要说自己的劳作，就是让儿子们劳作他都感觉愧为人父。如《与子俨等疏》中说："汝辈稚小家贫，每役柴水之劳，何时可免？念之在心，若何可言。"二是陶渊明虽然亲自参加了劳动，这在当时确实不同寻常，但是其重心不在劳动本身，而是为什么要劳动，通过劳动获得了什么？陶渊明的劳动如同托尔斯泰的小说《安娜卡列尼娜》中的列文一样，从劳动中求取人生真理，以此批判社会的虚伪，但又不完全同于列文，因为陶渊明的劳动是在怀古情结的驱使下所作出的选择。我们知道，东晋士大夫不要说"耻涉农商，差务工伎"，就是从政也追求清静无为，不以事务缠心。如《世说新语·政事》记载王导说："丞相末年，略不复省事，正封箓诺之。自叹曰：'人言我愦愦，后人当想此愦愦。'"还有王濛、刘惔、林公一起去看何充，何充埋头公务，而王濛却不满说："我今故与林公来相看，望卿摆拨常务，应对玄言，那得低头看此邪?"这就看出了当时从上到下的士大夫名流的追求。即使像王羲之、谢灵运事涉田园，其生活与陶渊明还是有天壤之别：他们是游山玩水之余去行田，管理自己的田庄；而陶渊明虽受当时玄学思潮的影响，但走的却是完全不同的道路。这不是他别出心裁的选择，而是上古圣贤们影响的结果。在上文中我们看到诗人，怀古时看重的是那些亲自耕种的明君和归隐田园的隐士。如《辛丑岁七月赴假还江陵夜行涂口》中写道："商歌非吾事，依依在耦耕。"这是在晋安帝隆安五年赴职桓玄幕府途中追念平生有感而作。他虽然想到了古代宁戚商歌车下之事，但却不像一般文人士大夫一样，借以抒发自己的不遇之叹，反而说自己依恋的是像长沮、桀溺那样并肩而耕。正因有如此情思，他才在怀古中不断编织着自己的理想。如《癸卯岁始春怀古田舍》二首，两诗表现同一题材和思想旨趣，由怀古写到躬耕劳作，由劳作写到自然美景，由美景引发对古圣先贤的缅怀，而古圣先贤是"瞻望邈难逮"，不如自己"转欲志长勤"，为此极力抒写田园生活的欢娱："秉耒欢时务，解颜劝农人。平畴交远风，良苗亦怀新。虽未量岁功，即事多所欣。耕种有时息，行者无问津。日入相与归，壶浆劳近邻。"诗人思古人，慕古风，学古人，"聊为陇亩民"。有此理想，循此理想，满怀激情《劝农》，后稷、唐尧、大禹、冀缺、长沮、桀溺这些贤达，"犹勤陇亩"，而自己和众庶怎能"曳裾拱手!"既劝"民生在勤，勤则不匮"，又劝自己赶紧回归。

陶渊明不仅仅是因怀古、效仿古人而躬耕，更重要的是他通过躬耕田园，想在现实世界中为自己、为他人重建一个理想世界。如《归园田居》其一：

> 少无适俗韵，性本爱丘山。误落尘网中，一去三十年。羁鸟恋旧林，池鱼思故渊。开荒南野际，守拙归园田。方宅十余亩，草屋八九间。榆柳荫后檐，桃李罗堂前。暧暧远人村，依依墟里烟。狗吠深巷中，鸡鸣桑树巅。户庭无尘杂，虚室有余闲。久在樊笼里，复得返自然。

这是作者辞去彭泽县令后所写的第一首田园诗，欢娱之情不必说，更重要的是以平淡自然的笔调写出了他的理想。他的理想世界不是超现实的仙界，而是田园。但这田园并不是他当时现实的再现，而是作者理想与怀古的结晶。换句话说，他写的田园只有在太平盛世才有。我们拿它与孟子的仁政主张一对照就更清楚，孟子主张："五亩之宅，树之以桑，五十者可以衣帛矣；鸡豚狗彘之畜，无失其时，七十者可以食肉矣；百亩之田，勿夺其时，八口之家，可以无饥矣。"[①]而陶渊明描写的是："方宅十余亩，草屋八九间"，显然不是世族们的庄园，而是陶渊明理想中的农家。带着诗人的情调，这样的农家小院没有任何装饰，只有榆树、柳树绿荫笼罩，桃花、李花竞相开放，前后点染，素淡、绚丽相映成趣；然后近景转远景，小院变村落，平静安详的田园展现。诗人在这样的田园中让狗吠于深巷、鸡鸣于桑巅，绝不是随意之笔，鸡鸣狗叫是农村最常见之景，又是农村生机的象征。这是孟子仁政的实施下的农村生活景象，当然也不失老子"小国寡民"中的"鸡犬之声相闻"的味道。

总之，陶渊明归隐田园，是怀古与田园情结交织的结果，也是诗人想恢复淳真世风与建立自己的精神家园所做出的选择。正因如此，诗人从四十一岁辞去彭泽县令后，就长守田园，再不出仕，亲执农具，躬耕劳作二十多年。田园里的一切，诗人细细体味，用诗文把自己的所思所感记录下来，创作了中国文学史上独一无二的田园诗。虽然他同样受当时玄学思潮的影响，回归田园不乏体道色彩，但是他的田园诗与魏晋名士的山水诗不同。罗宗强说："他对于自然，不只是美的感受，而是生活的需要。因之他转向田园。在田园中，他对于自然，不是欣赏者，不是旁观者，他就生活于其中，与之融为一体。他看自然，已经不只是山川

---

① 杨伯峻译注：《孟子译注·梁惠王章句上》，北京：中华书局，1960年，第17页。

林木，而是田陇村巷、牛羊鸡犬，是村落田园生活中的自然。”①

三

当陶渊明真正走入田园生活时，毕竟与他心中的所思所想有差距。辛苦自不待言，更重要的是，并不是诗人一回到田园，一切矛盾冲突就不存在了。仕与隐的矛盾还在，贫困的煎熬、理想的失落、精神的孤独的痛苦还在，社会的黑暗、世俗的虚伪还看得见。陶渊明归隐后，并不是寂寞无声，反而有朝廷征召，有江州刺史王弘、檀道济招请，这一切都会在他心中掀起涟漪。《饮酒》组诗就是抒写诗人归隐后对于仕与隐的抉择。如其九假借田父之劝：“一世皆尚同，愿君汩其泥”，诗人回答：“纡辔诚可学，违己讵非迷！且共欢此饮，吾驾不可还”。这展示他内心的矛盾，让我们看到一个真实的诗人，他并不想标榜自己的清高。还有诗人归隐后，遭受一连串的灾难，尤其是戊申岁六月那场无情的大火，把“林室顿烧燔。一宅无遗宇，舫舟荫门前”（《戊申岁六月中遇火》）。此后诗人的生活更加艰难，虽然努力劳作，“晨出肆微勤，日入负耒还”，但还是衣食不济。于是在他诗中出现了大量抒写贫困的诗文：“躬亲未曾替，寒馁常糟糠。岂期过满腹，但愿饱粳粮。御冬足大布，粗絺已应阳。正尔不能得，哀哉亦可伤”（《杂诗》其八），诗人连这样简单基本的生活需求都得不到满足。其实晚年陶渊明过的是贫病交加的痛苦生活：“夏日长抱饥，寒夜无被眠。造夕思鸡鸣，及晨愿乌迁”（《怨诗楚调示庞主簿邓治中》），“负痾颓檐下，终日无一欣”（《示周续之祖企谢景夷三郎》）。陶渊明将自己的贫困、痛苦真实无遗地袒露在我们面前，不仅让我们看到诗人在如此境况中还坚持着自己追求的不易，而且更重要的是让我们看到诗人的理想失落的痛苦。因为田园生活是诗人理想的精神家园，是他安身立命的所在，他不仅要将其写于诗文中，更重要的是将其付诸实践，但他这几十年的追求坚守又昭示着这在实际中走不通。

徐公持说：“渊明晚年田园诗中情调趋于悲凉辛酸，实亦其自然心态流露，田园生活过到如此困顿地步，田园诗写到如此辛酸程度，古今唯陶渊明一人而已。”② 现实中的道路走不通，陶渊明除了失望彷徨外，还在痛苦中思考：人生

---

① 罗宗强著：《魏晋南北朝文学思想史·陶渊明的创作倾向在中国文学思想史上的价值》，北京：中华书局，1996年，第166页。

② 徐公持编著：《魏晋文学史·陶渊明（上）》，北京：人民文学出版社，1999年，第594页。

出处、天命长短、人世沧桑、身后功名、荣辱得失、人类的生死、达人知己。他在思索中参透一切，在思索中找到精神的归依。陶渊明虽然没有像曹植、郭璞等人那样走向游仙，但在他的精神世界里也不乏超现实之想，如《读山海经》其二至其八，主要吟咏西王母与神仙境界，借“恨不及周穆，托乘来一游”等诗句表达自己超越尘世之想。正是有如此心理，当现实中田园不再美好，诗人生在其中没有欢乐可言时，他发挥想象，在自己的心中重新构建了一个理想王国——桃花源。

关于桃花源，研究者众多，主要沿着两条思路进行：一是采取索引式文学阐释途径，对号入座考证出许多现实中的桃花源；二是从思想文化入手，着重从寓意上探讨。应该说这都有一定的意义，但实际上执其一端都偏离了陶渊明的本意。陶渊明在思考时，是将现实生活的真切体验结合在一起，田园生活在他的视野中早就成了崇尚自然的精神象征，因此作者所构建的理想王国是怀古情结、田园情结、躬耕田园的生活实践这三者碰撞的结果。逯钦立在注《桃花源记（并诗）》时引沈德潜《古诗源》云：“此即羲皇之想也，必辨其有无，殊为多事。”清邱嘉穗在《东山草堂陶诗笺》中也说：桃花源“设想甚奇，直于污浊世界中另辟一天地，使人神游于黄农时代。”《桃花源记》收入托名陶渊明的《搜神后记》这部志怪小说中，关于桃花源的故事在刘敬叔的《异苑》、盛弘之的《荆州记》、黄闵的《武陵记》中都有相似记载，只不过这些记载都缺乏对桃花源中生活的具体描写，而陈文新认为这是“它们的作者，都缺乏对于隐居生活的真切感受，缺少对于乌托邦理想的热烈憧憬，故写来如谈仙源灵境，反而意味不足”①。这些沦者其实都看到了桃花源与陶渊明怀古、田园、躬耕之间的联系。确实如此，《桃花源记》作者以一个武陵渔夫误入桃花源来呈现这美好世界，让这一世界具有强烈的现实感与人间性，“土地平旷，屋舍俨然，有良田美池桑竹之属。阡陌交通，鸡犬相闻。其中往来种作，男女衣着，悉于外人。黄发垂条，并怡然自乐”。这一切在渔人看来都是那么的熟悉，完全没有惊异之感，而且还让渔人与桃花源中的人生活数日，强烈感受到与他生活的世界的不同。正是桃花源中的生活如此美好，才会使淳朴的渔人背约，一路做记号，想再次返回桃花源。而《桃花源诗》则以诗人之眼光来揭示其历史根源，揭示其文化特质。世俗混乱，贤者避世，这是桃花源产生的根源；而桃花源中的劳动、生活的展现，既以陶渊

① 陈文新编著：《六朝小说·搜神后记·桃花源》，北京：文化艺术出版社，1997年，第194页。

明隐居田园的躬耕生活为基础，又以儒家、道家的理想社会为其文化特质。两处结尾最有意思，《桃花源记》安排渔人寻之不得，南阳的刘子骥想“欣然规往”而未果，最后还补一句“后遂无问津者”。叶嘉莹说这是陶渊明说的最悲哀的一句话。“一个美丽的理想，不管实现起来如何艰难，但只要还有人在努力追寻，就存在着实现的希望。但如果连做这种尝试的人都没有了，那么人类就真的没有希望了。”① 再看看陶渊明，在那样的社会不是只有他孤家寡人在努力吗？他死后还有谁会继续下去呢？这实际上是一种绝望的悲哀。而诗歌的结尾是“借问游方士，焉测尘嚣外。愿言蹑轻风，高举寻吾契”，作者以桃花源人口吻直问世俗之人，你们怎能了解尘世之外的人间呢？不能的，因为我们与你们属于两个不同世界，“淳薄既异源，旋复还幽蔽”。反复咏叹这些诗句很有意思，似乎桃花源就是作者收藏的一幅图画，或是作者掌管的一处风景名胜，想给你们展览就展览，不想就收起来、关起来。这样的世界作者不愿与凡夫俗子共享，而是要乘着轻风高飞远举，寻找那些与诗人志同道合之人。

---

① 叶嘉莹著：《汉魏六朝诗讲录·陶渊明之五》，石家庄：河北教育出版社，2000 年，第420～421 页。

参考文献

1.（汉）司马迁撰:《史记》，北京：中华书局，1959 年。

2.（汉）班固撰:《汉书》，北京：中华书局，1962 年。

3.（宋）范晔撰:《后汉书》，北京：中华书局，1965 年。

4.（宋）范晔撰，（清）王先谦集解:《后汉书集解》，北京：中华书局，1984 年。

5. 周天游辑注:《八家后汉书辑注》，上海：上海古籍出版社，1986 年。

6.（东汉）荀悦撰，张烈点校:《两汉纪・上・汉纪》，北京：中华书局，2002 年。

7.（晋）陈寿撰:《三国志》，北京：中华书局，1959 年。

8.（晋）房玄龄等撰:《晋书》，北京：中华书局，1974 年。

9.（东汉）王符著，彭铎校正:《潜夫论笺校正》，北京：中华书局，1985 年。

10. 刘文英著:《王符评传》，南京：南京大学出版社，1998 年。

11.（北宋）司马光编撰，邬国义校点:《资治通鉴》，上海：上海古籍出版社，1997 年。

12.（梁）萧统编，（唐）李善注:《文选》，上海：上海古籍出版社，1986 年。

13.（清）严可均辑:《全晋文》，北京：商务印书馆，1999 年。

14.（清）严可均辑:《全三国文》，北京：商务印书馆，1999 年。

15.（汉）董仲舒著:《春秋繁露》，上海：上海古籍出版社，1989 年。

16.（清）严可均辑:《全后汉文》，北京：商务印书馆，1999 年。

17. 吕思勉著:《两晋南北朝史》，上海：上海古籍出版社，2005 年。

18.（汉）司马相如著，金国永校注:《司马相如集校注》，上海：上海古籍出版社，1993 年。

19.（晋）常璩撰，刘琳校注:《华阳国志校注》，成都：巴蜀书社，1984 年。

20. 刘师培著，陈引驰编校:《刘师培中古文学论集》，北京：中国社会科学出版社，1997 年。

21. 刘斯翰著:《汉赋：唯美文学之潮》, 广州：广州文化出版社, 1989 年。

22. 徐志啸编:《历代赋论辑要.》, 上海：复旦大学出版社, 1991 年。

23.（南朝梁）刘勰著, 周振甫译注:《文心雕龙译注》, 北京：中华书局, 1988 年。

24.（南朝梁）钟嵘著, 徐达译注:《诗品全译》, 贵阳：贵州人民出版社, 1990 年。

25. 龚克昌著:《汉赋研究》, 济南：山东文艺出版社, 1990 年。

26. 刘跃进著:《秦汉文学论丛》, 南京：凤凰出版社, 2008 年。

27. 蒙文通著:《巴蜀古史论述》, 成都：四川人民出版社, 1981 年。

28. 于春松、孟彦弘编:《王国维学术经典集》, 南昌：江西人民出版社, 1997 年。

29. 周予同著, 朱维铮编:《周予同经学史论著选集》, 上海：上海人民出版社, 1983 年。

30. 马积高著:《赋史》, 上海：上海古籍出版社, 1987 年。

31. 刘周堂著:《前期儒家文化研究》, 桂林：广西师范大学出版社, 1998 年。

32. 冯良方著:《汉赋与经学》, 北京：中国社会科学出版社, 2004 年。

33. 许结著:《汉代文学思想史》, 南京：南京大学出版社, 1990 年。

34. 陈庆元著:《赋：时代的投影与体制演变》, 桂林, 广西师范大学出版社。

35. [德] 弗罗姆著, 陈学明译:《逃避自由》, 北京：工人出版社, 1987 年。

36. 袁珂校注:《山海经校注》, 上海：上海古籍出版社, 1980 年。

37. 胡孚琛著:《魏晋神仙道教》, 北京：人民出版社, 1989 年。

38. 侯外庐等著:《中国思想通史》, 北京：人民文学出版社, 1957 年。

39. 冯友兰著:《中国哲学史新编》, 北京：人民出版社, 1998 年。

40. 葛兆光著:《中国思想史》, 上海：复旦大学出版社, 2001 年。

41. 李泽厚著:《美的历程》, 北京：中国社会科学出版社, 1984 年。

42. 陈鼓应注译:《庄子今注今译》, 北京：中华书局, 1983 年。

43. 陈寅恪著, 万绳楠整理:《陈寅恪魏晋南北朝史演讲录》, 合肥：黄山书社, 1987 年。

44. 罗宗强著:《魏晋南北朝文学思想史》, 北京：中华书局, 1996 年。

45. 孔繁著:《魏晋玄学与文学》, 北京：中国社会科学出版社, 1987 年。

46. 逯钦立辑校:《先秦汉魏晋南北朝诗》, 北京：中华书局, 1983 年。

47. 逯钦立著:《屈原离骚简论》，沈阳：辽宁人民出版社，1957 年。

48. 安徽亳县《曹操集》译注小组译注:《曹操集译注》，北京：中华书局，1979 年。

49.（魏）曹植著，赵幼文校注:《曹植集校注》，北京：人民文学出版社，1984 年。

50.（魏）曹植著，黄节注:《曹子建诗注》，北京：人民文学出版社，1957 年。

51.（魏）嵇康著，戴明扬校注:《嵇康集校注》，北京：人民文学出版社，1962 年。

52.（魏）阮籍著，陈伯君校注:《阮籍集校注》，北京：中华书局，1987 年。

53. 杨伯峻译注:《孟子译注》，北京：中华书局，1960 年。

54.（晋）葛洪撰:《抱朴子内外篇》，北京：中华书局，1985 年。

55.（北齐）颜之推著，王利器集解:《颜氏家训集解》，上海：上海古籍出版社，1980 年。

56. 王晖撰:《论衡校释》，北京：中华书局，1990 年。

57.（宋）李昉等编:《太平广记》，上海：上海古籍出版社，1990 年。

58.（宋）刘义庆著，余嘉锡笺疏:《世说新语笺疏》，北京：中华书局，1983 年。

59. 张万起、刘尚慈译注:《世说新语译注》，北京：中华书局，1998 年。

60.（宋）刘义庆著，（梁）刘孝标注，朱铸禹汇校集注:《世说新语汇校集注》，上海：上海古籍出版社，2002 年。

61. 陆侃如著:《中古文学系年》，北京：人民文学出版社，1985 年。

62. 张海明著:《玄妙之境》，长春：东北师范大学出版社，1997 年。

63. 周一良著:《魏晋南北朝史论集》，北京：北京大学出版社，1997 年。

64. 陈一平著:《淮南子校注译》，广州：广东人民出版社，1994 年。

65. 鲁迅著:《中国小说史略》，上海：上海古籍出版社，2006 年。

66. 余英时著:《士与中国文化》，上海：上海人民出版社，2003 年。

67. 蔡邕撰，陆心源校:《蔡中郎集》，长沙：商务印书馆，民国二十八年。

68. 于迎春著:《秦汉士史》，北京：北京大学出版社，2000 年。

69. 刘志伟著:《魏晋文化与文学论考》，兰州：甘肃人民出版社，2002 年。

70.（汉）郑玄注，陈戍国点校:《周礼·仪礼·礼记》，长沙：岳麓书社，

2006 年。

71. 金春峰著:《汉代思想史》, 北京: 社会科学出版社, 1997 年。

72. (清) 皮锡瑞著, 周予同注释:《经学历史》, 北京: 中华书局, 2008 年。

73. 姜广辉著:《中国经学思想史》, 北京: 中国社会科学出版社, 2003 年。

74. (东汉) 应邵撰, 王利器校注:《风俗通义校注》, 北京: 中华书局, 1981 年。

75. 王能宪著:《世说新语研究》, 南京: 江苏古籍出版社, 2000 年。

76. (魏) 刘邵著:《人物志》, 郑州: 中州古籍出版社, 2007 年。

77. 张作耀著:《曹操评传》, 南京: 南京大学出版社, 2001 年。

78. 胡平生译注:《孝经译注》, 北京: 中华书局, 1996 年。

79. 唐长孺著:《魏晋南北朝史论拾遗》, 北京: 中华书局, 1983 年。

80. 宁稼雨著:《魏晋风度》, 北京: 东方出版社, 1992 年。

81. 梁启超著:《陶渊明》, 北京: 商务印书馆, 1929 年。

82. (晋) 陶渊明著, 逯钦立校注:《陶渊明集》, 北京: 中华书局, 1979 年。

83. 吴泽顺编注:《陶渊明集》, 长沙: 岳麓书社, 1996 年。

84. 曹道衡著:《中古文学史论文集》, 北京: 中华书局, 1986 年。

85. 叶嘉莹著:《汉魏六朝诗讲录》, 石家庄: 河北教育出版社, 2000 年。

86. 陈道贵著:《东晋诗歌论稿》, 合肥: 安徽教育出版社, 2002 年。

87. 胡华钢、金明生:《司马相如——文的自觉追求者》,《浙江师范大学学报》(社会科学版), 1998 年第 2 期。

88. 刘开扬:《再谈司马相如游梁年代与生年》,《文学遗产》, 1985 年第 2 期。

89. 刘开扬:《三谈司马相如生年与所谓"东受七经"问题》,《成都大学学报》(社会科学版), 1987 年第 4 期。

90. 束景南:《关于司马相如游梁年代与生年》,《文学遗产》, 1984 年第 4 期。

91. 束景南:《司马相如游梁年代与生平再考辨》,《文学遗产》, 1987 年第 1 期。

92. 杨正苞:《司马相如与巴蜀文化》,《文史杂志》, 1999 年第 4 期。

93. 刘南平:《司马相如东受七经考》,《张家口师范高等专科学校学报》, 1995 年第 1 期。

94. 张涛:《经学与汉赋的发展》,《殷都学刊》, 2000 年第 1 期。

95. 赵逵夫:《〈七发〉与枚乘新探》,《西北师范大学学报》(社会科学版),

1999 年第 1 期。

96. 富世平：《〈子虚〉〈上林〉的分合及其相关问题新探》，《天水师范学院学报》，2001 年第 4 期。

97. 王立：《论中国古代文学中的游仙主题》，《新疆师范大学学报》（哲学社会科学版），1998 年第 1 期。

98. 张正明：《屈原二论 · 是思想家还是文学家》，《云梦学刊》，1990 年第 1 期。

99. 卢凤鹏《郭璞〈游仙诗〉论》，《毕节师范高等专科学校学报》，2002 年第 3 期。

100. 卫绍生：《竹林七贤若干问题考辨》，《中州学刊》，1999 年第 5 期。

101. 踪凡：《蔡邕与鸿都门学的汉赋观》，《贵州社会科学》，2002 年第 1 期。

102. 王晓毅：《司马氏与西晋前期玄、儒的升降》，《史学月刊》，1997 年第 3 期。

103. 牟发生等：《东汉后期士风之转变及其原因探析》，《武汉大学学报》（人文科学版），2003 年第 3 期。

104. 刘志伟：《中国历史上第一部“英雄”传记》，《兰州大学学报》（社会科学版），2002 年第 3 期。

105. 顾农：《论郭璞游仙诗的自叙性》，《齐鲁学刊》，2001 年第 5 期。

106. 跃进：《蔡邕的生平创作与汉末文风转变》，《文学评论》，2004 年第 3 期。